光文社文庫

志《し》賀《が》越《ごえ》みち

伊集院 静

光 文 社

目次

第一章　志賀越みち　5
第二章　金沢　94
第三章　祇園祭　140
第四章　帰京　213
第五章　五山の送り火　260
第六章　温習会　334
第七章　見られ　370
第八章　おきぶみ　424
第九章　花脊　501
第十章　都をどり　589
解説　池上冬樹《いけがみふゆき》　600

第一章　志賀越みち

近江《おうみ》の海の風に背中を押されながら峠道を登りはじめた。

近江神宮の側道を右に折れ、民家を数軒過ぎると、両脇に竹林が連なった。五月の風に竹がたわんで若竹葉がまぶしくきらめいていた。真《ま》緑色《みどりいろ》の隧道《トンネル》を歩いているようで気分がよかった。

竹林を抜けると道はやや勾配しはじめたがゆるやかなもので、これなら峠越えもたいしたことはない、と思った。

先刻、神宮道沿いの茶屋の老婆が大袈裟に言った忠告を思い出し、僕は苦笑した。

「学生さん、峠の道はきついさかえ、途中、山水でも飲んで、休み休み行かなあきまへんで。それにこない空でも急に雷さんがくるさかい、そん時は雑木林の中に入って、頭をこうしておきませんと……」

両手で頭をおさえるようにした老婆の仕草と表情が、東京、麻布《あざぶ》の家で昔働いていたお手伝いのおスミそっくりでおかしかった。

年寄りの女というものは誰も皆心配性なのだろう。茶屋の老婆がおスミとどこか面影が似ていたのは、あの老婆も善《い》い人なのだろう。

道の両脇にぽつぽつと杉の木があらわれた。民家が一軒あり、薄板に手書きの墨文字で〝志賀町、秋山〟とあった。シガゴエミチのシガは〝滋賀〟ではなく、この〝志賀〟なのだと気付いた。でも神宮道で逢った男に、この峠道のことを尋ねても怪訝《けげん》な顔をしていた。

「シガゴエミチはどちらに行けばいいでしょうか」

「どこの道やて？」

「比叡山の中腹から京都に入る峠の道を教えて欲しいのですが……」

「ああ山中越《やまなかごえ》のことかいな、そいならこの側道を右に折れるとすぐにあるがな」

と手にした鎌で右方向にある坂道を指《さ》ししめした。

峠道にはいろんな呼び名があるらしい。でも僕には〝志賀越みち〟の方が響きがいいように思えた。

しばらく登ると、風の方角がかわった。同時に木々の香りをふくんだ熱い風が首筋を抜けた。僕は学生服の上着を脱ぎながら周囲を見回した。どうやらここで琵琶湖から吹き上げる風と比叡山から下りてくる風がぶつかっているようだ。道は大きく左に折れ、杉林のひとかたまりをぐるりと回るように歩くと、急に勾配がきつくなった。それでも何と言うことはない。むしろもっと急勾配を見せてくれと言いたいくらいだ。山登りは得意中の得意だ。

道は右に左に折れ、陽当たりと日蔭がかわるがわるにやってくる。

――あいつ地元だけあってこの峠道をすすめるなんぞはなかなかセンスがいいや。

今日からやっかいになる学友の久家《くげ》祐一《ゆういち》の笑顔が浮かんだ。

「そうやな、京都に入るのに見晴らしのいい恰好の道かいな。それなら琵琶湖から比叡山の脇を通る、シガゴエミチやな。きつい峠道やけど、途中、琵琶湖と京都の町が右と左に眺められて、そりゃ絶景やで。けど津田《つだ》君は物好きやな。そんなきついことせんかて電車で来たら駅まで迎えに行くのに……」

「いいんだよ。俺は歩くのが好きなんだ。それに高い所から下を眺めると偉くなったようで気分がいいんだ」

「かなんな……」

久家君は口癖の京都弁を発した。それを口にする時は必ず首を二度、三度横に振るのだ。その仕草が妙に大人びていて、大学のキャンパスで初めて逢った二年前の春の日が思い出された。

「なあ津田君、一度京都に遊びに来《き》いへんか。面白いとこもいろいろあっさかい案内するわ。僕の家は祇園《ぎおん》でお茶屋をやってんのや」

「お茶屋って喫茶店のことかい？」

「何や、お茶屋を知らへんのかいな。喫茶店やて、かなんな……」

久家君は首を振りながら笑った。

「廓《くるわ》や。廓町のお茶屋のことやないか」

そう言われても意味がわからず、麻布の家に遊びに来た叔父に聞いて、お茶屋が客が上がって宴会をやる場所だとわかった。

「雅彦《まさひこ》君、舞妓《まいこ》さんを知ってるだろう。あの舞妓さんたちがそばについて一緒に遊んでくれるところだよ」

それでも観光写真でしか見たことがない舞妓さんと宴会がどう繋《つな》がっているのかわからなかった。

それを教えてくれたのは麻布高校の同級生の広川浩太《ひろかわこうた》だった。

「雅彦は相変わらずうぶだな。そんなことも知らないのか。お茶屋は芸者と遊ぶところさ。熱海と一緒さ。廓だから芸者は客と寝るんだよ。まったくわかっちゃいねぇな。それよりそんな年寄りの遊びのことなんか放っといてダンパのチケットを売ってくれよ。一枚売ればおまえに百円マージンを渡すぜ。赤門は田舎者が多いから慶應《うち》と白百合の女が大勢待っていると言えば飛びついてくるぜ」

コウタはダンスパーティーのチケットの束を見せながら言った。

三年前、日米安保条約に反対して高校の校長室を占拠し、全校生徒に授業をボイコットし国会議事堂へのデモ参加を呼びかけた広川委員長はいつの間にかどこかに飛んで行ってしまい、目の前にはヌーベルバーグの映画の主役よろしく派手なジャケットにサングラスをした軟派な大学生のコウタがいた。

僕はコウタに教わったことをそのまま久家君に話した。

久家君は呆《あき》れはてた顔をして言った。

「阿呆《あほ》なこと言わんといてや。そんなん温泉の芸者とちゃうわ。祇園に芸者なんぞいてへんわ。芸妓《げいぎ》と舞妓や。芸妓はんは皆芸の修業をして、その芸を客に見せてお座敷をつとめるんや。枕芸者とちゃうで。東京の者はほんまに田舎者やな。何ひとつ知らんな。かなんな……」

それでまたわからなくなった。

けれど元々僕はそんなことに興味などなかった。大学の講義中もなぜだか隣りにやってきて昼食も一緒にしようという久家祐一の妙に人なつっこい性格と東京の人間を田舎者と決めつけているところが愉快で話を聞いていた。

「百聞は一見にしかず、言うやないか。一度、京都に遊びに来いて。津田君は東京の者の中でもちょっと違《ちご》うてる気がすんねん。君なら京都が好きになるて」

執拗に京都に来るように誘う久家君を見ていて僕は次の春休みになったら行くことを約束した。

「そうだね。東京はこれからあちこち工事がはじまってうるさくてしょうがないから、少し旅をしがてら一度行ってみるかな」

「よっしゃ、待ってるで」

東京の町は、来年開催される東京オリンピックのために競技施設の建設や首都高速道路の拡張工事で昼も夜も騒音が続いていた。

正直僕は東京を離れたかった。東京の町を離れたかったのではなく、大学に行く気がしなくなっていた。父の要望で、僕は祖父も、父も学んだ大学の同じ学部に入学し、経済、経営学を専攻課程に選んだ。経済、経営学が自分の性に合っていないのはわかっていた。それでも祖父の代から続く中堅の貿易会社を経営する父の一人息子の僕に対する期待は大きく、父は僕が三代目の社長になるのを当然のように思っていた。しかし僕には父の期待に応える能力もなかったし、会社を経営するなんて興味もなかった。かと言って他にやりたいことがあるわけではなかったが、講義やゼミに出席しても学ぼうという意欲がまったく湧かなかった。

だから父が四月の終わりにヨーロッパに長期出張に出かけたのをきっかけに授業をボイコットして、京都の友人に逢いに行くと言って東京を飛び出したのだった。


いい調子で峠道を登って行った。

時折、道を下りてくる人とすれ違った。大きな荷を背にしょった男衆もいれば男勝りにいくつもの荷を背負った女衆もいた。荷車を突っ支《つっか》い棒で支えながら下りてくる老人と子供もいた。下りるのに懸命で汗だくの荷車の親子以外は皆僕の姿を見ると気さくに挨拶した。皆人の善さそうな人たちだった。

ほどなく歌声が上方から聞こえてきた。声は杉木立ちの蔭からしていたが姿は見えなかった。数人が合唱している澄んだ声だった。ひときわ高い女性の声に僕は立ち止まって相手を待った。最初にあらわれたのはチロル帽子を被った小柄な男だった。男は一瞬、僕を見て驚いたように歌っていた口を半開きにした。そうして、こちらを値踏みするように見回し、学生とわかったのか、かまわず歌い続けた。笑いながら後方を振りむき音楽の教師がするようにリズムに合わせ首を大きく上下させている。すぐに三人の若い女があらわれた。皆山登りの恰好をして嬉しそうに歌を歌っている。彼女たちは職場の同僚といったふうだった。こんな場面にコウタが居合わせれば、何だよ、あの野郎、女三人を一人で連れやがって、男振りを見せやがるじゃねぇか、となるだろう。

最後尾にいた面長《おもなが》で色白の女が僕を見て大きな眸《ひとみ》を見開き、あわてて会釈した。僕もこくりと頭を下げた。女はそのまま歩きながら僕を見ていた。綺麗な目をしていた。その女の態度に気付いたのか、前を行く臙脂色《えんじいろ》のリュックを背にした女が最後尾の女の二の腕あたりを叩き、そのまま引っ張るようにした。そうして男と女二人が声を上げて笑った。その笑い方がこちらを馬鹿にしているようで、僕は舌打ちをした。やがて歌声は杉の林の中に流れ落ちるように遠ざかった。

今しがた会釈をした女の色白の肌と大きな眸が浮かんだ。峠を越えてこちらに下りてきたのだから、あれが京都の女だろうか。

いつか久家君が耳打ちするように言った言葉が耳の奥に聞こえた。

『祇園は日本中からええ女児《おなご》はんを集めてくんのや。その子らを磨いてええ女に仕上げんのや』

そう囁いたとき、僕の顔を見て何か言いたげな目をしていた久家君の表情がよみがえった。

峠道はすでに中腹を越えているように思えた。

時折、林の間や雑木林の低い木々の上から五月の青空が見え、早くてっぺんまで辿り着きたい気持ちになる。少し喉が渇いたがこのまま一気に登り切ることにした。鳶《とび》の鳴く声だろうか、ヒュルルーと尾を引くような声が耳に届く。頂上の空はさぞ爽快な気がした。こちらの焦る気を見抜いたかのように道は急勾配になり、右に左に大きく曲がりはじめた。それと同時に低木にからみついた蔦《つた》や羊歯《しだ》の葉の真下に切り断った崖が覗いた。鬱蒼《うっそう》とした沢の底は不気味な蔭になっていて、茶屋の老婆が言った峠道の険しさは本当だったと思った。

汗がにじんできた。僕は足元に目を落としひたすら登った。山に登る時は頂上を何度も見ないことだ。初めて叔父に高尾山に連れて行って貰った時に教わった。

「人生もそうさ、先のことばかりを考えて心配していたんじゃあ前に進まないからね。夢ばかりを追っていたんじゃ何もできないからね」

その時は子供だったから、そんなものなのか、と思ったが、当節、流行の現実主義というのも、この頃、味気ないと思うようになった。たった一度の人生なのに敷かれたレールの上を行くのはつまらない。してみたいことを一度やってみるのが生きるってことのように思う。

険しい曲がり道を五つ過ぎたところで左手上方の視界が開けてきた。大きい杉の木が一本見えた。あれが頂上か、それなら案外、楽な峠だった。六つ目の曲がり道を登ると、風が正面から当たった。シャツの襟元から入りこんだ風が心地良い。肌着は背中や腋《わき》にべったりと密着していた。七つ目の曲がり道を登り切ると、そこは草っ原になっていて数人の男衆が石に腰を下ろし休んでいた。煙草を喫《の》んでいる男のランニングシャツから剝《む》き出した隆々とした筋肉が陽差しに光っていた。これから峠を下りるのか、それとも他の道から登ってきたのか。それぞれが休みをとっている。煙草の煙りが勢い良く流れている。千切れた煙りの行方に目をやると木立ちの間から白く霞んだ琵琶湖がひろがっていた。

なるほどこれは絶景だ。

近江の海と呼ぶだけのことはある。さて京都はと周囲を見回すと、三方が林に囲まれていた。

僕は煙草の男に歩み寄り、この峠の頂上に琵琶湖と京都市中を一度に見渡せる場所があると訊いたのだが、それを教えて欲しい、と言うと、男は煙草を口にくわえたまま右手上方を指さした。

「それならこの先を比叡にむかって登ればあるわ」

男の指し示した方に目をやると林の向こうにまだ山が聳《そび》えていた。

「そこまでまだかなり登りますか」

「いや、あんたの、若い者の足なら一時間はかかりまへんやろう」

喉も渇いていたのでここで少し休むことにした。
七、八人が休息していたが、見るとそれぞれの人が違った立場で峠を越えているようだった。顔見知りなのか、石に腰を下ろして話をしたりしていた。
僕も端の石に腰を下ろした。

いやはや、と甲高い声が左方の林から聞こえ、手拭《てぬぐ》いで首筋を拭いながら綿シャツに股引《ももひき》掛け、脚絆《きゃはん》、地下足袋の男があらわれた。どうやら林のむこうに茶店の老婆が言った山水があるようだった。僕は立ち上がり、男に訊いた。

「そっちの方で水を飲めますか」

「その先を下ったら湧き水があっさかい。沢は滑るよって気い付けなあかんで」

「ありがとうございます」

足跡の残る沢の小径《こみち》を少し下りると岩場があり、その下方に岩を洗うように水が湧いていた。見たこともない白い岩が清流と陽差しにかがやいていた。手を器にして水を掬《すく》って飲んだ。冷たくて美味《うま》い水だった。喉を鳴らして二度、三度飲むと噯気《おくび》が出た。

戻ってみると男衆たちの姿は失《う》せていた。白い手拭いを頭に被った老婆が一人と男が一人、握り飯を頬張《ほおば》っていた。

僕を見て老婆がちいさく会釈した。見るとかたわらの石の上に平らな籠が置いてあり、油紙の間から白や紫色の花が覗いていた。

「花を摘んできたのですか」

「へぇ～」

「ここで売っているのですか」

「この花は売りしません。里に持って帰るだけですわ。売る花はもう京の方に女衆が持って下りましたわ」

「………」

僕は老婆の言葉の意味がわからずただ笑って花を見ていた。老婆が油紙を半分めくってくれた。白、紫色、赤、黄色……の花が籠の中に寄せ合っていた。可憐《かれん》だった。

握り飯を手に男が老婆に言った。

「白川女《しらかわめ》はもうやめはったんや」

「へぇ～、とっくの昔ですわ。この年で花を売っても誰も買うてはくれませんわ」

老婆は答えて口元を隠して笑った。

男も大きくうなずき、カッハハと大口を開けて笑い、そりゃそうやなっ、と合点がいったようにうなずいた。

「すみません、その花の写真を撮っていいですか」

老婆は目を細めて油紙をとった。

僕はリュックからカメラを出し、寄せ合った花たちをファインダーから覗いた。老婆は花の何本かを指先で器用に回し、籠の中心に花が吹き寄せるようにしてくれた。僕はファインダーから目を離し、ありがとう、と礼を言った。

「舶来物のカメラやな。学生さん、たいしたもんを持ってるな。あんじょう撮ったりや」

男の声に、はいっと僕は返答し、シャッターを押した。老婆にカメラを向けると、彼女は手で顔を隠した。

「学生さん、この人の写真を撮るんなら五十年前にここに来てなあかんわ。これから京都の方に道を下りたらべっぴんの白川女がおっさかい。なあ、おばはん」

男の声に老婆がうなずいた。

「シラカワメって何ですか」

「京の町に花を売りにここらの里から行く女衆のことや。この人も昔は白川女やったんや。さぞぎょうさん花が売れたやろうな、おばはん」

男の言葉にただ笑っている老婆の若い姿を僕は想像しようとしたができなかった。でもこの可憐な花のようではなかったのかと思った。

煙草の男がよほど健脚なのか、近江と京都を一度に眺められる場所まではたっぷり一時間はかかった。

最後の急勾配を登りつめると、京都の町の全景があらわれた。

三方を山で囲まれた盆地の中に無数の家並みと瓦《かわら》屋根が銀色に輝いていた。中央の広い杜《もり》は御所のある場所だろうか、あちこちに伽藍《がらん》の大きな屋根と五重塔らしきものが見える。家並みは碁盤《ごばん》の目のように整然としている。その間にわずかに橋らしきものがうかがえるのは久家君が言っていた鴨川《かもがわ》が流れているのだろうか。町は銀鼠色《ぎんねずいろ》の石を敷き詰めたように光り、南の方にむかってかすかに傾斜している。その南手を東から西へ電車が走るのが見えた。あのあたりに京都駅があるのだろう。そのむこうに低い町並みが南に向かって続いている。そのさらに彼方に白く光っているのはもしかして大阪の海だろうか。まさか……いや、そうかもしれない。

目を京都の町の中心に戻し、久家君が住んでいる祇園の町はどのあたりかと思った。もう少しきちんと聞いておけばよかった。

岩場に腰を下ろし、リュックから握り飯を出して食べた。陽射しが強いせいか近江八幡の宿の人が竹皮で包んでくれた握り飯はあたたかくなっていた。たくあんを音を立てて食べながら、山の上で食べる飯はやはり格別美味いと思った。風は右手の比叡の方から京都の町と近江の海にむかって吹き下ろしている。今から下りる志賀越みちは見えないかとすぐ下方を覗いた。木々の間からかすかに瓦屋根が見えた。山里があるのだ。先刻の花籠の老婆が住む里はあのあたりなのかもしれない。

あの美しい花たちが売られていく京都の町とはどんな所だろうか。あの花はどんな場所に置かれるのだろうか。それを想像するとなにやら急に胸の奥がざわめくような気持ちがした。

『君なら京都が好きになるて……』

久家君の人なつこい顔が浮かび、思い入れたような声が耳の奥に聞こえた。

湖水は白く霞んでいた。京都の町は北の方から流れ出した雲間からの陽光に銀の光沢と淡い影が波のように揺らめいて海のように思えた。

何かいいことが待っているような気がした。これまで山の上からいくつかの町を眺めたが、海のように見えた町も初めてなら、こんなふうに胸騒ぎを覚えた町も初めてだった。

志賀越みちを下りはじめると、道のかたわらに水音を立てる小川があらわれ、その水に案内されるように、ちいさな山里に入った。

山中町とある。

家の軒《のき》には蓑笠《みのかさ》や籠がかけてあり、白や赤の花が軒下や石垣の上に咲いていた。石仏を過ぎると、鳥居があり、樹下《じゅげ》神社、極楽寺《ごくらくじ》と瀟洒《しょうしゃ》な寺社があった。ちいさな山里はせせらぎの音に包まれていた。こんなに美しい山里を見たことがなかった。時鳥《ほととぎす》の鳴く声がして低い屋根の向こうに聳え立つ見事な杉林を見上げた。木立ちの間からはさらに沢が上がっていて、そこに山桜が一本、残る花を咲かせていた。花に囲まれた里だった。

山中町は花に見惚《みと》れるうちにたちまち通り過ぎてしまった。もう少しゆっくり見てみたい気がして一度、二度振り返ったが、里を過ぎると道は急な下り坂になり花も里も木立ちのむこうに消えた。

右に左に道が折れる度に水音も左右から聞こえた。かすかな山風とせせらぎの音に押されるようにして峠道を下りていった。

やがて乾いた音が周囲に木霊《こだま》しはじめた。金属音に似た音で木立ち全体に響き渡った。何の音だろう。どこから聞こえてくるのだろうかと周囲を見回すと、雑木林の間から人影と白く光るものが見えた。道が大きく左にカーブすると、そこに石切り場があり、上半身裸の男衆が二人、白く光る壁のような岩場に金棒《かなぼう》を打ち込んでいた。男たちを囲んだ岩壁はそこだけがまるで大理石の宮殿の中のように艶《つや》やかに光っていた。

大理石だろうか、見ると岩場の入口の門柱に〝白川石、白川砂採場〟と記してあった。それにしても見事な光沢の石だ。

石切りの音を背後で聞きながら道を下ると、前方に真っ赤な鳥居が目に飛び込んできた。小さな祠《ほこら》だった。その脇に古い木橋がかかっていた。立ち止まって水の流れに目をやった。

川幅は少しひろがっていた。その祠の下に大岩があり、そこに水の淀みがあった。何匹かの蝶が水面近くを遊んでいた。淡い緑色の木影を映す水面に白い蝶が揺れているのが蘭の花のように映った。その蝶たちを水底から押し上げるように白いものが水面に浮かんできた。

何だろうか、と覗き込んだ。

それは真っ白な水底が差し込んだ光に揺れているのだとわかった。どうしてこんなに白いのだろう。水辺を見回すと淀みに流れ込んだのか、白い砂がそこら一帯に散らばっていた。砂はまるで生きているように白くかがやいている。今しがた見た石切り場の門柱に記してあった白川砂がこれだろうか。あの美しい岩が雨風に流れて水底を埋めつくしているのかもしれない。

僕はしばらく古橋の袂《たもと》に立ち、水底で妖しく光る白砂を見ていた。

すでに蝶は失《う》せていた。

あの蝶も、この白砂も、山里の花たちも流れる水とともに京都の町に下りていくのだろうか……。

ようやく麓《ふもと》に出て、石橋を渡ると民家が連なり、風景が一変した。

知らぬ間に歩調が早くなっていた。

郵便局の前で自転車を停めていた局員に祇園までの道を訊いた。

「この先に白川通りがありますよって、それを左に折れはって、一本目の大きな交差点が今《いま》出川《でがわ》通りですわ。左に銀閣寺の参道がありまっさかい、それを右に行って、次の百万遍《ひゃくまんべん》の辻を左に真っ直ぐ下がらはったら八坂《やさか》さんに出ますわ。ほなそこがもう祇園ですわ」

「白川通りを左、今出川通りを右、百万遍を左で八坂さんですね」

「そのとおりです。学生はん、市電の東山《ひがしやま》線に乗らはったらすぐでっせ」

「ありがとう」

白川通りに出ると、市電が勢い良く走ってきた。

白川通りから今出川通りを右に折れ、通りを歩いていくと大勢の学生たちとすれ違った。東京と違って下駄履き、突っ掛け履きの連中が多くバンカラ風に見えた。

百万遍の交差点を左に折れると、町は急に賑わいを見せはじめた。市電と競い合うように自動車がクラクションを鳴らしながら疾走している。二輪車や自転車に乗る人もどこか忙しげである。京都は古い町と言うからのんびりしたところだろうと想像していたが、意外にみながせわしなく動き回っている。京都人は案外とせっかちなのかもしれない。

それでもすれ違う人は和服姿の人が多い。女もそうだが、男が着物の裾を揺らして足早に行き過ぎる。

どの店も同じような間口で屋根が低い。家並みが東京とまるっきり違う。

むかいから天秤棒《てんびんぼう》を担いだ物売りが大声を上げながら近づいてきた。へちまーあかすり、へちまーあせよけ、いりまへんかー。甲高い調子の声が間《ま》が抜けていておかしかった。近づいてきたので籠の中を覗こうとすると物売りが立ち止まった。青々とした糸瓜《へちま》とあかすりに使うのか黄肌を晒《さら》した糸瓜が並んでいた。

こんなものを買う人がいるのだ……と笑って糸瓜を見ていると、

「ひとつどうでっしゃろか」

と物売りが欠けた歯を見せて笑った。

「いや結構です」

「なんやひやかしかいな、チェッ」

物売りは舌打ちして過ぎていった。

しばらく歩き、もうそろそろかと漬物店の店先に立っていた小僧に、

「八坂さんはどこですか」

と訊いた。

小僧は僕の顔をじっと見て、足元から頭の先まで見直し、目の前を指さした。

そこには朱色の立派な寺社の門があり、青く繁った大樹が門の屋根を覆《おお》っていた。

「これが八坂さん？」

僕が訊き直すと、

「他に八坂さんはおまへんで」

と言って店の中に入って言った。

失敬な奴だ。腹を立てながら小僧の指さした門を見直した。

八坂神社と石塔に刻まれている。

八坂さんは八坂神社のことなのか。京都では神社にさんをつけるのか。僕は朱色の門を見上げて、八坂さん、と言い直した。

八坂さんを参詣して四条《しじょう》通りを歩き出した。

櫛《くし》、簪《かんざし》を売っている店があったので中に入った。奥に着物姿の主人らしき男が座っていた。

「すみません。祇園の久家さんという家《うち》を探しているのですが……」

「クゲさんどすか。それだけではわかりませんな。何をしておいやすお家どすか」

男の話した言葉の意味がわからなかった。

「すみません、今、何とおっしゃったのでしょうか」

僕が恐る恐る訊くと、相手はぼんやりとこちらを見てから合点がいったように笑った。

「ハッハハ、これは気が付かんことで。学生はん、そのクゲさんというのは何か商売をしているお家ですか」

商売と言われて思わず相手の顔を見返してしまった。お互いがほんのしばらく顔を見合わ

せていた瞬間、頭の隅で電燈が点《とも》ったように、

「お茶屋さんです」

と声が出ていた。

途端に相手も目をまんまるにして声を上げた。

「へぇ〜お茶屋さんどすか。祇園の？」

「は、はい」

「クゲ言うお茶屋さんはおまへんで」

ちょっと待って下さい、僕はリュックの中から久家君に聞いていたお茶屋の名前を記した小紙を取り出した。

「喜美屋《きみや》さんです」

「はいはい、喜美屋さんならたしかにおます。けどあそこは屋方《やかた》やけど……。そうやった、去年から小店もはじめはったんやな。そう言えばあのお家は久家さん言わはりましたな……」

相手は嬉しそうに座敷から下りて表に出た。

「あの辻が四条花見小路どす。あそこを左に下がらはって、ふたつ目の路地の角が喜美屋さんどすわ」

「わかりました。ありがとうございます」

歩き出して店を振りむくと主人はまだ店の前に立って交差点の方を指さしていた。路地に入ろうとしてまた見ると、まだ手を挙げていた。親切な人だ。僕は大きく手を振って路地に入った。

路地を見渡して、僕は立ち止まった。

そこだけが別の世界だった。少し陽が傾きかけた五月の空の下に、その通りは静かに浮び上がっていた。どの家も表戸が閉まっていて、商《あきな》いをしている気配はなく、同じ高さの屋根が整然と奥まで連なっている。人影がなかったせいか、この一角だけがまだ水の底に眠っているように見えた。通りのむこうから一陣の風が吹いてきて僕の頬を撫でた。草の匂いでも土の匂いでもない甘酸っぱい匂いがした。夢の中に立っているような奇妙な感覚だった。下駄音がして僕のそばを一人の浴衣《ゆかた》姿の女の子が通り過ぎた。浴衣のあざやかな牡丹《ぼたん》の柄が、僕の目の前に淀んでいた世界を乾いた下駄音とともに切り裂いていった。

僕は女の子の後を追うように歩き出した。右手の路地から老婆が二人あらわれ、次の路地から岡持ちを手にした小僧が乗った自転車が出てきて通りに人の気配がしはじめた。

ふたつ目の路地に立ち、久家君の家を探した。

目の前に喜美屋と表札があった。

近づいてその表札を見直した。表札から少し離れた軒下にちいさく久家トミ江、祐一と書かれた札があった。

たしかにこの家だ。

呼び鈴がないので木戸の前で大声を出した。ごめんください、ごめんください。返事が返ってこない。留守なのか……。木戸に触れると音もなく開いた。中に入ると土間があり、そこに上がり口があった。

「ごめんください」

大声で言うと、は〜いと女の声がして、足音とともに浴衣姿の若い娘があらわれた。

相手は僕を見て少し驚いたようで、ゆっくり頭を下げながら、

「ようこそ……」

とくぐもった声で言い、僕を見つめた。

黒い大きな眸はそのまま僕の胸の奥まで覗き込んでいるふうに見えた。何て綺麗な目なんだ。

「……あの、何かご用どすか……」

相手の声に僕は目を覚ましたように言った。

「久、久家祐一君のお宅はこちらでしょうか」

「へえ〜、祐さんのお家《うち》どすが。どちらさんどすか」

「東京の大学の友人で津田雅彦と言います。久家君はいらっしゃいますか」

「祐さん兄さんは今東京どっせ」

「えっ」

「ちょっとお待ち下さい」

女の子は消えて、お母《かあ》は〜ん、祐さん兄さんを訪ねてお友達が見えてますえ、と声が続いた。

上がり口の奥に掛け軸があり、その下の板間に花籠があった。そこに紫色の鋭い花先をした花が活《い》けてあるのが見えた。峠の休憩場で逢った老婆の籠の中にあった花と同じ花だった。

青竹に蔓を巻き上げた花は黒塗りの籠から顔をのぞかせるようにしていた。

——あの山里の花がこんなふうに活《い》けられるのか。

僕は自分が京都の町の中に立っているのだと思った。

「祐一どすか。どちらさんどす」

湯上がりのように火照《ほて》った顔をした女が浴衣姿であらわれた。

「初めまして津田雅彦と言います。久家祐一君の東京の大学の友人です。京都に来たら訪ねてくるように言われていたので……」

「へえ〜へえ〜、そう言えば祐一が言うてましたな。まあお上がりやして。私、祐一の母親のトミ江どすわ」

祐一の母親は奥にむかって大声を上げた。

「キヌ、お客はんが上がらはるえ」

先刻の女の子とは違う嗄《しわが》れた声が返ってきた。

すぐ脇の戸が開き、さっきの娘が下駄履きであらわれ、おいでやす、どうぞ、と脇戸の先に招き入れるように手を差し出した。

「クミ、二階の離れに案内したげて」

女の子の案内で奥にあった三和土《たたき》から家に上がり、急な階段を上がって、廊下をふたつ曲がって奥の部屋に通された。

ずいぶんと奥がある家だ。

どうぞ、今すぐにおぶ持ってきますさかい、そう言って女の子は障子戸を閉めた。

四畳半の部屋に屏風《びょうぶ》が立てかけてあり、そこに蝶が舞っている絵が描かれていた。

僕は立ち止まって左の窓を開けた。ちいさな中庭があり、案内してくれた女の子が水を打っていた。

彼女は窓から顔を出した僕に気付いて、ぺこりと頭を下げた。僕が笑い返すと、また頭を下げた。

かましまへんか、と声がして祐一の母親が入ってきた。

着物に着替えて、別人のように艶《あで》やかな女になっていた。

「遠い所からようおこしやしたが……」

玄関で立ち話をした時と目の前の女は所作がまるで違っていた。

開け放った窓から鐘の音とともに夕風が入ってきて、何の匂いか甘い香りが部屋の中に漂った。

鳥の声で目覚めた。

見開いた目に低い天井が迫っていた。見知らぬ天井だ。さてここはどこだったか、思い出そうとすると、妙な匂いに気付いて鼻先を鳴らした。

これまで嗅いだことのない匂いだ。指で鼻先を擦《こす》ると白い粉がついていた。指先を鼻に近づけると匂いの正体がこの粉だとわかった。

白粉《おしろい》の匂いだ。

それがわかった途端、昨夜、遅くに久家祐一君の従兄妹《いとこ》という芸妓《げいぎ》さんが部屋にやってきて、笑い転げていた姿がよみがえった。

「へぇ〜、ほんまに祐ちゃんの同級生なんどすか。ハッハハハ、ほんまに、ほんまどすか。ちょっと見せとくれやすな、帝大の学生はんの制服《べべ》を……」

僕が鞄の中から学生服を出して着て見せると、

「そこに立っとくれやす、立って見せておくれやして」

芸妓は少女のようにせがんだ。

僕が立ち上がると、芸妓は大きな口を開けて、ハッハハハと、帯の奥に手を差し込んでその場に身を捩《よじ》らせて笑い出した。何がそんなに可笑《おか》しいのだろうか。そうして彼女は涙を拭いながら言った。

「敬礼しとくれやす」

「兵隊や警官じゃないんだから敬礼はしないよ」

僕が言うと、相手はびっくりしたように目を大きく見開いて、また腹をかかえて笑い出した。

「ハッハハハ、そうどすな。学生さんどすもの敬礼はしいしませんね。ほんまや敬礼は兵隊さんやお巡りはんや、ハッハハハ、かんにんどすえ、ハッハハハ。さあさ、お座りやして、おおきに、着替えまでしてもろうてかんにんどすえ。いや、ほんまに祐ちゃんもそないして東京の町を歩いてはんのや。ちょっと待っとくれやす、すぐに戻ってきますよって」

芸妓は部屋を出ると、廊下でまた大声で笑っていた。

すぐに彼女は銚子と盃を載せた盆を手に戻ってきた。

「かんにんどすえ、しょうもないこと言うてしもうて、かんにんしとくれやす。まあ、一杯どうぞ」

相手は器用に盃を指先でくるりと返し、僕に差し出した。

「僕はお酒の方があんまり……」

「何を言うといやす。そんな大きな身体《からだ》しといやして、祐ちゃんのお友だちがお酒がかなんなんて、うちは騙《だま》されしませんえ」

そう言って僕の手の盃にもう銚子をかたむけていた。

「いや、僕は本当にお酒が……」

その拍子に手の盃が斜めになって上着に酒がかかった。

ひゃあ～、かんにんどす、と相手は大声を出し、僕の上着をハンカチで拭おうとした。

あっ、大丈夫ですから、と身をかわした途端に顔と顔がぶつかって二人ともあおむけに倒れた。

その時、障子戸が開いた。僕たちはあわててそちらを見上げた。久家君の母上が立っていた。彼女は重なり合っている僕たちを見て言った。

「何をしといやすの、そこで……」

あの時、芸妓の白粉が鼻先についたのだと思った。

甘い匂いだった。

あれから母上も少し部屋に居て、二人から酒をすすめられた。

麦酒《ビール》なら少し飲めるが、日本酒は苦手だった。母上も芸妓もかわるがわる盃の酒を飲み干して僕に渡した。それから先のことはよく憶えていなかった。

胸元をさわると、ちゃんと浴衣を着て寝ている。自分で浴衣を着た記憶がない。それとも誰かが……。誰が浴衣を着させたんだ。糊のきいた蒲団もちゃんと掛けてある。蒲団に入った覚えもない。

何だか不安になった。でも怖いような不安ではなかった。身体をすべてこの家に預けてしまったような感覚だ。妙な気分だ。

鐘の音が聞こえた。ゆうべも聞いた地を這うような低い鐘の音色だ。

「おはようさんどす」

窓の外から朝の挨拶を交わす若い子の声がした。

起き上がって窓を開けた。見下ろした中庭を一人の少女が掃除をしていた。昨夕も水を打っていた少女だ。彼女は二階の僕に気付いて、箒《ほうき》を持つ手を止めて、おはようさんどす、と深々と頭を下げた。

「やあ、おはよう。早いんだね」

僕が声を掛けると少女は、おぶお持ちしまひょか、と訊いた。

「何だって？」

「おぶあがりはります？」

「何だって」

すると軒下から老婆があらわれて僕を見上げた。そうして嗄《しわが》れた声で言った。

「おはようさんどす。お目覚めにならはりましたか。今、お風呂用意させますよって」

いきなり朝から風呂とはどういうことだと思った。

すぐに階段を駆け上がる足音がして中庭にいた少女が茶を運んできた。

「今すぐに風呂を用意しますよってに」

「朝から風呂には入らないよ。それより顔を洗いたいんだけど洗面所はどこだろう」

「顔を洗いはるんどしたら廊下に出て左に行かはったら階段がおす、そこを降りはったら洗い場がありますよって……」

「そう、ありがとう」

僕は部屋を出て階段を下りた。井戸のポンプが突き出た洗い場が中庭の隅にあった。僕は中庭に降り、ポンプの口に盥《たらい》を置き、柄《え》を一、二度しごくようにして引き下げた。水は勢い良く出た。盥に顔をつけるようにして水を両手で掬い顔を洗った。冷たくて気持ちが良かった。白粉もすべて洗い流した。もう一度ポンプの柄を上下させ、飛び出した水に口をつけ、喉を鳴らして飲んだ。腹の中に沈殿していた夜の気配がいっぺんに失せた。

「こりゃ、美味《うま》いや」

濡れた口を拭って顔を上げると、目の前に女が三人立っていた。

先刻、風呂に入れと言った老婆と茶を持ってきた少女、その間に浴衣を着た若い女が口を半開きにしてこちらを見ていた。

「あっ、おはようございます」

「お姐《ねえ》さん、この人どちらさんどす？」

真ん中に立った若い女が訊いた。

「祐さんのお友だちの方どすわ。昨晩《ゆんべ》、東京から来はったんどす」

「へぇ〜、祐さん兄さんのお友だちどすか」

「初めまして津田雅彦です。よろしく」

僕が挨拶すると、相手は急に浴衣の襟元をただし、おおきに、うちマメミどす、とぺこりと頭を下げた。すると三人が立っている背後の障子戸が開いて、浴衣姿の女が髪のほつれを直しながらあらわれた。

「朝から何やの、騒々しゅうて眠れしませんがな」

久家君の母上だった。

「すみません。おはようございます」

「へ〜、おはようさんどす。キヌ、祐一のお客さんに朝御飯だしたげて、あんたらおとなしゅう仕事をしよし」

母上は大きな欠伸《あくび》をして部屋の奥に消えた。

「ほなすぐ朝御飯の用意をしまっさかい、待っとくれやす」

キヌと呼ばれた老婆が言った。

マメミと名乗った若い女も欠伸して奥に消えた。少女一人が残って、おぶ、おかわりを入れまひょか、と訊いた。

「ちょっとそこらを散歩してくるよ。君、さっき聞こえた鐘の音はどこから届いたんだい？近くかい」

「建仁寺《けんにんじ》さんの鐘どす」

「建仁寺という寺なのかい。　その寺は遠いのかい？」

「いいえ、家をお出やして下がらはりましたら突き当たりが建仁寺さんどすわ。目の前に女《にょ》紅場《こうば》がありまっさかい、すぐにわからはると思いますわ」

「じゃ僕はその建仁寺まで散歩をしてくるよ。朝御飯はその後でいいかな」

「へえ、キヌさんにそうお伝えします」

僕は部屋に戻り、着替えて玄関に出た。先刻の少女が中庭へ続く木戸を雑巾で拭いていた。よく働く少女だ。少女は僕に気づくと、すぐに下駄を出してくれた。

「さっきの寺は家を出て左だっけ右だっけ」

「家をお出やして下がるんどすわ」

「下がる？」

「そうどす、下がらはったら建仁寺はんどす」

少女は雑巾を持った右手を上げて言った。

右に行くのを京都では下がると言うのだろうか、それなら左は上がるか？　僕は歩きながら、朝目を覚ましてから女ばかりと逢っているのに気付いた。こんな経験をしたのは初めてだった。おまけに朝から風呂に入れと言われた。祐一の母とマメミという若い女が消えた家の奥にはまだ何人も女が隠れているのだろうか。

喜美屋には男はいないのだろうか。

ほどなく前方に寺の門が見えた。

右手に続く土塀はたいそうな高さでてっぺんには瓦が葺《ふ》いてある。ずいぶんと格式のある寺のようだ。

門をくぐると境内《けいだい》は予期せぬほど広く、本殿に続く回廊に石畳の通路が交差し、石道が敷き詰められた白砂の間にのびていた。新葉を出した松の香りが朝の風に漂っている。朝早いせいか人影はなかった。石畳の道を喜美屋の少女が出してくれた下駄で石を蹴って音を立てながら歩いた。乾いた音が境内に響いて広い境内を独り占めしているようで気分がいい。

もっと大きな音を立ててやれと下駄の歯を蹴り上げると、突然、左手から五人の僧が一列に並んであらわれた。これから托鉢《たくはつ》に出かけるのか、整然と歩く姿は凜《りん》としていた。

思わず立ち止まって、僧たちが行き過ぎるのを見ていた。顔は深く被った菅笠《すげがさ》に隠れて見えない。皆草鞋《わらじ》履きで足音もしない。石を蹴立てていた自分が叱られている気がした。

僧が行き過ぎると、本殿の脇に白いものが佇《たたず》んでいた。何だろうか、と目を凝《こ》らすと、人がうずくまっていた。ちいさな背がまるまって、そこに赤い花のようなものが浮かんでいる。浴衣の花模様だった。若い女だ。何かを懸命に祈っていた。

僕はその場を動かず花を背負った女を眺めていた。遠目でもその女が健《けな》げに願い事をしているのが伝わってきた。

そばに近づくのが憚《はばか》られるほど彼女は一心不乱に祈っていた。

東京、麻布の家に働いていたおスミが、毎朝、祖父母の仏壇に手を合わせている姿は何度も見たことはあったが、こんなに若い女が、それも早朝わざわざ寺にまでやってきてお祈りをしている姿は初めて目にした。よく見ると彼女のうずくまっている場所だけに昇りだした陽差しが、光の帯のようになって当たっていた。赤い花模様が光の中で揺れている。

僕は何か尊いものを見ている気がした。

少しずつ彼女の横顔がはっきりと見えはじめた。閉じた目から零《こぼ》れた睫毛《まつげ》と和紙を小刀で鋭く削ったような鼻が、彼女の聡明さを伝えていた。

なんて美しい横顔だ。

僕はごくりと生唾を飲んだ。女の人の横顔がこんなに優雅だとは思わなかった。考えてみれば僕はこれまでこんなふうに女の人の顔をじっくり見たことがなかった。

しかしこんなふうに人が何かを懸命にしている姿を覗き見るのはよくないのではと思いはじめた。でもこの場を立ち去れないのは、あの人が今まで見たことがないほど優雅だったからだ。

彼女が顔を上げ、一礼して立ち上がった。僕はドキリとした。どうしようかと思ったが、彼女は真っ直ぐこちらにむかって歩き出した。僕も歩かねばと思い、足を出そうとした時、白砂に下駄が沈んでいたのか、前に突んのめり、足がもつれてあやうく転びそうになった。砂粒が飛び散り、石畳の上を音を立てて流れた。

その音に気付いて、彼女がこちらを見た。

正面から見た面立ちはさらに美しかった。肌が白いせいなのか大きな切れ長の目が僕を一《いち》瞥《べつ》した瞬間、何か突風のようなものが耳元を吹き抜けた。

僕は緊張して歩いた。二人の距離がどんどん近づいた。彼女は視線を落としたまま歩いている。すれ違う前に彼女は顔を上げ、僕にむかってちいさく会釈し、

「おはようさんどす」

とはっきりした声で言った。

「ああ、おはようございます」

僕は深々と頭を下げた。

顔を上げると、彼女も立ち止まり、僕に丁寧に頭を下げていた。目と目が合った。大きな雲母《きらら》のようなかがやきをした眸だった。

彼女はすぐに踵《きびす》を返して歩き出した。その拍子に手にした包みから何かが零れ落ちた。それはちいさな巾着のかたちをした袋だった。僕はそれを拾いながら、

「ちょっと、君。これを落としましたよ」

と声をかけた。

彼女は振り返って、僕の手の中を見た。

あっ、と声を発して胸にかかえた包みを見直し、

「おおきに……」

と近寄ってきて、差し出した僕の掌に指をのばした。白く透きとおった指がきらきらと光沢を放つ小袋を取り上げた。緋色《ひいろ》の紐が白い爪にからまって、僕はまたドキリとした。

「ご親切に、ありがとさんどす」

彼女が僕を見上げて、かすかに微笑んだ。

「それは何ですか」

僕が訊くと、

「匂い袋どす」

「匂い袋?」

「へぇ〜、ええ匂いがしますやろう」

僕が鼻先を動かすと、白い指が緋色の紐をつまんで袋を振った。いい香りがした。

「うん、たしかにいい匂いだね」

鼻を鳴らしている僕を見て、彼女は口元を手でおさえ、クスッと笑った。

翌日の昼過ぎ、久家祐一君が帰ってきた。

「いや、ほんまに来てくれたんや。嬉しいな。けど津田君、来るなら来るいうてなんで報《しら》せてくれへんのや」

僕は東京を発《た》つ前に久家君に葉書を出したことを伝えた。

「葉書やて？　そんなん受け取ってへんで。キヌ、キヌは居てるか」

久家君が大声で老婆の名前を呼んだ。

「へぇ〜、お呼びどっしゃろか」

働き者の少女が障子を開けた。

「キヌは居てるか」

「キヌさんは朝から宇治の方にお出かけどす」

「ほなオフクロ、いやお母《かあ》はんは居てるか。ちょっと呼んで来てな」

「お母はんは〝都をどり〟の挨拶回りで大阪に行かはって、戻られるのは夕方どす」

「なんや皆出とるんかいな。ほなおまえでかまんから、ここんとこ届いとる郵便物を探して持ってきてくれるか」

「ユウビンって何のことどっしゃろか」

久家君は眉根にシワを寄せた。

「郵便物もわからんのかいな。手紙のことや。いや手紙だけ違うて葉書もや。最近ここに届いたもんがどこぞにまとめてあっさかい、それを持ってきい」

「そんなんうち知りません」

「知らんかったら、誰ぞ姐さんに訊いて探しいな」

「姐さんたちは今日、早いお座敷聞いてはって皆髪結いさんに出かけてはります」

「何や誰も居いへんのか。揃いも揃うて、この家のもんは……、ほんまにかなんな」

久家君が不機嫌そうに言った。

「久家君、僕の葉書のことはいいよ。僕はここに来てるんだし。こうして君とも逢えてるんだから」

「まあ、そうやな。けどかんにんな。迎えにも出られへんで」

「そんなことかまわないさ。君が言っていたように、この祇園という町はなかなか面白いところだよ」

「そうか、気に入ってくれたか。そりゃ嬉しいな。僕が帰ってきたからにはもっとおもろいとこを案内するさかい……。津田君、お昼まだやろう。ちょっと食べに行こか。着替えてくっさかい、玄関で待っといて」

僕が玄関に下りると、少女が下駄音を立ててあらわれ、お出かけどすか、とつぶらな目を開けて僕を見上げた。

少女は名前を久美と言って、まだ十二、三歳だと言う。このように置屋で下働きをしながら舞妓、芸妓を目指して修業する娘を〝仕込みさん〟と呼ぶらしい。

久美は去年の春、四国からこの家に働きに来て、祇園町にある中学校に通いながら修業をしている。

昨日の午後、久美が何やら熱心に本を読んでいたので、何を読んでいるのか、と声をかけた。久美はあわてて本を隠した。

「見せてごらん」

僕が笑って言うと、久美は恐る恐る本を差し出した。

国語の教科書だった。それも誰かが一度使ったもので、ところどころに落書きがしてあった。

「そうか、勉強してたのか。いい子だね」

「お兄さん、お母はんには内緒にしといておくれやして……」

久美は真剣な顔で言った。

聞けば、学校の勉強は中学校に居る間に皆済ませてしまうように言われているらしい。

「それは少しおかしいな。勉強することは悪いことではないんだから」

「それが祇園の、この家の決まりどすから」

「じゃどうして熱心に読んでいたんだい」

「そ、それは、この話が面白いきに……」

久美は何やら変なイントネーションで話してからあわてて口を手でおさえた。

「どうしたんだい？」

「時々、土佐《とさ》の言葉が出てしまいます。土佐の言葉を話すとキヌさんにきつう叱られますねん」

ハッハハハ、僕は笑い出した。

久美が面白いと言っていた話はスウィフトの『ガリバー旅行記』だった。巨人の国が面白い、と久美ははにかみながら言った。

祇園の町を久家君と並んで歩き出した。

やはり東京にいる時より、町に馴染んでいるというか、久家君は活《い》き活《い》きとしていた。いろんな人が久家君の姿を見て挨拶した。

まあ祐ちゃん、長いことやな。元気にしといでか、お母さん、この頃、胃の調子はどないや、と声をかける老婆があれば、祐さん兄さん、こんにちは、と丁寧に頭を下げる浴衣姿の若い娘もいれば、いつ帰ってきはったんどすか、女将《おかみ》さんによろしゅう、と野太い声で挨拶する着物姿の男もいた。

「あれが男衆《おとこし》や」

「おとこし？　何だい、それは」

「主な仕事は芸妓たちの着付けや。舞妓さんの着物は重いさかい女の手ではきちんと着ることがかなんのや。舞妓のうしろに回って帯をぎゅうぎゅう締め上げるんや。いい仕事をする男衆の着付けは何べんお座敷に上がっても着くずれしいへん。普段はそんな仕事をしてるけど、祇園の中の行事があると男衆が出てきて世話をすんのや。〝店出し〟が、そのいい例や」

「〝店出し〟って？」

「〝店出し〟いうのんは舞妓としてデビューする時のお披露目《ひろめ》のことや。そりゃ華やかなもんやで」

久家君の話を聞いていて、あの久美もやがて〝店出し〟をする日が来るのだろうか、と思った。

四条通りを渡ろうとすると、むこうから大きな声で久家君の名前を呼ぶ女がいた。日傘を差した女は飛び跳ねて久家君に手を振っていた。

それを見て、久家君が、チェッ、と舌打ちした。よく見ると僕にむかっても手を振っている。女は急ぎ足で久家君に近寄ってきた。

「祐ちゃん、いつ帰らはったん、帰らはったら連絡して欲しいってトミ江母さんにせんど頼んどいたのに、聞いてはりまっしゃろう」

「そんな話、オフクロからは聞いてへんで」

「そんなんお母さん、いけずやわ、うちらが仲がええのん妬《や》いてはんの違いますやろか」

「わしとおまえは別に特別仲がええと違うやろう」

「そんなことおへん。うちらは従兄妹同士どすやん」

「それは親が勝手に親戚だっただけのことや」

「なんや、今日はいけずやわ、祐ちゃん何かおしたんか、津田はん」

女が僕の名前を呼んだので久家君が驚いて僕の顔を見た。

そこで僕はようやく目の前の女が二日前の夜、部屋に上がり込んだ芸妓だとわかった。

「何でおまえがわしの友だちの名前を知ってんねん」

「そりゃもう祐ちゃんのことなら、うちは何でも知ってまっせ。そうどんなあ、津田はん」

そう言って女は意味ありげな目をして僕を見た。

「津田君、これにどこぞで逢《お》うたんか」

「い、いや……」

「津田はん、何も教えたらあきまへんえ、あれはうちらだけの秘密でっさかい。ねぇ〜楽しゅ《ゆ》おしたな」

女が僕の胸元を叩いた。

「どないなってんのや」

久家君が首をかしげた。

「祐ちゃん、これからどこぞ行かはるの。お茶をごっそうして欲しいわ」

「生憎《あいにく》やな、わしは津田君と用があって出かけんのや。それに学生は芸妓さんにご馳走《ちそう》する金なんぞない。苦学生やしな」

「ほな、うちがごっそうしますわ」

「断っとくわ。お前にご馳走になるとあとが怖いさかい。さあ津田君、行こうか」

久家君は僕の手を引っ張るようにして歩きだした。背後から市電の音を掻き消すほどの大きな声がした。祐ちゃん、今夜、うち、喜美屋さんのお座敷聞いてまっさかい、お顔見に行きますから……。久家君はその声を無視してどんどん歩いて行った。僕はあわてて後を追った。

通りの両側にいかにも格式がありそうな家が並んでいる。しかしどの家も窓があるわけではなかった。

「これが全部お茶屋や。一見《いちげん》さんは入られへん。外から見ると構えはちいそうに見えるけど、中は広うて、奥のそのまた奥があんねん」

久家君が、奥のそのまた奥がという言葉を強調するように言った。

「あっ、いかん」

久家君が声を上げ、あわてて電信柱の蔭に隠れようとした。

通りの中央に和服姿の白髪の女性が立っていた。

白髪の女性はあわてている久家君をゆっくりと見て、かすかに口元に微笑を浮かべた。

彼女の背後におつきの女性だろうか、大事そうに荷物を持った女性が立っていた。

あかん……、久家君は舌打ちをして、道の中央に出ると背筋を伸ばし、

「富美松《ふみまつ》の大お母はん、こんにちは」

と丁寧に頭を下げた。

「祐さんか……、大きゅうならはったな。帝大に入ったそうやな。うちが見込んでたとおりや。あんたは祇園町の子供の中でも違うてると思うてた。勉強はしっかりしといでか」

「は、はい。大お母はん。僕、ちょっと急ぎますよってに……」

白髪の女性が僕を見た。

僕は挨拶した。

「こんにちは」

「この子、僕の学友で東京から遊びに来た津田君言うんですわ」

「その言い方は違うやろう。この子やのうて、立派な学士はんやないか。祐さん、男の人は男の友だちが大切や。ええ人やないか」

「あ、ありがとうございます。津田です」

「富美松どす。よろしゅうに」

相手は頭を下げたが、その所作が美しく、いかにも貫禄があった。

「ほな……」

久家君が僕の袖を引っ張った。

久家君は急ぎ足でその場を離れ、相手の姿が見えなくなると大きく息を洩《も》らした。

「ああ、たまげた……」

「親戚の人なの？」

「親戚？　何を言うてんねん。富美松の大お母はんや。僕が祇園町で一番怖い人や。僕だけ違う。この町の者は皆、あの人に世話になってんのや。うちのお母はんも、あの人の前に出たら借りてきた猫みたいになってまう。うちが念願のお茶屋を持てるようになったんも、あの人のお蔭や。ああして表に出はることがあんのんやな……」

「そんなに怖い人なの。僕にはとても優しい人に見えたけど……。それに美しい人だった」

「君は何もわかってへんねん。まあ、おいおい教えっさかい。早う行こう。腹が鳴ってもうてるがな」

表通りから狭い路地に入り、突き当たりを右に折れた場所にレストランがあった。店に入ると、モーツァルトのピアノソナタが静かに流れていた。

「やあ、いつ帰ってきたんや」

カウンターの奥から短髪に眼鏡をした人の好さそうな主人が久家君を見て笑った。

「今さっきですわ。マスター、オムライスふたつとエビフライひとつ」

壁に油彩の小品が掛けてあった。

こんな洒落《しゃれ》た洋風のレストランが祇園の中にあるのが意外だった。

「いい感じの店だね」

「そうだろう。ここのオムライスは絶品やで。東京の洋食はあかん。あんなものを東京の者はよう食べてるわ。気が知れへん」

僕は東京にもこういう感じのいい店はあるんだよ、と言いたかったが、久家君の東京が田舎という話が好きなので、その話はしなかった。

マスターが料理を運んできた。

「マスター、僕の大学の同級生で津田君や。津田君、マスターは僕の中学、高校の先輩なんや。ごっつ世話になってんねん」

「どうも初めまして、よく見えていただきました。祐一はどないです。ちゃんと勉強してますか」

「は、はい」

僕が口ごもるとマスターが笑った。

「津田雅彦と言います。よろしくお願いします」

「ほうっ、祐一のお友だちにしては礼儀正しい青年やね。東京ですか」

「はい、生まれも育ちも東京です」

「江戸っ子いうやつですか」

「いや、僕は下町ではないんです。久家君が言うところの東京の田舎者です」

ハッハハハ、マスターが高笑いしながら奥に消えた。

久家君が小声で言った。

「津田君、その話はここでせんといて。それに僕は君のことを田舎者とは思ってへんし……」

オムライスをひと口食べて驚いた。こんな美味《おい》しいオムライスを食べたのは初めてだった。口の中でライスと卵が溶けそうである。

「うん、こりゃ美味い。たしかに絶品だ」

僕が思わず声を上げると久家君は納得したようにうなずいた。

先刻、洋食なら東京にもいい店はある、と言いそうになったが、こんなに美味いオムライスは東京でもお目にかかったことがない。僕は久家君の趣味に感心した。

エビフライを半分に分けて食べながら、僕は先刻の久家君の従兄妹が最初の夜、部屋に入ってきたことを話した。

久家君は眉間に皺《しわ》を寄せた。

「あいつ、そんなことしよったんか。津田君、あの女には気い付けんとあかんで。こっちが油断してると知らん間に平気で隣りで寝てるようなやっちゃ。あんなんにつかまってもうたらえらいことになるで」

久家君に言われて、僕は口の中に入っていた水をごくりと飲み込んだ。

「君、何もなかったやろな……」

心配そうに僕を見る久家君の顔を見て、僕の方が心配になった。

「お茶でもしに行こか」

久家君は立ち上がり、マスターに、ご馳走さんでした、と礼を言って店を出た。

久家君はあの店で金を払わなかった。そのことを尋ねると、あれは家の方で支払うのだと言った。

「舞妓さんもな祇園町の中ではいっさい金を払わんでええようにしたんねん」

そんなシステムがあるのか、と僕はそのことにも妙に感心した。

縄手《なわて》と通りの名前がある道を二人して歩いた。通りを右に折れると、せせらぎの音が聞こえた。鴨川である。その水音を掻き消すように電車が音を立てて川沿いを通過するのが見えた。

喫茶店に入ると、そこでまた久家君は客の何人かと挨拶していた。客はすべて女だった。

レイコー、と久家君は言ってカウンターに立った女に指を二本立てた。

「どうだい、祇園の感想は」

久家君はあらたまったように言った。

「町並みがきれいだね」

「何やそれだけかいな」

久家君が物足りなさそうに僕を見た。

「それと……」

言いかけた言葉を僕は喉元で止めた。

「それと、何だい、遠慮せずに言えよ」

「それと、これは君の家だけのことかもしれないけど祇園は僕には女の人ばかりが目立つ町に思えるよ」

ワッハハハ、久家君がいきなり大声で笑い出した。

「僕、何か変なことを言ったかな」

ワッハハハ、久家君は笑いながら首を横に振った。

「ごめん、ごめん、津田君、君はたったの二日で祇園を見抜いているよ。女の人ばかりが目立つんじゃなくて、祇園は君が見たとおり〝女の町〟なんだよ。ワッハハハ」

祇園は女の町と言われても、世の中は男と女がいて成立しているのだから、僕には久家君の言葉の意味がよくわからなかった。

その日の夕刻、久家君が部屋に来て言った。

「どや津田君、お茶屋のお座敷を覗いてみるか」

「お茶屋って、ここがお茶屋だろう」

「ここはお茶屋違うがな。置屋やがな。置屋は芸妓さんたちをかかえている所や、客が来ることはない。お茶屋は隣りの棟《むね》や。お母はんの念願がかのうてようやく店を出せたんや。今、ちょうど宴会をやっとうさかい覗いてみるとええ。この家の物干しからお座敷が見えんのや。木が邪魔して見にくいけど雰囲気はわかっさかい」

二人して狭い階段を上がると小間があり、障子が開け放たれていた。

そこに上半身裸の久美が立っていた。

「ひゃあ、何をするきに」

久美は男のような声を上げた。

「アホ、おまえを見に来たんとちゃうわい」

大きな音を立てて障子戸が閉まった。

さらに小階段を上がると天窓があり、押し開くと夜空の星が見えた。そこに物干しがあった。心地良い夜風が頬に当たった。その風に乗って三味線と鼓《つづみ》、笛の音が聞こえた。

「ほれ、あそこや」

久家君が物干し台にしゃがみ込んで向かいを指さした。

欅《けやき》の枝の間から、そこだけが灯りに浮かび上がった広間が見えた。

数人の客が膳の前に座り、二人の芸妓が舞っていた。芸妓の紫色と浅葱色《あさぎいろ》の着物が淡い光の中で妖《あや》しく揺れていた。

三味線、鼓、笛の音が響いて、ひとしきりの舞いが終わると、三人の舞妓が宴席にあらわれた。

あでやかな衣装に身を包んだ舞妓に目を引かれた。一人、二人、三人目の舞妓の顔を見た途端、僕は思わず声を上げた。

「あっ、あの時の……」

久家君が怪訝そうな顔で僕を見た。

「どないしたんや？」

「えっ、あっ、何でもないよ」

僕はあわてて言って、宴席にあらわれた舞妓を見直した。

——たしかにあの娘だ。

その舞妓は、昨日の朝早く建仁寺の境内ですれ違った娘だった。

遠目でも、あんなふうに目がかがやいている娘はあの人に違いなかった。

大きな雲母のような眸は、あの朝の木洩《こも》れ日の中の清楚な印象と違って、揺らぐ燭台の灯りの中できらめくような艶気《つやけ》があった。

背中をむけたかたわらの客に声をかけられ、ゆっくりと彼女の顔がこちらをむいた。

——間違いない。あの人だ……。

僕は背後から誰かに胸の裏側を叩かれたみたいに身体の奥の方が揺れた。急に心臓が激しく鼓動を打った。ごくりと唾を飲み込んだ。

「津田君、どないしたんや、大丈夫か」

「うん、大丈夫だよ。綺麗なものだね。お茶屋のお座敷というのは……」

「そうやろ。なかなかええもんやろう。さすが津田君や。君なら祇園のお座敷の良さをわかるやろうと思うてたんや。今しがた座敷に上がってきたんが舞妓や。あとの姐さんたちは皆芸妓や。ほれ、あそこ、屏風の脇に座って三味線、鼓、笛を手にしとるんが地方《じかた》の姐さんたちや」

「ジカタ？　それは何なの」

「芸妓は、仕込みさんから見習《みなら》いさん、そうして舞妓になってからも芸事を習ってんのや。華道、茶道、舞いに音曲《おんぎよく》やらいろいろや、それが一人前になって、舞いを得意とする芸妓さんと三味線、鼓、笛なんかの音曲を専門にする芸妓さんになんのや。その音曲を受けもっとる芸妓さんを地方さんと言うのや」

僕は金屏風の脇で三味線を手に正座している女たちを見た。年配の女たちだった。

「それはどうやって決めるの？　替わるがわるにやるの」

「ちゃうわ。一度地方になったら、その芸妓はずっと地方なんや。お座敷で舞いを舞うことはないんや」

「そうなんだ。楽器を演奏するのが得意な人たちなんだ」

「そうとは違うねん。勿論、音曲が好きというのもあるが、どう説明したらええやろうな。芸妓言うのんは客からお座敷に呼ばれて初めて〝花代〟がつくんや」

「ハナダイって？」

「〝花代〟いうのんは芸妓さんのお手当て、給与みたいなもんや。検番《けんばん》に紙をねじり上げた〝花〟と呼ばれる紙縒《こよ》りがあってお座敷に上がると一本、二本と〝花〟がついて、その〝花代〟の数だけ手当てが貰えるようになっとんのや」

「へぇ〜面白いね。出勤表のかわりだ」

「そや、そんなところや。芸妓さんはその花代の数で手当てが多かったり少なかったりするわけや。芸妓をお座敷に呼ぶのは客や。客は金を出して遊びに来てんのやから、そりゃ器量好しで楽しゅうさせてくれる芸妓と遊びたいやろう。そうだろう、津田君」

「う、うん」

「考えてみいな。高い金出して遊びに来てんのやで、自分が気に入った芸妓を呼ぶのんは男の正直な気持ちいうもんやろう」

「………」

僕は何と返答していいのかわからなかった。

「客が遊びたいのはやっぱり器量のええ芸妓やで。だから器量好しと評判の芸妓はあちこちからお呼びがかかる。今、祇園に六百人近い芸妓がいてるが皆が皆器量好しとは限らんやろ。中にはぶさいくな芸妓もいてるがな。ぶさいくとまでは言わんかて、客と上手いこと話がでけへんいうか、酒の相手もでけん大人《おとな》しい芸妓もいてる。そういう芸妓は客から声がかからへん。お座敷がかからへんやったら芸妓は食べていけんがな。置屋もあがったりや。そこで客から声がかからへん芸妓を若いうちに地方になるようにすすめるんや。地方はお座敷に必要や。しかも客の酒の相手をせんかて済むし、それに地方は年を取ってもできる。いやむしろ音曲は年を取ればそれだけ腕が上がるしな」

「それであの屏風の脇の人は年寄りが多いんだ」

「そや、よう見てんな、津田君」

久家君が白い歯を見せた。

「けど、地方にも器量好しはいてんのや。ほれ、この家に婆さんがいるやろ。キヌや。あれは地方で器量好しやったのが自慢や。それを狙うて通う客もいる。〝水揚げ〟できる力のない客は地方として芸妓に働いて貰うとるのもいるくらいや」

「ミズアゲって？」

「えっ」

久家君が素《す》っ頓狂《とんきょう》な声を上げ、僕の顔をまじまじと見た。

「ほんまに水揚げも知らんの。かなんな……」

ひさしぶりに久家君の口癖の、かなんなと呆れた顔を見た。

威勢のいい鼓の音がして三味線と笛の音が続いた。

座敷に目を移すと、先刻の三人の舞妓が金屏風の前で舞いをはじめていた。

あの人は中央にいた。今しがた久家君が口にした器量好しの話ではないが、僕にはあの人が三人の中で一番美しく見えた。

「真ん中で舞っとるのはどこの妓《こ》やろな。あんな可愛い舞妓いてたかな……」

久家君が独り言のように呟《つぶや》いた。

僕はそれを聞いて、また胸が動悸を打ちはじめた。

「どこの妓やろうか……」

久家君が僕の顔を見返し首をかしげた。

「そうだね。綺麗な舞妓さんだね」

僕が言うと久家君は、ふぅ～んと声を出し、妙な顔をして頷いた。

祐さん兄さん、祐さん……と声がして振りむくと天窓を開いた久美が顔を出し久家君を呼んでいた。

「何や、今取り込んどうさかい」

「祐さん兄さんに電話が入ってます」

が僕のいる方にむかって手を差し上げ、じっとこちらを見ている気がしてまた胸が高鳴った。

「ちょっと先斗町《ぽんとちょう》に遊びに行こか」

久家君はそう声をかけ、僕に着替えるように言った。

「着替えは汚れたままだよ」

「誰ぞ家の者が洗《あろ》うとるて」

部屋に戻ってみると洗濯した衣服と下着が綺麗にたたんで置いてあった。石鹸《せっけん》の匂いがした。

僕は着替えて階下に降りた。

久美がいたので洗濯の礼を言うと、洗わはったんはうちと違います。キヌ姐さんどす、と返答した。

そう言われて、この家に来た翌朝、いきなり風呂をすすめた老婆の姿が浮かんだ。

——そうか、あの人がキヌさんか。

「誰からや」

「加瀬《かせ》さんいう方どす」

「何や、あいつか……」

久家君は舌打ちして立ち上がり、もう一度座敷を覗き見た。僕も座敷を見直した。あの人先刻、元地方の器量好しと久家君が言っていたのが彼女のことだとわかった。

――あの人も昔は芸妓だったのか。

そうだとわかると、この家に暮らす女たちは皆この町で、あの音曲の中で生きてきた女ばかりなのだ、と感心した。

「お出かけどすか」

久美が本を片手に僕を見上げて言った。

僕はぼんやりと久美の顔を眺め、

――この少女もやがて、あの燭台の灯りの中であでやかな着物をまとって舞いを舞うのか
……と思った。

せわしなく階段を下りる足音がして久家君があらわれ、久美の頭を軽く叩き、おまえ、そんな本を読んでたらまた叱られるで、と言った。

「これは〝都をどり〟の演目ですきい」

久美が久家君に本の表紙を見せながらむきになって言った。

「津田君、行こうか」

久家君は玄関を出ようとして立ち止まり、久美を振りむいた。

「おまえ、いつまでもそんな土佐弁使うとったらそのうち放り出されるで」

久家君の言葉に久美はニコリと笑って、

「お早《はよ》うお帰りやして」

　とすました声で言った。

　花見小路通りを歩き出すと、僕は隣家の玄関をちらりと見た。この一見静かな佇まいの家の奥で、あんなふうに宴が催されているとはとても思えなかった。

　あの人の眸がよみがえった。

　数歩先を早足で歩く久家君に気付いて僕はあわてて追いかけた。

　四条通りは人が多かった。

　頬に風が当たり水の匂いがした。柳の若葉が揺れている。前方に橋が見えた。四条大橋だった。

　僕は橋の中央に立って川面《かわも》を眺めた。流れは勢いがあった。水音が急に迫ってきた。

「あれが三条大橋や」

　久家君が北の方向を指さし、その指を反対方向にむけて、ほれっ、あれが五条大橋、と説明した。そこにかすかに橋の欄干が浮かび上がっていた。

「あれが義経と弁慶が出逢った橋だね」

　僕が言うと、久家君は笑いながら、そうやと頷いた。

　橋を渡り切ろうとした時、久家君が前方の川岸に並んだ家の灯りを指して言った。

「あの三条大橋からずっと家の灯りが続いてるやろう。あれは皆お茶屋のお座敷の灯りや。

ここが先斗町《ぽんとちょう》や」

先斗町の名前は知っていた。

「先斗町はどんな町なんだい」

「先斗町も祇園と同じ廓町や」

「そうなんだ」

「京都には五つの廓町があるんや。ほれ、あそこが宮川町《みやがわちょう》」

久家君が振りむいて対岸の五条の方を指し示した。

「祇園が甲部と東、宮川町、先斗町、それに北野天満宮のそばにある上七軒《かみひちけん》、この五つを五《ご》花街《かがい》と呼んどる」

「久家君、どうして京都にだけこんなに廓町があるんだろうね」

「それはこの町が長いこと都やったからや。昔から都は人が憧れる場所や。いろんな所から一目都を見てみたいと人が集まったんや。都は権力の大元や。人も集まれば金も集まる。権勢を競う場所には虚栄心と顕示欲が渦巻くもんや。贅沢を競うたやろうし、愉楽に溺れたはずや。廓町から世間を見ると人の欲望がようわかるもんや……」

久家君は川岸に揺れる座敷の灯りを見ながら真顔で言った。

クスッと久家君が笑った。

「せやけど、その欲望があっさかい都はずっと続いたんや。僕にも津田君にも欲望があるやろう。けど気いつけんとな。人ひとりの欲望なんぞ、この町は平気で呑み込んでしまうさかいな。とりこまれんこっちゃで」

「えっ」

僕が驚いて久家君を見ると、

「冗談やて、そんなん昔の話や」

と笑い返した。

先斗町の通りは祇園と違って、狭い路地だった。

路地の両側にお茶屋が並んでいた。

「これが全部、お茶屋なのかい」

「ああそうや。営業してへんとこもあるらしいが、ほとんどお茶屋や」

数軒先の店の木戸が開き、芸妓と舞妓が出てきて、こちらにむかって歩いてきた。路地に舞妓の履くぽっくりの音が響いた。

芸妓がこちらを見ていた。彼女は僕たちに近づくと久家君の顔を見て、

「いや祐ちゃん。いつ帰らはったんどすか」

と嬉しそうに言った。

「二日前や」

「たまには遊んどおくれやす。これからどこに行かはるんどすか?」

「トオルの所や」

「ほんまに、後で寄せてもろうてかましませんか」

「かまんけど。長いことはいてへんで」

「ほな、連絡してみますわ」

芸妓と舞妓が僕の方を見て会釈した。

久家君は歩き出しながら、

「あいつ中学の同級生なんや。学校に通うてる時はごっつおとなしい子やったんや。女はかわるもんや。ああ見えて、あいつ一児の母なんやで」

「ほんとうに？」

「ああ、女は弱し、されど母は強し言うのんはほんまやな」

そう言われて僕は路地を振りむいた。二人の姿はどこかに消えていた。

先斗町を北にむかって歩いた。路地の左手にさらに狭い路地が何本かあり、そこにちいさな看板と店灯りが点っていた。路地は通り抜けられるようで、むこうの通りを歩く人影が見えた。路地の奥にはまた路地がある。この町はどこまで奥があるのだろうか。

しばらく歩くと公園があり、久家君はそこを左に折れた。そうして一軒のドアの前に立ち、ここやと言った。そのドアには〝JAZZ・COMBO〟とあった。ドアを開け、階段を上がって行くと、ピアノの激しい音色が聞こえてきた。

煙草の煙りが立ち込める中にジャズの演奏に聞き入る客たちが屯《たむ》ろしていた。

カウンターに背を凭《もた》せかけた長髪の髯《ひげ》を生やした若者が久家君に手を振った。

「何べんか連絡したんやで、この連中、昨日東京から呼んだんや。どうやええ感じやろ」

「また髯伸ばしたんかいな。詐欺師に見えっさかい、やめとけって」

「これは今流行なんや」

「変な流行やな。津田君、こいつ俺の同級生で加瀬トオルや。トオル、俺の東京の友だちで津田君や」

「初めまして加瀬トオルです。遊びに来てんのか」

「はい、まあ……」

「二人とも今は授業があるんちゃうの。今日《きょう》びの大学生は気楽なもんやな」

「何を言うとんねん。その大学も追い出された者に言われとおないわ。津田君、何を飲む？」

「久家君と同じもので」

「ほなコークハイでかまへんか」

「ああいいよ」

ひとしきり演奏が終わると奏者たちがカウンターに集まって談笑をはじめた。

奏者の中の一人がカメラを持ち出して店の壁に飾られた古いジャズのレコードジャケット

や店の客たちを撮影していた。ライカだった。それも最新式だった。僕はその様子を見ていた。

「それ最新のM3ですよね」

僕が訊くと、彼は嬉しそうに頷き、君も撮るの、と言った。

僕は最新型のライカを手に取らせて貰いファインダーを覗いた。

彼等の演奏が再びはじまると、久家君が、ぼちぼち行こうか、と囁いた。僕はドラムを演奏しているライカの男に手を振って店を出た。

店を出てから少し道幅の広い川沿いの道を二人して歩いた。

歩きはじめると一杯のコークハイで身体が火照《ほて》ってしまっているのがわかった。

「ここが木屋町筋《きやまちすじ》でこれが高瀬川《たかせがわ》や。昔は大阪からの船がここまで上がってきてたんや」

「そうなんだ」

川面《かわも》を見ると藻《も》が生き物のように右に左に揺れていた。

鴨川と言い、この高瀬川と言い、京都にはあちこちに水の気配が漂っている気がした。

四条通りに出て、祇園にむかった。

四条大橋を渡ろうとすると橋のむこうから浴衣姿の女が二人こちらにむかってくるのが見えた。二人は久家君の姿を見つけるとあわてて橋の反対側の道に移った。

「あの子たち久家君の知り合いと違うの」

「祇園の妓たちやろな。僕の姿を見てあわててむこうの道に行きよったやろう。たぶん〝無《む》言詣《ごんまい》り〟をしてんのやろう」

「ムゴンマイリって何なの？」

僕は顔を伏せるようにして急ぎ足で橋のむこうを渡って行く二人を見ながら訊いた。

「〝無言詣り〟言うのんはな……」

そこまで言って久家君は言葉を切り、四条大橋の欄干に手をついて五条の方に目をやった。その目に何やら昔のことを懐かしがっている様子がうかがえた。

「〝無言詣り〟言うのは、芸妓が客を好きになって自分の想いがその人に通じるようにと神さんに願いをかけることや」

「そんなことがあるんだ……」

「それはそうや。芸妓かて人の子や。いろんなお客さんと逢《お》うてればやさしゅうしてくれる人もおるやろし、自分が好意を抱く相手がいてもおかしゅうはないわな。けど芸妓は自分からお客さんに想いを打ち明けることは御法度《ごはっと》や。そんなことをしたら二度とお座敷には上げて貰えんし、町を追い出されてしまう。けどそこは女や。好きになって恋ごころを抱くのはしかたがない。意中の人が自分の気持ちに気付いて、またお座敷に呼んでくれるように神さんに願掛けすんのや。それを〝無言詣り〟をして成就《じょうじゅ》でけるようにお願いすんのや」

「それをどうしてムゴンマイリと言うの」

「言葉を口にしないでお参りするから〝無言詣り〟や。祇園町を出て四条大橋を渡り、あの先にある祠《ほこら》の神さんにお願いに通うんや。その道中、誰にも口をきいてはいかんのや。口をきいたり、声を出したら、その想いは駄目になってしまう。幾晩通えば願いがかなうのか詳しくは知らんけど、ああして毎夜、通って想いをかなえようとしてんのや」

「へえ〜、ロマンチックだね」

「……そうやな」

「あの二人は好きな人がいるんだ」

「そうやない。一人はお付きでいるんや。途中知ってるお客さんやおねえさんに逢うたら挨拶せなあかんやろう。だからもう一人がそばについて行ったるんや。本当は〝無言詣り〟は御法度のことなんや。昔の芸妓はこの四条大橋を渡ることさえもあかんかったんやから

……」

そう言って久家君は目をしばたたかせて遠くを見た。

部屋に戻って横になったがコークハイのせいか身体が火照って寝つけなかった。

目を閉じると、欅越しに見た金屏風の前で舞う、あの人の面立《おもだ》ちがあらわれた。

僕の方に手を差しのべるようにしてこちらを見た大きな眸がゆっくりと揺れた。甘い匂いがした。いい匂いだ。

『匂い袋どす』

あの人の声がたしかに聞こえた。

僕は起き上がり部屋の中を見回した。

息苦しかった。胸が激しく動悸を打っている。こんな経験は今までしたことがなかった。

息苦しさに僕は立ち上がり、窓を開いた。夜風が入ってきた。僕は大きく深呼吸してひと心地つこうとした。

——どうしてしまったのだろうか。

そう思った時、下の庭で物音がした。

見ると、女が一人井戸端に片手を付き、水を飲もうとしていた。この家に着いた時、最初に逢ったマメミという芸妓だった。着物が少し乱れているようだった。勢い良く水を飲んでいるせいか彼女の喉の鳴る音まで聞こえてきた。大きく吐息を洩らした後、何か奇妙な声がした。何だろうと耳をそばだてた。それはマメミの声だった。

「……覚えてさらせよ。×××、このままではすまさへんえ、×××、ちくしょう」

彼女は腹から絞り出すように言って手にしていた柄杓《ひしやく》を地面に投げつけた。誰かの名前をくり返し呼んでいた。

その声はとてももの哀しく聞こえた。

六月の声を聞くと、東山は新緑を増し、空は青く澄み、連なる屋根瓦を陽差しがまぶしく照らした。風も水も都の彩りをよりいっそうあざやかにさせていた。

六月に入った日曜日の朝早く、洛北《らくほく》に出かけた。

夜が明けたばかりの時刻、家を出ようとするとキヌさんが起きていて、お食べやして、と弁当の包みをよこした。

「わざわざこしらえてくれたのですか、ありがとう」

前夜、中庭の隅でカメラの手入れをしていると、キヌさんが近寄ってきて珍しいものを見たように声をかけた。

「学士先生、何をしとうおいでやすか」

「キヌさん、その学士先生と言うのは止《や》めて下さい」

キヌさんは、先月の或る日、誰にその言い方を教わったのか、僕のことを突然、学士先生と呼びはじめた。

「僕はまだ大学を卒業していないから学士ではないし、ましてや先生なんかではないのだもの……」

「そんなおへん。あなたは帝大で勉強なさってはる立派な学士さんで先生どす」

「それは変だよ。第一そんな呼ばれ方をすると恥ずかしいし、困ってしまう。久家君を呼ぶように僕も名前で呼んで下さい」

キヌさんは久家君を、〝祐さん〟とか〝ぼん〟と呼んでいた。いくら言ってもキヌさんはその言い方を変えようとはしなかった。

「何をしとうおいでやすか。写真機どすな。これで写しはるんどすか」

「そうだよ。祖父の形見なんだ」

僕が言うとキヌさんは前髪のほつれをなおした。

「キヌさん、一枚撮ってあげようか」

「いいえ、めっそうもおへん。そんな大切な写真機で」

キヌさんは大袈裟に首を横に振った。

「明日、三千院に紫陽花《あじさい》を撮りに行こうと思ってね」

「そうどすか。それは楽しみどすね」

「キヌさんは三千院には行ったことあるの？」

「さあどうどしたやろ、昔のことは忘れましたわ。うちは祇園町しか知りませんよって」

キヌさんと話をしていると、顔や姿はまるで違うのだけど東京の麻布の家にいたお手伝いのおスミを思い出す。

弁当を渡してくれたキヌさんは家の表まで出て見送ってくれた。

「お早うお帰りやして、危ない所には行かんようにしなあきまへんえ。あすこは熊や猪が出ますよってに……」

「ハッハハハ、心配はいらないよ」

僕は笑って三条のバス乗り場にむかった。

大原は山里だった。田圃《たんぼ》の真ん中を歩いて行くと三千院は大きな木々に囲まれてひっそりと佇んでいた。

三千院、勝林院《しょうりんいん》、寂光院《じゃっこういん》を見て回り、写真は主に寂光院で撮った。寂光院の側にある小川のほとりでキヌさんのこしらえてくれた弁当を食べた。

吹く風の中に草の匂いがした。祇園を少し離れただけで、こんな山里があるのが不思議な気がした。

澄んだ青空を見上げていると、自分が解放されているような心持ちになった。久家君の家を訪ねて二十日余りが過ぎていた。

東京のごく普通の家庭で育った僕にとってあの町は見るもの聞くものすべてがまったく別の世界のものだった。こうして陽光の下にいると、あの町だけが目に見えない高い塀のようなものに囲われた独立した国のようで、そこに平然とあの人たちが生きている気がした。里の風に吹かれていると何やら奇妙な安堵があるのだが、それでいて陽が傾く前にあそこに帰りたい気持ちもある。

そうしたい理由の大半は、あの人にあるのだろう。あの夜、物干し台の上から姿を見て以来、僕は彼女に一度も逢っていなかった。最初に出逢った建仁寺にも何度か出かけたのだが、姿を見かけることはなかった。

狭い廓町のどこかに彼女はいて、毎夜、お座敷に上がって舞いを舞い、客に美しい姿を見られている。幾夜か祇園の中をそぞろ歩いたがあの人のうしろ姿さえ目にすることはなかった。

もう一度逢いたいと想いはじめてから、あの人がまるで幽霊のように思える。いっそこの気持ちを久家君に打ち明けてしまえばいいのだろうが、僕にはそんな勇気はなかった。毎日、息苦しい夜が続いた。その息苦しさから解放されたいと思い三千院に出かけてきたのだった。

それでも午後になると、あの町に早く帰ろうとしている自分がいた。

僕は吐息をつき、周囲にひろがる田園風景を眺めていた。

祇園に着いた時刻は夜の九時を過ぎていた。

大原からのバスの車窓から見えた八瀬《やせ》の里の風景が目にとまり途中下車して撮影した。シャッターを押しはじめると没頭してしまい、日が暮れるのにも気付かず山里に分け入っていた。お蔭でいい写真が撮れた気がした。

家に入ろうとすると中から男の声がした。

この家で久家君以外の男の声を耳にするのは初めてだった。

「おまえはいったい何を考えてんのや。初めにあれだけ言うて聞かせたやないか。四国を出た船の中で言うた話を何も聞いてへんかったんか。この阿呆が……」

「かんにんどす。もう二度としませんよってに……」

泣きながら詫《わ》びているのは久美の声だった。

「ほれ、もういっぺんちゃんと手をついて謝ってお家《うち》に置いて貰えるように頼むんや」

「お姐さん、お願いどす。もう二度としませんよってに、どうぞお家に置いておくれやす……」

「あきません。この子は性根が曲がりくさってます。仕込みのうちから人の目を盗んでこないなことをするんは育ちがあかんのや。ぐだぐだ言うたかて同じことや。早う荷をまとめて連れたってな」

キヌさんの声だった。

「お姐さん、かんにんどす。かんにんどす。どうぞ許して下さい。もう二度としませんよってに」

「何すんねん。うちの着物《べべ》にさわらんといてくれるか」

久美の泣き声が続いた。

その言葉を聞いていて僕には、あのキヌさんが話しているとは思えなかった。

その剣幕にどうしてよいのやらわからず木戸の前で立ちつくしていた。

その時、いきなり木戸が開いて久家君が出てきた。

「何や帰ってきてたんかいな。そんな所に立って何してんのや」

僕が奥を見ると、久美が地べたに手をつき泣きながら男とキヌさんを見上げていた。

「あれか、いつものこっちゃ。あいつ大丸《だいまる》に行って、これしよったんや」

久家君が左手のひとさし指を鉤《かぎ》型に曲げて鼻で笑った。

——盗みをしたのか……。

僕は驚いて久美を見た。

「ようあんたも盗人《ぬすっと》を家に入れてくれたな」

キヌさんが男に毒突《どくづ》いた。

「盗んだとちゃいます。うちは買《こ》うたんどす」

久美が弁解していた。

「まだ言うてんのか。ほなその銭はどこにあったんや。お家の銭を盗んだんちゃうのか」

「違います。違います。うちが高知から持ってきとったお金どす」

「嘘をつくな。おまえの家に銭なんぞあるか」

「ほんまどす。お姐さん、ほんまどす」

足元にすがろうとした久美の手をキヌさんが足で払った。

見てはいけないものを見た気がした。

「津田君、腹は空《す》いてへんのか」

久家君の声にキヌさんが僕を見た。

僕に気付いてキヌさんは久美と男に奥の方に行くようにうながした。

「ほれ、末吉町のマスターのとこに行かへんか」

「う、うん」

久家君は僕の荷物に気付いて、大声でキヌさんを呼んだ。

「キヌ、津田君の荷物を頼むわ。二人でマスターのとこに行ってくっさかい」

「ようお戻りやした。まあぶさいくなとこをお見せしてかんにんどすえ。早うお帰りやして」

先刻と違って、あのやさしいキヌさんに戻っていた。

花見小路通りを歩きながら久家君に訊いた。

「何があったの?」

「たいしたことちゃうがな……」

久家君は笑いながら話した。

久家君の話では、今日の昼間、久美が一人で四条通りの寺町通りを越えたデパートに出かけて売り場から小鏡《こかがみ》を盗んだと言う。久美は自分で買ったと言い張ったが、彼女に小鏡を買うほどの金は持たせていないから、それは当然、盗んだことになった。小鏡を見つけた時にはデパートは閉店していたからたしかめようがなかった。それで喜美屋としては久美を四国から連れてきた口入れ屋の主人を呼んだ。事情を話して、久美を四国に返すなりしてくれということになったらしい。

「その小鏡は久美が買ったんじゃないの」

僕は久家君に言った。

「そうかもしれへんが、それはたいした話とちゃうねん。要は仕込みが勝手に四条大橋を越えて外の物を持って帰ってきたからや」

「それがいけないことなの」

「そうや。芸妓は独りだちするまでは金にはふれさせせんことになってんのや」

「どうして」

「金は持たせせんのが慣《なら》わしや。欲しいもんがあったらお家に言って頼めばええんや。何か買いたいもんがあれば祇園の店に行って、どの店でも自分がどこそこの誰やと言えば黙って品物が貰えるようになってんのや。せやから芸妓は金に手をふれんようにできてんねん。おかしいと思うやろう。そうさせとかんと芸妓は銭勘定を覚えてしまうんや」

「………」

僕には久家君の言ってることがわからなかった。

その夜、僕は部屋の上の小部屋にいるはずの久美のことを考えた。

久美は盗みをするような子ではないと思った。

久美はどうやら許してもらったらしく、翌朝、部屋の窓から顔を覗かせると、中庭を箒《ほうき》で掃いていた。

僕は階下に降りて、洗い場で顔を洗った。

「やあ、おはよう。頑張るね」

「おはようさんどす」

久美は言って頭を深々と下げた。

いつもより丁寧過ぎる挨拶がおかしかった。

僕が、クスッと笑うと、久美は急に不機嫌な顔になり、ぷいと横をむき掃除をはじめた。

空を見上げるとまだ早朝にもかかわらず真蒼《まつさお》に晴れ渡っていた。

「いい天気だな。山でも登りたい空だ。あっ、そうだ、君、この近くにフィルムの現像屋さんはあるかい」

僕がポケットからフィルムの缶を出して手の中で遊んで見せると、久美は興味深そうに近寄ってきて言った。

「フィルムの現像どすか。四条縄手《しじようなわて》に写真屋さんが一軒おす。それがフィルムですか」

僕は缶の中からフィルムを出した。

久美はふくらませた鼻を近づけるようにして訊いた。

「これがあの写真になるんどすか」

「そうだよ。いい写真が撮れてるといいんだけどね」

久美は指の先でフィルムに触れて、

「林檎《りんご》の匂いがしますね」

と鼻を鳴らした。

「そうなんだ。君は鼻がいいね」

「犬みたいに言わんといて下さい」

「ハッハハ、ごめん、ごめん」

僕が謝ると久美が白い歯を見せて笑った。

可愛い笑顔だった。久美はやはり笑っていた方が似合う子だと思った。

「おはようさんどす」

キヌが立っていた。

キヌの姿を見て久美があわてて箒を動かしはじめた。

「学士先生、えらい早うおすな。今日もまたお出かけならはるんどすか」

「今日は出かけないよ。キヌさん、この近くにフィルムの現像をしてくれるところはないかな」

「フィルムの現像どすか。そうどすか。ほな訊いてみまひょ」

「あっ、いいよ。通りに出て訊いてみるから……」

僕の言葉を聞かずキヌは奥に消えた。

どこかに電話をしているキヌの声がした。

僕はぼんやり塀の向こうから空にのびている欅の木を仰いだ。陽差しに若葉がかがやいていた。欅の新緑を見ているうちに、あの人のことを思い出した。

——この一画のどこかであの人はもう目を覚ましているのだろうか。

僕は思い出したように表に飛び出し建仁寺にむかって走った。境内に入ると若い僧が数人、本堂前を掃き清めていた。老婆が一人本堂にむかって手を合わせている以外誰もいなかった。

僕は舌打ちして足元の小石を蹴った。

——そうだよな。あれからもう何度もここに来てるのにあれっきり逢えていないのだものな。そう上手くいくわけはない……。

自分に言い聞かせてさわさわと朝風に音を立てる松葉に目をやった。

「夏になるんだな……」

僕は声を出し、松葉から落ちるように舞い下りてきた蝶を追った。蝶は遊んでいるのか右に左に同じところを旋《まわ》っていた。その動きに目を奪われていた時、視線の彼方《かなた》に真っ白な人影が唐突にあらわれた。

「あっ」

僕は思わず声を上げた。

あの人だった。西門をくぐって本堂へ真っ直ぐむかって歩いてくる。日向《ひなた》と木蔭を白い蝶が流れるように進んで行く姿がまぶしかった。胸が動悸を打ちはじめた。本堂の前に着くと、最初にここで見た時と同じように石畳の上にしゃがみ込んで手を合わせ、そのままじっと動かなかった。

——何を祈っているのだろう。

一分、二分……じっと祈り続けている。そのうしろ姿が痛々しく思えた。

ようやく顔を上げると、立ち上がって賽銭箱《さいせんばこ》に小銭を投げ入れた。そうして一礼すると踵を返してこちらにむかって歩き出した。

僕はごくりと生唾を飲んだ。このまま松の木の蔭で立っていたのでは覗き見していたように思われる。僕は本堂にむかって歩き出した。

彼女は僕の姿を目に止めると一瞬歩調をゆるめた。僕も立ち止まり思い切って挨拶した。

「やあ、おはよう」

「おはようさんどす」

「前にここで逢いましたよね。早くからお参りにみえるんですね」

彼女はちいさくうなずいた。

「うちも覚えています。あなたさんもずいぶん早くにここにおいでやすね」

「僕は散歩です。朝は空気が美味しいですから。歩いていると元気が出てくるんです」

彼女はかすかに笑った。

「お参りは何かお祈りをしてるのですか」

「へぇ～、うちの家族のことどす。母の具合いがよくなくて……」

その時、彼女の顔がくもった。

僕はそれ以上訊いてはいけないと思い、

「あんなふうに一生懸命お祈りをしていたらきっと仏さまは願い事をかなえてくれて、お母さんもよくなりますよ」

と言った。すると彼女は目をしばたたかせ、

「おおきに、ありがとさんどす」

と嬉しそうに笑った。

「ほな、さいなら」

彼女は素っ気なく言って歩き出した。

「さよなら、じゃまた」

僕も言ってから本堂にむかって歩き出した。数歩進んで、名前を聞くのを忘れたことを思い出し、あわてて振りむいた。すると彼女はもう東門を曲がろうとしていた。

「まったく何をしてるんだ」

僕はまた足元の石を蹴った。

その石が近づいてきた老婆の方に転がった。

あっ、す、すみません、僕は頭を下げて老婆を見た。相手は何事もなかったように通り過ぎた。僕は踵を返して東門に走った。花見小路通りに出ると、あの人の姿はなかった。僕は肩を落として、その場に立ちつくした。それでも時間が経つと再会できたことに興奮した。もう二度と逢えないのではと思っていただけに気分が昂揚しはじめた。僕は境内に引き返し、本堂の前に立ち再会できたことの礼を言い、小銭の持ち合わせがないので次に必ず持ってきますと約束した。

境内を出て花見小路通りを歩き出すと、どこか身体が浮き上がるような心地がした。家前《いえまえ》を掃いている見習いさんが僕に挨拶した。

「おはようさんどす」

「やあおはよう」

そう言ってから、本当におはようだ、早起きは三文の得とはよく言ったものだ、と自分で大きくうなずいた。

家に戻ると久家君が珍しく起きていた。

「君は相変わらず早いな。また散歩かいな」

「うん、朝の散歩は気持ちがいいよ。それに仏の御加護と三文の得だ」

「何をわけのわからへんこと言うてんのや。朝から元気やな。君にはほんまかなんな」

久家君が大きな欠伸《あくび》をした。

「今朝は早いけどどこかに出かけるの」

「そうや、お母はんの用事で亀岡まで出かけなあかんさかい」

「それは親孝行だね。えらいよ」

「チェッ、君に誉《ほ》められてもちっとも嬉しゅうないわ」

久家君はまた欠伸をし手拭いをぶら下げて洗い場の方に行った。

朝食を久家君と母上の三人で食べた。

「そう言うたら、あんたら学校に行かへんでかまへんのか」

僕と久家君は顔を見合わせた。

「そやさかい何度も言うてるやろが。三年生になったら自主学習があんのんやて。それぞれがテーマを決めてレポートを作成すんのやて……」

久家君がすかさず言った。

「そうなん。それでそのテーマとかレポー……とかいう勉強をいつやってんのや。うちにはあんたらが遊んでるようにしか見えしまへんけどなあ……」

母上は口の中で沢庵《たくあん》の音を立てながら言った。

「そりゃ、津田君に失礼やで。昨日もそのテーマのことで大原まで出かけたんやないか。これでなかなかレポート作成も大変なんやで、なあ津田君」

「あっ、そうなんです。でもお母さんの言われるとおり勉強のやり方が少しゆっくり過ぎるかもしれませんが……」

「何を言うてんのや。物事の本質を見極めようと思ったら対象をじっくり観察せなあかん。学問の探究は急いだらあかんで」

久家君が眉間に皺を刻んで僕を睨《にら》んだ。

「そ、そうだね」

僕はあわてて返答した。

「何のこっちゃ、ようわからへんけど。落第だけはせんといてな。祐一、早う着替えよし。もうすぐ迎えが来るさかい」

「もうごっそうさんや、キヌ、お茶持ってきて」

「はいはい。えらいせわしない朝どすな」

キヌがお茶の載《の》った盆を手にやってきた。

「学士先生はゆっくりでかましませんのどっしゃろう。さっきの現像所どすが……」

「キヌ、その学士先生言うんは、おかしい言うとるやろう。他人《ひと》が聞いたら笑われるで」

久家君が言った。

「そんなことおへん。こないだ検番で組合長はんにも訊きました。少しもおかしいとこはおへんと言われました」

「それは組合長もおかしいんやて。今日び、そないな言い方をする者はいてへんて……」

キヌは久家君の言葉に頬をふくらませていた。

「久家君、そんなに言わなくてもいいんじゃないか。キヌさんは丁寧に言ってくれてるだけなんだから」

「丁寧と間違いはまったく別のことや」

久家君はキヌの顔色などまったく気にしていない。茶を飲んで立ち上がると、キヌ、革靴は他所《よそゆ》行きを出しといてや、と言って二階に上がった。

「学士先生、ほんまにおかしゅおますか」

キヌが心配顔で訊いた。

「大丈夫だよ。気にしなくていいよ。僕は平気だから」

「それを聞いて安心しましたわ」

表で車が停車した気配がした。

「お車《とも》参りましたえ」

久美の声が響いた。

ネクタイをした久家君があわてて階段を下りてきて、オッスと手を上げ表に出て行った。

二人が出て行くと家の中は急に静かになった。

キヌが卓袱台《ちゃぶだい》の前で一人朝食を食べ始めている。

奥からのそのそとマメミが起きてきた。

「なんや朝から騒々しいな。ゆっくり寝てられへんがな。どないしたん……」

「お母はんが祐一さんと亀岡に出かけはったんどす」

キヌが茶漬けを口に流し込みながら言った。

「ああ、そうか、今日はお父《とう》はんの法事がある言うてはったな」

それで久家君がネクタイをしていた理由がわかった。

僕が二階に上がろうとすると洗濯物の入った金盥《かなだらい》をかかえた久美と出くわした。

僕が久美から金盥を取ると、そなんあきませんて、と久美が言ったが、僕は強引にそれをかかえて三階まで一気に駆け上がった。

久美が天窓を開けてくれた。頭を出すと朝の風が頬に当たった。

ヨッコイショ、と金盥を物干しの床に置くと、

「力持ちなんですね」

と久美が言った。

僕はシャツの袖を捲《まく》り上げて二の腕の力瘤《ちからこぶ》を見せた。

「どうだい、力道山のようだろう」

すると久美が、空手チョップと口走りながら僕の胸先を手で突いた。

「干すのを手伝おうか」

「そなんしたら周りのお家が皆見ていまっさかい。あとでうちが叱られます」

久美に言われて周囲を見ると、あちこちの物干しで立ち働いている女たちの姿があった。僕は物干しの棚に寄りかかり、山城《やましろ》の方を見た。青空が広がっていた。

「いや気持ちがいいな」

僕が背伸びをすると背後で久美が言った。

「今日は朝から何かいいことがあったんどすか」

「どうして？」

「なんや、そんなに嬉しそうな顔、初めて見ますよって」

「そうか、わかるかい？」

「ほんまにいいことがおしたんや」

「まあね……」

「何がおしたん？」

「君に言ってもわかってもらえないと思うよ。君も大人になればわかることさ」

「子供扱いせんといて下さい」

振りむくと洗濯物を手に久美がこっちを睨んでいた。

「ごめん、ごめん。そんなつもりで言ったわけじゃないんだ。そうだな。教えられることがあるとすれば、〝早起きは三文の得〟ってところかな」

僕はまた両手を空に突き上げ伸びをした。

南の方から夏の雲が昇り出していた。

六月の下旬、金沢の美術大学に行っている友人の秋野《あきの》修《おさむ》君から久家君の家に電報が届いた。

津田雅彦サマ

ハハウエカラ　フミアリ　ソチラニトウカンスルヤ

秋野修

手紙の内容は察しがついていた。

春からの授業を休んでいる僕に様子を訊きたいと言ってきているのだ。母から手紙が届いたということは父がヨーロッパ出張から戻ってきたに違いない。

僕は京都から金沢に行くことを母に告げて出かけてきた。

秋野君は中学、高校の同級生で互いの家に何度か泊まりに行ったことがあるほど仲が良かった。母は秋野君をとても気に入っていた。だから秋野君の所に行くと話した時、母は旅行をすぐに許可してくれた。僕も秋野君には何でも話せたし、最後まで僕に一緒に美術大学に進学しようと言ってくれたのも彼だった。

僕はすぐに秋野君の下宿に電報を打った。

秋野修サマ
スグソチラニイク
津田雅彦

でもすぐに出発できなかった。

七月の初めに祇園の芸妓、舞妓たちがうち揃って八坂神社に詣でる〝みやび会〟という行事があったからだった。


七月に入ると、京都は祇園祭に賑わいはじめる。

七月一日の吉符入《きっぷい》りにはじまり、町のあちこちで祇園囃子《ぎおんばやし》の音色が聞こえてくる。

十七日の山鉾巡行《やまぼこじゅんこう》の本番まで懸命に稽古する囃子の音が朝夕鳴り響く。その音色を耳にすると京都の人は、夏がやって来たのだ、と実感しはじめる。

七月初旬、人々がこころを浮き立たせている祭りの気配のする中で、八坂神社の境内には真新しい浴衣姿の祇園の芸妓、舞妓がそれぞれの芸事の精進を祈ってお詣りする。

祇園の舞いの要である井家上《いけがみ》流の〝みやび会〟の八坂への参詣だ。この会は井家上流の発展を祈願する会でもある。

井家上千代《ちよ》以下、師弟一同が揃いの浴衣で参詣する光景は華やかそのものだ。新緑のまぶしい八坂神社の境内を家元、千代を先頭に、拝殿に上がり、神官さんの御祓《おはら》いに続いて、巫女《みこ》さんからお神酒《みき》をうける。

その日の朝は空が明るくなると、いきなり蟬時雨《せみしぐれ》が祇園に降りかかった。

芸妓、舞妓が新調した浴衣で次から次に表にあらわれた。どうしても見学したいと言う久美を連れて僕は、カメラを手に八坂神社の境内に行った。

次から次にあらわれる芸妓、舞妓に見物人の中から吐息が洩れた。やがて家元、井家上千代があらわれると芸妓衆がいっせいに挨拶した。

「お師匠はん、お世話さんどす」

女たちの声が境内に木霊《こだま》して、僕にはそこだけが別世界に思えた。

僕はあの人の姿を探した。家元を先頭に拝殿にむかう芸妓衆は誰も皆あでやかで美しかった。

「あっ、いた」

僕が声を上げると、久美が、

「誰がいはったんどすか」

と訊いた。

僕は久美を無視して、参詣の列の中にいる彼女をじっと見つめた。その美しさは芸妓たちの中でひときわ目立っていた。彼女の周りだけに光のようなものが発散していた。

僕はカメラのファインダーを覗き、シャッターを押した。

その時、一瞬、彼女がこちらを見た気がした。僕はあわててファインダーから目を離して彼女の方を見た。彼女は拝殿の方をじっと見つめていた。

たしかにこっちを見たように思った。

皆が拝殿の中に消えた。

「ねぇ、誰をそんなに一生懸命に撮っといやすの。どの芸妓はんどすか」

「誰でもないよ」

僕が素っ気なく言うと、久美は疑うような目で僕の顔を覗き込んだ。

「もしかしてお家のマメミさんどすか」

僕は首を横に振った。

「あっ、やっぱり誰かお目当てがあったんや。誰、誰どすか」

久美がシャツの袖を引っ張った。

「誰でもないって……」

「ケチやな。そない内緒にしはるんなら、祐さん兄さんに津田さんは祇園の中に好きな人がいてはる言いますよって」

「何を言ってるんだ。そんなことをしたら君が中学をさぼってることをキヌさんに話すぞ」

「かましませんもん」

やがて参詣を終えた芸妓たちが出てきて、記念撮影になった。八坂の西楼門の階段に総勢二百人近い芸妓たちが揃いの浴衣で立つ光景は壮観だった。

僕は撮影技師の背後に行こうとした。久美がシャツの背中を引っ張った。

「正面に回ったらお母はんにまる見えどす」

家元が座る最前列の右端にトミ江の姿があった。

僕は右斜め後方から芸妓たちを見た。

あの人は最後列にいた。あの大きな眸ですぐにわかった。

ファインダーを覗くと、本当に美しかった。僕はシャッターを押すのを忘れて、彼女の顔をじっと見ていた。

第二章　金沢

その日、朝早くに久家君の家を出て京都駅にむかった。

昨夜、友人のいる金沢に行くことを久家君に告げた。

「津田君、戻っておいでや。祇園祭は見なあかんで、そうやないと京都の良さはわからへんで……」

「でもあんまり長居をしても迷惑だと思うし……」

「何を言うてんのや。あれでお母はんも君が家に居てくれて頼もしい思うてんのや。第一キヌが淋しがるがな」

そう言われると僕は戻ってくる約束をせずにはいられなかった。本心はあの人に逢いに京都に帰ってきたかった。久家君の言葉は僕を救ってくれた。

京都駅から湖西《こせい》線に乗って北にむかった。

急ぐ旅ではなかったからデッキに立って、しばらくは流れる風景を眺めていた。

京都を離れるとすぐに山科《やましな》に着き、そこから隧道《トンネル》に入った。隧道を抜けると目の前に琵琶湖がひろがった。近江の海である。対岸は草津の町が白く霞んでいた。湖面は夏の陽差しに光っていた。比叡山の山腹からこの湖を見たのがつい昨日のように思える。

湖面にいくつもの杭のようなものが並んでいるのが見える。

「あれは何だ?」

僕が声を上げると、かたわらにいた老人が言った。

「あれは魞《えり》言うて魚を獲る仕掛や」

「エリ? かわった名前ですね」

「そうやね。魚が先に先に行く習性を利用して段々奥に追い込んで行くようになっとるらしい」

「そうなんですか。人間はいろんな智恵があるんだな」

僕は光る湖水を見ながら、京都をほんの少し出ただけでまるで違う風景になっていることに妙な感慨を覚えた。

湖水に浮かぶ船もどこかのんびりしていて京都の喧噪が嘘のようだった。それにしても大きな湖である。先刻からずっと湖面が続いている。やがて湖の沖合いにお椀を逆さにしたような島影が見えた。

「あれが竹生島《ちくぶしま》か」

「学生さん、どちらまで行きなさるかね」

先刻の老人が訊いた。

「金沢です。友人に逢いに行くんです」

「じゃ敦賀《つるが》で乗り換えやな。金沢に着くのは夕刻やね」

「そうですね。急ぐ旅ではありませんから平気です」

「わしも若い時はずいぶんいろんなところに行ったもんや。そん時はどこにでも行けると思っとったが、歳《とし》を取るとそれができきんようになる。学生さんも若い内にいろいろ行ってみる方がええ。人間は目で見たもの、耳で聞いたもの、口に入れたもの、この手でさわったものしかあの世に持って行けへんさかいな。せいぜいいろいろ行ってみるこっちゃ」

「ふぅーん、そうなんですか」

「そうや、いくらお金を儲けたかてお金はあの世には持っていけへん」

「なるほど。それはたしかにそうですね。いや面白いことを聞きました。ありがとう」

僕がぺこりと頭を下げると老人は顔の前で大袈裟《おおげさ》に手を横に振った。

「そんなん礼を言われるようなこととちゃう。人に聞いた話をしただけのことや」

「それはどんな人ですか」

「四天王寺《してんのうじ》の坊《ぼん》さんや」

「坊主ですか」

「そうや、坊さんはようけ本を読んどっさかいにな」

「それはお経《きょう》のことですか」

「いや坊さんが読むもんはお経だけとちゃうらしい」

「そうなんですか」

「学生さんもようけ本を読みなさんのやろうね」

「いや僕は遊んでばっかりで」

「遊んでばかりか、ハッハハハ、それが一番面白《おもろ》いもんな」

老人が大きな声で笑ったので僕は頭を掻いた。

腹が鳴った。もう腹が空いてきた。

僕はデッキに座り込み、リュックからキヌさんのこしらえてくれた弁当を出した。

「どうですか、よかったら少し召し上がりませんか」

「ほう、美味そうな握り飯やな。ひとつご馳走になってもかまんか」

「はい。これ祇園のキヌさんがこしらえてくれたんです。とても美味しい握り飯です」

老人は握り飯をひとつ取って頬張った。

「うん、これは美味いもんや。今、祇園って言うたか」

「はい」

「京都の、あの祇園かいな」

「はいそうです。そこに喜美屋という置屋があって、キヌさんはそこで働いている元芸妓さんなんです」

「学生さんは祇園をよう知っとるんや。祇園の芸妓に弁当を作らせるとは学生さん、あんたずいぶんと遊んでるな」

「いや、僕は芸妓さんとあそんだことはないんです」

「いやいや若いのにたいしたもんや」

「違うんです。僕は……」

僕は老人にこの二ヶ月間のことを話した。

老人は興味深そうに話を聞いていた。

「そんなところなんや、祇園は。若い時にいっぺんでええから祇園のお座敷に上がってみたかったたな」

老人は羨《うらや》ましそうに言った。

老人の顔を見ながら、一度も祇園を見たことがない老人までが憧れるのだから、やはりあの町はたいしたものだと思った。敦賀の手前で老人と別れた。

敦賀の駅に着き、北陸本線のプラットホームに上がった。

ホームに立つと風の中に潮の匂いを感じた。

日本海がすぐそこにあるのだろう。

やがて列車が入ってきて、僕は乗り込んだ。

金沢駅に列車が入った時はすでに陽が落ちていた。

駅舎を出て、バスの発着所に行った。

切符売場の係の人に小立野《こだつの》に行くにはどのバスに乗ればいいかを訊いた。

三番線の医王山《いおうぜん》行きのバス停でバスを待った。バスを待つ人の半数が僕と同じ歳くらいの若者だった。下駄履きで学生帽を被った学生もいた。

皆楽しそうに話をしている。

――学生の町なのか……。

秋野が選んだ町だけあって学生たちはどこかのびのびしている。

バスが来て乗り込んだ。稲田の中をバスは走っていたがしばらくすると賑やかな町中に入った。

公園沿いに古い建物が並んでいた。香林坊《こうりんぼう》と停留所の名前があった。珍しい名前だ。その香林坊にバスが着くといちどきに人が乗り込んできた。若い人が多い。バスの中で笑い声が何度も聞こえた。

町中を過ぎるとまた田園風景がひろがった。

次は小立野という車掌の声に僕はリュックをかかえ直して出口に歩み寄った。窓から外を見ると小立野は稲田ばかりである。

数人の客がそこで降りた。僕は大きな板をかかえた若者に秋野君から教えられた住所を訊いた。

「そこなら僕のところのそばだ。付いておいで」

僕は若者のあとを付いて歩き出した。

蛙《かえる》の声が左右からいっせいに聞こえはじめた。若者は口笛を吹いていた。口笛の音色と蛙の鳴き声が妙に調和しておかしかった。

ほどなく前方に奇妙なかたちをした建物が見えてきた。若者は三叉路の前で立ち止まり、その建物を指さした。

「あの建物が君の言っていたところだ。じゃ失敬」

若者は言って左の道の方に口笛を吹きながら歩き出した。

「どうもありがとう」

建物にむかって少し勾配になった道を登って行った。近づいて行くうちにその建物が真っ直ぐ建っていないのに気付いた。全体が右にかしいでいる。僕は身体を斜めにして建物を見た。かなり変な建物である。玄関から裸電球を引き出して、灯りの下で三人の若者が何やら作業をしていた。三人は打ち立てた木に縄を巻きつけたものを囲んで腕組みをしている。

――何をしてるんだろう。

「右半分を切ってしまえばどうだ」

「いや、それじゃバランスが崩れるだろう」

「バランスの問題を言っていたらすすまないんじゃないか」

二人の若者が話している。

「僕はこのまま進めていいと思う」

声に聞き覚えがあった。

その若者の顔をじっと見た。髯《ひげ》を伸ばし放題にしているが眼鏡をかけた顔は秋野修君である。懐かしさが込み上げてきた。

「オサム君」

僕が声をかけると三人が振りむいた。

「秋野、君の名前を呼んでるぞ」

秋野君は僕をじっと見て、急に白い歯を見せて声を上げた。

「雅彦君、本当に君なのか」

秋野君はつかつかと歩み寄り、僕の両肩を鷲摑みにして言った。

「正真正銘の津田雅彦君じゃないか」

二年半振りに逢う秋野修君はずいぶんと大人びて見えた。

髯は伸び放題で、頭髪も床屋など何年も行っていないような感じで、あちこちに絵の具や粘土の汚れがシミになったシャツとズボンを無造作に着ていた。これが僕の母が好きだった清潔で礼儀正しい、東京、山の手の坊ちゃん、秋野修君だと言っても誰も信じないだろう。

それでも掻き上げた前髪から覗いた目には高校時代、野外に展示されたロダンの彫刻を雨中、何時間も見つめていた頃の、秋野君の、あの澄んだ眸のかがやきがあった。

玄関先で裸電球に照らされた細長い芸術作品？　を指さし、秋野君は僕に訊いた。

「津田君、このオブジェはどうだい？」

「うん、なかなかだね。ジャコメッティ風の、再構成だね」

感想を口にすると、二人の若者が笑って僕を振りむいた。

「紹介するよ。僕の親友で津田雅彦君だ。津田君、ワタセ君にイソベ君だ。津田君は写真をやっているんだ。マン・レイばりの写真を撮るんだ」

「へぇ～、それは頼もしいな」

赤鼻のワタセ君と丸眼鏡のイソベ君がぺこりと頭を下げた。

部屋の中に車座になってワタセ君が来客用に取っておいたという薩摩《さつま》の酒を茶碗に入れて乾杯した。ひと口飲んで、僕は顔をしかめた。喉や胸が燃えるように熱かった。

僕の様子を見て秋野君が笑った。

「津田君、どうだい、薩摩の焼酎《しょうちゅう》の味は？　このワタセ君の故郷から送ってきた絶品らしいよ」

これが焼酎というものか。僕は初めて飲んだ焼酎の強さに驚いた。こんなものを平気で飲む人たちがいるのだ。

三人は嬉しそうに茶碗に焼酎を注《つ》ぎ合っていた。

秋野君も美味《うま》そうにやっている。

たしか彼は高校時代、文化祭の打ち上げで〝ウィスキーボンボン〟というチョコレートの中にウィスキーが少しだけ入った菓子を口にして気分が悪くなり、顔を青くして横になっていた。あの秋野君とはまったく別人の秋野君が、目の前で笑いながら焼酎を美味そうに飲んでいる。

やがて他の部屋から次から次に若者がやってきて酒を飲みはじめた。

「コラコラ、来客用に取っておいた酒だぞ、そんなふうに一気に飲むんじゃない。何か気のきいた肴《さかな》はないのか、君たち沢庵の一本でも持ってきたまえ……」

秋野君はこの寮のリーダー格のようだった。

しばらくすると半ズボンの若者がどこで抜いてきたのか土のついた大根を二本手にして戻ってきた。皆が拍手し、それをぶつ切りにして塩をかけて食べた。皆よく酒を飲む連中だった。

僕はいつしか焼酎の酔いが回って寝てしまった。

翌朝、さわさわと水が石を洗うような音で目覚めた。

頭が割れるように痛かった。

昨夜の焼酎のせいだ。頭を左右に振ると耳や鼻の穴から酒が出てきそうだ。二段ベッドの下に寝ていた。誰か運んでくれたのだろうか。部屋の中には誰もいない。

破れたカーテンの隙間から陽差しが入り込んでいた。窓辺に寄り、カーテンを開くとガラス窓のガラスがなかった。そこから首を出すと目の前に川が流れていた。

吹き抜ける風の中に草の匂いと水の気配がして心地良かった。

水辺に白いものがぽつんと立っている。何だろうか。すると白い羽がひろがった。

白鷺《しらさぎ》である。夏の陽が、岸に生えた大木でそこだけ木陰になった場所に白鷺は悠然と立っていた。

──美しいものだ。秋野君はいい所に住んでいるな……。

喉が渇いていた。

部屋を出て階段を下りると、洗面所があった。水道の蛇口に頭を突っ込み、顔を斜めにして水を飲んだ。顔を上げて大きく息を吐き出すと、背後から声がした。振りむくと、

「目が覚めましたか？」

と老婆が一人手拭いを差し出していた。

「お、おはようございます」

「秋野さんはもう大学に行かれましたよ。起きたら大学の方に来て下さいとの伝言ですわ」

「はあ……」

「この寮の賄《まかな》いをやっとります古田です」

老婆はにこにこと笑っている。

「津田雅彦です。初めまして」

「この寮は部外者の宿泊は禁じられてますが、秋野さんの家族ということで特別ですよ」

そう言われて僕は頭を掻いた。

「おっしゃるとおり僕と秋野君とは家族のようなものです」

「顔を拝見していればわかりますよ」

僕はまた頭を掻いた。

賄いの女性に教えられた畦道《あぜみち》を秋野君の大学にむかって歩き出した。

先刻の女性の人の好さそうな笑顔が思い出され、さすがに秋野君は皆に好かれているのだと嬉しくなった。

大学の学舎は田圃の中に、そこだけが異様にモダンな建物で構えていた。

受付で美術科の校舎を尋ね、一番奥にむかって歩いた。新設された大学の清々しさがそこかしこから感じられた。

「やあお目覚めかね。秋野はあの校舎の三階におっとよ」

いきなり声を掛けられた。

相手の顔の真ん中にある赤い鼻で、昨夜の焼酎の主だとわかった。

「昨晩はご馳走さまでした」

「うん、よかよか、今夜もおおいにやりましょう」

「は、はい」

赤鼻は大きな画板を手に、失敬と手刀《てがたな》をきって歩き出した。

教室に入ると、誰もいなかった。衝立《ついたて》のむこうから人の気配がした。回り込むと周囲を白布で囲んだ場所に裸像がひとつ立って、その前に高椅子を置き、秋野君がじっと裸像に見入っていた。教室に入って、背後に立っている僕のことにまるで気付いていない。それほど裸像を見つめる秋野君の背中は創作に集中していた。あの裸像が彼の作品なのだろう。

僕は秋野君が羨ましく思えた。

こんなに何もかも忘れて熱中できるものが僕にはなかった。僕は吐息を零《こぼ》した。

「いつ入ってきたんだ。どうだい気分は」

人なつっこい目で彼は僕を見た。

「今しがたさ。邪魔してしまったかな」

「そんなことはない。どうだい、こいつ」

秋野君が目の前の裸像を見て顎をしゃくった。

若い女性が何かを見上げている裸像だった。両手の指を背後で組んで、やや空にむかって顔を持ち上げ、つま先立った両足は今にも天にむかって飛翔してしまいそうな緊張感があった。

「うん、何だか秋野君のこの裸像への思いが伝わってくるようで、とてもいいよ」

「僕の思い？　津田君らしい言い方だな」

秋野君は目をしばたたかせて裸像を見ていた。

「それに、この女性からは恋情を感じるな……」

「今、恋情と言ったのかい？　ほう、君からそんな言葉を聞くとは思わなかったよ」

「そうかい。ほら、この女性の目だよ。この目は恋するものを見つめているんじゃないのかい」

「……………」

秋野君は何も返答しなかった。

僕は窓辺に寄り、学舎の外景を眺めた。

「ここはいい環境だね。秋野君、僕は君が羨ましくてしかたないよ」

「どうしたんだ？　大学の方は面白くないのかい」

「……もう三ヶ月授業に出ていないんだ」

「大丈夫なのか。お母さんが心配されているだろう。頂いた手紙にも少しそのことが書いてあったぞ」

「う、うん」

川岸に二羽の白鷺が飛んでいた。

「まあいい。今夜、ゆっくり話そう」

秋野君の声を聞きながら僕は白鷺の飛翔を見ていた。

あの白鷺の華麗な飛翔が何かに似ていると思ったのだが、何だったか思い出せなかった。

「この川はどこに流れているの？」

「その川はアサノガワと言って、市内の北を流れて日本海に出るんだ。この校舎の後ろにもう一本、サイカワが市内の南を流れている。この土地は中州のようなものだね」

「サイカワってどんな字を書くんだい？」

「室生犀星《むろうさいせい》の、犀の字だよ」

「室生犀星は金沢の出身だったね」

「そうだよ。泉鏡花《いずみきようか》もここの出身だ」

「……そうか、ここは昔、都だったんだものね」

「そうさ、加賀百万石のお膝元ってやつだ。まだ川岸や町のあちこちに古い昔の建物や廓町が残っているよ」

「廓町が？」

「廓と言っても遊郭じゃなくて江戸時代に商人や文人がお座敷で遊んだという一角だ。〝東の廓〟〝西の廓〟なんて土地の人は呼んでる」

僕は秋野君が言った廓という言葉で今しがた見た白鷺の飛翔が、あの人の舞い姿に似ていたのだとわかった。

八坂神社の境内で見たあの人の顔がよみがえってきた。

――今頃、どこでどうしてるのだろう。

「津田君、ずいぶん、外の景色が気に入ったみたいだね。さあ、食事に行こう。ここの学食は安くて美味いんだ。今夜は町にくり出すからよく腹ごしらえしておいた方がいいよ」

僕は秋野君と二人で学生食堂にむかって歩き出した。


夕暮れてから皆して市中にむかった。

総勢十人余りだった。さすがに秋野君も、ワタセ、イソベ両君も寮の中での破天荒な恰好はしていなかった。

それでも数名、真っ赤に染めた燕尾服を半ズボンの上に着ている者や黄色のズボンとシャツにピンクやオレンジの絵の具を塗って出てきた者もいた。控え目に見てもかなり風変わりな集団だったが、いざ町に入るとすれ違う人が彼等を見て平然としているのは意外だった。

――きっと見慣れているに違いない。

それがこの町の自由さというか、学生たちに対する町の人たちの寛容さに思えた。

香林坊に入ると土曜日の夕刻のせいもあってか繁華街の大通りは大変な賑《にぎ》わいだった。大人の男女も多いが、若者の姿が多かった。

大通りから路地へ、路地からまた路地へ。市中は路地が迷路のように繋《つな》がっていた。皆勝手知ったようにどんどん歩いて行く。

「秋野君、ずいぶんと路地が多いね。しかもぐるぐる回っている感じだ」

「これは昔、敵が市中に攻め込んできた時、大軍が一気に城に押し寄せることができないように工夫した名残りなんだよ」

「へぇ〜、そうなんだ」

香林坊の大通りからまた狭い路地に入った時、先頭を歩いていた燕尾服の若者が突然、大声を出した。

突撃、彼はそう叫んだ。

すると皆が一斉に走り出した。

津田君、遅れるなよ、秋野君が早口で言い、彼も走り出した。僕もあわててあとを追い掛けた。

そこは身の丈より高い簾《すだれ》で囲まれた店であちこちから朦々《もうもう》と煙りが空に昇っていた。中に入ると大勢の客が大きな四角のカウンターに座り、その周りをいくつものテーブルが囲んでそこでも皆が酒を飲んでいた。白い前掛けをした何人もの男女が立ち働いていた。煙りの正体は中央のカウンターで囲まれた調理場から立ち込めた料理の煙りだった。

ここが空いているぞ、燕尾服が大声で手を上げた。皆がそこにむかって押し寄せた。四人が掛ければ一杯の粗末なテーブルに十人余りがぎゅうぎゅう詰めで座った。椅子はリンゴ箱のようなもので尻半分で掛けた。

さあ金を出せ、燕尾服は言い、ポケットから握りしめた手を出しテーブルをドンと叩いて、金を置いた。何だ、少ないな、そう言いながら他の連中も次から次にドンとテーブルを叩いて金を置いた。秋野君も笑って同じようにした。

僕があわててポケットをまさぐると、秋野君が制して言った。ゲストはいいんだ。赤鼻の、そうだ、客人はよかと、という声がした。その声に合わせて他の連中も僕を見てうなずいた。

燕尾服が大声で叫んだ。

ある酒、全部持ってこい。皆が声を揃えて、持ってこい、持ってこい……、酒だ、酒だ、と声を上げた。

こんなに大声を出して迷惑にならないのだろうか、と周囲を見ると、どこもかしこも大声を上げたり、大笑いをしたりで酒を飲み、煙りの中でもりもり食べていた。調理場の中央に大きな鍋があり、そこで何やら美味そうなものがぐつぐつと煮え返っていた。これが何ともいい匂いをさせている。大鍋のむこうには別の焼き場があって数人の男と女が串を焼いていた。その煙りが穴のあいた天井からどんどん昇って行く。

酒が運ばれテーブルに煮え立った鍋とたくさんの串焼きを載せた皿が置かれた。酒が注がれた。

秋野君が立ち上がって言った。

「今夜は私の友、津田雅彦君を歓迎する一夜であります。皆大いに飲みましょう。乾杯」

乾杯、乾杯と声が続き、僕はグラスに注がれた酒を一気に飲んだ。

これは美味い。昨夜の焼酎とはえらい違いである。

僕は隣りに座る秋野君に酒の名前を訊いた。

ホッピーとは酒落た名前である。

串焼きも美味かったが、煮込みが絶品だった。

「これは美味い。何の肉だろう」

「その質問はせんがことよ」

ワタセ君が煮込みを頬張りながら言った。

「どうしてなんだ？　秋野君」

「さあどうしてだろうな」

秋野君は笑って酒を飲んでいた。

丸眼鏡が鼻を寄せるように近づいてきて、

「これほど美味いんだから普通の肉ではないでしょう」

「えっ？」

僕は口の中の肉を思わず飲み込んだ。

「ハッハハハ、津田君、冗談だよ」

秋野君が背中を叩いた。

そう冗談。そう冗談……と皆が顔を見合って笑った。

彼等の目を見ていて、冗談ではないような気がした。

テーブルの上の金が次第に減って、秋野君がポケットの中から何枚かの札を出した。

おう、さすが寮長である。寮長、寮長……、とまた唱和がはじまり、酒を持ってこい、と皆が叫んだ。

いや面白い。面白くて仕方がない。皆なんていい人たちなんだ。いや愉快だ。こんなに楽しいのは生まれて初めてだ。楽しくて仕方がない。愉快だ。愉快になって笑い出した。いったん笑い出したら止まらなくなってしまった。

ワッハハハ、ハッハハハ、ヘェヘヘヘ、ヘラヘラヘロレ……、僕は自分がどうして笑っているのかわからなくなった。

穴のあいた天井がくるくると回りはじめて煙りが生き物みたいに襲ってきた……。

目覚めると、僕はまた二段ベッドの下に寝かされていた。

昨夕、出かけたままの衣服で寝ていた。いったいどうしてしまったんだろう、と思った瞬間、腹の底から何かが込み上げてきた。いけない吐いてしまう、とあわてて口を手でおさえたが間に合わなかった。

僕は汚れたシャツを手に階下に下りた。ズボンを見ると赤土のような汚れがついていた。一階の洗面所でシャツを洗っていると賄いの女性がやってきて言った。

「昨晩はずいぶんと楽しい会だったそうですね」

「……はあ、それが昨夜のことは途中からよく覚えてないんです」

「そうなんですか。昨晩、兼六園《けんろくえん》の赤松の木に登って叫び声を上げた学生さんがいたらしいですよ」

「……そうなんですか。あの、秋野君は大学でしょうね」

「いいえ、秋野さんはその叫び声を上げたお友だちのために兼六園下の交番と公園管理事務所に始末書を書きに行ってますよ」

「えっ、その木に登った学生って……まさか僕のことではありませんよね」

「そのズボンの汚れは赤松の幹の色がついているのと違うんですか」

僕はもう一度ズボンを見た。内腿《うちもも》にも黄土色の汚れがべったりと付着していた。

「う、嘘でしょう。すみません、その交番はどこにあるんでしょうか」

その夜、寮の中でまた宴会が催された。

昨夜のメンバーが集まってきて僕を見て嬉しそうにうなずき、肩を叩いたり拍手をしたりした。その夜は皆真剣な顔で討論をはじめた。

『ソクラテスも言ってるじゃないか。人間は生まれながらにして〝美〟〝徳〟といったものを理解できる力を与えられてるんだって。〝美〟は学ぶものではなく自身の中から掘り起こすものなんだ』

『そうだろうか。対象を美しいと感じるには何らかの尺度が必要だろう。その尺度は自分の中だけにあるもので充分なのだろうか』

『百人が美しいと肯定しているものが真実の美なんだろうか』

『でも、まずは肯定がなくては……』

『違う、今ある体制的な〝美〟は壊さなくてはならないんだ』

僕は彼等の話を聞いていて、このメンバーが昨夜、香林坊でどんちゃん騒ぎをしていた連中なのだろうか、と思った。

「津田君、ちょっといいか」

秋野君が耳元で囁いた。

僕たちは外に出た。二人して浅野川の岸を歩いた。

夏の月が川面に映り、炎のように揺れていた。蛙の声が響いていた。

「この寮の人たちは皆素晴らしいな」

「何が素晴らしいんだ」

「あんなふうに真剣にむき合えるものがあるんだもの」

「そうか……。それはたしかにそうだね。でもそれも今だけのことかもしれないよ。ずっと好きなことだけをして生きられる者はほんの一握りしかいないはずだ。だからこの町でこうしている間だけでも、思い切り生きてやろうって皆で話してるんだ。一所懸命だよ」

「いっしょ？」

「そうさ。一生じゃなくてひとつの所にいる時を懸命にやってみようってね。本来の意味とは少し違うけどね。でも一所があの寮のことで、一所懸命は寮のスローガンなんだ」

秋野君が笑って言った。

「へぇ〜、そんなことを話してるんだ。君たちと比べると僕はまだ子供と同じだ」

「そんなことはないよ。ひさしぶりに逢った津田君は以前より大人になってるって感じだよ。それに昔のままの君でいる所が僕は嬉しかったよ」

「成長してないからだよ」

「僕はそうは思わない。昨夜、君が、突然、兼六園の赤松に登り出して木のてっぺんでいいことを叫んでたよ」

「えっ、何を叫んだんだ、僕は」

「覚えていないのか」

「……うん、済まない。実は木に登ったことさえ覚えていないんだ。迷惑をかけた」

僕が打ち明けると、秋野君は急に腹を抱えて笑い出した。

「ハッハハハ、これは愉快だ。実に愉快だ。津田君、君は純粋そのものだ。素晴らしいよ」

僕は頭を掻きながら訊いた。

「悪いけど、僕は木のてっぺんで何を叫んだんだ」

「言っていいのか。驚くぞ」

「ああ、かまわないよ」

「君はこう叫んだんだ。『僕は、君が好きだ。好きで好きでたまらない。昼も夜も、君のことを考えているんだ。君は僕のすべてだ』とね。皆羨ましがってたぞ。その証拠に君が木のてっぺんで『好きだ』と叫ぶ度に皆拍手を送っていたよ」

「………」

僕は息が止まりそうになった。

立ち止まって胸に手を当てた。心臓が飛び出してしまいそうなほど鼓動を打っていた。

「どうしたんだ？　津田君、具合いでも悪いのか」

僕は激しく首を横に振った。

「そ、そうじゃなくて自分が無意識にそんなことをしてしまったことに驚いているんだ」

「あれは無意識なんかじゃないよ」

「えっ？」

僕は秋野君を見た。

「あれは君のこころの叫びだよ」

「そうだろうか。いや違うよ。僕はその人の名前さえ知らないんだもの」

「恋愛はそうしてはじまるものさ」

「恋愛だって？　そんなこと思いもしなかったよ。だって……」

僕たちは川岸に腰を下ろし、僕は秋野君にあの人のことを打ち明けた……。

「へぇ〜、そんなことがあったのか。それは立派な恋愛のはじまりだよ」

「そうなんだろうか？」

「何を言ってるんだ。そうに決まってるよ」

「じゃ。これから僕はどうなるんだろうか」

「どうなるかって、他人事《ひとごと》みたいなことを言ってるな。これから君はその人に逢って、君の胸の内を告白するのさ」

「相手の人は驚かないだろうか」

「それは驚くさ。恋愛はサプライズだもの」

「そんなことを急に打ち明けられて迷惑に思わないだろうか」

「迷惑だってかまやしない。恋愛はすべてエゴイズムからはじまるんだから。迷惑かもしれないからって君が何もしなかったら、それは恋愛の神さまに失礼というものだ」

「恋愛の神さま？」

「そうさ。迷惑じゃなくて、その逆だったらどうするんだ。もしその人も津田君のことを好きで逢いに来てくれるのを、君の告白を待っていたとしたら、遠くで見ているだけで、想いも伝えない方が可哀相だろう」

僕は秋野君の横顔をしげしげと見つめ何度もうなずいた。

持つべきものは友である。僕は秋野君が恋愛の達人だったことを今の今まで知らなかったのだ。

――秋野君、君は素晴らしい。

「どうしたんだ、僕の顔に何かついてるかい？」

「そうじゃないんだ。秋野君、中学時代からずっとそばにいて、僕は君が恋愛の達人だったとは知らなかったよ」

「えっ？」

翌朝早くに、秋野君は大学に裸像制作に行った。

僕は午前中かかって母親に手紙を書いた。

昨晩、部屋に戻って僕は秋野君に大学のことで相談した。

「僕はチャレンジしてみるべきだと思うよ。夕刻にも話したけど、人生にはその時だけにしか、今しかできないことはやはりあるのだと思う。好きな写真を思いっきりやってみればいいじゃないか」

秋野君の忠告で僕は両親に自分の気持ちを話すべきだと決心した。

手紙には、一年間、大学を休学して写真の勉強をしてみたいことと、その勉学の地を京都か金沢の町にしたいことを綴《つづ》り、父親にそのことを話しに東京に帰る旨《むね》を母親に伝えた。

手紙を書き終えると、妙に身体が軽くなった気がした。

寮を出ようとすると賄いの女性とすれ違った。

「おや、今日はずいぶんとすっきりした顔をしておいでですよ」

僕は頭を掻きながら寮を出て、大学にむかった。畦道を歩きはじめると気持ちのいい風が吹いてきた。

おや、これは山の風じゃないか。そう思った途端、金沢から名山の白山《はくさん》が近いことに気付いた。

――山でも登りたい気分だ……。

金沢に着いてから毎日、宴会が続いて、白山があることすら忘れていた。せっかくここまで来たのだから一日山に登ってみたいものだ。そうだ、秋野君も誘えばいい。

高校時代、秋野君と二人で東京近郊の山に登ったことが何度もあった。

教室に入ると、衝立は取り払われていた。相変わらず秋野君は創作に夢中になっていた。僕は遠くで秋野君を眺めていた。

昨夜、彼が話してくれた言葉が耳の奥でよみがえった。

『人生にはその時だけにしか、今しかできないことはやはりあるのだと思う』

『もしその人も津田君のことを好きで逢いに来てくれるのを、君の告白を待っていたとしたら……可哀相だろう』

まったく彼が言うとおりだ。持つべきものは友である。

秋野君が椅子から離れて裸像に近づいた。

彼は裸像の台に寄りかかり、作業台の上に登ると、裸像の肩先や頬を指でなぞっていた。それはまるで生きている人間の身体に触れるような慎重な指の動きだった。そうして彼は裸像の肩に手を置いたままじっと顔を見つめていた。秋野君の背中には何やら緊張感が漂っていた。

──よほどあの作品に打ち込んでいるんだ……。

そう思った時、僕はかたわらにあった石膏の胸像に手をついてしまった。

秋野君が振りむいた。

「なんだ、来ていたのか」

「ああ、今、来たところだよ。昨夜はいろいろありがとう」

「礼を言われるようなことはしてないよ。水臭い言い方はしないでくれ」

「でも一言礼が言いたかったんだ。午前中に母に手紙を書いたよ」

「それは良かった。きっと喜ばれるよ」

「手紙を書いたら何だか気持ちがすっきりしたよ。気分がいい」

「それはいいな」

「秋野君、午後から白山にでも登ってみないか。山でも登りたい気分なんだ」

「津田君のその言葉ひさしぶりに聞くな。でも今日はダメなんだ。昨日も言ったとおり約束をしたコンサートがあるんだ。だからコンサートが開演する前まで君に金沢案内をしようと言ったんだ」

「ああ、そうだったね。気分が良くなって忘れてたよ」

「白山は次に来た時、ゆっくり登ろう。山は逃げたりしないから」

「あっ、それは僕の科白《せりふ》だろう」

「そうだったかな、ハッハハハ」

秋野君の笑顔を見て、どこか昨日までと違うと思った。よく見ると髪を整え、髯もかたちよく剃《そ》っていた。

二人して〝東の廓〟を歩いている時、路地の間から日傘を差した浴衣姿の女の子が飛び出してきた。

僕たちは思わず立ち止まった。

「ごめんなさい」

済まなそうに頭を下げた髪に赤い簪《かんざし》が陽差しにきらりと光った。

彼女はもう一度丁寧に頭を下げ、小走りに駆けて行った。石畳の上を下駄音が響いた。

——見習いさんだ……。

「君の言っていた京都の祇園も、こんな風情《ふぜい》の町なのかい」

「ここよりもっと格調があるよ。それにあの町は今も廓町として生きているんだ」

「それはどういうことだい」

「上手く言えないけど、あの町でしか生きて行けない人が住んで、あの町にしかない生き方をしてるんだ。その生き方を守るために懸命なんだ」

「ふぅ〜ん、よくわからないけど津田君も好きな町と出逢っているんじゃないのか」

「うん、僕はあの町が好きだ。あの町で生きている人たちが好きなんだ」

「それは良かったね。僕もいつか行ってみたいな」

「ぜひ来るといいよ」

市中を見学して、最後に日本海に出た。

天気も良かったせいか海は想像していたより明るく見えた。

「冬になったら、この空も海も鉛色になる。能登《のと》半島に行けばさらに重くて暗い海が見えるよ。それはなかなかのものだ。あの空と海が僕は好きなんだ」

コンサート会場に秋野君を送っていくと、約束した相手が急に来られなくなったと連絡が入っていた。

僕は秋野君につき合うことにした。

弦楽四重奏だった。僕は秋野君にクラッシック音楽を鑑賞する趣味があったとは知らなかった。

特等席だった。演奏者の顔まではっきりと見えた。

拍手が鳴り響き、演奏者があらわれた。

バイオリンを手に静かに入場してきた女性がゆっくりと頭を下げ、顔を上げた。

「あっ」

僕は思わず声を上げそうになった。

彼女の顔が、秋野君の制作している裸像の顔と瓜ふたつだった。

やや両足を開いてバイオリンを左肩に載せた。黒いドレスからでも彼女の美しいプロポーションが伝わった。

――この人がモデルだ……。

そう確信すると、僕の隣りに座っている秋野君の顔が見られなくなってしまった。

金沢駅から急行〝越前〟に乗った。

始発電車なので、二等車輌の席は空いていた。寮の皆がカンパして急行券を買ってくれた。さすがに急行列車は速い。駅をどんどん通過して行く。王様のようで気分がいい。

昨夜、薩摩出身のワタセ君が言ったことは当たっていたということか。

昨夕、寮で皆が僕のために別れの宴を催してくれた。何かにつけ宴会をはじめる連中だがやはり嬉しかった。

香林坊の夜、一番目立った燕尾服に半ズボンの若者が今夜も燕尾服を着てやおら立ち上がり、一枚の急行券を差し出して詠《うた》うように言った。

「ああ悲しいかな。我が友、津田雅彦君は明日、この地を去って行く。悲嘆にくれる我々はせめて、この一枚の急行券を友に贈らん」

「急行なんて贅沢だよ。普通で充分だよ」

僕が言うと、ワタセ君が首を横に振った。

「友よ、旅くらいは豪勢にすっもんたい。一等席とは言いもっさんが、この春、福井まで電化が完成した北陸本線を堪能してくれたまえ」

「薩摩隼人《はやと》はああ言いもうしたが、この急行券には大切な、重大な意味がある。わかるかね、諸君」

「おお、重大な意味とは何だ？」

何だ？　何だ？　と皆が唱和した。

「諸君、なぜ急行券なのか？　なぜ急行か、なぜ急ぎ行かねばならぬのか」

何だ？　何だ？　と皆が笑いながら唱和した。

僕は何やら悪い予感がした。

秋野君の顔を見ると、笑いを押し殺しているように思えた。

なぜ急ぐ？　なぜ急ぐ？　また唱和だ。

「これは我が友、津田雅彦君の、何と……」

何と？　何と？　何と？……。

「恋の片道切符なのであります！」

皆が一斉に拍手した。

するとかたわらの背の高い若者が立ち上がって直立不動になり、両手を木の枝のようにひろげた。燕尾服が相手の胴体に両手両足をからませて抱きついた。

そうして苦しそうに叫んだ。

「僕は君が好きだ。好きで好きでたまらない。昼も夜も、君のことを考えているんだ。君は……」

僕は顔から火が出そうになった。

秋野君を見ると、うつむいたまま必死で笑いをこらえていた。

僕は大きく首を横に振り、顔を伏せたまま両手を上げた。

「さあ進呈いたそう」

僕は顔を真っ赤にさせて燕尾服から急行券を受け取った。皆が一斉に拍手した。

秋野君が申し訳なさそうに言った。

「津田君、気を悪くしないでくれよ。僕はいささか悪趣味ではないかと反対したのだが、全員が君の恋路を応援したいという気持ちで急行券になったんだ」

「皆、ありがとう。急行なんてまだ乗ったことがないんで楽しませて貰うよ」

僕は皆に礼を言った。

するとやにわに燕尾服がポケットの中から握りしめた手を畳の上に音を立てて置いた。掌をひらくといかにも皆から掻き集めた硬貨が転がった。

「我が友よ。急行電車と言えば食堂車だ。ビュッフェで一杯やれば恋の地にすぐに着くというものだ。いとおしい君を想って一杯やってくれたまえ」

僕は両手を器にした。皆がそこに硬貨を拾って入れてくれた。

——皆いい連中だった……。

電車は金沢の駅を出て福井駅にむかっていた。

僕は先刻、金沢駅のプラットホームで見た秋野君の呆気《あっけ》に取られたような顔を思い出して声を上げて笑った。

プラットホームに全員が整列していた。

――何かをしでかすな。

僕は猛者《もさ》連中の顔を覗き見て察した。

ほどなく電車が出るとアナウンスが流れた。案の定、燕尾服が片手を天に突き上げた。

「諸君!」

燕尾服が大声を上げた時、すかさず僕も大声を上げた。

「諸君、送辞の言葉の前に僕からひと言だけ言わせてくれ」

皆がきょとんとした顔でこちらを見た。

「諸君、昨夜は僕の恋路の応援感謝する。君たちも恋をしたまえ。ぐずぐずしていると仲間の誰かに置いて行かれるぞ。君たちの中に恋に落ちた不届き者がいるぞ」

皆が口を半開きにしてそれぞれの顔を見合わせていた。

ベルが鳴った。

誰だ? 誰だ? 不届き者は? 皆の唱和の中をゆっくりと電車が動きはじめた。

皆が僕の顔を見ていた。

「それは我が友、秋野修君だ」

皆が一斉に秋野君を見た。

相手は誰だ? 誰だ? 誰だ?

皆プラットホームを電車と一緒に走り出した。駅員の警笛が鳴り響いた。秋野君だけが呆気に取られたような顔をしてホームに立ちつくしていた。

僕はあらん限りの声を張り上げた。

「相手は美しきバイオリニスト。バイオリニスト。ありがとう、秋野君」

窓から顔を引っ込め大笑いをしていると二等車輌の客が全員目を丸くして僕を見ていた。

急行券は敦賀までに買い換えていた。

敦賀で小浜《おばま》線に乗り換え、日本海をゆっくり眺めながら、舞鶴、宮津、天橋立《あまのはしだて》、丹後を回って京都に出るつもりでいた。

山も大好きだが、海も広いのは気分がよくなる。

敦賀にほどなく着いて小浜線のホームにむかって歩き出した。

いい天気である。

空を見上げると、海があろう方角から真っ白な積乱雲が肩をせり上げるように上昇していた。

「うん、これからたっぷり海と雲を見よう」

その雲に秋野君の呆気に取られた顔とただ一人プラットホームに立ちつくしている可愛い姿がよみがえった。

今頃、秋野君は皆から厳しい追及を受けているに違いない。僕はまた笑い出した。

「ハッハハハ、これでおあいこだぞ」

僕が声を上げると、背中に大きな荷物を背負った老婆が白い歯を見せて僕を見上げていた。

「こんにちは、いい天気ですね」

「はい、こんにちは。旅行だぎゃ、学生さん」

「そんなとこですね。精が出ますね。その大きな荷物は何ですか」

「これは丹後のちりめんだぎゃ」

そうかこれからむかう丹後はちりめんの本場である。

「この荷のちりめんが綺麗な着物《べべ》になりますぎゃな」

着物と言われて、僕は急にあの人のことを思い浮かべた。

小浜線の機関車が蒸気を上げて近づいてきた。

僕は列車に乗り込んだ。

若狭《わかさ》の海を見ながら、僕は窓の桟《さん》に片肘ついて風に吹かれていた。

——あの人は今頃どこでどうしているだろうか……。

昨晩、皆がすすめてくれたように真っ直ぐ京都にむかえばよかった気もする。

それにしても酒に酔って僕は本当にあんなことをしたのだろうか。木に登ったのは生来《せいらい》、
高い場所が好きだからしかたないにしても、あんなことを口走ったとは……。いや叫んでい

たらしい。

無意識にそんなことをしてしまうものなのか。

耳の奥で秋野君の言葉が聞こえた。

『あれは無意識なんかじゃないよ。あれは君のこころの叫びだよ。恋愛はそうしてはじまるものさ……』

〝恋愛はそうしてはじまるものさ〟

秋野君の声が何度も耳の中に響いた。

『これから君はその人に逢って、君の胸の内を告白するのさ。相手が驚くって? 迷惑に思わないだろうかって? 迷惑だってかまやしない。恋愛はすべてエゴイズムからはじまるんだから……』

なるほど秋野君の言ってることはもっともだと思った。でも僕は相手に迷惑がられてまで自分の気持ちを押しつけたくはない。

『……迷惑じゃなくて、その逆だったらどうするんだ。もしその人も津田君のことを好きで逢いに来てくれるのを、君の告白を待っていたとしたら……』

そんなことがありうるのだろうか。

たしかにあの夜、僕は秋野君のことを恋愛の達人だと思った。しかし冷静になってよく考えてみると、あの人が僕のことを好いてくれていることなど万分の一だってあり得ない。僕の存在さえ覚えていないかもしれない。彼女は僕の名前も知らない。第一、僕もまだあの人の名前さえ知らないのに。

——そんな二人が恋に落ちるなんて……。

僕はあの人の顔を思い浮かべながら自問自答した。

車内にアナウンスが流れた。

列車は停止した。客は皆立ち上がって車輛を降り出した。

ここはどこだ、と駅名を見れば、もう東舞鶴である。小浜線の終着駅である。

時計を見ると二時間が過ぎていた。つい先刻、始発駅の敦賀を出たと思ったのに、もう終着駅だ。海の景色も雲の具合いもまるで目にとまっていない。

——あの人のことを考えはじめるとどうしてこんなに時間が早く過ぎてしまうのだろうか。

立ち上がろうとするとお腹が音を立てた。

——お腹が空《す》いた。

恋愛は腹が空くものなのか。

そんな色気のない話は聞いたことがない。

プラットホームに降りて、西舞鶴までの乗り継ぎ列車に乗った。

昼食を摂《と》ることにした。

弁当の入った箱をかかえた老婆にむかって手を振ると小走りに近寄ってきた。

「何か名物の弁当はありますか」

「今なら鮎寿司だね。美味いよ」

「そう、じゃそれをひとつとお茶を下さい」

「ありがとうございます。学生さん、どちらまで行きなさるの」

「豊岡まで行って、そこから京都に行くつもりです」

「天橋立は見学して行かれないの」

「うん、汽車に揺られているのが好きなんだ。天橋立は見ておくべきですかね」

「そりゃそうよ。日本三景だもの」

「他のふたつはどこなの？」

「そんなことも知らないのかい。北は松島《まつしま》、西は厳島《いつくしま》じゃないの」

「へぇ～詳しいんだね。おばさんはそれを皆見たの？」

「私は天橋立しか知らないよ。この土地よか他に出たことがないんだもの」

「そうなんだ？」

老婆は少し不機嫌そうに釣り銭を渡した。

「でもね、ものは試しって言うでしょう。名所名物は行ってみた方がいいのよ。人間はこの目で見たものと、口の中に入れたものくらいしか、あの世に持って行けないんだから」

そう言って彼女は手招きしている他の客の所にいそいそと歩いて行った。

〝人間は目で見たものと、口の中に入れたものしか、あの世に持って行けないのか〟

行きの電車の中で逢った老人も同じような話をしていた。

待てよ、でもそれだけだろうか……。

人を好きになった感情はずっと消えずに残るのではないだろうか。

少なくとも僕は忘れないだろう。現にずっとあの人のことばかり考えているのだから。

宮津線の車窓から見えた天橋立は、なるほど弁当売りの老婆が言ったとおり美しいものだった。

僕はカメラを出して、プラットホームに立ち、絶景を撮影した。

天橋立を小一時間見学し、折り良く着いた列車に乗った。

フィルムが切れたので交換した。バッグから新しいフィルムを出そうとすると、八坂神社であの人を撮影したフィルムが出てきた。

この中にあの人の、あの顔が入っているかと思うと、僕は思わずフィルムの缶を握りしめていた。

僕の目の中には、吐息を零した瞬間の、あの人の美しい横顔がはっきりと残っていた。

天橋立、丹後山田《たんごやまだ》、峰山《みねやま》、甲山《こうやま》、久美浜《くみはま》……を列車はゆっくりと抜けて、やがて終点の豊岡駅に着いた時刻には陽は少し傾きかけていた。

豊岡駅から急行を待って京都にむかった。

あの人がいる京都にむかっているのだと思うと急に胸が高鳴った。途端にまたお腹が鳴った。よく腹が空く一日だと思った。

車内のアナウンスが流れ、この列車に食堂車があるのがわかった。

『急行列車と言えば食堂車だ。ビュッフェで一杯やれば恋の地にすぐ着くというものだ』

燕尾服の演説とテーブルを勢い良く叩いた握り拳がよみがえった。

僕は席を立ち上がって食堂車にむかった。

昔、父と母と姉の四人で食堂車に入ったことはあったが、一人で入るのは初めてだった。

ちょうど夕食時のためか、食堂車は混んでいた。

お一人さまですか、相席でもよろしいでしょうか。ウエイトレスが言った。

「かまわないよ」

案内されたテーブルには窓際にむかい合って男と女が食事をしていた。

サンドウィッチとコーヒーを注文した。

隣りのアベックは男がビールを飲みながらステーキを食べていた。そんな高価なものは注文できない。男は女と話す度に手にしたフォークを八の字に回していた。

マナーの悪い男だ。

相席をお願いします、とウエイトレスが言い、長身の男が一人、目の前に座った。

いかにも仕立ての良さそうなスーツを着て、シルク地のネクタイをして僕にちいさく会釈した。こちらは品があって、さすがに食堂車の客らしかった。

僕はバッグの中からカメラを出し、それを革の包みに入れ直した。

「ライカだね」

目の前の男が笑って言った。

「は、はい」

僕は笑って答えた。

「ⅢC《スリーシー》だよね」

紳士の言葉に僕は思わず相手の顔を見返した。カメラを仕舞うところをちらりと見ただけで、ライカの機種を当てる人はそういない。僕はカメラをテーブルの上に出して言った。

「はい、〝ⅢC〟です。祖父から譲り受けたんです。よくご存知ですね」

「ああ若い時にカメラに夢中になっていた時があってね。そうかお祖父《じい》さんからか……、戦前にライカを持ってるんじゃ、よほどお洒落なお祖父さんだったんだね」

祖父は父が今経営している貿易会社を創設した人で戦前は何度も渡欧していた。孫の僕を可愛がってくれて、紳士の言葉どおりお洒落な人だった。祖父のことを誉められたので僕は嬉しくなった。

「ちょっといいかね」

紳士が僕の手のカメラを見て言った。

「かまいませんよ」

カメラを渡すと、紳士は手の中で確かめるようにしていた。

「うん、この重さなんだな、ライカは……」

嬉しそうにファインダーを覗いた。

「今は〝M3〟が出ているんだよな」

「そうです。あれは素晴らしいカメラです。学生の僕には買えませんが」

「いや、これで充分だよ。ライカは名品だもの。マン・レイもこれでキキを撮ったのだから」

「そうですね」

こんなにカメラに詳しい人はそういるものではない。僕はますます嬉しくなった。

サンドウィッチとコーヒーが運ばれてきた。

「こっちの学生さんかい」

「いや東京です」

「やはりそうか。旅行かい」

「はい、そんなところです」

紳士の前にウィスキーが入ったグラスとチーズが運ばれてきた。紳士はグラスを揺らしながら氷の音を軽く立て、ウィスキーを半分口に入れ味わうように頬をへこませ、喉を鳴らして飲んだ。そうして上着のポケットからタバコと銀製のライターを取り出し、カシュッと音を立てて火を点《つ》け、美味そうに煙りを吐き出した。洋煙《ようもく》と銀製のライター。この紳士も相当にお洒落な人物だ。

「何回生だね」

「三回生です」

「そうか、学生の間はいろんなものを見ることだよ。いろんなものを見て、人と逢って、青春を謳歌《おうか》することだよ。社会に出てからのことなんか考える必要はないよ。今だけが本当に自由なんだからね」

——まったく同感です。

僕はそう言いたかった。

「は、はい。そうします」

「どこまで行くのかね」

「京都です」

「こっちと同じだ。京都はカメラで撮りたいところがたくさんあるよ。あの町は懐《ふところ》が深い町だからな。被写体としては最高だ」

「京都にお住まいなのですか」

「いや、私は大阪だ。少し遅くなったが、これから宴席に行かなくちゃなんない。社会に出れば否《いや》が応《おう》でも顔を出さなくてはならないことがあるんだ」

相手はそう言って笑った。

紳士とは京都で別れた。

第三章　祇園祭

京都の町を歩き出すと、たった一週間離れていただけなのに、妙な懐かしさがこみあげてきた。

バスには乗らず歩くことにした。鴨川沿いを歩いた。一刻も早く、あの人がいる祇園の町に入りたいのだが、あの場所に足を踏み入れれば、またくるおしい思いをするのではないかという不安があった。

それでも僕は、一週間前までの自分と違うのだと言い聞かせた。

——あの人に、この胸の内を打ち明けるのだ。

驚かれたり、呆れられたとしてもかまわない。告白することが大切なのだ。告白をしなければ一歩も前に進めないじゃないか。恋愛はきっとそういうものに違いない……。僕はそう呟いて一人頷いた。

——でももし笑われたらどうしよう……。

川風に揺れる柳の枝のむこうに、あの人のうしろ姿なのか嘲笑《ちようしよう》しながら遠ざかる着物の女性があらわれた。その女性が振りむくと顔はのっぺらぼうでむじなのようだった。僕は思わず立ち止まった。相手はすぐに消えた。川のせせらぎの音が急に大きく聞こえてきた。不安がひろがった。その場に立ったまま足元を見ていた。苦いものが口の中にひろがる。

誰かに見られている気がした。気配に気付いて右上方に目をやると、夏の月が東山《ひがしやま》連峰から中天にむかって昇ろうとしていた。人の肌の色のようにつややかな月色だった。月の中にあの人の美しい顔が浮かんだ。八坂神社で見つめた横顔だ。美しい眸が揺れていた。

――あの人は僕を笑ったりする人じゃない。

その眸はじっと僕を見てくれていた。

――そうだ、そんな人じゃない。

僕は歩き出した。あの人の顔が浮かんだ月の真下、鴨川の川面に月が映っていた。錦繍《きんしゅう》の帯のように長く揺れる光を追って僕は歩調を速めた。追えども追えども追いつかない川面の月との距離が僕とあの人の関係のように思えて歯がゆくなった。僕はエイッ、と声を上げがむしゃらに走り出した。速度を上げても川面の月に追いつかなかった。

「あれっ、いつお帰りやしたの？」

僕が井戸端で水を飲んでいると背後で声がした。

キヌが立っていた。

「今、着いたところです」

「そうどしたか。まあようお帰りで。けど永いことどしたな。淋しゅうおしたえ」

「ハッハハ。キヌさん、たった一週間じゃないですか」

「そやかて学士先生の姿がありませんと淋しゅうおすがな。久美、久美、学士先生のお帰りどっせ、手拭い早うもってきい。何をしてんのや、ほんまにとろい子やな」

下駄の音がして久美がやってきた。

「何をもたもたしとんねんや。学士先生が帰らはったらすぐに迎えんのやろ」

「へい、すんません。かんにんどす」

「お風呂お入りやすか」

キヌが言った。

「いや大丈夫です」

「夕食はお食べやしたんか」

「ああ、夕食も食べてきたから平気です」

「そうどすか。せっかくお帰りやしたのに何の用意もしてへんでぶさいくなことどす」

「キヌさん、本当にもう大丈夫だよ」

僕がキヌさんの手を握ると、キヌは一瞬、顔を赤らめて、ぶつぶつと言いながら奥に消えた。

僕はまた井戸の水を喉を鳴らして飲んだ。

「お帰りやす」

久美がぺこりと頭を下げた。

「そんなに汗を掻いて何をしてはったんどすか」

「五条の先から走ってきたんだ」

「バスに乗らしまへんかったんどすか」

「ああ少し歩きたい気分だったんでね」

「走ってきはったんどっしゃろ。何のために走らはったんどすか」

「それはね……まあ、いろいろあるんだよ。人生というものはさ」

「人生どすか」

目を丸くしている久美の手から僕は手拭いを取って顔の汗を拭った。

「久家君は出かけてるのかい」

「へぇ、夕方からお出かけどす」

「相変わらずだな。ともかく皆元気なんだね。この家はいいよね。いつも変わらないで」

「へぇ〜、おおきに」

久美が嫌味のように答えた。

僕は階段を上がった。その僕の背中に久美が独り言のように話しかけた。

「変わったことは何もおへんどしたけど……一昨日《おととい》の昼間、津田さんを訪ねて舞妓はんが一人きはりましたえ。けど、話を聞くと津田さんを訪ねたかどうかわからへんどしたわ。津田さん、舞妓はんの知り合いいてはりませんものね」

「えっ」

僕は階段の途中で足を止めた。

「今、何と言ったの？」

「へぇ〜、たぶん何かの間違いやと思うのんですけど、一昨日の昼間、舞妓はんが一人訪ねておいでやしたんどす」

僕は振りむいて久美を見た。久美は奥に消えようとしていた。

「久美、待ってくれ。もう一度、今の話をしてくれないか」

「聞いてはりませんどしたん。ですから一昨日の昼間……」

僕は階段をゆっくりと下りて久美の目の前に立った。

久美は面倒臭そうに同じ話をしていた。

「……何かの間違いやと思いますわ。津田さん、祇園の舞妓はんにお知り合い、いてはらしませんもの……」

僕は右手を久美の目の前に上げて、それ以上話さなくていいとうながし、

「それで、その舞妓さんはどんな人だったのかい」

と訊いた。

「それはもうべっぴんさんどしたわ」

僕は口の中の唾を飲み込んで右手で背の丈を示してさらに訊いた。

「背の丈がこれくらいで眸の大きな人だったかい」

「あれっ、真祇乃《まきの》はんを知っといでやすの」

「まきの、彼女はまきのという名前なのかい」

「何や、やっぱり間違いどしたんや」

「そうじゃない。その人はどうしてここを訪ねてきたのかい」

「へぇ、何でも建仁寺さんでお逢いした学生さんがここにおいでどっしゃろうかと訊かはって」

僕は頷いて、大きく深呼吸をした。

「そ、それで彼女は何と？」

「匂い袋の入った包みを持ってきはって渡して欲しいって」

僕は唾を飲み込んだ。

「そ、その匂い袋の包みは今どこにあるの？」

「痛、痛い」

知らぬ間に久美の手を握りしめていた。

「津田さんの部屋の机の上に置いときましたけど……」

僕は一目散に二階に駆け上がった。

部屋に入ると、甘い香りが漂っていた。

この匂いには覚えがあった。文机《ふづくえ》の上にちいさな包みが置いてあるのが見えた。手に取ると鼻の奥に甘い香りが届いた。

包みを開くと薄桃色地に紫色の菖蒲《しょうぶ》の柄の小袋を赤い糸で結んだ匂い袋と細長く折った和紙が出てきた。匂い袋に指先で触れるとふわふわとやわらかな感触とともに香りが湧き立った。

──あの朝と同じ匂いだ。

建仁寺であの人と初めて逢った時、匂ってきた香りと同じだった。

『匂い袋どす』

あの人の澄んだ声と美しい眸がよみがえった。

細長く折られた和紙に墨文字が浮かんでいた。

──手紙だ……。

和紙を開こうとすると胸が高鳴り、指先がかすかに震えた。

やわらかな筆文字だった。

ひとふみさしあげます。けんにんじさんでおはなししました、においぶくろどす。よろしかったらもろうとくれやす。

真祇乃

——やはり贈り主はあの人だったのだ……。

僕は手紙をもう一度読み返した。

あの朝、建仁寺で逢った時、彼女の手元から落ちたちいさな袋からとてもいい香りが漂ったのを僕が質問したことを覚えていたのだ。それでわざわざ匂い袋を届けにきてくれるなんて……。

——なんてやさしい人なんだ。

僕は手紙の最後にしたためられた文字を見た。

——真祇乃という文字で、まきのと読むんだ。

僕はその名前を何度も口にした。匂い袋から香り立つ甘い匂いとともに、彼女の名前を口にする度、僕は身体の芯のところが痺《しび》れるような感触に襲われた。

彼女は僕のことを覚えていてくれたんだ。

僕だけが彼女のことを想っていたのではないのだ。

『その逆だったらどうするんだ。もしその人も津田君のことを好きで逢いに来てくれるのを、君の告白を待っていたとしたら……』

秋野修君の言葉が耳の底に聞こえてきた。

――秋野君、君の言ったとおりだよ。君は恋愛の達人だよ……。

今、目の前に秋野君がいたなら、僕は彼を何度でも抱きしめるに違いない。

でも、これは本当に僕に起こっていることなのだろうか。

僕は自分の頰をつねった。痛くなかった。もう一度力を込めてつねった。痛い。これはたしかに現実なのだ。

何だか叫びたい気分だ。

僕は秋野君から聞かされた金沢の兼六園での奇行を思い出し、興奮するんじゃない、落ち着け、冷静になるんだ、と自分に言い聞かせた。

そう冷静になるんだ。僕があの人のことを、いや今日からは真祇乃さんだ。僕が真祇乃さんのことを慕《した》っていた。そしてあの人も、いや真祇乃さんは僕のことを忘れていなかった……。それだけのことなんだ。それだけ？　それって素晴らしいことじゃないか……。また興奮してきた。

僕はもう一度手紙を読んだ。

読み終えて、疑問がひとつ湧いた。

——どうして彼女は僕がここにいるのがわかったんだ？

そういえばそうである。

僕はこの祇園町で再会できないかとあちこちを歩いていた。あれ以来、一度も逢えなかったのに、彼女はどうして僕が久家君の家に居候《いそうろう》しているのがわかったんだ……。

「久美、久美」

僕は大声で久美の名前を呼んだ。

階下に降りてみると、誰の気配もしなかった。

「久美、久美……」

返事はなかった。

キヌも出てこなかった。

僕は表通りに出た。久美の姿はなかった。浴衣姿の男と女が建仁寺の方から歩いてきた。四条通りの方から舞妓が一人ゆっくりとこちらにむかって歩いていた。僕は緊張した。じっと近づいてくる相手の顔を見た。彼女ではなかった。違う舞妓であったのに胸をなで下ろした。

「学士先生、何かご用どした？」

すぐ背後でいきなりキヌの声がして、僕は飛び上がった。

四条縄手《しじようなわて》まで用を言いつけられて出かけた久美の帰りを待っていると電話が鳴った。キヌが僕を呼んだ。

「ぼんから電話どす」

受話器を取ると、ずいぶん騒々しい場所から久家君はかけていた。

「帰ってたんかいな。どうやった？　金沢は」

「うん、ひさしぶりに友達と逢って楽しかったよ」

「そりゃよかったな。ところで津田君、これから出てきいへんか」

「ずいぶん賑やかな所にいるね。この間のジャズの店かい」

「あそことちゃう。祇園や。場所がわかりにくいさかい久美に案内させるわ。久美に替わってくれるか」

久美が用を足しに出かけているのを告げると久家君が久美に言うように店の名前を教えてくれた。

ほどなく久美が帰ってきた。

キヌにそれを言うと、その店なら知っていると、彼女は自分が案内すると言い出した。

「いいんだよ。キヌさん」

僕は案内したがるキヌをなだめて久美と家を出た。

「キヌさんが連れて行く言うてはるんやからそうして貰わはったらよかったのに。今日は夕方から用ばっかり言いつけられとんどっせ」

久美が唇を尖らせて言った。

「そう怒るなよ。その先で団子を買ってやるから」

「ほんまどすか。おおきに」

久美は急に上機嫌になった。足取りまでが軽くなったのかどんどん先を歩き出した。

「そんなに速く歩かないでくれよ」

「せやかて団子屋さん閉まりまっせ」

「団子屋が終わっていればケーキを買ってやるよ」

久美は立ち止まり僕を振り返った。

「ほんまにケーキをどすか」

僕は笑って頷いた。

「何かおしたん？」

「まあね。ところであの匂い袋を届けてくれた舞妓さんのことなんだが……」

「真祇乃さんのことどすか」

「ああその真祇乃さんのことだ」

「へぇ〜、やっぱり知り合いどしたんや」

「あの人はどうして僕が久家君の家にいるのがわかったんだろうか」

「それはお知り合いどしたからと違うんですか。変なことを言うて」

「そ、そうなんだが……」

「前から知っておいでやしたんどすか」

「い、いや……」

「うちもあんな綺麗な舞妓はんになりたいと思うてるんどす。今、祇園の舞妓はんの中で真祇乃さんが一番と評判の舞妓はんどすえ」

「そ、そうなんだ。それはありがとう」

「ありがとうって何であんたはんが礼を言わはるんですか」

「そ、そりゃ友達を誉められると嬉しいからさ」

「ふぅ～ん、友達ね？」

久美が小首をかしげた。

「ところであの人は祇園のどこのお家にいるんだい？」

「屋方《やかた》さんは末吉町《すえよしちょう》の間弃《まき》の家《や》さんどすがな」

「まきのやさん？　末吉町ってどこにあるの」

「四条通りのむこうです。これからその末吉町を通りますよってに。けど真祇乃はんとお友達なのに屋方も知らはりしませんでしたの」

「う、うん。外で逢っていたからね」

「お座敷で逢わはったんと違いますの」

「僕はまだお座敷に上がったことなんかないよ」

「へぇ〜、そうなんどすか。お座敷を知らはらしませんの」

「僕はまだ学生だよ」

「けど祐さん兄さんなんか何べんもお座敷で遊んどいやすえ」

「久家君が」

「当たり前どすがな。祐さん兄さんはこんまい時からお座敷で遊んではったそうどすわ」

久美の話を聞いて、僕はあの華やかなお座敷に一人だけ子供の久家君が座っている光景を想像した。

久美について四条通りを渡ると、彼女は左に折れ、細い路地に入った。

「この路地は初めて通るな」

「これが祇園の切り通しどす」

「きりどおし？」

「へえ、そうどす」

「君、しばらく逢わないうちにずいぶん京都の言葉に慣れてきたね」

「そうどすか、おおきに」

久美は少しすました顔で言った。

途中、洋菓子屋に寄り、久美はケーキの並んだショーケースに鼻がつきそうなほど顔を近づけ、このモンブランをひとつおくれやす、と甲高い声で言った。

「ひとつでなくともいいよ」

「ほんまどすか」

「ああ、けどもうひとつだけどね」

「いやうち、ごっつ嬉しいきい」

よほど嬉しかったのか土佐弁が出た。

僕は勘定を払ってケーキの包みを久美に渡しながら、キヌさんに見つからないようにね、と小声で言った。部屋でこっそり食べますきい、と久美も小声で答えた。

久美の歩調が早くなった。

「久家君がいるのはお茶屋さんなの」

「いいえ、あそこは待合いさんどす。待合いさんがバーみたいにしてはりますねん」

「まちあいって何？」

「ほんまに何も知らはりしませんね」

久美が呆れたように言った。僕は頭を掻きながら久美のあとを歩いた。

何を言われても少しも腹が立たなかった。久美がいたから、あの人の匂い袋が手元に届いた気がした。応対に出たのがキヌならどうなっていたかわからない。

久美は何度か僕を振りむいては歩調を速めた。僕はあの人のことばかりを考えていたから
ついつい歩くのが遅くなった。

――あの人が、真祇乃さんが僕のことを忘れずにいたのだ……。

久美が立ち止まって僕をじっと見ていた。

「さっきから何をにたにたしておいでやすの。大丈夫どすか」

「はい。大丈夫だよ。ごめんごめん。つい考え事をしてしまった。それでどこなの」

「この路地のどん突きを右に折れたとこにみちやと看板が出てます。そこどす」

「そう、ありがとう」

僕が路地に入ると、久美が呼び止めた。

振り返ると、久美が僕を見てケーキの包みを持ち上げ、

「真祇乃はんのこと内緒にしときますよって……」

と言って白い歯を見せて笑った。

「ありがとう」

僕が礼を言うと、早うお帰りやす、と甲高い声で言い、下駄音をさせて駆け出した。

僕はその夜、久家君が驚くくらい酒を飲んだらしい。とはいえ数杯であったが、翌朝、目覚めると頭痛がしたほどだった。

古都に夏がやってきた。

京都は三方を山で囲まれた盆地のため冬の寒さは底冷えがするほどの厳しいものだが、夏の暑さはまるで竈《かまど》の中にいるような蒸し暑さである。

昔から京都の人々はこの暑さに耐えるためにさまざまな工夫をしてきた。

六月が明けると京都の各家々は家中の建具を外して、夏用の建具に入れ替える。部屋を仕切っていた襖《ふすま》を取りはらい、障子戸は簾戸《すど》に替わり、畳の上には網代《あじろ》、籐《とう》筵《むしろ》が敷かれ、家の中は〝夏座敷〟となる。

何よりかわるのは人々の服装である。中でも女性の着物は着る素材そのものもかわるし、見た目もすずやかな涼の姿になる。五月までの袷《あわせ》が単《ひとえ》になる。六月は縮《ちぢみ》からはじまり、上布《じょうふ》、帷子《かたびら》、絽《ろ》、紗《しゃ》と慣《なら》いに従ってあざやかに移って行く。

祇園町も各茶屋の暖簾《のれん》が涼しげなものに更衣《ころもがえ》し、屋方の表戸も簾《すだれ》になり、芸妓、舞妓の着物も夏のあでやかさにかわる。

それでも昼中は花見小路に陽炎《かげろう》が立つほどの暑さが続いた。

「なんや今年はえらい暑いな」

階下から久家君の声がした。

僕は部屋の中で戦前のドイツ、表現主義の若手写真家たちの写真集を見ていた。その写真集は第二次大戦下のヨーロッパで戦争の渦中にあっても写真を撮り続けた若手写真家たちの借りていた。

作品集だった。表現主義の写真は僕の好みではなかったが、創造に対する意欲には素晴らしいものがあった。僕はこの写真集を久家君が紹介してくれたD社大学の美学専攻の学生から借りていた。

写真集を閉じて、僕は畳に寝転んだ。

天井を見ていると、あの人のことが思い出された。僕は起き上がって机の抽出《ひきだし》を開けた。あの人の写真が仕舞ってあった。八坂神社で撮ったものだ。こんなに綺麗に女の人が撮れたのは初めてだった。いや、これは僕の写真の腕前がいいわけではなかった。被写体が、あの人が特別美しいせいだった。

僕は抽出の奥に仕舞っておいた小箱を取り出して開いた。甘い香りがした。匂い袋と彼女からの手紙があった。手紙を開いた。もう何度も読み返したものだ。何度読み返しても胸がときめいた。文字を目で追いながら、あの人はこの手紙をどんな表情をして書いたのだろうかと想像した。僕への手紙をしたためる彼女のことを思い浮かべる度に早く逢いに行って匂い袋の礼が言いたかった。

手紙を受け取って、今日でもう五日目になるのに僕は彼女に逢う機会を持てなかった。いっそ久家君に打ち明けようとも思ったが、久美のひと言で止めた。

「真祇乃はんがあんたはんを訪ねてきたことはお家の誰にも話したらあきしませんえ」

「どうして?」

「それが祇園の決まりですもの。そんなことをしたことが人に知れてしもうたら真祇乃はんが叱られてしまいます」

「そうなの？」

「当たり前どすがな。舞妓はんが勝手に男の人を訪ねて行って、しかも届け物しはったいうことがわかったら、この町から追い出されてしまいます」

「わかった。約束する」

それでも彼女に一刻も早く礼が言いたかった僕は久美から教わった彼女の屋方である、間卉の家の前を何度かそれとなく通った。しかし彼女に出くわすことはなかった。

ただ屋方の玄関の上に〝真祇乃〟と書かれた表札がかけてあるのを見た時は嬉しかった。

階段を駆け上がる足音がした。

僕はあわてて小箱と写真を抽出に仕舞った。

「そうめんができましたえ」

久美の声がした。

階下に下りると卓袱台《ちゃぶだい》を囲んで、久家君と女将さんのトミ江さん、マメミさん、先月故郷から戻ってきたヤスユウさん、キヌさんがそうめんを食べていた。階段の上から見ると、久家君のうしろに座っている久美を入れて女五人に男一人が囲まれている姿はどこか滑稽《こっけい》に映った。

僕が卓袱台に座ると、女たちはそうめんをすすりながら尻をずらし席を空けてくれた。

「津田君、今日はどこぞ出かけんのか」

久家君が訊いた。

「うん、午後からD社大学の図書館に行ってこようかと思ってる」

「そうか、君、今夜、空いてるか」

「うん、何もないけど」

「ほな空けといてえな。七時くらいにここを出るさかい」

「どこに行くの」

「それは行ってからの愉しみや」

久家君が笑って言った。

「祐一、あんたらちゃんと勉強してんのか。毎晩ぶらぶらどこぞに行ってるけど。遊んでばかりいんのとちゃうやろね」

「お母はん、そこはご心配なく。ちゃんとしてます」

「ほんまやね。落第したらかなんさかいな。ちょっと久美、もうちょっと生姜《しょうが》を持ってきい。生姜はぎょうさんおろしとき言ってるやろう。この暑い時に皆気張らなあかんのやから」

「また足りへんのかいな。ほんまにとろい子やな」

僕は今しがたキヌさんがこんなに入れるのかという量の生姜を汁に入れているのを見ていた。

「うちも生姜欲しぃわ」

マメミが言った。

はい、はい、と久美は言いながら炊事場に走った。

そうめんを食べ終えると久美がお茶を運んできた。

この暑いのに女性たちは熱くて苦い茶を飲むのが不思議だった。

「そう言えば津田はん、東京のあんたさんのお家から佃煮と羊羹《ようかん》をいただきましたえ。そんなん気を遣うて貰わんかてええのに……。お母はんにあんじょうお礼を言っといとくれやす」

「はい」

「いや、お母はん、うち、東京の羊羹食べとうおすわ」

マメミが言った。

「何を言うとんねん。そんなもんばっかり食べるよって太んのや」

「けど甘いもん好きなんやもん」

「そんな子供みたいなこと言うてるさかいに旦那はんがつきしませんのや」

「………」

旦那と言われてマメミは急に口をつぐんだ。

「何やろう。妙な匂いがするな。ヤスユウ、あんた化粧をかえたんか」

久家君が鼻先を動かしながらヤスユウの顔を見た。

「いいえ、前と一緒どっせ。それに今は何も塗ってしませんもの」

「そうか……。何の匂いやろう。誰か芸妓はんの匂いやで」

僕は久家君に気付かれないように、先刻、あの人の匂い袋を触れた指先を鼻に近づけた。たしかに匂いが残っていた。

「じゃ僕、もう少し読みたいものがあるので。ごちそうさんでした」

津田はん、お母はんにお礼言うといてな、津田君、七時やで、母子の言葉を背中で聞きながら、僕は久家君の鼻の良さに感心していた。

――やはり久家君は他の連中とは違う。

部屋の障子戸を開けると、あの香りが漂っていた。

僕は窓を開け、空気を入れ換えた。ムッとする熱気が入ってきた。

祇園町の成り立ちの話をしておこう。

京都が都としてはじまったのは延暦十三年（七九四年）桓武《かんむ》天皇が平安京として遷都した

時である。以来、明治元年（一八六八年）まで千年を超える間、この国の首都であった。世界の歴史でもこれほど長い間、ひとつの町が国の都として栄えた例はない。この地で政争、戦乱がくり返されたことは、私たちは歴史で学んでいる。

　祇園町の発祥にはさまざまな説があるが、寛永年間（一六二四〜四四年）、祇園社（八坂神社）の西門から大和大路通りにいたる道の端にわずか数軒の農家がある祇園村があった。この祇園村に、祇園社へ参詣にきた人や東山連峰の名勝巡りにきた人が休憩に立ち寄る水茶屋が建ったのが起源ではといわれている。

『本朝世事談綺《ほんちょうせじだんき》』には「京都祇園楼門前、東西の両茶屋を二軒茶屋と云う。京水茶屋始也」とある。茶屋は当時の京都所司代《しょしだい》、板倉重宗によって茶立女《ちゃたちおんな》を置くことが許され、祇園社頭の茶屋町を祇園町と称するようになった。

　寛文年間（一六六一〜七三年）に鴨川の四条河原に芝居小屋が建ちはじめ賑わいが増してくると、四条通りと大和《やまと》大路通りにも茶屋が開かれるようになった。これを〝祇園外六町《そとろくちょう》〟と称した。この六町は弁財天町《べんざいてんちょう》、常盤町《ときわちょう》、廿一軒町《にじゅういっけんちょう》、中之町《なかのちょう》、山端町《やまばなちょう》、宮川筋町《みやかわすじちょう》一丁目で、この六町が賑わうとさらに芝居小屋、茶屋に集まる人も多くなり、四条の七つの櫓《やぐら》を競い合うように芝居小屋を囲んで茶屋が建ち、人々が泊まる旅籠《はたご》までが立ち並んだ。この当時で祇園町と祇園外六町を合わせると、茶屋百三十軒、旅籠三十軒、水茶屋五十二軒を数えたと言われ、夜だけ灯《とも》を点して営む「螢《ほたる》茶屋」と称する茶屋も三十八軒記録されているから、たいそうな賑わいであったと想像される。

享保十七年（一七三二年）これらの茶屋に正式に茶屋渡世《とせい》の営業許可が下りると、四条通り北に元吉町《もとよしちょう》、橋本町《はしもとちょう》、林下町《りんかちょう》、末吉町《すえよしちょう》、清本町《きよもとちょう》、富永町《とみながちょう》の〝祇園内《うち》六町〟が開かれ、さらに繁盛した。

この頃、京都に遊んだ『南総里見八犬伝』で有名な戯作者、滝沢馬琴が旅の紀行文である『羇旅漫録《きりよまんろく》』にこう記している。「島原の廓《くるわ》、今は衰えて、曲輪《くるわ》の土塀など壊れ倒れ、揚屋《あげや》の外は家もちまたも甚だきたなし。太夫の顔色万事祇園におとれり、京都の人は島原にゆかず。道遠くして往来わづらわしきゆえなり。ゆえに多くは旅人をも祇園へ誘引す〜（祇園では）井筒（茶屋の名前）、扇戸、一力など座敷広し、客あれば庭に打水し、釣灯籠へ火を灯す。忠臣蔵七段目の道具建の如し。燭台は木にてずぬりなり。大楼は燭台四ツ五ツ、蠟燭《ろうそく》は六寸ばかりあり。半分たたざるうちにとりかえる」とあるからよほど印象に残ったのだろう。

文化八年（一八一一年）に名古屋、尾張の呉服問屋が祇園円山《まるやま》の料亭で祇園の芸妓、舞妓を総揚げした記録もある。京都見物に来た人々にとって祇園で一夜遊ぶことが楽しみであり、旅の人、町の衆の遊興の場所であったことがわかる。

明治初期、東京に遷都した直後、京都の活性化のために建仁寺境内が上地《あげち》されて花見小路通りが開かれ、祇園町はほぼ現在の姿になった。明治二十年（一八八七年）の記録に芸妓八百人、舞妓八十人とある。明治五年（一八七二年）にはじまった〝都をどり〟以来、井上流の舞いを中心として歌舞音曲を修業し、芸妓と称されることを誇りとして芸妓、舞妓がその技を競い合いながらお座敷に立つようになった。

これほど繁栄していた祇園町も大正から昭和になり、日中戦争、太平洋戦争の影響で、茶屋は廃業同然に追い込まれる。終戦を迎え、五年後の昭和二十五年（一九五〇年）には〝都をどり〟が復活し、徐々に最盛期の装いを整えはじめた。

津田雅彦が友人の茶屋の息子、久家祐一を訪ねた昭和三十八年は戦争復興から十八年後の京都である。日本は戦後朝鮮戦争で迎えた好景気が続き、めざましい経済成長を遂げようとしていた時で、その勢いに祇園町も活気を取り戻し、すでに芸妓二百五十人、舞妓七十人を有していた。

町の領域としては雅彦が舞妓・真祇乃と出逢った建仁寺が南端、そこから四条通りを渡って新橋通りが北端、南座の東側の縄手通りが西端で、東端は八坂神社の前、東大路通りを含めた連峰の麓で、広さから見るときわめて狭い一角である。

この一角に〝お茶屋〟と称する客を座敷に上げて持てなす家と、〝屋方〟または〝小方屋《こかたや》〟〝置屋〟と呼ばれる芸妓、舞妓が住まい、芸や躾《しつけ》を学ぶ内々の住まいがある。

地図で見ると、祇園町は先に述べた祇園社からその名の由来があるとおり、八坂神社が中心なのである。

その八坂神社の年に一度の大祭、祇園祭がはじまる宵がそこまで来ていた。

京都には百を超える祭りがあるが、祇園祭が京都の人々に愛されるのは、この祭りが庶民の祭りだからである。

平安京の遷都以来、盆地であるこの都では毎年、梅雨時《つゆどき》になると水脈が乱れ、多くの水害が襲った。田園、家屋も押し流されるが、それ以上に人々を怖れさせたのは疫病だった。毎年大勢の人が犠牲になった。この疫神を払うためにはじまったのが祇園会《ぎおんえ》と呼ばれる御霊会《ごりようえ》である。これが祇園祭へと発達した。疫神の目を見張らせ、これを神座《かみくら》に集めて追い出そうとする祭りは、あでやかな山鉾《やまぼこ》をこしらえ、音曲を打ち鳴らしたのである。


僕と久家君はひとつの傘に入って、夕暮れの四条大橋を渡った。

激しい雨は二人の足元に跳ねかかり、ズボンの裾をたちまちずぶ濡《ぬ》れにした。

橋の上から五条の方に鴨川を見ると、川面は煙るように霞んでいた。

先斗町《ぽんとちよう》の茶屋の裏手に立ち並ぶ川床には人影ひとつなかった。ただ閉め切った簾戸から座敷の宴の灯がかすかに零れているのが見えた。

「ほんまに祇園会の宵山《よいやま》になるとこれや。えらい時につき合わして悪かったな」

久家君が言った。

「そんなことはないよ。僕も楽しみで出かけているんだから」

久家君が僕の顔を見て笑った。

「津田君はほんまにええ奴《や》っちゃな。君がいてくれて助かるわ」

「どうしたんだい急に。久家君らしくもないよ」

「そうやな。俺らしくもないな」

そう言って久家君は赤い舌先をぺろりと出した。

これでもう三日続けて先斗町の一角にある店に僕たちは通っていた。落ち着いた静かな店で、東京のような雰囲気だった。

五日前の昼間、皆してそうめんを食べた夜、僕と久家君はこの酒場に行った。ジャズの店だったが以前立ち寄った店よりずいぶん静かな店で客も皆大人が多かった。カウンターとテーブル席が数席あり、奥にちいさなステージがあった。

夜十時を過ぎて、久家君がどこぞでうどんでも食べて帰ろうか、と言った時、店の扉が開いて、その女性は入ってきた。

その瞬間、久家君の表情がかわった。見開いた目が女性を見ていた。女性も同じように驚いた目をして久家君をしばし見ていた。

女性がゆっくり歩き出すと久家君はカウンターの椅子から立ち上がって相手に挨拶した。

「久しぶりやね」

「本当ね……」

「いつ京都に来たんや」

「今夜、それもついさっきよ」

「ほんまに」

「すごい偶然ね」

「ほ、ほんまやね」

「連れを待たせてあるので……」

「あ、あっそう。じゃ」

こんなふうに緊張している久家君を見るのは初めてだった。

僕たちは店を出た。久家君はうどん屋ではなくもう一軒酒場に行きたいと言った。その店で久家君はかなり強い酒を数杯立て続けに飲んだ。僕は黙ってつき合った。

「さっきの店で逢った女の人やけど……」

そう言ったきり久家君は黙ってしまった。

「綺麗な人だったね」

僕の言葉に久家君はちいさく頷いた。

二日後、久家君が僕を誘って、またその店に行った。

僕は普段着で出かけた。母が衣服を送ってきていた。

「どうしたんだい、学生服は」

「うん。あの店には学生服はちょっと合わない気がして」

僕の言葉に久家君は、なるほどという顔をした。新しい革靴を送ってきていたので履いて出かけると、四条大橋を渡ろうとする時に夕立がきた。

先斗町の路地で雨宿りしながらチェッと僕は舌打ちした。

「どうしたんだい、津田君。舌打ちなんかして」

「新しい靴を履くといつも雨なんだ。せっかくの新品が台無しだよ」

僕が足元を見ると、久家君が足元を指さし笑い出した。見ると久家君の靴も新品のようだった。

「俺たちは今夜はついてないのかもしれへんな」

「その逆なんだって」

「えっ？」

「雨の日のお初《はつ》は幸運を呼ぶんだって」

「どういう意味や？」

「僕の祖父が教えてくれたんだ。雨の日に身につけた新しいものは、その人に幸運をくれるんだって。スコットランドの詩にあるんだと言ってた。雨の日にめぐり逢う人も幸運な人らしいよ」

「へぇ〜ロマンチックやな」

「けど革靴には悲しい雨だけどね」

店に入って一時間余りが過ぎると、先夜の女性がやってきた。

まぶしいような赤のドレスを着ていた。

彼女は久家君が店にいるのをわかっていたように笑いかけ、店の奥に行ってステージに上がった。

少しハスキーな歌声で、とても情感が伝わってくる歌唱だった。こんなふうにジャズのスタンダードを歌う日本人女性を見たのは初めてだった。客は皆彼女の歌に聞き惚れていた。

ステージが終わると、彼女は奥のテーブル席で客と酒を飲んでいた。しばらくすると僕たちがいるカウンターにやってきて久家君の隣りに腰掛けた。

「マリエさん、紹介するよ。僕の大学の友人で津田君。今、こっちに遊びに来てるんや」

「初めまして津田雅彦です」

「初めましてマリエです。東京から見えているの」

「はい」

「東京はどちら」

「麻布です」

「そう、私も麻布」

「そうですか。よろしくお願いします」

「こちらこそ」

久家君は彼女と話をはじめた。

口ごもったような話し方だった。僕は席を立った。久家君が僕を見た。

「先に帰ってるよ。ゆっくりすればいい」

「いや、君が帰るなら俺も帰るわ。マリエさん、今夜のステージは良かったよ」

帰り道で僕は久家君に二人の邪魔をしたのではと謝った。

「そんなことあらへん」

「けどひさしぶりに逢ったんじゃないの」

「そうやけど、君がいてくれへんと今の俺はどうしようもないんや」

久家君が何を言いたいのかわからなかったが、家に帰ってから、明日もあの店につき合ってくれるかい、と言われて、僕は安堵した。

部屋で一人きりになると、無性にあの人に逢いたくなった。

僕は机の抽出から写真を出した。

初夏の陽光の中で涼しそうな目で何かを見ている。

――何て美しいんだろう。

胸が動悸を打った。

瓦《かわら》屋根を叩く雨音が動悸をさらに早めた。息苦しくなった。

僕は立ち上がって部屋を出た。階段を足音がしないように下りて、表に出た。花見小路通りは雨に煙っていた。人通りはなかった。僕は軒下に立って人影のない通りをじっと見ていた。

――あの人も今、どこかでこの雨を見ているのだろうか。

僕は彼女の屋方がある末吉町の方に目をやった。四条通りは雨煙りで白く霞んでいた。靄《もや》る先にはお茶屋や屋方はなく何か別世界がひろがっている気がした。僕は自分がここにいる限り永遠にあの人に再会できないような不安にかられた。

二日目は久家君も少し落ち着いたようで、彼女はステージが終わると真っ直ぐ僕等の席に来て酒を飲んでいた。

その夜、彼女が先に引き揚げた。

そうして三日目、僕は彼女のステージが今夜で最後なのを店の案内板を読んで知っていた。

そして今夜は、祇園祭の宵山であった。

先斗町の路地まで祇園囃子《ぎおんばやし》のコンチキチンという音色が雨音を裂いてはっきりと聞こえていた。

僕たちは夕立がおさまるのを軒下に立って待っていた。

二人とも新品の靴を見ていた。

「津田君、今夜は俺一人で行くわ」

「そう、それがいいよ」

「そう思うかい」

「うん、何となくだけど」

「……実はね。あの人を追い掛けて俺は東京の大学に進学したんや」

「………」

僕は何と返答してよいのかわからず黙っていた。

「あの夜、再会した時は驚いたわ。君がいてくれたさかい冷静でいられたわ。もし今夜、俺が家に戻ってきいへんかったら、東京に、いや違う場所かもしれへんけど……、俺はしばらく帰らへんから」

「……うん、わかった。お母さんには上手く言っておくよ」

「ありがとう」

そう言って雨の中を疾走する友の姿は勇ましかった。

「いいなあ……、久家君」

僕は思わず口走った。

僕には久家君が羨ましく思えた。

久家君の姿が失せると、僕は妙な焦燥に駆られた。

——あの人に逢わなくては……。

身体の奥の方から力がたぎってきて、その場にじっとしていられない衝動が起こった。

「エイッ」

僕はちいさく声を上げ地面を蹴るようにして軒下を飛び出した。

通りを走り出し、最初の路地を左に折れた。すぐに木屋町通りに出た。人ごみを避けながら通りを横断し、高瀬川に架かる石橋を渡った。

古い家並みにはさまれた暗い路地のむこうに河原町《かわらまち》通りの灯りが空を明るく染めていた。

屋根瓦がかがやき二階の窓に鈴生《すずな》りの見物客がいた。

まるでそこだけが映画館のスクリーンのようだった。

僕は立ち止まって正面の光を見つめた。

——何がはじまっているのだろう……。

そう呟いた時、コンチキチン、コンチキチン、コンチキチンとお囃子《はやし》の音色が聞こえてきた。

七月に入って以来、朝から晩まで風に乗って市中に聞こえていた祇園囃子の音色だった。

遠くなったり、近くなったりするこの音色はいつの間にか僕の耳になじんでいた。

でも今、耳に聞こえる祇園囃子は、それまで聞いた音色とはまるで違っていた。

音階も音調も身体のどこかを鷲摑むような迫力があった。聞いているうちに自分の身体が少しずつ熱を持ったような高揚感につつまれて行く。

誰かに背中を押されたように僕はまた駆け出した。

すみません、すみません、人混みを掻き分けて河原町通りに出た。

無数の傘が波打つように揺れ、通りは溢れるほどの人で埋めつくされていた。皆がいちようにに視線を注いでいる北の方角に僕も目をやった。

右に左に揺れる無数の傘と人影のむこうにひときわ高くそびえる山鉾が見えた。駒形提《こまがたちょう》灯《ちん》の灯りが雨の中であざやかに光を放っていた。空を明るく染めていた光はこれだったのか。そのさらに上方に三角錐の真紅の鉾が天にむかってのびていた。

威風堂々とした山鉾の姿は美しさを超えて妖《あや》しくさえ見えた。

コンチキチン、コンチキチン、祇園囃子に導かれるように僕は山車《だし》に近づいて行った。それまで何度か歩いた時、商家が立ち並び、電車が走っていた大通りはまったく別の世界に変容していた。一歩近づく度に胸が熱くなった……。

いくつかの鉾、山を見学し僕はひどく感銘を受けていた。ひとしきり通りを歩き、僕は今まで見た山鉾をひとつひとつ思い出していた。

長刀鉾《なぎなたぼこ》、函谷鉾《かんこぼこ》、月鉾《つきぼこ》……見上げるほどの高さの山鉾に浴衣姿の町衆が乗り込み、高い桟《さ》敷《じき》の上で、笛、太鼓、鉦《かね》を奏でていた。山の上に据えられた人形を指さしながら見物人が、あれが運慶《うんけい》の作やで、とか、あの鯉《こい》は左甚五郎《ひだりじんごろう》がこしらえよったもんやで、と感心したように見ていた。山車の四方を飾った前掛《まえかけ》、胴掛《どうかけ》、見送《みおくり》の布には遠くヨーロッパから渡ってきたというゴブラン織や唐織《からおり》、天竺織《てんじくおり》などがあり、その意匠は優雅で高貴でさえあった。何から何まで初めて目にするものばかりだった。僕にはひとつひとつの山鉾が神殿のように思えた。

雨は少し小降りになっていた。

衣服はずぶ濡れだったが少しも寒くはなかった。

興奮しているせいか濡れるはしから乾いているような気がした。

ちまきどうどすか。お団子どうどすか。安産のお守りどうどす……と子供の声がする。神輿《みこし》の納めてある御旅所《おたびしょ》のそばに屋台が立って、ちまき、団子、お守り、蠟燭《ろうそく》などを売っていた。

その屋台のあった角に路地があり、奥から灯りが洩れているのが見えた。零れた灯りに人だかりが屯《たむ》ろしていた。

——何だろう？

僕は路地に入った。

家灯りの中から出てきた数人の男女が感心したように口々に何かを誉《ほ》めながら歩いてきた。

「えらいもんがあんのやなあ」

「ほんまやで、さすがに××はんや。お家の蔵の中にはあんなお宝がまだぎょうさん仕舞ってあんのと違うか」

「そやろか、けんど素晴らしい屏風《びょうぶ》やったわ。ええ目の保養になったわ」

――ビョウブって何のことだ？

「あのすみません。その先で何かをやってるのでしょうか」

僕はすれ違った浴衣姿の中年の男に訊いた。

「〝屏風祭〟やがな」

「ビョウブ祭とは何ですか」

「この辺りの古いお家のお宝を祇園会の夜に見せてくれはるんや。立派な名のある屏風やら、敷物、人形、細工物が飾ってある。国宝級のもんもあるよって、あんたもいっぺん覗いてみるとええがな」

「は、はい。誰でも見学できるのでしょうか」

「ああ誰でも見られるで。しかしあんた、そんな濡《ぬ》れ鼠《ねずみ》みたいな恰好で入ったら追い出されてまうで」

「は、はい」

僕は肩先を払った。

「あっ、こっちが濡れるがな。かなん人やな」

「す、すみません」

僕は相手に謝り、灯りの零れている家の軒下に入った。

表の格子《こうし》が外され、中から黄金色の光がきらめいているのが見えた。光の正体は大きな広間の壁の前に立てられた屏風の金箔から放たれていた。

——なんて美しいんだ……。

一双《そう》の屏風全体に金箔の雲が立ち、安土《あづち》、桃山の作品か、まだ閑《のど》かさのある京都の町を雲が覆い、黄金色の雲の切れ間に家々が居並んでいた。そこに祭りの神輿を担ぐ人や山車を引く男女が優美に描かれていた。

高校の美術の教科書で見た屏風に似ていた。屏風の前に今しがた見た人の背丈ほどの山鉾が飾ってあった。

「あれ、月鉾やで」

かたわらにいた少女が山鉾を指さし母親に笑って言った。

その山鉾のむこうにもう一双屏風があった。

その部屋は目の前の金屏風と違って、淡い灯りがゆらゆらと揺れていた。

軒下に群がる人たちに頭を下げながら奥に行くと、遠くで雷の音がした。遠雷の音はかすかに耳の底に響いた。ようやくその屏風の前に立った。僕は息を飲んだ。一双の屏風にかかるように美しい川が流れて、その川の両岸に菖蒲《しょうぶ》の花が群生していた。屏風全体は濃い紫色でそこに青磁の色をした小川が大きくうねりながら流れ、川辺に黄色の花が咲き乱れていた。よく見ると紫色の背景に葉を落とした木々が小川を囲むように描いてある。紫の深い闇は夜の水辺を描いたのだろうか、菖蒲の花は飛翔する蝶の群れのようにも蛍の群れにも見えた。

かたわらにいた男女の話し声がした。

これ、宗達《そうたつ》ちゃうか。そうやとしたらえらいもんやで。男が言った。えらいもんってどんなふうに、女が訊いた。この屏風だけで町がひとつ買えるんとちゃうか。えっほんまに……。女が目を丸くして男を見返した。

男の言葉が信じられるくらい、目の前の屏風には深遠な力が満ちていた。

家の主《あるじ》はよほどこの屏風を大切にしているのだろう、前の部屋の金屏風には電球の灯りを張っていたが、こちらは数連の行灯《あんどん》の灯りだけで見せていた。

僕はその場に立ちつくしたまま屏風に見惚《みと》れていた。背後から聞こえる祇園囃子とかすかに耳の底に響く遠雷が目の前の幽玄の世界をより妖しくさせていた。

僕は京都という町の奥の奥を覗き見ている気がした。

——京都には、奥の、そのまた奥があんのや……。

いつか久家君が言った言葉が聞こえてきた。

かたわらの男女が立ち去って、元気のいい少年が一人家の格子戸に音がするほどぶつかって中を覗いた。

これ、静かにせんとあかんて、そなんしてたらお家の人にごっつ叱られるで。母親らしき女の声がした。なんやあれ、けたくそわるい屏風やな。少年が大声で言った。これ、何ちゅうことを言うねん。静かにしぃ。母親が少年の頭を音がするほど叩いた。痛い、痛いがな……。

家の奥から女たちの声がした。

「いや、おとうはん、ほんまにおおきにどした」

「お事多《ことお》さんどす。おおきに」

なんや中でも見られるんちゃうの、と少年が母親に言った。あれは特別な人たちや、うちらはここからおとなしゅう見んねん。

その時、地面がわずかに揺れて、落雷の音がした。見物人からちいさな悲鳴がした。その悲鳴を掻き消すかのように閃光が走り、また落雷がした。家灯りが一瞬消えた。闇の中で、少年の嬉しそうな声がした。雷や、こっちに落ちてみぃ……、少年が道に飛び出したのか、母親が名前を呼んだ。その声が終わらぬうちに、周囲が光の中につつまれ耳を劈《つんざ》くほどの音がした。

僕は一瞬、身体が弾かれたようになり、背中に電気が通り抜けた。目眩《めまい》がした。その場に立っていられなさそうに思え、目の前の格子を握りしめた。

周囲で悲鳴がしていた。すぐに家灯りが点った。行灯が倒れていた。背後で女の絶叫が聞こえた。振りむくと、先刻の少年が道にあおむけに倒れていた。母親がしゃがみ込んで少年の名前を呼んでいた。

——雷に打たれたのか。

僕は少年のそばに駆け寄った。身体のどこにも傷はなかった。青白くなった頬を平手で叩いた。母親が泣き叫んでいる。

「大丈夫です。気を失っているだけだから……」

僕は少年を抱きかかえると口の中に指を入れ、そこに口を当て思いっきり息を吹き入れた。二度、三度くり返すと、少年は目を開いた。そうしてきょとんとした顔をしてから母親を見て大声で泣き出した。

僕はその場にしゃがみ込んだまま大きく息を吐いた。

「おう、兄ちゃん、見事なもんやで、ほんまやえらい学生はんや。良かったな坊《ぼん》……」

周囲の人の声に僕は照れくさくなった。それは母親と少年も同じ気持ちだったのか礼を言うと早々に人混みの中に消えた。

立ち上がるとズボンが泥だらけだった。

——これは帰ったら久美に呆《あき》れられるな……。

「何かしてはったんどすか。そなん泥だらけになって」

久美の顔が浮かんで、僕は頭を掻いた。

泥を手で落とそうとしたが手までが泥だらけだった。

「やれやれ……」

すると目の前に白いものがあらわれた。見ると綺麗なハンカチが白い掌に載っていた。

ハンカチを差し出してくれた人を見た。

「ああっ、あなたは……」

僕は相手の顔を見て思わず声を上げた。

あの人が、真祇乃さんが目の前に立っていた。

「どうぞお使いやして……、おひさしぶりどす」

そう言ってかすかに微笑し、目をしばたたかせた。

甘い匂いがした。

「少年《ぼん》を抱かはってた背中であなたさんとすぐわかりました」

――どうして君がここに……。

僕は夢を見ているのかと思った。

祇園囃子の音色が一段と高く鳴り響いていた。

夜の十一時を過ぎて、階下の電話が鳴った。

久美にはあらかじめ祐一君から電話が入るかもしれないからと伝えておいた。階下で電話を取った。

「待たせたね、今、どこにいるの？」

久家君は今、四条縄手のバーで一人でいるから出て来ないか、と言った。

僕はすぐに着替えて表に出た。雨は上がっていた。

「祐さん兄さんのところにおいでやすの」

久美が訊いた。

「そうだよ」

「その着替え泥だらけにしたら明日は裸で歩かなあきませんえ」

「久美、君もずいぶんとユーモアのセンスがわかってきたね」

「ユーモア？　何のことどすか。うちはほんまのこと言うとるだけどす」

「嫌味ばかりを言ってたら可愛い舞妓さんにはなれないよ」

久美が頬をふくらませた。

「ハッハハ、冗談だよ。君は僕のキューピッドだからね」

「キューピッド？」

久美が小首をかしげた。

花見小路通りを歩きはじめると今日の河原町での再会が思い出された。

部屋に戻ってからも何度となく思い返したことだった。

白いハンカチを差し出し真祇乃さんは言った。

『少年《ぼん》を抱かはってた背中であなたさんとすぐわかりました』

僕はあまりに驚いて、彼女が何を言ったのかもすぐに理解できなかった。

『ど、どうしてあなたがここにいるのですか』

『このお家の屏風を見に連れてきてもろうたんどす』

――そうか、さっき聞こえていた女の声は彼女たちのものだったのだ。

『そうなんですか。僕もたまたまここに見学に来たのです。こんな偶然があるんですね。いや驚きました』

『ほんまどすね。雷さんは何もおへんどしたか？　どこぞ怪我しはらしませんどした？』

『このとおり平気です。今しがたの雷は別にこの家の前に落ちたわけではありません。あの子はたぶん落雷の音と稲妻に驚いて気を失っただけです』

『そうどしたん。けどうち感激しました。あないして他所《よそ》のお子を助けはって……、あなたさんは立派な方どす』

真祇乃さんの目がうるんでいるように見えた。

その時、屏風を飾った家から芸妓が二人出て来た。

『いやおっきい雷さんどしたな。天と地がひっくり返ったかと思いましたわ』

『ほんまや。先生、雨も小降りになってますから早う山鉾を見物してお座敷に戻りまひょう』

一人の芸妓が家の奥にむかって声をかけた。

それを見て彼女はハンカチを僕に押しつけるようにした。

『汚れるからいいよ』

『あかしませんって』

彼女の指が僕の手を包むようにしてハンカチを握らせた。

『真祇乃、どこにいてんのや』

芸妓の声がした。

『ここにいてます』

『先生、呼んできよし』

『は、はい。ほなまた』

彼女は言って立ち去ろうとした。

『匂い袋、ありがとう』

僕が言うと、彼女は振りむいて訊いた。

『お名前を教えておくれやす』

『津田雅彦です』

『マサヒコさんどすね。うちは』

『真祇乃さんだよね』

僕が名前を言うと、白い歯をかすかに見せて笑った。

そうして吐息を洩らすような声で、

『もう一度……、もう一度』

何かを言いかけた。彼女を呼ぶ芸妓の声がした。

『真祇乃、何をしてんのや』

『す、すみません、姐さん』

彼女は言って小走りに家の中に入った。

そうして白髪の老人とともに表に出てくると河原町通りにむかって他の芸妓と歩き去った。

僕は彼女の姿が人混みの中に消えるまで見ていた。

あとには僕の手に綺麗なハンカチが残った。

指先に触れると、あの甘い匂いがした。

思い返す度にこの再会が信じられなかった。こんな場所で、あんなに大勢の人が見物に出ている祇園祭の宵山で遭遇できたことが夢のようだった。でも夢ではない。

僕は部屋に戻ってから何度もハンカチを見直した。ガーゼのように柔らかな肌ざわりのハンカチをそっと頬に当ててみた。すると胸が高鳴った。目を閉じると、彼女の大きな眸が浮かび、耳の奥から声がよみがえった。

『どこぞ怪我しはらしませんどした？』

心配そうに僕を見る眸があらわれた。

その眸が、立ち去る際に振りむいた時の何かを訴えるような眸にかわった。

『もう一度……、もう一度』

――『もう一度』、彼女は何を言いたかったのだろうか。

もう一度、逢いたいと言いたかったのだろうか。そうならこんな嬉しい言葉はない。

だとしたら、彼女も僕のことを思っていてくれたことになる。

秋野修君の言葉がよみがえった。

『もしその人も津田君のことを好きで逢いに来てくれるのを、君の告白を待っていたとしたら……』

秋野君の笑い顔が浮かんだ。

僕は部屋の畳の上に大の字になって天井にむかって言った。

「秋野君、君は恋愛の達人だよ。いや予言者と呼んでやるよ」

それにしてもこんなことが僕に起こるなんて信じられない。

――まさか誰かの悪戯《いたずら》じゃないだろうな。

僕は起き上がって机の上のハンカチを確認し、大きく頷いた。

四条縄手のバーの扉を開けると、久家君はカウンターの一番奥で誰かと飲んでいた。

久家君が手を上げた。

近づくと久家君の隣りにいたのは末吉町の洋食店のマスターだった。

マスターは僕の姿を見ると、ゆっくりと立ち上がって言った。

「友来たりやな。さあバトンタッチや。持つべきものは友と一杯の酒か。それが失恋の良薬とは先達はよく言ったもんやな。ではプレイボーイ君、苦い酒を飲みたまえ」

僕が頭を下げると、マスターは、遊んでいるかね、と言ってウィンクした。

久家君は店の扉を開けたマスターに手を振って苦笑いした。

久家君はしばらく黙って酒を飲んでいた。

僕は隣りに座ってポートワインを飲んだ。

「津田君、あれから真っ直ぐ帰ったんか」

「いや、河原町通りに行って宵山を見学したよ」

「そうか……。祇園祭はなかなかのもんやろう」

「本当だね。屏風祭も見学したんだけど、久家君が言ってた言葉の意味が少し理解できた気がしたよ」

「俺の言ってた言葉？　何のことや」

「ほら、京都は、奥の、そのまた奥があるって言ってたことさ」

「そんなこと言うたかな」

「うん、最初に逢った午後のキャンパスで久家君はそう言ったよ」

「そうか……」

そう言って久家君はまた黙り込んだ。

僕も黙って隣りにいた。

『もし今夜、俺が家に戻ってきいへんかったら、東京に、いや違う場所かもしれへんけど……、俺はしばらく帰らへんから』

夕刻、久家君はそう言って雨の中を走り出した。

そのうしろ姿が僕にはとても勇ましく見えた。でも久家君は祇園町に帰ってきた。ここにいることは久家君にとってとても辛いことなのだろう。それがどんな痛みなのか僕には想像もつかなかった。

「残酷やな……」

久家君がぽそりと言った。

「……」

僕は何も返答できなかった。

「恋愛って阿呆《あほう》みたいやな……」

僕はじっとポートワインのグラスを見ていた。何かが光った気がして目をやると、久家君の涙が落ちたのがわかった。

「だってそうやろう。今夜もどこかで男と女が愛を語っとんのやで、好きや、愛してる言うて……。けど愛なんて幻やないか」

僕は身体を硬くした。

「何や、この匂い。マスター、ここに誰ぞ芸妓が来てたんかいな」

僕はますます身体を硬くした。

久家君と二人、四条縄手のバーから帰る道すがら、僕は彼に真祇乃さんの話を打ち明けようかと思った。

バーのカウンターに零れ落ちた久家君の涙がよみがえり言い出せなかった。

そうできなかった理由は他にもあった。

久美の言葉が耳の奥に残っていたからだ。

『真祇乃はんがあんたはんを訪ねてきたことはお家の誰にも話したらあきしませんえ』

『どうして？』

『当たり前どすがな。舞妓はんが勝手に男の人を訪ねて行って、しかも届け物しはったいうことがわかったら、この町から追い出されてしまいます』

それが祇園町のしきたりなのだろうか。

たしかに今日の宵、〝屛風祭〟をしていた河原町の路地に面した商家の前で僕に逢った真祇乃さんは年長の芸妓を気にしながら話をしていた。

家に戻ると、キヌが寝ずに待っていた。

「お二人もようお戻りやして……」

「なんやキヌ、まだ起きてたんかいな」

久家君が無愛想に言った。

「お母はんがまだ気張ってはるんどすがな」

「祇園会やさかいどこぞで雑魚寝《じゃこね》でもしとんとちゃうか」

「そうどっしゃろか」

「久家君、じゃこねって何？」

「お客と一緒に芸妓はん、舞妓はんが皆でひとつの部屋で寝ることや。雑魚寝《ざこね》や」

「ああ雑魚寝のことか。えっ、お客さんと皆で寝るのかい？」

僕は驚いて久家君を見た。

「何も変なことはしいへん。西鶴の『好色一代女』に出てくる〝大原の雑魚寝〟とは違うねん。〝祇園の雑魚寝〟はたわいもない昼寝みたいなもんや」

「よくあることなのかい」

「さあ詳しゅうは知らんわ。こっちはそんな経験したことないもの。ほな寝ようや」

久家君が大きな欠伸《あくび》をした。

先刻までの深刻さが嘘のようだ。

「学士先生」

階段を登ろうとするとキヌが呼び止めた。

「何だい？」

「お腹空いてしまへんか」

「大丈夫だ」

「うろん、ありまっせ」

「ありがとう、平気だよ。おやすみ」

部屋に戻ると緊張がとけたせいか急に身体が重く思えた。

僕は畳の上に大の字になって天井を見た。

彼女の大きな眸が浮かんだ。立ち去る際に僕に振りむいて……『もう一度……、もう一度』とささやいた言葉が耳の底に何度も響いた。

——もう一度、逢いたい……。

そうに違いないと僕は思った。

僕は天井に揺れる真祇乃さんの眸にむかって言った。

「僕も逢いたい。……今すぐにでも」

すると大きな音で腹が鳴った。

今朝から何もお腹に入れていないのに気付いた。

翌朝、耳元でささやく声で目覚めた。

「目を覚ましておくれやす」

僕は寝惚《ねぼ》け眼《まなこ》で声のする方を見た。

薄暗い視界の中に小さな顔があり、僕を覗き込んでいた。久美だった。まだ夜明け方のようだった。

「どうしたんだい。ずいぶんと早いね」

久美が唇の上に指を一本立てて静かにして欲しいという仕草をしていた。

「おっきい声を出さんといて下さい」

「どうしたんだ？」

僕が声を上げると久美は唇につけていた指で僕の口を閉じた。

「実はあんたはんにお願いがあります。今日、私を祇園祭の〝先の祭り〟に連れて行って欲しいんどす」

僕は小声で訊いた。

「自分で行けないのかい」

「そんなん許してもらえしません。けど今朝はお家にまだお母はんが戻って来てはらしません。キヌさんとうちと祭りの間の手伝いの人の三人きりどす。あんたはんがキヌさんにうちに祭り見物の案内をして欲しいと言わはったらキヌさんは承知してくれはります」

「祭りを見たいのか」

僕が訊くと久美は目を大きく見張って頷いた。その表情を見て、久美はよほど祇園祭が見たいのだと思った。

「わかった、頼んでみるよ」

僕が言うと久美は満足気にまた頷き、四つん這いのまま部屋を出ようとして、もう一度振りむいて言った。

「キヌさんが連れて行くと言わはっても、そんなもん聞いたらあきませんえ」

今度は僕が大きく頷いた。

「起こしに来ますよってに……」

と言って久美は障子戸を用心深く閉めた。

僕が中庭で顔を洗っているとキヌがやってきた。

「学士先生、えらい早うおすな。今日もまたどこぞにお出かけどすか」

「おはよう。そうなんだ。実は……」

と言いかけて背後で久美が首を横に振っているのが目に入った。

「……後で話すよ」

「毎日大変どすな。年に一度の祇園さんの祭りや言うのに今朝はお母はんもまだ戻ってはりません」

キヌは不満そうに言った。

もしかしてキヌも祭りに行きたいのではないかと思った。

「すぐに朝御飯の支度しまっさかい」

「早くに済まないね」

「何をおっしゃいますやら」

そう言ってキヌは久美の名前を呼んだ。

久美は二、三歩あとずさりして大声で返事した。

朝食の準備ができて、僕一人が卓袱台の前に座った。どうやら家の女たちは皆戻ってきていないようだ。

キヌはお櫃《ひつ》から御飯をよそいながら訊いた。

「それで今日はどこにお出かけやすの」

僕は炊事場の久美を見た。久美が頷いた。

「河原町に祇園祭を見物に行くんだ」

「そうどすか。それはよろしゅおすね。今日は〝先の祭り〟で山鉾が巡行しまっさかい、それは見応えがおすわ。うちはまた遠くに行かはるのかと思うて心配してました。それはぜひ見学にお出かけやす」

僕はもう一度久美を見た。久美が大きく頷いた。

「実はそのことでキヌさんに頼みがあるんだけど……」

「うちに頼み事どすか。嬉しゅおす。何でも言うとくれやす」

「僕はまだ河原町の方面が不案内でよく知らないんだ。それで久美に案内して欲しいんだけど」

「久美をどすか。あれはあきしません。田舎者でっさかい何も知りません。案内どころか足手纏《でまと》いになるだけどすわ。うちが案内できればそれが一番ええのどすが、お母はんから連絡がいつ来るかわからしませんし、今、お家を空けるわけいかしません。え〜と誰ぞおったかいな。手伝いの人もあかんし」

キヌが難儀そうな顔をした。

——なるほど頭のいい娘だ……。

キヌは天井を睨んで案内の者を探しているような顔をしていた。

その顔の向こうで久美が話を続けるようにと顎をしゃくった。僕は頷いた。

「キヌさん、行く場所は知り合いがいて決まっているんだよ。そこまでなら久美にだって案内できるだろう」

「それはどこどす？」

「あっ、住所を書いた紙を二階に置き忘れてきた。後で見せるよ」

久美の姿が失《う》せて階段を素早く駆け上がる足音がした。


久美は用意周到に祭り見物の場所まで手配していた。

そこは河原町の本通りに面した乾物屋の二階だった。障子戸をすべて開け放った広間に何十人もの見物客が上がっていた。

「よくこんな場所を知っていたね」

「弥栄《やさか》小学校の時の同級生の親戚ですわ」

素っ気なく答えて山鉾がやってくる本通りを見ている久美の横顔を見ていて、よほど祭りが好きで懸命に準備をしたのか、さもなくばよほど頭の回る娘だと感心した。その上、久美には度胸があった。

「僕を送ったらすぐに家に戻らなくても大丈夫なのかい」

「大丈夫です。出かける前にキヌさんに訊いてきました。学士先生が待っとくように言わはったらどないしましょうって」

——キヌさんはどう言ったの？

と訊こうとしたが答えは決まっていた。待っているようにと言ったに違いない。

僕は久美が部屋の机に置いた住所を書きとめた小紙を読んで、これは銀行の二階どすやろか、と頭をひねっていたキヌの顔を思い出し、小娘の罠にまんまとはめられた彼女が少し可哀相に思えた。

そんな気持ちも長刀鉾が祇園囃子とともにゆっくりと姿をあらわしたのを見てどこかに吹き飛んでしまった。

久美が叫んだ。

「お稚児《ちご》さんやお稚児さんや……、綺麗やなあ……」

久美の声が最後にため息にかわったように、長刀鉾の囃子方台の先頭に赤地の金襴《きんらん》振袖に鳳凰の冠《かんむり》を頭に載せた稚児が見えた。僕も見惚れた。

そうして次から次にあらわれる山鉾巡行は、それは勇壮で、優雅であった。揃いの浴衣を着た山車を曳《ひ》く男衆《おとこし》の姿と乾物屋の屋根よりも高い山鉾が練《ね》り行く様子はたとえようのないほど豪華絢爛だった。

「あれが月鉾や」

久美は夢中だった。

二階からの見物は山鉾を間近に見ることができたし、囃子を奏でる衆も目前に並んでいるようだった。その上乾物屋のすぐ先は河原町御池《おいけ》の交差点になっていて、男衆が地面に割り竹を何枚も敷いて、そこに水を撒き山鉾をくるりと方向をかえさせる見事な作業をじっくりと見ることができた。大きな山鉾が動くと見物客から歓声が起こった。

華麗な巡行を見ているうちに、僕は通りの左右を埋めつくす大勢の人たちの中に、あの人がいるような気がしてきた。僕の目はいつしか山鉾を見上げる人の顔にむいていた。

あの人のことを思うと、胸が高鳴った。

やがて乾物屋の町内の鉾が近づくと二階にいた見物客や周囲の家々から大きな拍手と歓声が起こった。

屋根方と呼ばれる鉾の屋根に登った衆に声をかける人もいた。その男は一瞬にやりと白い歯を見せた。


「なんやあんたはん、最後のあたりは巡行を見てはらしませんでしたな」

帰りの道すがら久美が言った。

勘のいい子だと思った。

「そんなことはないよ。あんないい席で見物できてとても楽しかったよ。ありがとう。お礼と言ってはなんだけど、氷水《こおりすい》をご馳走するよ」

「ほんまどすか」

二人して木屋町の露店の屋台に寄り氷水を食べた。

久美は祇園祭が七月一日からはじまり、一ヶ月近く続くことや、今日の〝先の祭り〟から七日間祭りは続き、八日目には〝後の祭り〟があって、その日も山鉾巡行があることを教えてくれた。

「お稚児さんは京都でええお家の子がならはりますねん。生まれた時から幸せな子がいてはるんどすね」

「そんなことはないよ。どんないい家に生まれたって不幸な人はいるよ。その逆に子供の頃は苦しくても頑張って幸せになる人は大勢いるものだ。いやむしろそういう人の方が多いと聞くよ」

「あんたはんはやさしい人どすね。キヌさんが歳のことも考えんで惚れはるのもわかりますわ」

久美が鼻に皺を寄せて笑った。

「変なことを言い出さないでくれよ。キヌさんは誰にもやさしい人だよ」

「それは違《ちご》うてます。あの人は、それは怖い、怖い人どっせ」

僕が笑うと、久美は、言うてもわからはらへんもんね、しゃあないわ、あんたさんはお客さんどすから、とさっぱりした表情で言い、

「あっそうや」

と急に素《す》っ頓狂《とんきよう》な声を出した。

「どうしたんだい？」

「もう一杯、飲んでよろしゅおすか」

「ああ、かまわないよ」

「おおきに、そのかわりいい話を聞かせてあげまっさかい」

「ほう、何の話だい」

僕が笑って訊くと久美は顔を寄せるようにして小声で言った。

「真祇乃はんのことどす」

僕は目をしばたたかせた。

僕の表情が変化したのを久美が見て取ったのかはわからないが、彼女は複雑な笑いをした。

「あの人がどうかしたのかい？」

「やっぱり何も知らはらへんのどすな」

「何もってどういうことだい？」

僕の口調が強くなっていたのか久美は少したじろいだように顔を見返した。

「あんたはんのそんな怖いお顔を初めて見ました」

「えっ、怖い顔をしているかい」

「へぇ〜」

「そう見えたのなら謝るよ。このとおりだ。それで話って何だい」

「真祇乃はんに〝襟替《えりが》え〟の話が出てはるそうどすわ」

「〝襟替え〟って何のことだい？」

「あれっ、〝襟替え〟も知らはらへんのどすか……」

「うん、何のことかさっぱりわからないよ」

「〝襟替え〟言うたら舞妓はんが芸妓はんになる時にしはるお披露目のことどすがな」

「あの人は舞妓をやめるのかい」

「やめはるんと違うて、晴れて芸妓はんにならはるんどす。舞妓はんの赤い襟が芸妓はんの白い襟に替わらはるんどす。そうやさかい〝襟替え〟言うんどすがな。祝い事どす」

「そうなんだ……真祇乃さんは舞妓さんから芸妓さんになるんだ。祝い事なんだったら良かったね」

「それがそうでもないんどす……」

「どうしてだい」

「真祇乃はんの〝襟替え〟に旦那はんになりたいと申し出てはるお方がぎょうさんいてはって奪い合いらしいどっせ」

「旦那って何なの？」

「ほんまに廓のことを何も知らはらへんのどすね」

久美は呆れたような顔をして四条通りにむかって歩き出した。

僕はあわててあとを追い掛けた。

「久美、旦那ってことは真祇乃さんが結婚するってことなのかい」

久美は立ち止まって両手を組んで僕を見上げた。

「ほんまにあんたはんはぼんぼんどすね」

「どこがだよ」

「祇園町で旦那はん言うたら芸妓はんの面倒を見てくれはるお方でっしゃろ。旦那はんが結婚やて何を言ってますの」

「面倒を見るって……」

僕はそう話してから、そういうことかと合点し目を見開いた。

「そんな……」

「早う戻らんとうちがきつうに叱られますよってに」

久美はどんどん先を歩き出した。

僕は久美と並んで四条大橋を渡った。

「そんな話を君はどこで聞いたんだ」

「祇園の町中の噂どす。知らはらしませんでしたん」

「う、うん」

「ともかく今、祇園町で真祇乃はんは一、二を争うほど人気のある舞妓はんどす。お座敷のかかる本数もそれはえらい数どすわ。器量好しいうのもありますが、真祇乃はんの舞いが評判やそうどす。今年の〝都をどり〟の舞いもそれはえらい評判どしたわ」

「〝都をどり〟？　君は彼女の舞いを見たのか」

「へぇ〜、歌舞練場《かぶれんじょう》の隅で見ました。うちのお母はんが言うてはりましたわ。あなん妓《こ》がうちに一人でもおったらな〜と。真祇乃はんは舞妓はんにならはってからもう三年にならはりますけど、今年の秋で二十歳《はたち》にならはります。舞妓はんは普通、四年か五年で〝襟替え〟しはりますが、真祇乃はんは〝店出し〟が遅うおしたんどす。二十歳を過ぎてもいつまでも舞妓はんいうわけにはいかしませんもんな」

「そ、そうなんだ。けどそれと旦那がどう関係があるんだよ？」

「それは……」

久美は言いかけて小首をかしげた。

「そなん詳しいことまでうちは知りしません」

やがて花見小路通りの角が見えた。

一力《いちりき》の前まで来ると久美が僕に前を歩くように言った。

「どうして？」

「うちはあんたはんの案内でついて行きましたんえ、並んで歩くわけいきしません」

久美はすました顔であとをついてきた。

前方から久家君が歩いてくるのが見えた。

「おう、帰ってきたか。どないやった山鉾巡行は？」

「いや見事なものだよ。感動したよ」

「そうか、そりゃ良かった。津田君、昼は食べたんかいな」

「いや、まだだ」

「ほな、僕も今から食べるところやから一緒に行こか」

「そうだな」

「祐さん兄さん、うち、学士先生をお家までお連れせんとキヌさんに叱られます」

「なんでや？」

「そういう言いつけで出てきましたから」

「こいつ何をごちゃごちゃ言うてんのや。心配せんかてええ。キヌはもうおまえのことせんど怒っとったさかい。今さら一緒に戻っても同じことや」

久美の顔色がかわった。半ベソになっている。

僕は苦笑した。

「昼はどこで食べるの？」

「この間のうろん屋や。ほれ、四条通りの」

「あの店か。僕はちょっと忘れ物をしてるからすぐに行くよ。けつねを頼んでおいてくれるか」

「けつねな。わかった。ぼちぼち歩いとうさかいな」

「ありがとう」

久美は急に顔が明るくなった。

「久美、これはひとつ君に貸しだね」

「おおきに」

「そのかわりあの人のことで何かわかったら教えてくれるね」

「わかりました」

僕たちは喜美屋にむかって走り出した。

「どうや津田君、どこぞに遊びに行かへんか。こんな町におっても辛気臭《しんきくそ》うてかなんわ」

うどんを食べながら久家君が言った。

「僕はかまわないよ。ただ祇園祭が終わってからでもいいかな。少し写真に撮っておきたいんだ」

「そうか、ずいぶんと気に入ったんやな。津田君ならこの町のええところを見つけられると思ったんや」

「久家君、ありがとう」

「なんやあらたまって」

「いや、君が京都に僕を呼んでくれたことを、僕はとても感謝してるんだ」

「妙な言い方せんとき。俺かて彼女とのことを君が見守ってくれたのを感謝してるんや」

「何も力になれなくて……」

僕が頭を下げると久家君は唇を噛んだままうろん屋の壁に貼られた歌舞伎役者の錦絵を見ていた。

しばらく二人とも黙っていた。

「久家君、教えて欲しいことがあるんだ」

「何や？」

「〝襟替え〟って何をするの」

「また妙なこと訊いてきよったな。〝襟替え〟言うんは、舞妓が芸妓になる時に廓町でやる祝い事のことや。舞妓をやっとられるのは若い時だけや。この頃はだいたい二十歳を過ぎたら芸妓にさせとる。昔はもっと若い時にさせたらしい。ほれ、久美が今、仕込みさんや。あれも無事に行けばやがて舞妓になりよる。そん時にやるんが〝店出し〟いう祝い事や」

「〝店出し〟？」

「そうや、修業を終えてお座敷に上がる時の祝い事や。三年から五年、舞妓をやって次が芸妓や。けどそうできん舞妓もいてる」

「どうして」

「そりゃいろいろ理由はあるが、とろうて芸妓にしてもあかん妓やぶさいくやったり、理由はいろいろや。それともうひとつ客の方でこれは芸妓なんぞにさせて他の男の前に出しとうないという絶品の舞妓がおったら、客はその舞妓の旦那になって、そのまま引かせんのや。〝水揚げ〟や」

「それはどういうこと」

「どういうことって、その舞妓を自分一人のものにすんねん」

「どうやって？」

久家君は右手を僕の前に突き出し人差し指と親指を合わせ丸いかたちを作った。

「金や」

「金って……、その人を、まさか人身売買するのかい」

僕は思わず大声を出した。

「人聞きの悪い言い方せんとき。それがこの町の慣わしや。島原でもどこでもそうや。そんなん知ってるやろう。でも遊女を買うのとは違うのやで。その舞妓の面倒を見るんや。置屋はその妓がちいさい時からおまんま食べさせて芸を仕込んで、今は中学校まで行かさなあかん。えらい元手がかかっとる。お茶屋はお茶屋でその舞妓と客が出逢う場所を提供したわけや。そやさかいその妓に関わってるすべての者が納得する金を出すんや。〝襟替え〟の旦那になるには、そりゃえらい金額を客は出しよる。家の一軒分や二軒分では足らへん金が動くこともあるらしい」

「じゃその舞妓さんが相手のことを気に入らなくてもそうなるのかい」

「当たり前や。そんなんは〝仕込み〟の時から教えられとんねん。座敷に上がってからもええ着物《べべ》着られて美味しいもん食べられて家まで世話して貰うんやから。ええ旦那に出逢ういうことはあの妓たちにとってしあわせなことなんや」

「そんなことをあの町はずっとしてきたのかい」

「そうや。あそこは男の遊び場やで。金と権力と、男の見栄がぶつかりよんねん」

「でも相手を嫌がる舞妓さんもいるんじゃないの」

「そりゃあの妓らかて生身の人間やさかい。嫌がったり、逃げ出したりする時もある。けど最後は言うことを聞くねん」

「どうして？」

「……やはり金やろう」

久家君は何か言いにくそうにして、最後にちいさい声でそう言った。

「また何でそんなことを聞くねん」

「い、いや、特別理由があるわけじゃないんだ」

「ふぅ～ん。ああ、どこぞに行ってパァーッと気分を晴らしたいな。ほな祇園祭が終わったら二人で旅にでも行こうな」

「う、うん」

翌日から僕はカメラを手に祇園祭の撮影に出かけた。

喜美屋の女たちはそんな僕を見て喜んでいた。

「学士先生、写真が出来ましたら見せとくれやす」

キヌは喜んで弁当をこしらえ、毎朝、見送ってくれた。

僕は祇園祭を見て回りながら、久家君が口にしていた、この古都の奥にあるものが少しずつ見える気がした。ファインダーを覗くと、真祇乃の姿が浮かんだ。時折、見物の衆の中にあきらかに舞妓、芸妓とわかる女たちがいた。僕は目を見開いて、彼女たちの中に真祇乃の姿を探した。

七日通って、最後の〝後の祭り〟と呼ばれる山鉾巡行をカメラにおさめた。

しかし真祇乃と再会することはできなかった。それが余計に真祇乃への思いを募らせた。

祇園囃子の音が京都の町から失せると古都はいちどきに猛暑をむかえた。

冬の寒さも厳しいが、三方を山に囲まれた盆地の中にある京都の地形は真昼時になると異様な暑さで蒸し返した。

各通りには陽炎《かげろう》が揺れ、通りを歩く人の姿も少なくなった。

祇園町でも昼時、女たちは風の来ない家々の中でじっと息をひそめるようにしていた。

その祇園町の女たちの間に、ある噂話が流れ出し、その話はたちまち町中にひろがって行った。

「間弁の家の真祇乃はんが〝無言詣《むごんまい》り〟をしはったそうやで」

「ほんまどすか。あのおとなしい舞妓はんが〝無言詣り〟をしはったんどすか。それで相手はどの人なんどすか」

「さあ、それは知りしませんけど、今、あの人を水揚げしたいと申し出てはる方々の中の誰かと違いますか」

「ということは真祇乃はんの方から好いた方がいてると仕掛けはったんやろか」

「そうかもしれへんな。あんな何も知らんような顔して、ほんまはえらい計算ができる妓かもしれへんで」

「けど〝無言詣り〟のことが、今、真祇乃はんにご執心《しゅうしん》の旦那はんたちに知れてしもうたら火に油を注ぐようなもんどすな」

「そうやで、またえらい騒ぎになりよるで」

「けど大胆な妓やね。売れてへん、どないしょうもない妓がするのならわかるけど、引く手数多《あまた》の舞妓はんが〝無言詣り〟やて……」

廓町の噂はほんの些細なことであっても半日もかからず廓中にひろがる。それは廓町が女たちの町であるからだ。女たちの妬みと嫉妬が交錯し、話は尾鰭《おひれ》を付けてひろがって行く。

この当時、祇園町は日本の戦後復興と合わせるように客足も戦前の華やかな時がよみがえる勢いになり、隆盛期をむかえようとしていた。芸妓、舞妓の数も二百五十人を超え、各置屋、お茶屋は客の目を引く名妓を育て、輩出させようとしていた。戦後いちはやく（昭和二十五年）〝都をどり〟を復活させ、芸妓、舞妓たちも歌舞音曲を誇りにし、技量を磨くことに懸命だった。その中にあって、真祇乃はひさしぶりに登場した容姿、芸技が衆目の認める存在だった。

祇園の町中がその噂で持ちきりになった〝無言詣り〟とは、芸妓、舞妓の願掛けのことだ。祇園祭がはじまる宵山の翌日の〝先の祭り〟から〝後の祭り〟の前日の七日間、八坂神社の神輿が四条寺町にある御旅所《おたびしょ》に納まっており、そこに祇園の神さまがいる間、四条大橋の袂から御旅所までの道を深夜、芸妓、舞妓が自分の願いを立てて毎夜お参りをするのである。

〝無言詣り〟の言葉どおり、その願掛けの七夜、彼女たちが詣《もうで》の間、誰とも一言たりとも口をきかないでお参りをすることができたら願いが成就するという。願掛けの目的は恋の想いである。お座敷で見初《みそ》めたり、どこかで出逢って恋心を抱いた方の気持ちが自分にむいてくれるよう、好いてもらえるようにと懸命に祈るのである。願掛けの途中で誰か知り合いに逢って声をかけられないように深夜、家を抜け出し、いそいそと四条通りをうつむいたまま歩くのだ。

〝無言詣り〟が厄介なのは、廓町が挨拶の世界だからである。年上のお姐さんやお茶屋の女将さん、お客さんに出逢えば彼女たちは必ず挨拶を欠かさない。だから〝無言詣り〟を見つけるとわざと口をきかせようとするえげつない女たちや客たちもいる。しかし同僚や仲間の芸妓、舞妓は〝無言詣り〟を応援することもある。いずれにしても〝無言詣り〟をしなくてはならないのは恋心を抱いた人に彼女たちの意志を打ち明けられないという切ない事情から生まれたものである。

真祇乃の〝無言詣り〟は目撃者があり、真実であったが、その相手が誰なのか、真祇乃は決して口にしなかった。それが余計に男たちの関心を呼ぶことになった。

第四章　帰京

七月上旬、陽炎立つ大和大路通りを日傘を差した若い女が黙々と歩いていた。浴衣姿の赤い帯で彼女が廓町の女だとすぐにわかる。

額にうっすらと汗がにじんでいたが、女は駆けるような歩調をかえずに一心に歩いていた。

彼女は四条通りをつっきり、知恩院通りを過ぎ、一軒の瀟洒《しょうしゃ》な家の門前に立ち呼び鈴を鳴らした。中から女の声が返ってきた。浴衣の女は甲高い声で言った。

「真智悠《まちゆう》姐さんのとこの真祇乃どす。今日はお世話さんどす」

潜《くぐ》り戸が開いて女は邸の中に入った。

三十分後、年の頃は四十を超えたと思われる二人の芸妓と一人の見習いが浴衣姿で戸を潜って行った。素足に下駄履きの見習いは喜美屋の久美だった。

邸は表から見るとさして大きくは見えないが、京都の屋敷の特徴で中は相当な広さで、東側の庭の築山《つきやま》のむこうに見事な竹林が生えていた。開け放った障子戸からまぶしいほどの新緑の葉をたわませている竹林を見渡せる三十畳ばかりの板張りの稽古場があった。稽古場の隅に、先刻の二人の芸妓がかしこまって座り、真祇乃と久美は濡《ぬ》れ縁《えん》に座っていた。稽古場の板張りの上に正座している芸妓は祇園の豆ちゑと真智悠である。二人は祇園町で評判の舞いの名手だった。真智悠は四十半ばで、豆ちゑは五十を超えていたが、稽古場に控える顔は化粧なしでも肌に張りと艶があり、ふた回りは若く見えた。豆ちゑのいつもの伴《とも》の見習いが夏風邪を引き、急遽、同じ家筋の見習いである久美が今日の稽古の伴に呼ばれた。久美はここに真祇乃がいたので驚いた。会釈すると彼女は笑みを浮かべて、ご苦労さんどす、と小声で言った。

久美は真祇乃に逢ったことにもびっくりしたが、それ以上に祇園の芸妓衆の中でも上のまた上の存在の二人の芸妓を間近に見たことに興奮していた。

昨夜、喜美屋の本家筋から使いが来て、明日、豆ちゑ姐さんの家元の稽古の伴に行って欲しいと告げにきた時、キヌは勿論のこと、遅くに帰ってきた女将さんからも、

「久美、あんたくれぐれもちゃんとしなあかんで。豆ちゑ姐さんのお世話もそうやけど家元に失礼あったらえらいことやさかいにな」

と念を押すように言い渡された。

女将のトミ江がわざわざ久美を呼んで粗相がないようにと注意した家元とは、祇園の芸妓衆の舞いの師匠である京舞、井家上流《いけがみ》の四世、井家上千代《ちよ》のことだった。

井家上流は江戸期、寛政の時代、京の五摂家のひとつ近衛《このえ》家から紋を頂くまでに舞いの才

能があった初代が興した京舞の流派である。御所風の舞いを二世が地唄《じうた》にあう座敷舞に発展させ、井家上流独特の型を完成させた。明治元年に三世が襲名し、明治五年、天皇が東行したことで京の町が沈滞したのを復興させようと日本で最初の博覧会を開催し、その折、余興として祇園の舞いの上演を計画した。この振付けを当時の京都府知事が一力茶屋の主人と相談し三世、井家上千代に依頼した。三世は要望を受け、条件として祇園の舞いはいっさい井家上流に限って欲しいと申し出た。そうして『都十二調《しらべ》』が完成した。これが今も春にとりおこなわれる〝都をどり〟の誕生である。この『都十二調』は今も〝都をどり〟で舞い続けられている。

井家上流が新派として登場した時、京では篠塚、東間《とうま》、山岸の流派が栄えていた。歌舞伎の動きから振りを付けていた篠塚流などは人気だった。これに対して井家上家元は能、人形浄瑠璃を学んで舞いに取り入れ、今日、地唄舞の最高峰と呼ばれる流派に育て上げた。それは初代から続いた舞いに対する厳しい姿勢と日々の鍛錬がそうさせたと言っていい。今の四世は三歳の時に三世の下に入門し、十三歳で内弟子となり、四世、井家上千代を襲名してすでに十六年が経ち、八年前には人間国宝に認定されていた。

京都の五花街《ごかがい》はそれぞれに芸妓の舞いの披露目をする場を持つが、祇園の〝都をどり〟が古都で一番とされ大勢の観客を呼ぶのはひとえに普段からの家元の厳しい稽古と井家上流の舞いの素晴らしさにある。三世が祇園の芸妓の舞いは井家上流に限ると申し入れた時から祇園にとって芸妓たちの舞いは他の何よりも春を愉しませるものになったと言える。祇園には古くから通う馴染みの客も多い。かつて名芸と呼ばれた芸妓の舞いを見た客もいる。その客の目にかなう芸を見せなくてはならないから、当然、稽古も厳しいものになる。

四世家元の稽古の厳しさは祇園のみならずこの世界で広く聞こえていた。年齢の上下にかかわらず、こと芸に関しては容赦なく叱責した。しかしその厳しさが芸妓たちを一人前に育て、やがて百人、二百人の並居る芸妓の中で一、二を争う名芸が誕生して行った。

今日は、その代表格の二人が家元の稽古を受ける日だった。春の〝都をどり〟に対して秋には〝温習会《おんしゅうかい》〟が待ち受けていた。〝都をどり〟は〝祇園の女学校〟と呼ばれる女紅場《にょこうば》学園の生徒たちの学芸会の趣きがあったが、秋の〝温習会〟は日々の舞いの研鑽と温習を見てもらう発表会であった。〝都をどり〟はなるたけ多くの芸妓を舞台に上がらせようと家元は演目を広く賑《にぎ》やかにするが、〝温習会〟は選ばれた芸妓だけが舞台に上がる。芸妓にとっては名誉でもあった。

今日の稽古にはその〝温習会〟の選抜の意味もあった。

地方《じかた》（音曲の演奏者）が三名稽古場に入ってきて端に座り、それぞれが三味線、鼓、笛を準備し正座した。

二人の芸妓が入ってすでに三十分を過ぎていた。息ひとつ乱さず彼女たちは家元があらわれるのを待っていた。それは控えている真祇乃も同じだった。

久美は張り詰めた緊張感に耐えきれず何度も吐息を零しそうになった。

やがて廊下を歩く足音がして、家元があらわれた。絽の着物に浅葱色《あさぎいろ》の帯を締め、家元は稽古場の正面の板張りに正座した。

内弟子の一人が家元の前に小机を置いた。

「今日はお稽古いただきましておおきにさんどす。どうぞよろしゅうおたの……」

二人の芸妓が挨拶をはじめると、その言葉をさえぎるように、

「今日のおさらいは何どした」

とよく通る声で訊いた。

「×××どす」

年長の豆ちゑが言った。

「ほな、はじめまひょか」

家元は言って地方の三人を見た。

二人の芸妓が急いで家元の正面に行き立ち位置を決めて構えた。

真祇乃が久美の背中を叩き素早く姐さんの置いた荷を取りに行った。久美も急いで同じようにした。

稽古がはじまった。さすがに祇園の一、二と呼ばれる二人の舞いは惚れ惚れするものだっ

た。稽古場の空気が膨らんでいた。鼓に笛がくわわり舞いの調子が上がって行く……。

突然、張り詰めた空気を裂くような鋭い音がした。久美は驚いて音のした方を見た。

家元が扇子で小机を叩いた音だった。

「違う、違うがな……。何をしとおいでやす」

音曲は止まり、二人の芸妓が指摘された所を思い出すように頷いている。家元の目が二人を見ていた。

「はい。そこからもういっぺん」

また音曲が鳴りはじめた。

二人の芸妓が舞いはじめる……。

パーンと先刻より激しい音がした。

「違うがな。何をしとおいでやす。なんで同じことを何べんもして……。ほれ、そこや……」

家元が扇子で小机を叩きながら地方を見る。地方が家元の指摘した段を奏でる。扇子の拍子に合わせて芸妓が舞う。

「違う。違《ちご》うてるやないか。何べん同じことを言わせはんのや。あんたたちはこの舞いを何べん舞《も》うてんのや。何年、この舞いを舞うてはんのどすか」

机を激しく叩く扇子の音が響いた。

二人の芸妓は家元の顔をじっと見て唇を噛みしめている。

「もういっぺん」

扇子が机を叩く乾いた音に音曲の演奏が重なり、家元の右手が二人の芸妓の動きをなぞるようにしている。

「そこ、そこが違う。なんでそんな大きゅうにすんのや。踊り踊ってるんとちゃうで。どこでそんなことを覚えたんや。それは舞いとちゃう」

家元が帯を叩いた。鼓を打ったような音がした。

「ここや。あんたらの身体の軸がとろとろしとうさかい、そんなしょうもないことになんのや」

家元が立ち上がった。

二人の芸妓の前に立った。

「ほれ、そこから、そう、そう」

家元が舞っている。二人の芸妓はそれに合わせて舞っているが、よく見ると家元は彼女たちと逆の動きをしている。これが井家上流の〝左稽古〟と呼ばれる稽古法である。家元は二人の芸妓の手、足の動きをまったく逆に舞って見せている。家元が彼女たちの鏡となっているのである。舞いの才能を超えた超人的なものである。

久美の隣りで、真祇乃は息を止めてじっと見つめている。

久美はただ驚いて先輩の芸妓衆のなすことに見とれていた。

稽古は休むことなく続いた。音曲の音色と家元の叱責する声、扇子が机を叩く音、芸妓の足が板張りの床を踏み鳴らし、足袋の擦《す》り寄せる音……。それ以外は何も聞こえなかった。知らぬ間に二人の芸妓の浴衣の背中は雨の中を抜けてきたかのようにびっしょりと濡れていた。

段落が終わって家元が話していた時、真智悠が顔の汗を拭った。

「何をしといやす。これくらいの稽古で汗が噴き出してどないすんのや。普段があかんのや。飲みたい時に飲むからそうなるんどす。気がゆるんどる証拠や。あかん、そんなことやさかい、あかんのや」

やりとりを見ているだけで久美は喉が渇いていた。

家元の声に思わず彼女は生唾を飲んだ。ゴクリ、と大きな音がして真祇乃が久美を見た。

「豆ちゑはんはこのくらいやろう。真智悠はんは休憩してもういっぺんや。おさらいしときなさい」

家元はそう言って奥に消えた。

「どうもおおきに、ありがとさんどした」

豆ちゑが立ち去る家元にむかって深々と床に額がつくほど頭を下げた。

真祇乃が久美の背中を叩いた。

二人は姐さんに手拭いを持って駆け寄った。

「姐さん、お水持ってきまひょうか」

久美が豆ちゑに訊いた。

「うちはいらへん。真智悠に持ってきたり」

豆ちゑの言葉に真智悠が肩で息をしながら言った。

「姐さん、うちは結構どす。おおきに」

「飲んどきなはれ。その方が今日は楽やさかい。うちかてどんだけきついか。そうせんとこれからしんどいえ」

「いいえ、結構どす」

真智悠は素っ気なく言った。

「そうか、ほな、お先に。せいぜいおきばりやして」

豆ちゑは呆れた顔で言い立ち上がった。

「姐さん、おおきにありがとさんどした」

真智悠が立ち去る豆ちゑに頭を下げた。

「姐さん、おおきにありがとさんどした。どうぞお気をつけやして」

真祇乃も豆ちゑとあとに続く久美にむかって丁寧に頭を下げた。そうしてすぐに小声で訊いた。

「姐さん、お水かお茶を持ってきまひょか」

「気遣いない。家元さんの言わはったとおりや。うちの気がゆるかったんや」

真智悠は小鏡の顔を覗くと、すぐに稽古場に入りおさらいをはじめた。

真祇乃は真智悠の素直な姿勢にあらためて感心した。

家元にあれだけきつい叱責を受け、豆ちゑからも嫌味を言われても真智悠はそのことで挫《くじ》けるどころか自分の舞いの至らなさを直そうと懸命になっている。

——見習わなくては……。

真祇乃は一人おさらいをする真智悠のうしろ姿を見て思った。

真祇乃は今日の稽古で家元がなぜあんなに執拗に真智悠を叱ったのかわかっていた。

それは二人稽古の相方が先輩の豆ちゑ姐さんであり、姐さんの舞いがずれているのを真智悠はわかっていて、その舞いに合わせて舞ったからだった。真智悠が舞いをただせば、豆ちゑの舞いが崩れてしまうし、惨《むご》いことになる。それがわかって真智悠は家元から叱責されることを選んだに違いなかった。

やがて家元が戻ってきた。稽古は夕刻前まで続き、知恩院の鐘の音を聞いてようやく終わった。

真智悠も真祇乃も急ぎ足で屋方に帰り、座敷に上がる準備をはじめた。

真祇乃は手早く化粧し、男衆に着付けをして貰いながら鏡に映る自分の姿を見ていた。先刻、帰り道で真智悠姐さんが言った言葉が思い出された。

「あんたそろそろ〝襟替え〟やね。屋方のお母はんとも話したんやけど、あちこちからあんたの〝襟替え〟の世話をしたいいうお方があるらしいけど、うちが思うにどのお方を選んでも面倒は起こる。お茶屋さんの面子《メンツ》も上手いこと行かんように思う。お母はんには思う方もいてはるみたいやけど、今は八方がおさまるようにしといた方がええのんと違うかと言うといたわ」

「姐さん、おおきに。ありがとうさんどす」

「そうやなあ、うちはいっそのことお母はんの旦那はんに世話して貰うのが一番ええのと違うかと言うといたわ」

真智悠の話を聞いて、真祇乃の顔が明るくなった。

「姐さん、おおきに、おおきに」

真祇乃は何度も礼を言った。

真智悠の言葉を思い出しながら、今日の稽古の終わりに家元に舞いを見て貰ったことがよみがえり、家元の鋭い眼差しにようやく耐えられるようになったことが嬉しかった。

背後で帯を叩く心地良い音がした。

「さあ、でけたで、今夜もおきばりやして」

男衆の憲吉《けんきち》が鏡越しに白い歯を見せて笑った。

「憲吉はん、おおきに」

「この頃、ええ顔にならはったで、そろそろ〝襟替え〟やな」

「おおきに、ありがとさんどす」

支度上がりましたえ、と大声を出しながら階段を下りて行く憲吉の足音を聞きながら、真祇乃は鏡の中を覗いた。

そうして静かに目を閉じた。

津田雅彦の顔があらわれた。

建仁寺の松の間から差し込む春の木洩《こも》れ日にまぶしそうな顔をして自分を見つめていた澄んだ眸が揺れていた。

『それは何ですか』

真祇乃が落とした匂い袋を拾って訊いた。匂い袋だと答えると、真祇乃が握った匂い袋に鼻を動かしながら言った。

『うん、たしかにいい匂いだね』

まるで悪戯好きな少年のような表情だった。

二度目に逢ったのも建仁寺の境内だった。

あの朝、真祇乃は宮津に住む叔父から綾部の母の容態が良くなくて再入院させたことを報《しら》されていた。母の症状が良くなるように祈りに行った帰りに、あの人が境内に立っていた。

『やあ、おはよう』

その言葉で自分のことを覚えていてくれたのだとわかった。あの人は真祇乃の祈りを仏さまが聞いてくれると励ましてくれた。

『一生懸命お祈りをしていたらきっと仏さまは願い事をかなえてくれて、お母さんもよくなりますよ』

それが何より嬉しかった。

やさしい方なのだと思った。人柄は顔にあらわれると言うが、あの涼しげな眼差しは、あの人のこころねのやさしさ、素直さがにじみ出ているに違いない……。だからどうしてももう一度お目にかかって礼を言いたかった。

いろいろ調べて、喜美屋の息子さんの友だちで東京から遊びにみえている学生さんとわかった。清水《きよみず》の舞台から飛び降りるつもりで喜美屋を訪ね、見習いの女の子に届けた匂い袋を渡すことができた。

その見習いさんに今日、偶然に家元の稽古場で逢った。訊いてみたいことはいろいろあったが、それはかなわなかった。

「真祇乃はん。お車《とも》見えてますえ、早うしよし、宴会に遅れとんのやさかい」

階下から大声がした。

屋方を出ると外は激しい雨だった。

いつの間に雨が降り出したのかも気付かなかった。

車に乗り込むと、同僚の舞妓が一人乗っていた。助手席にはお茶屋の仲居さんが同乗していた。

「お待ちどおさんどす。遅うなってすみませんどした」

車はすぐに発進した。四条通りを左折し猛スピードで車は走った。

「今夜はどこどすの、お姐さん」

「嵐山どす。お客はん、もうだいぶお待ちどすよって……」

助手席の仲居が早口で言った。

四条大橋を渡ろうとすると、閃光が走り、雷鳴が響いた。

キャアーッと隣りにいた舞妓がしがみついてきた。助手席の仲居も両耳を手でおさえて肩をすくめている。

「真祇乃はん、うち怖いわ」

しがみついてきた手を握ると震えていた。

すぐにまた雷鳴が続いた。相方の手がガタガタと震えた。続けて二度、三度、稲妻が走り、すぐ近くで大きな落雷があった。車が揺れた。

「ひゃあ、かんにんして。運転手さん、少し車を止めた方がええのんと違いますか」

仲居が言った。

「ほんまやな。えらいごっつい雷さんですな」

運転手が車のスピードを落とし、フロントガラスから空を仰いだ。

「運転手はん、大丈夫です。うちらはどうもおへんからお客はんが待っておいでやすんで早う走って下さい」

真祇乃が言うと運転手は笑って、

「えらい元気な舞妓はんどすな。ほなそうさせて貰いますわ」

とアクセルを踏んだ。

雷鳴を聞きながら、真祇乃は祇園祭の宵山で、あの人に再会した時のことを思い出していた……。

その日、久美は喜美屋に来てから初めて屋方の中で一人っきりになった。

今日は朝から女将さんたちは亀岡の旦那さんの法事に一家で出かけ、芸妓さんの一人は早い里帰りに出て、もう一人の芸妓さんは岡山に出張に行っていた。

そうして難敵のキヌが息子さんの小料理屋が大阪で開店するというので昨夜から手伝いに出かけていた。

久美は居間に大の字に寝て天井を眺めていた。

十日前に豆ちゑ姐さんのお伴で出かけた日のことがよみがえった。

『いったい何べん言うたらわかるんえ。何年舞いをやってんのや。違う言うてるやろ』

耳の奥から家元の大声と姐さんたちを睨みつけた顔があらわれた。

——あんな怖い人がおんのやなあ。ごっつおとろしい人や、あの家元はんは……。

姐さんが怖いと思っていたら、その姐さんたちが怖がる人が、この町に住んでるということが久美には信じられなかった。

——けどあんだけ叱られても姐さんたちはどうして懸命に舞いの稽古をしはるのやろか……。

久美にはそれが理解できなかった。

全身汗まみれで舞う真智悠の姿が思い起こされた。

祇園町に来てから、あんな光景を見るのは初めてだったし、喜美屋に居る芸妓さんはあんなふうに懸命に何かをしていないような気がした。

——舞いが上手にできたら何かええことでもあるのやろうか……。

久美にはわからなかった。

それに今、祇園で一番の舞妓と評判の真祇乃さんまでがあの美しい目を見開き、姐さんたちの稽古を身を乗り出すようにして見ていた。

時折、彼女は音曲に合わせて膝の上に置いた手で調子を取り、身体をかすかに動かしていた。

この人もこうして稽古をしているのだと思った。さすがに舞妓の中で一番舞いが上手いと評判が立つだけあると思った。

帰る道すがら、豆ちゑ姐さんが独り言のように言った言葉が思い出された。

「おまえ、聞いてたやろう。ほんまに真智悠いう妓はどうしようもない奴やで。人が親切に水を飲んどけ言うてるのに、結構どす、おおきに、やと……。ほんまに強情でけったくそ悪い奴や。ちいっと顔がええと思うて、お座敷が人よりかかると思うて鼻にかけてんのや」

豆ちゑは憎々しげに言った。

「さすがに家元はよう見てはるわ。ほれ、あればっかりが叱られとったやろう。舞いにかけてはうちを抜くことはでけん」

豆ちゑは歩きながら胸を反《そ》らすようにした。

——あの二人の姐さんは仲が悪かったんや。

豆ちゑは真祇乃の話もしていた。

「だいたいやな、家元の所に行くのんは一人で行くか、見習いを連れて行くのが決まりなんや。それを今評判か何か知らんけど妹分の舞妓に世話させよって。あの真祇乃いう妓もちいっと器量がええと思うて碌《ろく》に挨拶もでけん。聞けば舞妓のくせに〝無言詣り〟をしたそうやないか。ほんま何を考えてんのや。あの屋方の筋は昔から騒ぎを起こす芸妓が出よる。あんたも〝店出し〟したら、そんなだいそれたことせんようにな」

「は、はい。おおきにお姐はん」

「そこでうちに礼を言うてどないすんねん。屋方のお母はんは元気にしてはんのか」

「へぇ～、遅うまで気張ってはります」

「あれは商売上手やよってにな」

「へぇ、おおきに……」

「それがおかしいんや言うてるやろう。あんたもかわった子やな」

久美は豆ちゑの話を聞きながら、これならキヌの方がましに思えた。

昨日、家を出て行く時、キヌが自分をじっと睨んで言った言葉がよみがえった。

「一人や言うて家で寝転がってたらあかんえ。洗濯やら掃除をちゃんとしときや。戻ったら見て回るさかいにな」

キヌの鬼瓦のような顔が天井に浮かんだ。

「どっちもどっちやな。それに比べて……」

久美は隣りに座っていた真祇乃がちいさな袋をくれたのを思い出していた。家に戻って開いてみると金平糖が入っていた。

「あれまだ残ってたな……」

久美は起き上がり三階の自室に行き抽出にしまっておいた菓子を手に階下に戻った。久美はキヌが女将さんがいない時にいつもしてるように角火鉢に頬杖《ほおづえ》ついて菓子をひとつ口に放りこんだ。甘い味覚がひろがった。

「やっぱりええ舞妓やね。真祇乃はんは……」

久美はキヌがするように大袈裟に首を一、二度横に振った。

『舞妓のくせに〝無言詣り〟をしたそうやないか』

豆ちゑは言っていた。

〝無言詣り〟はたしか好きな人と惚れ合えるようにと願掛けすることと聞いていた。

――真祇乃はんは誰のことを好きにならはったんやろうか。

津田雅彦の顔が浮かんだ。

「まさか、なんぼなんでも……」

雅彦のどこかのんびりした面立ちと、まったく廓町のことを知らないとぼけた応対が思い出された。

「真祇乃はんがあの人を……なんて、そんなことは八坂の塔が逆さに建ってもないわな。人はええけどな……。まあ片思いで終わるわな……」

雅彦に届け物をしに訪ねてきた時の真祇乃の顔があらわれた。

「いやいや、それはないやろう」

しかし一度くらいは二人を逢わせてやりたい気もした。

「せっかくうちが真祇乃はんに逢うたというのに学士先生は祇園にいいへん。あかんな、あの人は真祇乃はんと縁がないんやな」

久美はそう言って大きく欠伸した。


津田家の菩提寺がある麻布で祖父の法要を済ませると、僕は母と姉の三人で叔父の運転する車に乗って銀座にむかった。

あちこちから工事の騒音が聞こえた。道はいたる所で工事のために通行止めになっていた。

「こんなに毎日騒々しいの」

姉が眉間に皺を寄せて言った。

「仕方ないよ。来年はオリンピックがあるし、東京は今大改造中だからね」

車のハンドルを増上寺の方に切りながら叔父が笑って言った。

「お母さま、これじゃ家に居ても静かに過ごせないんじゃなくて」

「そんなことはなくてよ。お父さまは出張が多いし、雅彦さんはちっとも家に帰ってみえないから静かなものよ」

母が素っ気なく言った。

「雅彦さん、あなたまだ京都にいるの」

姉が後部座席から訊いた。

「京都だけじゃないよ。金沢にも大阪にも行ってる」

「それって関西ばかりじゃない。そこであなた何をしているのよ」

「それは勉強だよね、雅彦君」

叔父が助け舟を出してくれた。

「何の勉強なの」

どうやら姉は僕のことで母から何かを言われているようだった。

「それは社会勉強だよね。学生の本分は……」

叔父が言いかけると、母が強い口調で言った。

「あなたは黙っていて。家族で雅彦さんに訊いているんですから」

「それは失礼しました」

叔父が隣りで舌先を出しウィンクした。

「何を勉強しているのか知りたいわ」

「叔父さんが言ったとおり社会勉強かな。カメラを手に一日、大原や宇治を歩く時もあるし、祇園祭の山鉾を撮影したこともあるよ」

「それが何の役に立つのかしら？」

「さあ、それはわからないよ。お祖父《じい》さんも若い時はいろんな所を旅したって聞いたよ」

「だってお祖父さまは、あんな方だったんですもの……」

姉の言葉をさえぎって母が言った。

「私は旅をすることがいけないと言ってるんじゃなくてよ。あなたの年齢で見聞をひろめるためにいろんなものを見るのは必要だと思うわ。けど休学してまですることかしら。学生の本分は学問でしょう。今日はお父さまが出張中だったからよかったけど、ともかくこちらにいる間にお父さまと二人で話し合って欲しいの」

「わかってるよ」

車は新橋から銀座方面に出た。

高速道路の工事現場から火花が散っていた。

三人は資生堂パーラーの前で車を降りた。

「じゃ、僕はここで失敬するよ。大事な跡取り息子をあまりいじめないでね、姉さん」

叔父は母に言って、僕にウィンクし、車を走らせた。

「暢気《のんき》よね。あの子、会社をかわったのよ」

「えっ、叔父さんこの春に課長に昇進したんじゃなかったの」

「そう。けど〝三等重役〟は嫌だなんて言って外資系の会社にさっさと移ったの。お父さまは呆れてたわ」

「ひょっとして叔父さんのそんな血が雅彦さんの中にたくさん入ってるんじゃなくて」

「あなたまでが変なこと言わないで」

「お母さま、お腹《なか》が空いた。早く入りましょう。雅彦さん、何してるの」

僕はパーラーの隣りにある看板塔に張ってある化粧品のポスターを見ていた。

「このポスターの女の人って古風な女性だね」

ポスターに切れ長の美しい目をした女性が描かれていた。

「へぇ〜、驚いた。雅彦さんから初めて女性の話を聞いたわ。もしかして恋なんかしてるの」

僕は姉の言葉を聞いていない素振りでそのポスターの女性の顔をじっと眺めていた。

——そうか、この眸は、あの人に、真祇乃さんにとてもよく似ている……。

僕はレストランのドアの前で自分を呼ぶ姉と母に気付いて、ゆっくり歩き出した。


翌朝、僕は鳥の鳴く声で目覚めた。

ベッドから起きて部屋の窓を開けたが庭先に鳥がいる気配はしなかった。

僕は夢の中で鳴き声を聞いたのかと思った。すぐにまた鳥の声がした。庭の左手のサンルームの方から声がする。僕は着替えて庭に出た。

朝の陽射しに芝が光っている。

サンルームのガラス越しに人影が見えた。

母だろうか。低血圧の母は早起きが苦手で、父が出張で不在の時はゆっくり起きてくるはずだ。人影のする方に回り込むと、老人がバラの生垣の前で仕事をしていた。

「おはよう、マツさん」

声をかけると老人は驚いたように振りむいて僕の顔を見た。

「おはようございます。お早いですね、坊ちゃん。ご無沙汰しています」

平松《ひらまつ》という名前の祖父の代から家に出入りしている植木職人だった。祖父がマツさんと呼んでいたので家族も皆そう呼んでいた。

平松はまぶしそうに僕を見ていた。

「お帰りだったんですか。すっかり大人になられて……」

「お祖父さんの法事だよ」

「そうでしたね。私も今朝、麻布の寺に参ってきました。坊ちゃん、立派になられましたね」

平松は僕の顔をまじまじと見た。

「そんなことはないよ。まだ学生だよ僕は……マツさん」

「いや、大旦那さんに似てこられましたよ」

平松は嬉しそうに言った。

「そのバラはもうすぐ咲くの？」

僕は生垣を指さして訊いた。

「こっちはもう終わりました。あと十日もすれば、あの先のバラが咲きはじめます」

「ああ覚えているよ。大きな赤紫色のバラだね」

「そうです。大旦那さんのお気に入りのバラですよ」

背後で鳥の声がした。

「ねえ、マツさん。鳥の声がするよね」

「はい。そのサンルームの中ですよ。奥さまが二ヶ月前からお飼いになったんです。カナリアです。なんでも若い時に実家でお飼いになってたそうです」

「へえ、母さんにそんな趣味があったんだ」

「お淋しいんじゃないですか」

二人はサンルームを覗き込んだ。

蘭の鉢を並べたサンルームの天井から鳥籠がぶらさがり、そこに数羽の鳥が止まっているのが見えた。

「可愛い声だね」

「奥さまを呼んでるんでしょう」

「ハッハハ、母さんは寝坊だからな」

「坊ちゃん、今はどこに勉強においでなんですか」

「京都だよ」

「そりゃいい。あすこはいい庭も多いですしね」

僕は急に声を潜めて言った。

「勉強とは名ばかりでね。本当は遊んでいるのさ」

「そりゃますますいい。さすがは大旦那さんの血を引いてらっしゃる」

二人は家の方に聞こえないように口をおさえて笑った。


昼前に玄関のチャイムが鳴った。

遅い朝食を済ませた母と姉はサンルームに行ってお茶を飲んでいた。

僕は玄関に行き、扉を押して飛び石沿いに門の脇戸から顔を出した。

和服姿の老女が立っていた。

相手は僕に深々と一礼し、

「向島《むこうじま》の江副《えぞえ》でございます。大旦那さまの墓参の帰りにご挨拶に寄りました」

とよく通る声で言った。それからゆっくりと顔を上げ、僕の顔をまじまじと見て、急に白い歯を見せて笑った。

「雅彦坊ちゃんですか？」

「はい、そうです」

「まあ立派になられて、大旦那さまの若い時に似てこられて……、私を覚えておいでですか」

僕は首を横に振って言った。

「ごめんなさい。どちらさまですか」

「ほら、ご一緒に蚊帳の中で鬼ごっこをしましたでしょう。向島のカナエでございますよ」

——鬼ごっこ？　この人と……。

「あら、ごめんなさい。雅彦坊ちゃんはまだこんなでしたから、ハッハハハ、覚えちゃおいでございませんね」

相手は子供の背丈ほどの高さを手で示しながら大声で笑った。

背後で声がした。母の声だ。

「雅彦、どなたか見えてるの？」

「母さん、お客さんだよ。え〜と……」

僕が名前を訊こうと彼女を見返すと、彼女の方から大声で言った。

「ご無沙汰しております。向島の江副でございます。本日は大旦那さまの墓参にまいりましたので、ちょいとご挨拶に伺いました」

相手の声を聞いた途端、母の顔色が変わって何も返答せず奥に消えてしまった。

僕は母がどうしたのかと門の外と内を交互に見た。向島の客は平気な顔で立っていた。何が起こったのかわからず、僕は、ちょっとお待ち下さい、と相手に告げて家の中に戻った。

廊下で母と姉が何やら気難しい顔をして話していた。

「二人ともどうしたの？　お客さんが見えてんだよ」

姉が眉間に皺を寄せて僕に近づいてきて外を気にしながら言った。

「お客さんじゃないのよ。あの人はお祖父さまをたぶらかしていた女なのよ」

「たぶらかす？」

「そうよ。お祖母《ばあ》さまを泣かせた女なの。あの女は芸者よ」

「芸者？」

僕が素っ頓狂な声を上げると姉は僕の口を手で塞《ふさ》いで、大声を出しちゃだめ、と目を吊り上げて言った。

「そうだ。雅彦、あんたが応対しなさい。ねえ、お母さま、いつもはお父さまが応対なさるんでしょう。そのお父さまが不在なんだから長男の雅彦がやるべきよ」

姉が言うと、母も納得したようにうなずいて、雅彦さん、お願いしますね、と言った。

「僕が……、あっそう。わかりました。じゃ上がって貰うよ」

そう言って表に出ようとすると母が強い口調で言った。

「雅彦さん、家に上げてはいけません。この玄関先で応対しなさい」

「えっ？」

「それがしきたりなの。むこうもわかってることだから」

……まったく朝早くから厄介なことね、と母は迷惑そうに呟《つぶや》きながら姉と奥に消えた。

僕は相手を門の中に招き入れ、玄関の扉を開けて入るように言った。

「あらどうもおそれいります」

相手は三和土《たたき》の前に立ち襟元を直して直立不動の姿勢をした。僕は僕であわてて玄関に上がり、そこに正座した。女は僕の顔を嬉しそうに見て口元をゆるめた。そうして急に真顔になり、歌舞伎の口上のように、

「本日は先代さまの墓参にまいらせていただきました。お天気も良く、これも先代さまのお人柄のお蔭です。先日は無事に法要もお済ませになり何よりでございます。私の方もお蔭さまで元気に過ごさせていただいております。これは先代さまの好物でありました舟和のいも羊羹でございます。どうぞ御仏前へお供えいただければ幸いでございます」

と言って先刻から胸にかかえていた包みを解《ほど》いて菓子箱を差し出した。

「そ、そうですか。こ、これはご丁寧にありがとう、ございます。本日は父が不在でして私が挨拶させていただきます。暑い中をわざわざありがとうございます」

背後で足音がした。母か姉なのだろうが、女はそちらに目もくれず僕だけを見ていた。僕の脇に背後から封筒が押し出された。香水の匂いで姉だとわかった。これを、とだけ姉は言って足音が遠ざかった。

「あっ、これを」

「これはご丁寧にありがとうございます」

女は素早く封筒を受け取ると一礼してバッグに仕舞った。

僕は彼女の方に身を乗り出し菓子箱を指さして小声で言った。

「これ、大好物なんです。ご馳走さま」

女は目の玉を大きく見開き、少女のように嬉しそうに笑って胸元から一枚の小紙を差し出し、やはり小声で、

「一度、遊びにお見え下さいまし」

と言ってから、奥に聞こえるように大声で、

「では失礼させていただきます」

と言って玄関を出て行った。

僕が女から渡された名刺を見ていると、すぐに背後から二人の足音がした。僕はあわててそれをポケットに仕舞った。姉は扉の隙間から門の方を覗いた。相手が出て行ったのを確認したのか、フーッと息を吐き、あらっ、舟和のいも羊羹じゃない、と菓子箱を見た。

捨てておしまいなさい、背後で母が言った。でもお祖父さまの好物だったんでしょう、姉が言うと、たぶらかされていたのよ、お祖父さまは、芸者なのよ、あの女は、と吐き捨てるように言ってから、塩を撒《ま》きなさい、と言い残して奥に消えた。

「雅彦さん、塩ですって」

僕は姉の声を聞きながら今しがたまで目の前にいた女の少女のような笑顔を思い出していた。耳の奥に、芸者なのよ、あの女は……と吐き捨てるように言った母の言葉が何度もくり返し聞こえていた。

父が帰国するまで実家にいるように言う母の説得にうんざりしながら、僕は京都に帰ることばかりを考えていた。

何度もあの人の夢を見た。

夜が寝苦しくてしかたなかった。

そんな時、僕は京都から持ち帰った、あの人の写真を眺めた。八坂神社の境内に浴衣姿の祇園の芸妓、舞妓が並んでいた。その中でもとりわけ真祇乃は美しかった。切れ長の目がファインダーを覗く僕の方をちらりと見た。その瞬間にシャッターを押した真祇乃の表情はドッキリとするほど美しかった。

写真を見ているだけで胸が高鳴った。

『もう一度……、もう一度』

祇園祭の宵宮の夜、河原町の路地で別れ際に真祇乃が言った言葉が耳の底に何度もよみがえってきた。

たとえ逢えないにしても、同じ町内にいるだけで安堵があるのにこうして離れてしまうと不安が広がってくる。東京で無為に時間を過ごしているうちに、あの人がどこか手の届かないところに行ってしまうような気がしてならない。言いようのない不安が胸にどんどん溜まって、胸を掻きむしりたくなる。

――誰も皆、人を好きになったらこんなふうに狂おしい時間を過ごすのだろうか。

僕は薄闇の中で天井を見ながら、あの人のことを考えていた。

翌日、母が珍しく早く起きてきて部屋のドアをノックした。

「おはよう、今朝は早いね」

「変な言い方をしないで下さい。雅彦さん、今日の午後、少しつき合って下さらない」

「つき合って、どこかに出かけるの」

「観たい映画があるの。お父さまもいらっしゃらないし、一人で映画に行くのも……」

「どんな映画？」

「ケイリー・グラントとオードリー・ヘップバーンの〝シャレード〟という映画」

「ああ、封切りのアメリカ映画だね。ねぇ、映画に行くならゴダールの〝女と男のいる舗道〟がいいよ。それに行かない」

「そうじゃなくて〝シャレード〟につき合って欲しいの」

母が手を合わせた。

僕は母が京都にいることを父に説得してくれたことを思い出しうなずいた。母は嬉しそうに笑った。

銀座の町には大勢の人が出ていた。女性たちの着ているファッションとカラフルな色彩を見て歩きながら、京都とこんなにも町の風情が違うのかと思った。あちこちのショップから聞こえてくる音楽に、車のエンジン音、クラクション、交通整理の警官の吹く笛の音、人の話し声から足音までまったく違っている。皆どこかせわしげに歩いているように見える。

――どこが違うんだろうか。

僕は通りに立ち止まって周囲を見回した。

空を仰いだ。デパートの屋上にバルーンが上がっている。交差点に面したビルの時計台が七月の陽差しにかがやいている。ジリジリと熱気が身体を包んで行く。

――そうか、風がないんだ。それだけじゃない。水の気配が、せせらぎの音もない。

歩き出そうと母の姿を探すと、オートクチュールの店の前でショーウインドーを覗いていた。

「母さん、急がないと上映時間に遅れるよ」

「いいのよ。少しくらい遅れても」

「だめだよ。映画は最初から見ないと」

僕は母の手を引いて映画館に入った。

母は空席があるのに指定席を買った。こういうところが僕にはよくわからない。映画はさして面白くなかった。男優が妙に間抜けていて恋愛をしている男と女には思えない。その男優がアップになる度、隣りに座った母がため息を零した。ため息をつきたいのはこっちだよ、と思った。

映画が終わって食事につき合わされた。

四丁目の新しいビルの五階にあるレストランに入った。窓際の席からはまたたくネオンと晴海《はるみ》通りを走る車のライトがきらめいて見える。

「ねえ、雅彦さん、あなたおつき合いをしている人はいるの？」

母が訊いた。

「おつき合いって？」

「だからガールフレンドよ」

「別にいないよ」

「どうしていないの？　ガールフレンドの一人や二人はいるでしょう」

「なぜ？」

「なぜって、私はあなたの歳にはボーイフレンドは何人かいたわ」

「そうなの……」

母が僕の顔をじっと見た。

「お父さまはあなたが卒業したらすぐに海外に留学させたいとおっしゃってたわ。それまでにフィアンセが見つかるといいわ」

「フィアンセ？」

僕は思わず声を上げた。

周囲の客がこちらを見た。母はナプキンで口元を拭《ぬぐ》い、すました顔で言った。

「お母さんの女学校の同級生のお嬢さんにとても可愛い人がいらっしゃるの。東京にいるうちに一度逢ってみない？」

「そ、それってお見合いをすすめているの」

「そうじゃないわ。でもお見合いだとしたらいけないの」

「いけないのって、僕はまだ学生だよ」

「学生で婚約する人は大勢いらっしゃるわ」

「ねぇ、母さん。話題を変えようよ」

「いいわよ。じゃあなたが話をして」

そう言われるとことさら話もなかった。

「母さん、ひとつ質問していいかな」

「何？」

「二日前の昼に家に挨拶に来た女の人がいたじゃない。あの人ってどんな人なの。お祖父さんのお墓参りに行っていたと言ってたけど」

母は僕の声が聞こえなかったかのようにナイフとフォークをしきりに動かしていた。

「聞こえてるの？」

「あの人の話はしないで」

「どうして？　僕の子供の頃のことを知っていたよ」

母の顔が見る見る険しくなった。手を止めて僕の顔も見ずに言った。

「そんな話をあなたにしたの。なんて女でしょう。あの女は芸者よ。お祖父さまをたぶらかして麻布の家から連れて行ったひどい女なの」

二日前もそうだったが、母がこんなふうに人のことを悪く言うのを僕は初めて耳にした。祖父とあの人に何があったのかはわからないが、僕には母が顔色を変えて言うほどあの人が悪い人間だとは思えなかった。この話はこれ以上しない方がいいと思った。

「芸者なんて……」

母は憎々しげに言った。

僕は先刻観た映画の話をはじめた。母は男優の話になると饒舌《じょうぜつ》になった。僕の耳には母の話は何ひとつ入ってこなかった。僕は母の口の動きを見ながら、父が戻る前に京都に戻ろうと思った。

翌夕、京都に行く話をすると、母は落胆し、僕は今夏の間に一度父と話し合いに帰京する約束をして荷作りをした。

翌朝、母が目覚める前に僕は麻布の家を出た。

東京駅に行くバスを待っていると、浅草、向島方面にむかうバスがやってきた。ぼんやりと向島という文字を見ているとバスは目の前に停車し、車掌が声をかけた。

「浅草、向島方面ですよ」

僕は手を上げて、そのバスに乗り込んだ。

乗客はまばらだった。このバスだけが別世界のようで何やら東京のバスには思えなかった。僕はぼんやりと車窓に流れる風景を眺めていた。高速道路の建設工事の音は騒々しかったが、その音も次第に遠ざかった。

一刻も早く京都へ、あの人の住んでいる場所に戻りたいのだが、ひさしぶりに帰った東京が以前とはまるで違う町になってしまった気がして、奇妙な不安がひろがっていた。

自分にはもう帰る場所がないように思えた。たった三ヶ月の間に何かがかわってしまっている。それまではごく当たり前に映っていた母や姉が自分とは違う世界で生きている気がした。

いつの間にか町並みがかわっていた。

バスは急に右に左に揺れながら隅田川沿いの道を走っていた。路面電車を追い越し、追い越されながらバスはゆっくりと進んだ。

――ああ川があると落ち着くな……。

僕は胸の中で呟いた。

次は浅草雷門前……、車掌の声に僕は立ち上がった。

浅草寺《せんそうじ》の境内には縁日なのか朝早くから大勢の人が参拝に来ていた。香の匂いがたちこめていた。すれ違う人が皆人の好さそうな顔をしていた。

腹が空いたので露店でもんじゃを食べた。懐かしい味だった。頰張りながら境内を見回すと、やはり懐かしい気持ちになった。

この境内に昔来たことがある気がするのだが、それがいつのことか思い出せなかった。

――いつ頃、ここに来たんだっけ……。

目の前で写真屋が布の中に頭を突っ込んで記念写真の撮影をしていた。

一枚の写真がよみがえった。

それは祖父と少年の自分が写っている写真だった。

――いや三人で写っていたな……。

そう思った時、その写真を父に取り上げられた記憶がよみがえった。

『この写真は私が預かっておこう』

父がその写真を僕の手から奪い取った。

写真のことを思い出そうとした。祖父は誰か女の人と僕の背後で笑っていた。

――もしかして……、その人が、先日のあの女の人なんじゃないか。

記憶は曖昧《あいまい》だった。

『芸者なのよ、あの女は……』

母の吐き捨てるような声が頭の隅で聞こえた。

母に僕が今誰よりも大切な人が祇園の舞妓だと打ち明けたら、どんな顔をするだろうか。

たぶん母には理解できないだろう。それが淋しいとは思わないが、母を哀しくさせることはたしかだと思った。

どうして芸者をあんなに嫌うのか、僕にはわからなかった。まるで芸者という仕事を蔑《さげす》んでいるようにさえ思える。

「よくわからないな……」

僕は境内の石台に腰を下ろして首をかしげた。

すると頭の隅の方から声がした。

『物事がわかんない時は訊いてみるのさ。訊くは一時《いっとき》の恥、知らぬは一生の恥って言うからな』

祖父の声だった。

『でも何でも人に訊いてたんじゃ、頭が悪く思われないかな』

僕は祖父に言った。

『若い時はいいのさ。歳を取ればわかんないことがもっと増えるぞ』

『そういうものなの？』

『そういうもんさ』

その声をひさしぶりに聞いて、なるほどと思った。

けど誰に訊くんだ。

僕は目を大きく見開いて、リュックの中からあの女の人がくれた名刺を出した。

境内を出て交番で名刺の住所と公衆電話の場所を訊いた。

番号を回すと、しばらく呼び出し音がした後、甲高い声が返ってきた。名前を名乗ると急に嬉しそうな声になり、坊ちゃん、今どこにおいでですと訊かれた。

「浅草です」

「あら、尋ねて来てくれたんですか」

「い、いや、まあ、その……」

「すぐにお迎えに行きましょう。私の所はそこから橋を越えたすぐそばなんです」

「いや自分で行きます。さっき交番でそちらまでの道順を教えて貰いましたから」

「そうですか、ではお待ちしています。これからすぐに見えるんですよね」

「はい。あの……」

「何でしょうか」

「迷惑じゃなかったでしょうか」

「迷惑どころか、天にも昇る気持ちですよ」

「はあ……」

交番で教えられた大通りを右に折れ、電車通りを横切って橋を渡った。

途中、橋の中央に立つと、川風が全身に当たった。上り、下りの船が波を蹴立てて橋の下をくぐりぬけて行く。

東京湾にむかう下流の方に橋が点々と続いている。なかなかの水景だ。彼方に目をやると上野の山、神田、銀座の町々までが見渡せる。

「こりゃ気持ちがいいや」

麻布の家はどの辺りかと首を伸ばすと東京タワーが見えた。あの真下あたりに我が家があるのかと思うと、東京もずいぶんと大きな町だ。

尾を引くような声に対岸を見ると長い青竹を何本も背負った男が一人こちらにむかってきた。タケヤー、竿ダケ、とよく通る声が川風に吹かれて流れて行く。

僕は男をやりすごし、時計の時刻を見て急ぎ足で橋を渡った。

「そうなんですか。今から京都にお帰りなんですか。せっかく見えたんですからゆっくりして下さいな」

カナエさんは口惜しそうに言って、僕を家に上げて奥の間に通した。

木戸を開け放ったむこうにちいさな庭が見えた。

「まだ昼前だっていうのに暑うござんしょう。坊ちゃんが見えるとわかってたら扇風機のひとつでも用意しておきましたのに」

「僕は平気です。それにここには気持ちがいい風が入ってきてますから……。これは隅田川の風ですか」

「そうなんです。坊ちゃんはよくわかってらっしゃる。ちょっと待ってて下さいな。冷たい麦茶を持ってまいりますから」

「あっ、おかまいなく。挨拶したらすぐに帰るつもりでしたから」

「そんなことを言わないで下さい」

カナエさんは言って奥に消えた。

僕は先刻から庭の右端の生垣が気になっていた。

「年寄りの独り暮らしですから、気のきいたもんも出せませんで……、午後なら若い弟子たちも何人か来るんですが、そうしたら何か買いにやらせるんですけど」

「本当におかまいなく」

僕は出された麦茶を一気に飲んだ。

「雅彦坊ちゃんは何歳《おいくつ》になられました？」

「二十歳《はたち》です」

「そうですか。もう立派な大人ですね」

「いや、まだ学生ですし」

カナエさんは僕にむかって団扇《うちわ》の風をずっと送ってくれていた。

「すみません」

「何でござんしょう？」

「あの生垣なんですが、バラの木ですよね」

「おわかりになりましたか」

「我が家にも同じようなバラの木があるものですから」

「そりゃ、そうでしょう。麻布のお宅の苗木をこちらに持って来たんですもの」

「えっ、そうなんですか」

「そうですよ。平松さんが苦労して育てて下さったんですよ」

「マツさんがここにも」

カナエさんは白い歯を見せてうなずいた。

「どうしてまた？」

「さあ、どうしてでしょうか」

カナエさんは笑って言って僕の顔をじっと見ていた。

「そうか、わかりました。あのバラはもうすぐ咲くんでしょう。赤紫色の大きな花が……」

彼女は何も答えずただうなずいていた。

――そうか祖父がここにいたのか。

それで母や姉があんなふうな態度をこの人にしたのだ。あの写真のもう一人の人はやはりカナエさんだったのだ。

せめて昼だけでも食べて行って欲しいと言われた。

カナエさんは、ちょっとそこまで用事を足しに行ってすぐに戻ってきますから、と言って出かけた。

僕は庭に面した濡れ縁に出て、バラの木を見つめた。

死んだ祖父はここに座ってバラを眺めていたのだろうかと想像すると、何だか妙な気分だった。

僕を見つめていた祖父のやわらかな表情とやさしいまなざしが浮かんだ。麻布と違って静かだった。

玄関先の方で物音がしてカナエさんが戻ってきた。あわただしい足音が近づいてくる。

「雅彦さん、雅彦坊ちゃん」

「ここです。庭の方にいます」

「あら、そこにいらしたんですか。う〜ん」

カナエさんはなぜだか唸り声を上げて濡れ縁に座る僕を見ていた。

「どうしたんですか」

「いや、その場所がお似合いだと思いまして……」

「そうですか。でもここは楽ですね」

「そうおっしゃって貰えると私も嬉しゅうございます。昼は鰻《うなぎ》にしましたよ」

「はい、大好物です。京都には鰻がないんです」

「あっちは今時分は鱧《はも》でございましょう。あれはあれで美味しいものですよね」

「鱧はまだ食べてません」

「どうしてですか。京都はどちらに？」

「祇園です」

「へぇ〜、祇園って、あの廓町の中に」

「そうなんです。僕の友人の家があそこで置屋をやってるんです。そこに居候してるんです」

「それはまた御大尽《だいじん》ですね」

「オダイジン？　何ですか、それは」

「では祇園にいらしてまだお座敷遊びをしてらっしゃらないんですか」

「そんな。僕は学生ですから」

「まあもったいない」

カナエさんの呆れた顔を見て僕は笑い出した。

鰻が届いて、カナエさんが昼の準備をはじめた。

「雅彦坊ちゃんは飲めるんでしょう」

カナエさんはビールを載せた盆を運んできて訊いた。

「少しぐらいなら」

僕たちは乾杯して昼食を摂《と》った。

美味い鰻だった。麻布の鰻もいけるが、こちらの方が美味いような気がした。

満腹になり、昼間のビールのせいか欠伸が出た。

「置屋さんにいらっしゃるなら、今時分、芸妓さんたちは温習会の稽古に一生懸命でしょう。

祇園は井家上流の直伝《じきでん》ですからね」

「オンシュウカイ？　イケガミ流？」

カナエさんは京都には五花街と島原の花町があり、中でも祇園は茶屋の数、芸妓の数でも一番で、祇園の芸妓たちは皆井家上流の家元から直接、京舞の指導を受けていると説明してくれた。

「今の家元はたしか八年前に人間国宝になられたはずですよ」

「人間国宝ですか。そんな人から皆が舞いを習っているんですか。でもカナエさんは祇園のことを詳しいんですね」

「それはお客さんが共通しているからですよ。関西の人がこの向島で遊ばれて、関東のお客さんがむこうに行かれたら祇園にあがられるんです。東と西であっても芸者にかわりはありませんから……」

その日、僕はカナエさんから祇園のことや向島のことをいろいろ教えて貰った。

いとまを言い出した時は陽が少し傾きはじめていた。

カナエさんは僕を吾妻《あづま》橋の袂《たもと》まで送ってくれた。

振りむくとカナエさんはずっと手を振っていた。

第五章　五山の送り火

夏が盛りを迎えようとする八月一日、京都、祇園町では、この日は朝から町全体が活気をおびる。

まだ夜が明け切らぬうちから各々の屋方で主の声が響く。

「豆××はもう起きてんのか。何をしておいでやす。早う起きて顔を洗いよし。男衆はんはまだかいな。もういっぺん連絡しよし。これあんたらぐずぐずしたらあかんえ。新しいぽっくり出したんのか。早うしいへんと……」

お母さんの気ぜわしい声に仕込み、見習いの娘たちが屋方の中をあちこち駆け回る。

〝八朔《はっさく》〟である。

八朔とは旧暦の八月朔日《ついたち》、すなわち八月一日を古くから〝田《た》の実《み》の節《せち》〟と呼び、農事の収穫の無事を祈念して早稲《わせ》を贈る慣わしがあった。〝田の実の節〟がそのまま、日頃頼みの人々、普段お世話になっている人たちへの感謝の意を込めて、お礼をしたり贈り物をする風習として民間に広まり、今も続いているのである。京都では中元の挨拶、贈り物などもこの日に始めた。

祇園町では、すべての芸妓、舞妓が正装の黒紋付で芸事のお師匠さん、座敷に上がらせて貰っているお茶屋に挨拶回りをする。

総勢二百人を超える芸妓、舞妓が午前中に各お茶屋、師匠宅を回るのだから町の中は賑やかこの上ない。

今年の〝八朔〟は早朝から雨模様であったから花見小路通りを紅色や朱色の蛇の目傘が連なり、夏の朝の雨に紫陽花《あじさい》、朝顔の花が咲いているようで美しかった。

八月に入ると古都はさまざまな行事が連なる。

東本願寺では〝おかみそり〟と呼ばれる得度式に出席する子供たちが頭を綺麗に剃《そ》ってもらう〝剃刀《かみそり》の儀〟が行われる。夏の休みもあって全国の浄土真宗の寺の子供が集まるのでそれは大変な騒ぎである。

〝夏越《なごし》〟。この異常に暑い盆地の夏を無事に越さなくてはならないので、各神社、寺院では穢《けが》れや厄《やく》を払い、秋以降の無病息災を願うさまざまな行事が行われる。立秋前夜には下鴨《しもかも》神社で〝夏越神事〟が、六道珍皇寺《ろくどうちんのうじ》では〝六道まいり〟が、千本《せんぼん》ゑんま堂《どう》こと引接寺《いんじようじ》では〝お精霊《しようらい》迎え〟が、また各所では万灯会《まんどうえ》が催される。

その数多ある盂蘭盆会《うらぼんえ》の行事の中でも、八月の古都の最大の行事は、夜空を焦がす〝五山《ござん》の送り火〟である。

「うちの顔はもうちょっと可愛いゆうか、もうちいとましなええ顔をしとると思うんですけど……」

久美が写真を手に不満そうに言った。

「そうだよ。このショットは久美のいいところがとてもよく出ていると思うよ」

僕は東京で現像した写真を久美に見せながら言った。

その写真は久美が喜美屋の表玄関で竹箒《たけぼうき》を手に笑っているショットだった。何か可笑《おか》しいことでもあったのか久美は白い歯を見せて楽しそうに笑っていた。

「せやし、せっかくの記念写真に箒を持って、こない大きゅう口を開けて……、おまけに下駄履いてますがな」

久美は唇を突き出して言った。

「これが普段の久美だよ。楽しそうに働いていていいじゃないか」

「うち、あなたさんに土佐に送る写真を撮っとくれやすとお頼もうしましたやろう」

「これならご両親も喜ばれるよ。大切な娘さんがこうして元気にやってるんだなって」

「うちは祇園に掃除に来たん違いますえ。舞妓はんに、芸妓はんの修業に来てるんですえ」

「それはまたその日が来たら撮ってあげるよ。僕は気に入ってるんだけどね」

「他の写真はないんどすか」

久美はうらめしそうに僕を見た。

「何を朝からごちゃごちゃ言うとんねぇん」

久家祐一が眠たそうな顔で中庭に出てきて二人を見た。

「おはよう、久家君。今ちょうど……」

久家君に久美の写真を見せようとすると、久美は写真を僕の手から素早く取って家の中に駆けて行った。

あっ、と僕が目を丸くしていると、なんやはしっこいやっちゃな、と呆れた顔をした。

「今朝は早いんだね、久家君」

「昼前に京都を発って和歌山まで行かなあかんのや」

「和歌山まで何をしに行くの」

「お母はんの父方の盂蘭盆の挨拶に和歌山の寺に届けもんを持って行くんや」

「遠い所にお墓があるんだね」

「そうや、困った連中やで」

「連中って？」

「お母はんの祖父《じい》さんや、つまり俺の曾祖父《ひいじい》さんは弟と二人で鳥羽《とば》、伏見《ふしみ》の戦いの時に京都所司代に世話になった言うて幕府の応援に二人で行きよったんや。そんで暴れまくったんはええんやが、敗れて追われる身になってしもうて、最後は侍所の人やらと和歌山で自害しよった。その墓参や」

「鳥羽、伏見って、あの明治維新の時の？」

「そうや。勝てば官軍の戦《いくさ》に調子に乗ってのこのこ負け戦に行かはったんや。俺はこの話を子供の時から祖母《ばあ》さんから耳にタコができるほど聞かされたんや。せやし昔は、うちの屋方の芸妓は薩摩と長州の男には絶対に水揚げさせへんかったそうや」

「へぇ～。なんか歴史的だね」

「そんなんちゃうて、祖母さんにとってはつい昨日の話みたいやったんや」

「けど久家君、僕は君を尊敬するよ」

「何がや？」

「だって、そうやって家の大事な用を引き受けて、ちゃんとやっているじゃないか」

「それはしょうがないわ。男手《おとこで》がいいへんのやさかい。祇園町で男に生まれた災難言うやっちゃ。ところで津田君、君、来週は何か予定は入ってんのか」

「いや別に、何かあるの？」

僕が訊くと久家君は周りをちらちらと見て、にじり寄るようにしてささやいた。

「十六日の送り火の夜に、神戸から女の子を二人呼んだるねん。山手《やまて》のお嬢さんで、二人ともえらい可愛い子や。なあデートにつき合《お》うてな」

久家君はそう言ってニヤリと笑った。

僕は久家君の笑い顔を見ながら、

——久家君は失恋の痛手から立ち直ったんだ……。

と思った。


京都に戻ってから僕はずっと真祇乃さんのことを考えていた。

逢う機会がなかった。

久美が言うには、先月、京大生が数人でお座敷に上がってずいぶんと騒いだのが祇園で話題になったらしい。

何でも彼等は株取引で大儲けをして、その金を持ってお茶屋に乗り込んだという。お茶屋はどこも一見《いちげん》さんを断るので、彼等は知恵を絞って証券会社のお得意さんということで背広を新調して座敷に上がった。最初はおとなしくしていたらしいが酒が入るとだんだん本性が出て、最後は床が抜けるほど座敷で飛んだり跳ねたりして、女将に素性が露呈した。それでもたんまりと金を懐に入れていたのでとうとう朝まで騒いで引き揚げたという。

『なんぼお金の世の中や言うても一見さんを、それも学生はんにどんちゃん騒ぎをさせるいうのはみっともないお茶屋や。祇園の恥や』

と噂する人も多かったらしい。

久美の話を聞いていて、僕は思わず、

「羨《うらや》ましいな……」

と吐息を零してしまった。

「ほな、あんたはんもおやりやしたらどうどす。京大の学生さんより、東大の学生さんの方がかしこいと聞きましたえ。お金儲けの勉強をしはったらよろしいがな」

久美があっさり言った。

「大学は金儲けを学ぶために行くところじゃないんだ。第一、そんな若くして大金を手にしても碌なことはないよ」

「そうどっしゃろうか。お金はなんぼあっても邪魔にはならん言いますえ。それに今、羨ましいとあんたはんも言うてましたえ」

「それはお座敷に上がったことが羨ましいと言ったんだ。お金を持っていることじゃないよ」

久美が首をかしげた。

「まあ君も大人になったらわかるよ。人はパンのみにて生きるにあらずだよ」

「パン？　何のこっちゃさっぱりわからしませんわ」

午後から河原町に出た。

四条通りとの交差点で原水爆禁止運動の人たちが署名活動をしていた。十日程前、原水爆禁止運動が分裂したことが新聞に大きく報道されていた。政治政党の意見の違いがぶつかってそうなったらしい。原爆が許されないのは誰にでもわかるのにどうしてぶつかり合い、分裂までするのかわけがわからない。

僕は署名の鉛筆を差し出す女性を無視して、そこを通り過ぎた。

丸善に入って、二階の特別展示販売のコーナーに行った。

お目当てのカメラが並んでいた。フランスの潜水具メーカーと日本のカメラメーカーが技術提携して製造した全天候型のカメラだった。水深五十メートルの水圧に耐え、摂氏四十度から零下二十度の範囲で撮影が可能だという。

値段を見ると、三万五千円だった。

こんな高価なものを誰が買うのだろうか。呆れてしまい、三階の書籍コーナーに行った。二ヶ月前に発売になったグラフィック雑誌が山のように積んであった。本の大きさも「ライフ」や「マッコール」と同じで恰好が良かった。カラー写真が一杯だった。日本の写真もグラフィックセンスもこんなに良くなったのだと感心した。

一ページ、一ページを目を凝《こ》らして読んでいると、店員から、立ち読みはお断りしてます、と注意された。

書籍の棚の隅にある一冊の本の背表紙が目に飛び込んだ。『吉井勇・京都歳時記』とあった。手に取って箱入りの本の中身を開くと、古都の歳時が一月から作者の短歌と写真で語ってあった。大勢の芸妓・舞妓の写真があった。美しい本だった。値段を見ると千三百円である。これも自分には高過ぎる。くいいるように眺めていたら、また店員に叱られた。

河原町通りに出ると電車の前にトラックが横向きに停車し、崩れ落ちた荷物が散乱し、運転手同士がやり合っていた。やじ馬が群がり、あちこちから車のクラクションの音が鳴り響いて辺り一帯が騒然としていた。

通りを横切ってむかいの古本屋に入った。

客が多かった。狭い店内にリュックサックを担いだ男や風呂敷包みを手にした男が何人もいた。学生も数人いて、こちらは立ったまま本を読み耽《ふけ》っていた。どうやらここでは立ち読みに文句を言わないようだ。奥に行って本の背表紙を見ていたら懐かしい本があった。カントの『純粋理性批判』である。高校生の時、一度挑戦したが難解過ぎて敢えなく降参してしまった本だ。色褪《あ》せた表紙と本の傷《いた》みようは前の持ち主がよほど読み込んだもののようだった。値段を見ると百八十円である。これなら買える。

——よしもう一度、挑戦してみるか。

古本屋を出ると、先刻の騒ぎは終わって電車と車が勢い良く往来していた。

通りを横切ろうとすると足元に泥のついた野球ボールのようなものが落ちていた。拾い上げると、それは土のついた馬鈴薯《じゃがいも》だった。さっきのトラックから落ちたものかもしれない。土を払って鼻に当てるといい香りがした。するといきなり目の前に手が伸びてきた。掌から甲、爪の間までが真っ黒な手だった。相手を見ると頭陀袋《ずだぶくろ》のようなものを着た男だった。

顔は垢だらけで頭髪も髯も伸び放題で白目だけがやたら目立つ男だった。

「そいつはわてのやで」

男は威張ったような口調で言った。

その言い方に少し腹が立った。

「そうかい。けどこれは今ボクがここで拾ったもんだ。関西じゃどうだか知らないが、ボクは東京の者だ。この芋をキミのもんだというならそれはそれでかまわんさ。ボクは東京流にやらせてもらうよ。今からボクはこれを、ほら、そこの交番に届けるから、キミはキミで芋を落としたと交番に行きたまえ。そうすればすぐにキミのものになる」

相手は目の玉を大きく開き、口まで半開きにして僕の顔を見た。僕は相手の顔をじっと睨《にら》んで、それからニヤリと笑い、その馬鈴薯を相手に放り投げた。


喜美屋に戻ると皆出かけているようだった。

少し昼寝をし、目覚めてカントを読みはじめた。

ページを開くと前の持ち主の蔵書印が押してあった。こんなことをわざわざするくらいなら、本を手放さなければよかろうにと思った。

寝転がって読みはじめたが一行目から何が何だかさっぱり理解できない。これはいけないと起き上がって小机の前に正座して読み直した。一時間余り、声に出して読んだりしてみたが、やはりさっぱりわからない。

「なんてことだ。僕はちっとも成長しちゃいないってことじゃないか」

僕は本を机に置いて上半身を後方に倒した。痛い、壁に後頭部が当たった。いったい誰が小机を動かしたんだ。

階段を駆け上がる足音がして、久美が顔を覗かせた。

「どうかしはりましたか。えらい音がしましたけど」

僕が壁に寄り掛かりしかめっ面をして頭のうしろに手を当てていると、久美がクスッと笑った。

「水枕でも持ってきまひょか」

「いらないよ」

「あっ、そうそう、昼間、真祇乃姐さんにお逢いしましたえ」

僕はあわてて起き上がった。

「えっ、どこでだい？」

「縄手通りどす。たぶん井家上流の師匠はんのところに稽古に行かれた帰りどっしゃろう。私の顔を見て何か話しかけたそうでしたけど、大っきいお姐さんのお伴で行かはった帰りやから何も言わんと行かはりました」

「何時頃のことだい」

「ついー時間前どした」

「偶然に逢ったってわけだ」

「へぇ〜、そうどす」

「どうして君が偶然に出逢えて、僕が何度、祇園町を歩いていても逢えないんだい。変じゃないか」

「そやし、それはしかたおへん。人と人が逢うのは縁《えん》でっさかい」

久美の言葉に僕は大きくため息を吐《つ》いた。

「まあ大きいため息どすな。寿命が縮んでしまいますえ」

「縮んでもかまわないよ」

「ふぅ〜ん、そうどすか……」

久美が腕組みして思案するような顔をした。

「お座敷に呼ぶこともかなんし、道でばったりも逢えへんし……、あんたはんも大変どすな……、そや！」

久美がいきなり大声を出した。

「何だよ。急に大声を出して、びっくりするじゃないか」

「津田はん、いい考えがあります。これですわ。なんで思いつかへんかったんやろう。まあ、うちのことやないし……。でもこれがよろしゅおす」

「何を言ってるんだ」

「津田はん、真祇乃姐さんに手紙をお書きやす」

「手紙？」

「そうどす、手紙どす。うちが持って行って、そっと姐さんに渡しまっさかい」

僕はぼんやり久美の顔を見ていた。

「……手紙、……なるほど。手紙ね」

——どうして今まで気付かなかったのだろうか。久美、君は天才だ……。

「そうですね。手紙はいいですね。久美、君は素晴らしい」

僕は思わず久美の手を握りしめた。

「そうでっしゃろう」

久美も嬉しそうに笑った。


ところがいざ手紙を書きはじめると、これが思っていたより大変だった。

生まれてこのかたきちんとした手紙を誰かに出したことはなかったし、ましてや好きな人への手紙となると、どう書いていいのやらさっぱりわからなかった。

久美が部屋にやってきては机の上の紙を覗き込んだ。

「どうどす？　書けましたか。なんや、さっきと同じで真っ白ですがな。うちの屋方に見える男衆さんなんかはお母はんが口で言うたことを筆の先を舐《な》め舐め、さらさらと書きはりますえ」

「何だい、それは？」

久美の話ではこの屋方の女たちは誰一人手紙を書くことができないらしく、それを代筆するために普段、芸妓、舞妓の着付けをしてくれる男衆が呼ばれるということだった。

「亡くならはったお母はんのお母はんは、そりゃ手紙だけやのうて、歌も上手に書かはったそうどす。歌手の人どしたんでっしゃろうか？」

「その歌じゃないよ。和歌とかそういうものだよ。へぇ〜、才人もいたんだ。そんなことはどうでもいいよ。しかし何と書いたらいいんだろうね」

僕は紙を前に腕組みした。

「そや、お母はんの箪笥《たんす》の上にたしか〝手紙の書き方〟いう本がおしたえ。それを持ってきまひょか」

「そうなの、それは便利そうだね。すぐに持って来てくれ」

久美が本を手に部屋に戻ってきた。

ずいぶんと古い本だった。

『——頭語ハ、起首、起筆ト称シ、敬意、敬愛ヲ旨トス。拝呈、啓上——』

「なんだよ、これじゃ何が書いてあるのか、こっちがさっぱりわからないじゃないか」

僕は本を投げ出した。

「あんたはんのような学士はんでも上手いこといかへんのですか。手紙ってむずかしゅうおすな。けど……」

「けど何だよ？」

「うち、土佐の小学校で先生に習いましたえ」

「何を？」

「手紙の書き方どす」

「えっ？」

「はい。先生が言わはるには、手紙は相手に何を伝えたいのかをまず決めてから書きなさい、と……」

「うん、たしかにそれはそうだ」

「津田はんは真祇乃姐さんに何を伝えたいのどすか」

「何をって、それはいろいろさ」

「いろいろって？」

いつの間にか久美が机の上に頬杖《ほおづえ》をついて、僕の顔を覗き込んでいた。ニヤニヤしている。

「何だよ、その顔は？」

「せやし、好き、と書いたら、ええんと違いますのん」

「……」

僕は久美の顔をじっと見た。

――ラブレターを書くのか……。

「好き、だけでは何や芸がないんどしたら、オヒタイモウシアゲマスとか……」

「オヒタイじゃないよ。お慕い申し上げますだよ。いいから下に行ってなさい」

久美が出て行って、僕は思った。

なるほど久美が言っていることは間違ってはいない。しかしいきなり好き、というのも何やら恥ずかしい。

真祇乃さま

初めて手紙を差し上げます。私、津田雅彦と申します。春の朝、建仁寺の境内であなたにお目にかかりました。その後、匂い袋を頂き、ありがとうございました。祇園会の夜、偶然に河原町で再会できた時は嬉しゅうございました。あの折、あなたが私におっしゃりたかったことが何なのか……。

真祇乃への手紙の最後にこう書き足した。

追伸
もし貴方に私と会う時間がありましたら、いつの日でも、どんな時刻、どんな場所でも私は会いに行きます。

手紙を書き終えてみると、僕は自分が真祇乃をどんなに恋しているのかあらためてわかった。それにしても人の気持ちというのは文字にすると想像以上に大胆になるのに驚いた。

階下から足音がして久美が部屋に入ってきた。

「書かはりました？」

そう言って久美は机の上の便箋を見た。

久美が首を伸ばして中身を覗いた。

「ちょっとよろしゅおすか」

「だめだ」

僕が強い口調で言うと、久美は不満そうに顔を見返し、唇を突き出した。

「……そうどすか。せっかく人が親切に、祇園の舞妓さんが読まはっても大丈夫な手紙かどうか見てあげよう思いましたのに」

「だめだ」

「シミッタレ……」

「何を言ってもだめだ」

「そなん言わはるんなら、うち、その手紙を真祇乃姐さんのところに持って行きしませんえ」

僕は久美の言葉にカッとなった。

「そうかい。君がそうしたくないならかまわない。僕はこの手紙を直接、郵便であの人の家に出すよ」

「そんなんしたら、あの屋方のお母はんが中も全部読まはりますえ」

「そんなことはあるはずがない。これは彼女個人に宛てた手紙なんだから、いくら屋方の女将だってそんなことはできない」

「ほんまに何も知らはらへんのどすな。ここは祇園町どっせ。屋方にとって舞妓はんはぎょうさんお金を使《つこ》うてお座敷まで上がらせた自分とこの宝どっせ。おかしな虫がついたらあかんて日頃からどんだけ目を光らしてはると思ってますのん。そんな見ず知らずの人からの手紙を本人に渡しはる屋方のお母はんは祇園町には一人もいてはらしません」

「………」

僕は久美の顔を睨みつけた。

「津田はん、そんな怖い顔しはりますのん」

「もういい、僕が直接、あの人に渡す」

手紙を手に立ち上がると、久美は僕の腕を取って、わかりました。うちがその手紙を真祇乃姐さんに渡しに行きますよって、そな怒らんといて下さい。かんにんどす、ちょっとからこうただけどすがな。かんにんしとくれやす……、と必死で請《こ》うた。

僕は上目遣いに自分の顔を覗き見ていた久美にむかってニヤリと笑った。

それでも久美は家を出る直前に、僕の鼻先に手を差し出した。

「何だい？」

「お駄賃どすがな。郵便やったら切手代が助かりますやろ。帰りに氷水《こおりすい》食べとおす」

「わかったよ。ほら、釣りはいいよ。高い郵便屋さんだね」

久美はそれを受け取ると下駄音を残して花見小路通りを一目散に駆けて行った。あとには蟬時雨《せみしぐれ》の音が耳の奥までひろがった。絶えることのない虫の音を聞いていると、急に不安にかられた。

——こんなことをしてよかったのだろうか。

そう思うと、虫の音が一段と大きく聞こえてきた。

久美はなかなか戻ってこなかった。

手紙を渡すのに苦労をしているのかもしれない。真祇乃さんの屋方の前で手紙を手にうろうろしている久美の姿が浮かんだ。

――こんなこと久美に頼むのではなかった。あの子はまだ子供なのに……。

久美に済まない気がした。

もしもまだ手紙を渡せずに難儀をしているのなら、今すぐ行って、もうよすように言おう、と思った。

家を出ようとすると電話が鳴った。

久美が出かけてしまっているし、どうしたものかと思った。電話は鳴り続けていた。この家の女将やキヌからかかってきたものだったら不在にしていた久美が叱られる。

電話を取った。女の声がした。

「喜美屋さんどすか」

「は、はい」

「××どす。今夜××はんと××はんをお頼もうしたいんどすが」

「す、すみません。留守番の者が今、出かけていまして……」

「トミ江母さんもいてはらしませんの？　ほなキヌさんは？」

「皆さん、お出かけです。戻りましたら用件をお伝えしましょう」

「用件って、あんさん何言うてはりますの。××どすがな。誰ぞ戻らはったらすぐに電話を貰うように言うて下さい」

「××さんですね。わかりました」

しょうもないな、と相手の怒ったような声がして電話が切れた。

表の木戸が開く音がした。玄関に飛び出した。

「久美、どうだった？」

立っていたのは荷物を両手にかかえたキヌだった。

「ああ、キヌさん、お帰りなさい」

「学士先生、お出かけどすか」

「い、いや」

「久美、久美、何をしてんのや、あの子はまた、久美〜」

その時、久美がキヌの背後にあらわれた。

久美に目配せして、勝手口から入るように伝えた。キヌがまた久美を大声で呼んだ。

久美はすぐに返答して、台所の方からあらわれた。

「お帰りやす。お疲れどした」

「どこにいてんのや、ほんまにとろい子やな。ほれ、これ」

キヌが大きな布袋を久美に渡すと中から馬鈴薯《じゃがいも》がごろごろと転がり出た。

何をしとぃやす。ほんまにあかん子やな、この阿呆かす、とキヌは怒りだした。すんまへん、すんまへん、と久美は謝りながら馬鈴薯を拾い集めた。そうして荷を台所に持って行き、三和土《たたき》に腰を下ろしているキヌに水の入ったグラスを渡した。キヌはそれを喉を鳴らして飲んだ。もう一杯どすか、久美が訊くとキヌは首を横に振った。その仕草を見て、久美は僕を振りむき、大きくうなずいてから白い歯を零した。

――手紙は渡しましたえ。

そんな表情が見てとれた。

――そうか、あの人に逢えたのか……。

僕も久美にうなずいた。

「ああ、しんど……」

キヌが声を上げてため息をついた。

そのむこうに馬鈴薯が見えた。よく馬鈴薯を目にする日だ、と思った。

京都の町ほど〝火〟にかかわる祭事の多い土地は他にはない。

古来、人は〝火〟を〝水〟とともに清浄なものと崇《あが》めてきた。人間にとって〝火〟は怖れを抱く存在であると同時に敬う対象であった。太古の人類の起源を探るのに火とかかわっていたかどうかは人であることを証明する重要な手がかりであった。あらゆる古代文明は火を彼等の生活の中で特別なものにしていた。神殿、祭壇の中心には必ず火を祀《まつ》ることで祭事が行われていた。それは日本においても同様で、仏教が伝来する以前、我が国には山岳信仰があり、山岳信仰の祀り事では火を霊の象徴としていた。〝霊力〟のように人の力ではどうしようもできないものに対して人々は火を媒介として、その力と交信し、共存しようとした。

力を浄《きよ》める火、力に捧げる火、力を送る火、力をあらわす勇壮な火、力を崇める報恩感謝の火……とさまざまな火を人々は祀ってきた。

京都の〝火祭り〟はその典型であり、古都の一年は元旦の〝をけら火〟にはじまる。大晦《おおみそ》日《か》から元旦にかけて八坂神社では〝をけら灯籠〟に燃える炎を吉兆縄に移し、それを手でくるくる廻しながら家に持ち帰り、一年の無病息災を祈る〝をけら詣り〟がある。続いて一月の中旬には〝左義長《さぎちょう》〟と呼ばれる〝どんど焼き〟の行事が京都の各神社で行われる。どんどを焼いて五穀豊穣、学力向上を祈る風習は今も盛んである。

春になれば嵯峨《さが》の清涼寺《せいりょうじ》では〝お松明《たいまつ》式〟が行われる。三本の大きな松明に火を点《とも》し、稲作の豊凶を占う、農耕者が元凶を浄めるための祭りである。五月には〝満月祭〟があり、五月の満月の夜、鞍馬寺《くらまでら》では本殿の御水所の〝霊水〟を金の器に満たして月の祭壇に祀り、その周囲に無数の蠟燭を置き、火を点して、人々に力を授けるために護摩供《ごまく》が行われる。翌六月には平安神宮の境内では〝京都薪能《たきぎのう》〟が行われる。平安神宮、大極殿の庭前に〝篝《かがり》火《び》〟を焚《た》き、四隅の斎竹に縄を張りめぐらし四手《しで》を乗せて清浄な域をこしらえ、夕刻、薄闇がひろがると白装束の神人が火を点し、能舞台に観世《かんぜ》、金春《こんぱる》、金剛《こんごう》、大蔵《おおくら》、各派の能狂言が競われる。

夏を迎える六月の末日、下鴨神社では土用の丑《うし》の日の夜、境内の御手洗池《みたらしいけ》で人々は手に手に蠟燭を持ち、池中で火を点し、神殿に捧げる。年の初めからの半年間の罪、穢《けが》れを祓《はら》い、諸病を水とともに流す〝夏越《なごし》の祓《はらえ》〟と呼ばれる神事である。七月の祇園祭の宵山の駒形提灯の火も〝火祭り〟の象徴と言えるかもしれない。

夏の盛り、京都の家々が先祖を迎えて供養をはじめると、古都の各寺社では〝万灯会《まんどうえ》〟が行われる。〝大〟の人形文字の灯明の六波羅蜜寺《ろくはらみつじ》の万灯会に続いて千個を超える灯明が揺れる、化野念仏寺《あだしのねんぶつじ》の万灯会。嵐山では灯籠流しの火が流れる。

秋には〝鞍馬の火祭り〟〝岩倉の火祭り〟、初冬には伏見神社をはじめとする〝お火焚祭り〟があり、京都は一年を通してどこかで祭事の火が点っている。

これらの〝火祭り〟の中で、京都の町全体を〝火〟で抱擁する古都最大の火祭りは〝五山の送り火〟である。

八月、盂蘭盆会《うらぼんえ》で迎えた先祖の霊たちを西に送り出すために、山々が燃え上がるほどの炎で夜空を焦がす姿は古都の〝火祭り〟の象徴であろう。

京都盆地を囲む山々、如意ヶ嶽《にょいがたけ》の大文字山には〝大文字〟、松ヶ崎西山の万灯籠山《まんどうろうやま》、東山の大黒天山には〝妙〟と〝法〟、西賀茂の明見山には〝船形〟、衣笠《きぬがさ》、左大文字山には〝左大文字〟、嵯峨の曼荼羅山《まんだらやま》には〝鳥居形〟が炎の字となり燃え盛る。室町時代から続くこの祭事は京都の庶民の祭りである。

僕はその日の昼間、二日前、五条大橋の袂《たもと》にある古書店で見つけた歌集を読んでいた。京都に長く住んだ或る歌人の歌集で、古都の歳事をまことによく詠んだ短歌が並んでいた。

階下から足音がした。

障子戸のむこうから、入ってよろしゅおすか、と久美の声がした。

ああ、と生返事をすると、戸の開く音とともに、またお勉強どすか、学士さんは大変どすな、と久美が言った。

顔を上げると久美が手にしたものを差し出した。細く白い札のような白木だった。

「何だい？　それは」

「厄除《やくよ》けの護摩木《ごまぎ》どすがな」

「ゴマギ？」

「そうどす。護摩木を知らはらへんのどすか。今夜は大文字の送り火どっせ」

「それは知ってるよ」

「その送り火がこの護摩木で燃えるんどすがな」

「そうなのか……」

僕は久美の手から白木を取って眺めた。

美しい木目が浮き上がった白木からは甘い木の香りがした。

「綺麗なものだね」

「そこに津田はんの名前と歳、それと男と書いとくれやす」

「へぇ～、名前を書くのかい」

「そうどす。そうすればあんたはんの護摩木が炎になって天まで昇って、神さんに届くんどすがな。うちも京都に来てから病気をしてへんのはこの護摩木のお蔭どす」

久美は少し胸を反《そ》らして自慢気に言った。

「そうなのか……。君がそんなに元気なのは神さまに守られているからだったんだ」

「何どすか。それは嫌味どすか」

久美が唇を突き出した。

「そうじゃないよ。元気なことはいいことじゃないか。人は健康なことが一番……」

「そなん長い話は今はよろしゅおす。早う書いて貰うて、これを今からうちは銀閣寺さんまで持って行かなあきませんのどす。さあお書きやして」

「この護摩木は久美さん、君が僕に用意してくれたのかい」

「そうどす」

僕は久美の顔を見返した。

——やさしい子なのだ。

と思った。

「何どすか。うちの顔に何かついてますか」

「いや、この頃、なかなか綺麗になったと思ったんだ」

久美が顔を赤らめた。

僕は護摩木に名前と年齢を書いた。

久美が耳元でささやいた。

「うちが思うには、今夜あたり真祇乃姐さんから連絡が来るような気がしてますねん」

僕は手を止めて久美を見た。

「本当に？」

久美が大きくうなずいた。

「どうして今夜だとわかるんだい？」

久美は自分のこめかみに指を当てた。

「勘どすがな。女の勘どす」

「……………」

僕が黙って久美を見ていると、

「女の勘言うのは当たるんどすえ」

と目を見開いてうなずいた。

「そうだと嬉しいけど、今夜は久家君と出かける予定になってるんだ」

「そんなんあきしませんて、お断りやす」

「そうはいかないよ。久家君の友達が神戸から来るんだ。その人たちと一緒に送り火見物に行く約束をしてるんだ」

「祐さん兄さんのお友達って女の子ちゃいますのん」

「………」

僕はまた黙った。

「ほれ、当たりどっしゃろ。うちの勘は当たるんどすから」

「たいしたもんだね」

「祐さん兄さんは女の人のことはマメな人どっさかい。けど男さんは女の人が好きなものどす。そいやさかい祇園町の人は生きていけるんどっさかい」

僕はまた久美の顔を見た。

時々、自分よりこの子の方がよほど世間がわかっているのではと思うことがある。

「何時にお出かけどす？」

「五時に八条口に迎えに行くと言ってたよ」

「あんたはんも一緒にわざわざお迎えどすか。ご苦労なことどすな」

久美は護摩木を手に部屋を出て行こうとして振りむいた。

「一度、お家《うち》に連絡しとくれやす。女の勘どっさかい」

「わかった」

僕は笑って言った。

久家君とバスで八条口まで行った。

送り火があるせいか、市中はいつもと違ってどことなく賑わっているように思えた。

「津田君、この頃、どないや」

「どないって何がだい？」

「あんじょう行ってんのか。この町にいて退屈してへんか」

「退屈なんかしてないよ。毎日、楽しくやっているよ。居候させて貰って本当に感謝してるよ」

「何や、けったいな言い方せんとき。君は家《うち》の者から妙に評判がええな。お母はんもそうやけど、あの気難しいキヌまでが津田君のことはえらい誉めようさかいな。俺、今回、津田君を見て思うたんやけど、君の中には生来の助平の血が流れとんのと違うかな」

「助平？　何か人聞きが悪い言い方だな」

「そんなんとちゃうて。男の中には皆助平の血が流れてんのや。助平言う言い方が変に聞こえるなら、そうやな、……好色でもええ」

「コウショク?」

「そうや、西鶴の『好色一代男』や。女が男の中の好色の血を見つけて寄って来よんねん」

「……」

僕は首をかしげた。

「わからへんか。男だけが助平違うねん。女かて助平が身体の中にあんねん。祇園町で生まれ育ったら、そのことが子供の時からわかるようになってしもうたんや。男が女を追いかけるのが世間の考えやけど、それは違う。女の方から男を追いかけさせる何かを出しとんねん。蜜みたいなもんや」

「ミツ?」

「花の蜜や。その匂いを嗅ぎつけて蜂や蝶が花に寄って来よるやろう」

「ふぅ〜ん。男が蜂とか蝶なのか」

僕が鼻を鳴らすように声を出すと、久家君は僕の顔をまじまじと見て言った。

「かなんな……」

その言葉を聞いて僕は笑い出した。

「何がおかしいんや?」

「いや、失敬。久家君のその言葉を聞くのがひさしぶりだったからさ」

今度は久家君が首をかしげた。

「君、ガールフレンドはいてへんのか。誰ぞ好きな女の子もないのんか」

実は、そうじゃないんだ。今、僕には……、とあの人のことを久家君に打ち明けたい気持ちがあった。

「この町で好きな子ができたら、俺、何でもしたるさかい」

久家君は窓の外を見ながら言った。

改札口から出てきた女子大生はどちらも明るい女の子で、服装も垢抜けていた。

「彼、俺の友達で津田君言うんや。東京から遊びに来てんのや」

「へぇ〜、東京の人なんや。どおりで垢抜けていると思うたわ」

ミチコという名前の青い水玉のワンピースを着た短髪の女の子が言った。

もう一人のカオルという子は赤いワンピースを着て長い髪を肩まで垂らした眸の大きな子だった。

「送り火がはじまんのは夜八時過ぎやから、それまでどこぞに行こうか。君たちどこか見たいとこはあるか」

「久家君、祇園町に家があるんやろう。舞妓さんがいてんなら見てみたいわ」

ミチコが言ってカオルとうなずいた。

「お安い御用や。ほなそないしよう」

四人でバス停にむかって歩き出すと、すれ違う人たちがミチコとカオルを見ていた。笑いながら歩く二人は人の目を引くようだった。

八坂神社前でバスを降りると、久家君は四条通りを歩いて喜美屋のある方向とは反対に右に折れた。

そうして一軒の屋方の木戸を開け、出て来た女に何事かを告げた。

すぐに着物姿の芸妓があらわれた。いつか花見小路通りで逢った久家君と同級生の芸妓だった。久家君は彼女とひと言、ふた言言葉を交わした。芸妓は笑ってうなずき、ミチコとカオルにむかって、ようおこしやして、と挨拶した。そうして家の中に一度入ると、あでやかな宇治色の着物を着た舞妓を連れて戻ってきた。

「ワァーッ、ほんとに舞妓さんや」

二人は嬉しそうに声を上げ、舞妓と握手していた。

ミチコがバッグの中からカメラを取り出し舞妓を撮影しはじめた。

「皆を撮ってあげよう」

僕はミチコのカメラを手に記念写真を撮った。

すでに陽が傾きはじめていたのでカメラの露出をかえた。

「あら、カメラに詳しいのね」

「津田君のカメラはプロ顔負けやで」

久家君は言ってミチコとカオルの間に入った。ファインダーの中の久家君の手がミチコの肩に置いてあった。

何枚かの写真を撮ると、背後で咳払いが聞こえた。

振りむくと、久美が立っていた。

「あっ、君か」

「こんなところで何をしておいやすの」

久美は言って久家君に気付いて、ペコリと頭を下げた。

「何や。おまえ、お使いか。おい、俺がこなんしてたとお母はんに言うたらあかんで。わかっとんな」

「へい」

久美は頭を下げながら久家君とミチコ、カオルの様子を見ると、僕の方をむいて目配せをした。久家君が二人と声を上げて笑っていた。

僕は久美に近寄った。久美は着物の懐から白い小紙を出して、それを素早く僕に渡した。

そうして小声で言った。

「女の勘は当たってましたやろ」

僕は思わず唾を飲み込んだ。

「津田さん、一緒に写真を撮りましょう」

カオルが近寄ってきて声をかけた。

「僕はいいよ」

「私は一緒に撮りたいの」

久美が刺すような目で僕たちを見ていた。

「おまえ、いつまでそこにおんねん。油売ってたら叱られんぞ。早う行かんかい」

久美は僕にもう一度近寄り、

「真祇乃姐さんは本気どすえ」

と言って駆け出した。

「変な子やね。知り合いなん？」

「ああ、ちょっとね」

カオルが僕の腕に手を絡ませ、カメラを持つミチコの方をむいてポーズを取った。

末吉町のレストランで夕食を摂った。

「京都のレストランって洒落てるやん」

ミチコが美味しそうにシチューを食べながら言った。

僕はずっとポケットの中の久美から渡された小紙のことが気になっていた。

僕はトイレに立った。トイレに入り鍵をかけると、すぐにポケットの中の小紙を出した。

津田雅彦さま
今夜十時、こうじん橋の袂で。
真祇乃

それを読んで、僕は大きく吐息を零した。

——今夜、逢えるんだ。あの人に逢えるんだ。

僕は胸の中で叫んだ。

もう一度読み返した。綺麗な筆文字だった。こうじん橋というのはどこにあるのだろうか
……。

ドアがノックされ、僕はあわてて手紙をポケットにしまってトイレを出た。

テーブルでは三人が笑って話をしていた。

「送り火までは少し時間があっさかい、カクテルでも飲みに行こうか」

久家君が言うと、

「いいわね」

とミチコが答えた。

僕は時計を見た。七時三十分だった。

——あと二時間半か……。

何かの気配に顔を上げると、カオルがじっと僕を見ていた。

四条縄手のバーに行きカクテルを飲んだ。

隣りに腰かけたカオルが小声で訊いた。

「津田さんって誰かおつきあいしてる女の子いてるの?」

「えっ?……いや別にいないけど」

「本当に。そんなふうに見えへんわ。ガールフレンドは何人かいてんのやろう」

「ガールフレンド……。そ、そういう人は……」

僕が口ごもっていると久家君がからかうように言った。

「津田君は生真面目過ぎんのや。ガールフレンドどころか、女の匂いひとつしいへん奴なんや」

「そんなふうに見えへんよね、カオル」

「ミチコの言うとおりうちもそう思うわ」

「ほんまの話やて。津田君は春から俺の家におるんやけど女の子から電話ひとつ、手紙ひとつ来たことはないわ」

「本当に?」

カオルが僕の顔をまじまじと見た。

「ほな、うち立候補しようかな」

「あら、気難し屋のカオルが珍しいやん」

カオルが肩を寄せてきた。

僕は口の中のカクテルを音を立てて飲み込んだ。

「ほなぼちぼち出かけようか」

久家君について僕たちは三条通りを越えて川沿いの道を歩いた。

大勢の人が通りにあふれていた。

夏の夜の熱気と人熱《ひといきれ》で汗が噴き出した。久家君とミチコが先に歩き、僕とカオルが彼等について行くかたちになっていた。知らぬ間にカオルの手が僕の腕を握っていた。

時折、ミチコが僕たちを振りむき笑っていた。ようやく二人に追いついた。

「鴨川ってただ暗いばっかりね」

ミチコが言った。

「そうやないがな。これから送り火がはじまっさかいどこの家も家灯りを消してんのや」

「そうなの」

背後で声が上がった。振りむくと三条大橋の上で見物客が声を上げていた。

「橋の上は鈴なりやな」

「久家君、こうじん橋はどこになるの？」

「こうじん橋はもっとこの先を上がって行かな」

「遠いの？」

「いや歩いて二、三十分いうところや」

やがて久家君は一軒の家の玄関の木戸を開けた。

そこは料理屋のようだった。案内の女が僕たちを二階に通した。

十畳ばかりの部屋に二十人近い見物客がいた。北と東の窓が開け放ってあった。

「全部の文字に火が点っとるのはあとで上の物干し場で見るんや」

久家君が言った。

八時を過ぎると、大文字山の方からかすかに火の手が上がった。ちいさかった幾つかの火はたちまちひろがり、それぞれが繋がって、あざやかな大の字になった。

人のどよめきと拍手が起こった。

「綺麗やわ……」

ため息混じりのカオルの声を耳にしながら僕は炎を燃え上がらせながら東山に〝大〟の字を浮かび上がらせた送り火を見つめていた。

燃え盛る炎に真祇乃の美しい顔と、まだ見たことのない彼女の舞い姿があらわれた。

北山からの風に煙りを南へ流しながら送り火の文字は僕の胸の隅に潜んでいた何かに火を点した気がした。

見物客たちが見とれている時、

「あっ、とぼた、とぼた」

と少女の声がした。

人々の顔が一斉に松ヶ崎西山、万灯籠山《まんどうろうやま》と東山の北、大黒天山にむいた。

〝妙〟と〝法〟の文字があざやかに浮かび上がった。

「〝妙〟や、〝法〟や……」

見物客の声に混じって経を唱える声がした。

「〝船〟形がとぼたで、〝船〟や」

人々が指さす方角、西賀茂山、明見山に〝船〟の形の文字が揺れていた。

僕たちが見物している部屋の中を人々が北へ、西へと移動した。続いて衣笠、左大文字山に〝左大文字〟が点り、嵯峨、曼荼羅山《まんだらやま》に〝鳥居〟形が燃え上がった。

五つの文字が浮かび上がるまで三十分にも満たぬ速さである。

見物客はぐるりと五山を見回していた。

「いや、ごっつドラマチックやわ」

カオルが興奮気味に言った。

「こんなん、初めて見たわ」

カオルの頰は紅潮していた。

「本当だね。僕も初めて見るけど美しいものだね」

「なんやロマンチックやわ……」

カオルが僕を上目遣いに見ていた。

見物客は残り火を吐息混じりに見入っていた。

「津田君、どこぞで何か飲もうか」

久家君がミチコと一緒に近寄ってきた。

「いや、ええもん見たわ。ねぇ、カオル。何だか興奮して喉が渇いたわ」

ミチコが言うとカオルもうなずいた。

「そうだね。氷水でも飲みたいね」

僕が言うと、ミチコとカオルが吹き出した。

僕はどうして笑うのだろう、とカオルを見返した。

「どうしたの？」

「だって氷水なんて言うもんやから。子供みたいやん」

「そうかな。僕は今でも飲むけど……。美味しいじゃないか」

僕が言うと、また二人が笑った。

久家君が呆れたように言った。

「津田君、何をガキみたいなことを言うてんねん。ミチコさんもカオルさんもカクテルか何かをご所望《しょもう》なんやで」

「ああ、そうなんだ……」

僕は頭を掻いた。それを見て、二人はまた笑い出した。

木屋町《きやまち》にむかって鴨川沿いに歩き出すとカオルが思い出したように笑って言った。

「あなたって純情なんやね。なんや少年みたいで可愛いわ。うちそういう人好きやわ」

「それはどうもありがとう」

礼を言うと、カオルがまた笑った。

僕は笑い返しながら背後を何度か振り返った。

「どうかしてん？　さっきから何回もうしろを見てるけど？　誰かを探してんの」

「い、いや、そうじゃないんだ。この川沿いの道を歩くのは初めてでね。二条、三条と橋が結構あるものだなと感心していたんだ」

僕はあわてて答えたが、本当は真祇乃と今夜待ち合わせた荒神橋《こうじんばし》の位置をたしかめていた。

「そうかな……。なんや、こころここにあらず、いう感じに見えるけど」

「そ、そんなことはないよ」

僕はすぐに否定したが、カオルの顔を見返して、勘のいい子だな、と思った。

高瀬川沿いにあるバーに四人は入った。

久家君はバーテンダーと知り合いらしく彼女たちを紹介していた。

「お飲み物は何にしましょうか」

バーテンダーが訊いた。

「せやね。送り火を見物してきたから胸の中に火が点《つ》いたみたい。その火をもっと燃やすようなカクテルが欲しいわ」

「ミチコもそうなんや。うちも同じのが欲しい。バーテンダーさん、こころが熱うなるカクテルを作ってな」

二人の様子を見て、久家君が僕の方にむいてウィンクした。

僕も笑ってうなずいた。

「僕も、その燃えるカクテルを飲もうかな」

久家君が二人と話している時、僕は腕時計を見た。夜の九時を少し回っていた。真祇乃さんとの約束は十時だった。

木屋町から荒神橋までは歩いても三十分はかかる。急いで行けば十五分で着くかもわからないが、彼女を待たせるわけにはいかない。

「お客さまはいかがいたしましょうか」

バーテンダーが僕に訊いた。

氷水にしたらどう？　横からカオルがからかうように言った。

「うん、それでもかまわないよ」

僕が言うとバーテンダーは真面目な顔をして、生憎《あいにく》、当店には氷水は置いてございません、と言った。三人が声を上げて笑った。

「レモネードにして下さい」

「レモネードはウィスキーかブランデーを少しお入れしましょうか」

「そうだね、まかせます」

久家君は上機嫌だった。ミチコたちに次の週、神戸に遊びに行く約束をしていた。

「津田君、来週、神戸に行けるよね。他の予定はないやろ。もっとも津田君は毎日暇にしてるもんな。僕等は今、休学中やもの、君たちが案内してくれるなら喜んでうかがうわ」

またたく間に十五分が過ぎた。

僕は久家君の腕を引っ張って彼女たちから少し離れた場所に連れて行った。

「何や？」

「実は今夜用事があって、これから行かなくちゃならないんだ」

「そんなん、あかんて。盛り上がってるとこやないか。ミチコさんも乗ってきてんのや。今、君が帰ってしまうと座がしらけてまうがな。そな殺生なこと言わんとき」

「どうしても行かないといけない用なんだ」

「あかんて、津田君、それはあかんよ」

久家君が顔色を変えた。

「どうしたん？　二人とも何をこそこそ話してんの」

カオルがグラスを手にやってきた。

「カオルさん、君が津田君のことを気にかけへんさかい、津田君が面白うないそうや」

「ええほんまに、そうなの？」

カオルが僕をじっと見つめて言った。

「い、いや、違うんだ。そうじゃなくて……」

「どう違うの。カオルにわかりやすく教えて。バーテンダーさん、同じものをもうひとつ。あなたも飲んだら、このカクテル美味しいわよ。バーテンダーさん、ふたつね」

「あっ、いらないよ。僕はいりませんから」

カオルは僕の唇に手を当て言葉をさえぎった。

カクテルはなかなか来なかった。

時計を見ると、九時半だった。

「どうしたの、時間を気にして。誰かを待たせてるの？」

――なんて勘のいい子だ。どうしたらいいんだ？

思案しているうちにカクテルが目の前に来た。

「さあ乾杯しましょ。ねぇ何に乾杯する？」

カオルは少し酔っていた。

彼女は大きな目を見開いて僕の目を覗き込んでいた。

僕はカオルの目を見ながら、小声で言った。

「ねぇ、二人だけで話がしたいんだけど。少し外へでて散歩してくれないか」

「あら素敵やわ。いいわよ。二人だけで逃避行しましょう」

大きくうなずいて目の前のカクテルを一気に飲み干した。

そうしてカウンターの上に置いていたカオルの手を握ると外に飛び出した。

店を出て小橋を渡り、木屋町通りに出た。カオルは笑いながらついてきた。

「どこへ行くの?」

少し歩いてから僕は立ち止まり、カオルに頭を下げた。

「君に頼みがあるんだ。実は君がさっき言ったとおり、僕は今夜、或る人と待ち合わせをしているんだ。待ち合わせの時間が迫っていて今ここからそこにむかわなきゃならないんだ。どうしても逢いたいんだ、その人に」

顔を上げるとカオルはじっと僕の顔を見つめていた。そうしてゆっくりと言った。

「その人のこと好きなの?」

「はい。好きです」

「死ぬほど好き?」

「死ぬほど好きです」

「わかったわ。そのかわりに今ここで私にキスをして」

そう言ってカオルは目を閉じて顔を少し上げ唇を突き出した。

「ごめんなさい」

僕はそう言って大声で謝って、荒神橋にむかって走り出した。


懸命に走った。

送り火の余韻を楽しむ見物客でごった返す鴨川沿いの道を北にむかった。

木屋町通りから三条大橋を渡り、人混みを掻き分けて走った。腕が、肩がぶつかりながら、それでも懸命に荒神橋にむかって駆けた。

何すんのんや、気いつけんかい、あっ痛っ、痛いがな、何しはんの、どないしはったんあの人……、思わず身をよけたり、身体がぶつかった男女が走り去る僕のうしろ姿を驚いたように見ていた。

往来の人の姿など見えていなかった。行く手に待っている真祇乃の姿だけにむかって走った。

やがて人通りが少なくなり、前方に橋が見えてきた。僕は男が一人通りのむこうから来るのを目に留めた。

「す、すみません。荒神橋はまだ先でしょうか……」

男は手にした芒《すすき》の穂先で川の上流を指《さ》ししめした。

「その橋の一本先の橋や」

見ると薄闇の中に白い橋がほのかに浮かんでいた。

——あれが荒神橋か……。

あの人が、あの橋の袂で待ってくれている、と思うと、また足が速くなった。周囲に人影はなくなっていた。自分の足音と川のせせらぎの音だけが響いていた。

橋が近づいてきた。あの人はどこにいるのだろう。人の姿はなかった。橋の袂に着き、僕は対岸を見た。大きな樹木が数本、対岸の橋の袂を影にしていた。こちらの岸には人はいない。

——どこにいるのですか。

そう言いかけた時、対岸の暗がりから白い影が静かにあらわれた。

「真祇乃さん」

僕は名前を呼んだ。

その声に白い影がたしかに反応し、右手をこころもち挙げて僕に応えた。

「真祇乃さん」

僕はもう一度名前を呼んで橋の上を駆け出した。

真祇乃も小走りにむかってくる。

橋のやや西寄りで二人は互いの顔がはっきりと確認できる距離に近づき、そこで立ち止まった。

「今晩は。よく来てくれましたね」

「いいえ、うちの方こそ勝手に時間と場所を決めてしもうて、喜美屋はんの見習いさんに、あなたはんは来てくれはると返事を貰うて、どんなに嬉しいことどした」

「僕も嬉しかったよ」

そう言ったきり、僕も、彼女も黙ってしまった。

僕は浴衣姿の真祇乃がまぶし過ぎて何度も目をしばたたかせた。

周囲に灯りはなく、月も雲間に隠れて闇ばかりが濃いはずの橋の上で真祇乃の顔も肌もかがやくように白く光っていた。

「少し歩きましょうか」

「へぇ〜」

「どちらへ行きますか」

僕が訊くと真祇乃は西の方を指さした。

その指先が淡い灯りが点る蠟のように白かった。

「この道を真っ直ぐ行くと……」

「御所の方どす」

そう言ったきり、また二人は黙ったまま歩いた。

「真祇乃さん、今夜、出てきて大丈夫だったのですか」

「へぇ〜、今夜は送り火どしたから、その見物だけで帰して貰えました」

「ああ、綺麗でしたね」

「〝五山の送り火〟は見はりました？」

「はい。久家君に連れられて二条大橋の近くの家の二階から見学しました」

「お友達とですか」

「久家君は喜美屋さんの息子さんです」

「ああ、あの、お方、喜美屋はんのお家の方どすね」

「はい、久家君は大学の同級生なんだ。それでこの夏の初めからお世話になってるんです」

「見習いさんの久美はんから少し聞きました」

「そうですか……。久美はいい子です。少しお転婆なところがあるけど」

「オテンバって何どすか」

「少し元気な子ってことです」

真祇乃がクスッと笑った。

その微笑んだ横顔を見た時、あの夜、喜美屋のベランダの上から覗き見た座敷で舞い踊っていたのは真祇乃だと確信した。

「久美はんはええ子どす。よう気張ってはりますし、あれだけ気が利く子はなかなかいいしません」

僕は久美の顔を思い出した。

真祇乃が久美のことを誉めていたと言ってやったらさぞ喜ぶだろうと思った。

「あなたはんからお手紙をいただいて、うちは本当に嬉しゅうおした。手紙を開いて、あなたはんの名前を目にした時、思わず祇園さんにお礼を言いました」

「祇園さんって?」

僕は真祇乃の言った言葉の意味がわからず訊き直した。

「えっ、ああ何もおへん。うちが勝手に思うていたことどすから」

真祇乃は合点したようにうなずいていた。その横顔が少女のようで愛らしかった。

河原町通りを横切り、道はすぐに御所に突き当たった。

真祇乃は右に折れ、僕も並んで歩いた。

二人はまた何も言わずに歩いた。

「勉強は大変なんどっしゃろうねぇ……」

「そんなことはないですよ。大学なんてのんびりしたものです。もっとも僕のような学生にとってはですが」

「そんなことはおへん。うちにはあなたはんのことがわかります」

「真祇乃さん、その、あなたはんという言い方はどうもむずがゆいのですが……」

真祇乃は足を止めて僕を見上げた。

「あなたはんでは変どすか」

「変ではありませんが自分のことではないように聞こえます。津田でも、雅彦でもいいですから、そう呼んで下さい」

「でも今夜初めてお話をしましたから……」

「だからもう友だちじゃありませんか」

「はあ……津田はん……」

真祇乃は小声でそう言った。

「それも変だな。僕があなたを真祇乃さんと呼んでいるのだから、やはり雅彦の方が楽だな」

「そんなん……」

「そうして下さい」

「へぇ～……雅彦はん」

「はい、何ですか」

「いいえ、何もおへん」

そう言って真祇乃はほんのりと頬を赤らめてうつむいた。

大通りに出ると真祇乃は右と左を見てどちらに行こうかと迷っているふうだった。そうして右の方を指さした。

「この辺りはよく来るの？」

「いいえ、初めてどす」

「そうなんだ」

「何もかも初めてどす」

「何もかもって？」

僕が訊くと真祇乃はうつむいて何も返答しなかった。

通りのむこうに数人の人影が見えた。声を上げて笑っていた。学生のようだった。真祇乃がちらりとそちらを見た。僕は真祇乃を右に寄せた。皆酔っているのか声が大きかった。近づくと中の一人が僕たちを見て、ようお二人さん、と声を出した。僕は相手を見て、やあと声をかけた。やあ、やて、何やこいつと相手がからむように言った。おい、よせ、と仲間が注意した。僕は笑ってやり過ごした。来るなら来い、という気分だった。背後でまだ大声がしていた。気が付くと真祇乃が僕の右腕を握りしめていた。

「大丈夫だよ。怖くなんかないよ。相手は僕と同じ学生だ。少し酔っているんですよ」

彼女は二度、三度とうなずいたが握った手を離さなかった。

百万遍《ひやくまんべん》を過ぎて、前方に銀閣寺の参道が見えてきた。

先刻、学生たちとすれ違ってから二人の歩調が速くなっていた。

「真祇乃さん、少しゆっくり歩きましょう」

僕は背中に少し汗を掻いていた。

「そうどすね」

「歩くのは好きですか」

「ちいさい頃はよく山を歩きました」

「そうなんですか。僕は山に登るのが大好きなんです。いや山じゃなくとも高い所へ登るのが好きなんです。高い所から下界を見下ろしていると気分がいいんです。京都に入る時、琵琶湖畔の近江神宮から志賀越みちを登って来たんです。その時、比叡山から京都の町を眺めました。本当に町の通りが碁盤の目のようになっていました」

「歩いて来はったんどすか？」

真祇乃が目を見開いて僕を見返した。

「はい。京都には歩いて入ったんです。いい山径《やまみち》でした」

「東京から歩かはったんとは違いますよね」

ハッハハハ、僕は声を上げて笑った。

「そうどすよね……」

彼女もつられて笑い出した。

銀閣寺の参道の脇道に二人は入った。右手に大きな屋敷があった。

「大きな家ですね。家ではなくてお寺かな」

「絵描きの先生のお家どす」

「そうなんだ」

「へぇ〜、やさしい先生どす」

「逢ったことがあるの」

「はい、お屋敷に呼ばれました」

「そう、いろんな人が見えるんだね」

「ほんまどすね……」

　真祇乃は何となくその話をそれ以上したくないふうに見えた。

　二人は琵琶湖疎水の流れる小径を歩いた。

「この道は歩いたことがあるよ。哲学の道だね」

「テツガクの道、それは何どすか？」

「この道も初めて歩くのですか」

「へぇ〜、うちは祇園町の外のことはよう知りません。舞妓が一人で外に出ることはめったにおへん」

「じゃ、今夜は特別なんだ」

　返答はしなかったものの彼女の表情で、今夜、一人で出かけてきたことが大変なことなのだろうと想像がついた。

「ありがとう」

僕が礼を言うと、彼女は戸惑ったような目をして、

「そんなんと違うんどす」

と切なそうに答えた。

僕は彼女に何か悪いことを口にした気がした。

二人はまた黙って歩き出した。

「この先にたしか永観堂《えいかんどう》といういいお寺がありますよね」

「ああ、そのお寺の名前は姐さんから聞いたことがおす。たしか綺麗な、見返りの阿弥陀さんが祀《まつ》ってあるんどす」

「それは見たことはないけど、この境内の写真を撮ったんだ」

「雅彦はんは写真を撮らはるんどすか」

「はい。写真家になりたいと思っていたこともあるんです。才能がないのがすぐにわかったけど……」

「そんなことおへん。どんな写真か一度見せて欲しいわ」

僕は真祇乃の写真を撮っていることは口にしなかった。彼女の知らないところで盗み見をしているようで言い出せなかった。

もうずいぶん歩いているのだろうが、僕にはまるでそんな気がしなかった。彼女と二人ならずっとこうして歩けるし、歩いていたいと思った。

「疲れたでしょう。少し休みましょう。たしか永観堂の門前に腰を下ろせる場所がありました」

僕が時刻を口にしたばっかりに、真祇乃が哀しそうに言った。

「もうお家に戻らなくてはいけません」

その言葉を耳にした瞬間、僕は胸の中が狂おしくなった。

「京都に来てから、こんなに楽しい時は初めてどす……」

「……」

僕は黙って彼女の言葉を聞いていた。

「建仁寺さんで、あなたはんと、いえ雅彦はんと初めてお逢いしてから、うちは何度もあなたはんのことを思い出しました。二度目にお逢いした時、声をかけていただいて胸の奥がなんや痛うなって……」

膝の上に置いた真祇乃の真っ白い手の指が小刻みに震えていた。

僕は思わず、その指を握りしめた。

「僕も同じです。初めて君に逢った時からずっと君のことを考えていました」

「本当どすか……」

真祇乃の大きな眸が僕を見上げた。

切れ長の目から大粒の涙がひとすじ溢れ出た。僕は指先でその涙に触れた。

「本当です。僕はずっとあなたのことを考えていました。何度も夢の中にあなたが……」

僕の言葉をさえぎるように彼女は僕の指を握って頬に当てた。そうして指先を唇に寄せ、僕の指を唇に含んだ。やわらかな感触がした。彼女が唇を離し、僕を見上げた。僕は彼女を引き寄せた。上半身を預けるようにして彼女の身体は僕の腕の中に入った。熱い吐息とともに唇を重ねた。そうして彼女が僕にすがるようにする度、僕は彼女を抱きしめた。

抱擁のさなかに僕は何度か彼女が耳元でささやく声を聞いた。それはささやきというよりも、彼女の身体の奥底から聞こえてきた叫びに思えた。短い言葉であったせいか、僕にはそれがよく聞き取れなかった。僕はその声を聞く度にうなずいて彼女を強く抱きしめた。

それはひどく長い時間のようでもあり、つかの間の出来事にも思えた。


真祇乃を祇園町の手前で見送ってから、僕は一人で来た道を引き返した。

それからの時間を一人でどう過ごしていたのか記憶になかった。

喜美屋にたどり着いた時は夜が明けようとしていた。

裏木戸から入り、寝ぼけまなこで厠《かわや》から出てきた久美が幽霊でも見たような顔で言った。

「あれまあ、どこに行っておいやしたのどすか。昨晩《ゆうべ》から祐さん兄さんがずっとあんたはんのことを探しておいやしたえ。いったいどこに行ってはったんどす。顔も洋服も草やら泥がついて無茶苦茶どすがな」

その言葉を聞いて僕は自分の衣服を見た。

なるほどたいしたものであった。

僕は重い足を引きずるようにして二階に上がり、部屋の中で大の字になった。

僕は天井を見てつぶやいた。

――真祇乃さん、君は素晴らしい人だ。


遠くで誰かが僕の名前を呼んでいた。

その声が少しずつ大きくなり、上半身が右に左に揺れた。耳の中で声がふくらみ、耐え切れずに僕は目を覚ました。

「津田君、君、大丈夫か」

久家君の顔が僕を覗き込んでいた。

どうして久家君がこんな近くにいるんだ、と思った。

「おはよう」

「お早くないがな。もうお天道さんは頭の上に昇ってるで、津田君、君、朝帰りやったそうやないか。あれからずっとカオルちゃんと一緒やったんか」

「カオル？」

「そうや、木屋町のバーからカオルちゃんと二人して出てからどこに行ったんや。まあどこでもええけど連絡くらいはしいな。君らしくもない」

カオルが誰のことかようやく思い出した。

「あの子、バーに引き返さなかったのか」

「引き返すって、何を言うてんのや。ミチコが言うにはカオルちゃんは君のことずいぶんと気に入ってたらしいで」

「………」

どう説明してよいのかわからなかった。どうして彼女はバーに引き返さなかったのだろうか……。

もしかして僕はカオルという子にひどく失礼なことをしたのかもしれない。いや失礼千万だったに違いない。

「何を難しい顔をしてんねん。せっかく恋がはじまったという時に」

「えっ？」

僕は思わず久家君の顔を見た。

――どうして久家君が、昨晩の僕たちのことを知っているんだ？

「それでいい感じだったのか。カオルちゃんは？」

──なるほどそういうことか。

「いや、それが、ともかく顔でも洗ってからゆっくり説明するよ」

「説明やて。そんな野暮なことしいへんでもええわ。僕が話しに来たのは、これから神戸に出かけるんやけど津田君も一緒に行った方がええのかどうかを訊きに来たんや」

「神戸は来週じゃなかったの？」

「それが恋というもんや」

久家君がニヤリと笑った。

「僕は遠慮するよ」

「そうか、わかった。それなら僕一人で行ってくるわ」

久家君は立ち上がり部屋の障子を開け、振りむいて言った。

「何か伝言はあんのか」

「誰に？」

「カオルちゃんにや。津田君、君、ほんまに大丈夫か」

「ああ大丈夫だ。このとおりだ」

僕は両腕を上げて力こぶを作って見せた。

久家君は首をかしげながら出て行った。

僕は起き上がり、階下に行った。中庭に出て洗い場の井戸の水を出し顔を洗った。手拭いで顔を拭き終えると背後でささやく声がした。

「どうどした？」

振りむくと久美が立っていた。

僕は返答せずに久美の顔をじっと見返していた。

「逢わはりましたん？」

僕は眉間に皺を寄せて首をうなだれた。

「姐さん、荒神橋に来はらしませんでしたん」

――こいつ手紙を読んでいたな……。

僕はさらに深く首をうなだれ肩を落とした。

「そうどすか。可哀相に。うちもあれほど人気のある姐さんがあんたはんのことを思うてはるのが変やなと思ってましたんや。気を落としたらあきしまへんえ」

僕は笑いを嚙み殺していたがお腹が震え出し、クックククと笑い出した。

「津田はん、大丈夫どすか。いややわ。頭がおかしゅうならはったんどすか」

僕がなおも笑って、顔を上げると、久美が目を剝《む》くようにして僕を睨みつけていた。

僕は周囲を見回し、久美の耳元で、

「久美、君はこの祇園町で一番の見習いだと彼女が言っていたよ」

と言った途端に脛《すね》に激痛が走った。

「痛、痛い」

久美が下駄の先で僕の脛を蹴り上げていた。

僕は洗い場で脛をおさえて飛び跳ねた。

「どないしはりましたん、学士先生」

キヌが怪訝そうな顔であらわれた。

「先生、足を蜂に刺されはりましたん」

久美が言った。

「そらあきまへん。おしっこ塗らな……。ちょっと待っといてくれやす」

「いや、いいんだ。キヌさん」

久美が笑いながら僕を見ていた。


夕刻前、建仁寺の境内に行った。

時間が経つにつれ真祇乃のことが頭から離れなくなっていた。

僕は戸惑っていた。

二人だけで逢う以前と、逢ってゆっくりと言葉を交わしお互いの顔を、眸を、表情を見つめ合ってからは、自分の中の何かがあきらかにかわっていた。今、この境内に佇《たたず》んでいるのだけれど、本当の自分はここにいない気がした。感情が、魂が、身体から離れどこかを浮遊しているように思えた。

陽が傾き、少しずつ境内に夕暮れがひろがろうとすると、真祇乃に逢いたい気持ちが募った。

耳の奥で、昨夜、彼女が途切れ途切れに言った言葉がよみがえった。

『お手紙をいただいて、うちは本当に嬉しゅうおした。手紙を開いて、あなたはんの名前を目にした時……、うちにはあなたはんのことがわかります』

真祇乃は市中を歩きながら少しずつ胸中を明かしてくれた。控え目な言い方であったが、彼女もできることなら雅彦と再会できないものかと願っていたことや、手紙を受け取った時、夢ではないかと驚いたと嬉しそうに言った。

永観堂の門前に二人して佇み、しばし語り合った。

彼女が京都府の北にある綾部で生まれ育ったことや十四歳の時に家を出て祇園にやってきたことなどを静かに話してくれた。

東京にも一度行ったことがあり、新橋、向島のお座敷に上がり、浅草を見物させてもらったと言った。

『お師匠はんとお姐《ねえ》はんの舞いの発表会のお手伝いにおともしたんどす』

『あなたも踊ったのですか』

『いいえ、うちはまだ舞わせてもらえしません。もっとぎょうさんお稽古して、きちんと舞えるような芸妓さんになれたら……』

その時だけ真祇乃の目がかがやいた。

『舞いが好きなんですね』

『えっ、どうしてどすか』

『今、あなたの目がかがやいていました』

『……ええ、舞いは好きどす。上手やおへんけど、お師匠はんやお姐はんの舞い姿を見ているとなんや胸の中が洗われるような気がします。うちも舞いの稽古をしている時だけ自分がここにいるんやなと思います』

『生き甲斐なんですね』

『イキガイ？』

『ええ、人は夢中になれるものに出逢うと、それに没頭している時に生きている実感を持つことができるそうです。それを人間の生き甲斐と言うんです』

『イキガイ……。なんやええ響きの言葉どすね』

真祇乃はそう言ってかすかに微笑した。

『ああ、もうこんな時間だ……』

腕時計を見て思わず時刻を口にしたばっかりに真祇乃は家に戻らなくてはならないと哀し

そうに僕を見つめた。

『建仁寺さんで、あなたはんと、いえ雅彦はんと初めてお逢いしてから、うちは何度もあなたはんのことを思い出しました……』

耳の奥に響く声とともに真祇乃のやわらかな頬とかたい唇の感触がよみがえった。

僕は目を閉じて両手で顔を覆った。

接吻を交わし、そして頬と頬を寄せている間、真祇乃が耳元で何事かをささやいた。

その時は夢中で何をささやいていたのか聞き取れなかった。

その言葉が、今ようやく耳の奥にはっきりと聞こえた。

『好きどす。好きどす。うちをどうか離さんといておくれやす』

真祇乃は僕の胸にすがるようにしてそうささやいた。

——そうか、真祇乃さんは僕に離れないで欲しいと言ってくれたんだ……。

それがわかった途端、ヨオッシと声を出して僕は歩き出した。

いつの間にか周囲は薄暗くなっていた。

虫の音が聞こえた。

花見小路通りに出て、喜美屋にむかうと四条通りの方から舞妓が二人並んで歩いてくるのが見えた。

僕は思わず立ち止まった。

すぐにどちらの舞妓も真祇乃と違うとわかった。昨日まで舞妓の姿を目にする度にあわてふためいていたのに今は遠目からでも真祇乃とは違うと判別がつく。彼女にしかない独特の雰囲気がわかるようになっていた。

喜美屋の前にちいさな人影が見えた。

久美のようだった。ちいさな人影が僕にむかって走ってきた。

「津田はん、どこにおいやしたんどすか？」

「ああ少し散歩をしていたんだ」

「ほんまにもう、はい、これ……」

久美は点袋《ぽちぶくろ》を差し出した。

「えっ、あの人から……」

「そうどす」

久美は不機嫌そうにうなずいた。

「いつ逢ったんだ」

「津田はんがぷらっと出はった後で末吉町に用事を頼まれて通りを歩いていると、お姐さんが屋方の二階から呼ばはって、帰りに渡されたんどす」

「そうか、あの人は元気そうだったかい」

「はい。なんやうちに逢って喜んではりましたわ。駄賃まで……」

そこまで言って久美は右手で口を塞いだ。

「それはありがとう」

点袋を開くと久美が首を伸ばした。

喜美屋の方から久美を呼ぶキヌの声が届いた。声が少しずつ甲高くなって、久美は大声で返答し、頬をふくらませて屋方にむかって走り出した。

雅彦さま

昨夜はありがとうございました。

お逢いできて嬉しゅうおした。明晩、永観堂でお逢いできませんでしょうか。

真祇乃

――明日の晩、あの人に逢える……。

それだけで胸が高鳴った。

真祇乃が連絡してくる前に僕は自分から再会の申し出をしようと思っていた。

――あの人も同じ気持ちでいてくれているのだ。

そうとわかるとすぐにでも返事を出さなくてはいけないと思った。

足早に喜美屋にむかった。

朝から落ち着かなかった。

早く目覚めたというより、眠れずに、夜半何度も目を覚ました。

明け方から降りはじめた雨音を聞きながら、あの人のことを思い続けた。

午後になっても待ち合わせの時間の連絡が来なかった。

その上、午後から久美は女将のおともをして嵐山に行かなくてはならなくなった。

久美が部屋に来て、顔だけを覗かせて言った。

「お姐さんはどうにかして連絡してこられますよって出かけたらあきしませんえ。夜になっても連絡がなかったら先に行って待ってはったらよろしゅおすわ」

「わかった。いろいろありがとう」

「心配せんかて大丈夫どす」

僕は久美にうなずいた。

夕刻になっても連絡はなかった。

七時を少し過ぎた頃、僕はキヌと二人で夕食を摂っていた。久家君は今日も神戸に出かけていた。

「久美は遅いね」

「あれは今日、おかあはんのおともどすわ。嵐山で開いてるお座敷でなんやぎょうさん荷物があるんどすわ。粗相せなええんやけどな……。がさつな子やさかい」

表木戸が開く音がした。

「喜美屋さん、お頼もうします」

男の声だった。

「へい」

キヌは立ち上がり玄関に出て行った。

「あれ、スギさん兄さん、ながいことどしたな」

「ほんまにながいことやな……」

「どないしてはりましたん。身体《からだ》の具合いはようならはったんどすか。いや、懐かしいことやねえ。お元気で何よりどす」

「おおきに……、そうか……」

返答している男の低い声はくぐもっていて聞き取れなかった。

キヌの声が明るかった。

「あれ、ようご存知どすね。津田はんはいてはりますえ。へぇ〜、祐一ぼんの東京のお友達どす。はい。学士先生どす。なんでまた津田はんに？」

「……」

男の声は聞き取れないがどうやら僕の話をしているようだった。

キヌが戻ってきた。

「学士先生、先生を訪ねて人がお見えどす」

「僕を?」

「へぇ〜、何や用があらはるそうどす。うちも昔から知ってる人どっさかい中にどうぞ言うたんどすが表で待ってはりますわ。あんじる人とは違いますよって、杉本さん言う祇園町の男衆《おとこし》さんどすわ」

「おとこし?」

「へぇ〜、スギさんが先生に何の用なんやろかな?」

僕が立ち上がって玄関にむかおうとするとキヌは首をかしげながらぶつぶつとひとり言を言った。

表に出ると着物姿の男が一人、傘を差して立っていた。

短髪に白いものが目立っていた。

相手は僕の顔を覗き込むようにして見ると、

「津田はんでっか?」

と低い声で言った。

「はい」

返答すると男は手招きするようにして木戸の脇に寄り、奥のキヌを窺《うかが》うようにして小声で言った。

「これ、真祇乃はんからや」

差し出された点袋を見て僕は目をかがやかせた。

「わざわざありがとうございます」

僕が頭を下げると頭の先から足元までゆっくりと見て、

「学生さんでっか？」

と訊いた。

「は、はい」

「京大生で？」

「いや、東京です」

僕の返答に相手は、ほほぅー、と意外な表情をして、このことは、ここの屋方の人には内緒にな、と言って、ゆっくりと歩き出した。

「どうもありがとうございました」

僕が深々とお辞儀をすると、相手は立ち止まって振りむいた。

「学生さん、何歳《おいくつ》ですか？」

「二十歳です」

男は二度、三度とうなずき四条通りの方に立ち去った。

「何どしたん？」

背後でキヌの声がした。

「届け物をしてくれたんだ。ほら、キヌさんのように写真を撮ってあげた人からだよ」

「その方がスギさんのお知り合いどしたんや。そうどすか……」

僕は居間に戻り、食事を早々に済ませて二階へ上がった。

渡された点袋から手紙を出した。

雅彦さん
今夜は行けしません、かんにんどす。
また連絡します。
真祇乃

僕は彼女から手紙が来ただけで満足だった。

きっと彼女は苦労して、この手紙を先刻の男に託したに違いない。

以前、久美が話した言葉がよみがえった。

『そんなん、舞妓はんが、真祇乃姐さんがあんたはんと二人きりでどこぞで逢うてることが屋方のお母はんに知れたら、真祇乃姐さんは祇園町を追い出されてしまいますがな。それだけと違いますえ、もっと辛い目に姐さんはあわはりますえ……』

久美の声は久家君の声と重なった。

『人聞きの悪い言い方せんとき。それがこの町の慣わしや。……置屋はその妓がちいさい時からおまんま食べさせて芸を仕込んで……、えらい元手がかかっとる。……そやさかいその妓に関わってるすべての者が納得する金を出すんや』

僕は彼女の手紙の、かんにんどす、という文字を見ながら顔を曇らせた。

激しい雨音が聞こえた。

少し外を歩こうと思った。

階下に下りるとキヌが卓袱台に頬杖ついてうたた寝していた。

僕は足音を忍ばせて玄関先の傘を手にして表に出た。

花見小路通りは雨に煙っていた。

この雨の中を永観堂にむかって走る真祇乃の姿があらわれた。

——今夜の再会が中止となってよかったのかもしれない……。

僕は黙って四条通りにむかって歩き出した。

四条通りから河原町に出て、丸善に入った。

フォトマガジンを何冊か見て店を出ようとした時、棚の中の一冊の本の背表紙に目が止まった。いつかこの店で買いたいと思って値段が高いので買いそびれた本だった。歌人吉井勇の短歌と写真が入った美しい本だった。棚から取って、もう一度眺めた。〝大文字〟と題された項をめくると、そこに五首の歌があった。その中の一首の歌に、僕はこころを奪われた。まるで自分の今の心境を詠んだ歌のように思えた。

ふと見れば　大文字の火ははかなげに　映りてありき　君が瞳に

あの人の美しい眸が浮かんだ。僕は何度もその歌を口ずさんだ。

第六章　温習会

九月に入り、古都は数日雨が続いた。

夕暮れの雨は、時折、祇園の路地を抜ける風とともに秋の到来を思わせる肌寒さがあった。祇園の女たちにはそんな気配は通じないのか、宵の口にもなると各屋方の中では座敷に上がる身支度でどこも活気づいていた。

ここ数年、祇園のお茶屋はどこも賑わっていた。

日本経済は好景気に沸き、国内総生産は上昇を続け、東京—大阪間に新幹線と高速道路を開通させるべく工事が進んでいた。

祇園町にやってくる人は地元の京都だけではなく、大阪、名古屋は勿論のこと東京からの客も連夜、お座敷で宴をくりひろげていた。お大尽《だいじん》と呼ばれる客が競って宴を催していた。

毎夜、祇園町のあちこちから芸妓、舞妓が舞う座敷の音曲と客たちの笑い声が聞こえていた。人気のある舞妓は一晩に何軒ものお茶屋を回り歩くこともしばしばだった。

祇園、喜美屋に東京の父から一度、実家に戻るようにと手紙が届いていた。四月から大学の授業に出ていないことが父に発覚し、休学している理由を聞きたいという趣旨の手紙だった。

僕の頭の中には真祇乃のことしかなかった。

五山の送り火の夜に逢ってから二人は三度逢瀬を重ねた。いずれも真祇乃のお座敷がはねた後、彼女が屋方を抜け出し、僕の待つ永観堂近くで落ち合い、夜の東山山麓の小径を散策した。

それだけで二人には十分だった。逢っているだけで心がなごんだし、時間はたちどころに過ぎて行った。

握りしめていた手を離して駆け出した真祇乃は知恩院の黒門を潜《くぐ》ったところで立ち止まり、僕を振りむき、そこで思い残したものをたしかめるように僕をじっと見つめ返してから祇園町にむかって小走りに立ち去った。

僕は真祇乃の姿が失《う》せた山門をいつまでも見つめていた。

二人の逢瀬の連絡係をしてくれたのは久美だった。八月の終わりから、祇園の芸妓、舞妓が一堂に集まる舞いの稽古がはじまっていた。そこに久美は屋方の芸妓と通っていた。

久美は僕が思っていたとおりこころねのやさしい娘だった。僕が真祇乃と逢った翌朝、僕の部屋にやってきて、じっと顔を見つめていた。

「久美、ありがとう」

僕が礼を言うと久美は嬉しそうな顔をして僕の顔をじっと見て言った。

「それが恋をしとう男の顔ですきい」

土佐の訛《なま》りでそう言い、満足気な顔をしていた。


数日続いた雨が上がると、古都をまた夏が戻ったように暑気が襲った。

朝から蜩《ひぐらし》の声が降りしきる中を浴衣姿の祇園の芸妓、舞妓たちが花見小路通りを南に下がって行った。

彼女たちがむかう先は歌舞練場である。

十月に入ると催される秋の舞いの発表会、〝温習会《おんしゅうかい》〟の稽古があるのだ。

春の〝都をどり〟には賑わいと華やぎがあるのに対して、秋の〝温習会〟には京舞の、井家上流の品位とかたくなさが見える。それ故に稽古も春とは格段の厳しさがあり、芸妓、舞妓にとって出演できることは名誉であった。井家上流の名取を修得した芸妓たちにとっても自分の舞いがいかほどのものかを試される場でもあった。〝温習会〟での井家上流の姿勢をあらわすいい例が同一演目の舞いを芸妓たちに競演させ、稽古の力量を競わせることである。

今夏、猛暑の中を真祇乃と久美がともをした井家上流名取の芸妓、真智悠と豆ちゑが、今年の〝温習会〟で同じ演目を競うことになっていた。

芸妓たちにとって自分の舞いをみとめられるということは何よりの誇りだった。祇園は廓町であるから容姿が美しい芸妓が客にもてはやされ、お座敷へ呼ばれる数も多い。しかし過去に祇園で〝名妓〟と呼ばれた女たちは皆舞いが図抜けて上手い芸妓だった。

今、祇園の芸妓の中で舞いの一、二を争うと評判の豆ちゑと真智悠が火花を散らしているのは、その誇りを競っているからだった。

井家上流家元はまだ舞いの力量が拙《つたな》い舞妓たちも〝総踊り〟という演目で彼女たちを〝温習会〟の舞台に上げていた。この〝総踊り〟でさえ演者に選ばれるのは大変で名誉あることだった。

その舞妓たちの中でも真祇乃の舞いは評判だった。稽古の時も井家上流家元から真祇乃には特別厳しい叱責が飛んだ。それほどの叱責が他の舞妓たちにむけられることはなかった。他の舞妓たちも稽古を見つめる先輩の芸妓たちにも真祇乃に対する叱責の意味がよくわかっていた。

――家元が認めているのだ。

まだ舞妓の身分である真祇乃の舞いの資質を見抜いて、他の芸妓より厳しく仕込もうとしているのが誰の目にもわかった。

久美は稽古が終わって喜美屋に帰ってくると、僕にその日の真祇乃の様子を話してくれた。

僕は自分のいる喜美屋から目と鼻の距離にある稽古場に真祇乃がいるかと思うと、妙な安堵と充足感を抱くことができた。

「今日は稽古場でえらいことがおしたわ……」

久美がため息まじりに言った。

「どうしたんだい？」

僕が訊くと、久美は周囲を窺うような目つきをして小声で言った。

「うちの屋方のマメ三姐さんが豆ちゑ姐さんにごっつ叱られはりましたんや。マメ三姐さんのお稽古が上手いこといきしませんで、お家元がえらい怒らはったんどすわ。休憩の時、豆ちゑ姐さんがマメ三姐さんをせんど叱りはって、その時、豆ちゑ姐さんがマメ三姐さんにむかってそばにあった手提げを投げはったんどす。それがそれてマメ三姐さんのうしろにいた真祇乃姐さんにあたってしもたんどす。そうしたら真智悠姐さんが怒らはって、そりゃ怖おしたわ」

「えっ、それで真祇乃さんに怪我はなかったのかい？」

僕が心配そうに言うと、久美はこくりとうなずいた。

「なんともおへん。そのかわり豆ちゑ姐さんが、真祇乃姐さんにむかって、そんなとこでとろい顔していてるからや、と言わはったんどす。それを聞いて真智悠姐さんが怒らはったんどすわ」

「その姐さん二人は普段から仲が良くないのかい」

「へぇ〜、どちらが祇園町で舞いの一、二かという評判の姐さんどすから何かにつけ張りおうてはって、え〜っと、何とかシンが強いんですって」

「対抗心だね」

「それどすわ」

「けどうちのマメミ姐さんは豆ちゑ姐さんにとって身内どっさかい、もう少しやさしゅうしはってもええように思いますわ」

そう言ってから久美はさらに声を潜めて言った。

「もっともうちのマメミ姐さんは舞いはあきしません。ならもう少し一人でお稽古しはってもええように思うんどすが……。お家元もマメミ姐さんに、〝あんたは喰うてばっかりでお稽古してへんのやろう。そのおいどは何どすの〟って叱ってはりました」

久美が笑った。

「おいどって何ですか」

久美が自分のお尻をぽんと叩いて、ここのことどす、と平然と言った。

「真祇乃さんはどうだった？」

「真祇乃姐さんはもう見惚れるほどどすわ。〝総踊り〟の舞妓さんの中では一等賞どすわ。ほんまに惚れ惚れしますわ」

久美の言葉を聞いて僕が喜んでいると、階下から久美を呼ぶキヌの声がした。

僕は彼女の舞いを一度見てみたいと思った。

――どんなに美しいのだろうか。

真祇乃の舞い姿を想像すると、身体が熱くなった。

翌日、久美が稽古のおともから戻ってくると僕に目配せした。

僕は中庭に出た。四角の空に秋の青空がひろがっていた。

久美が小走りに近寄ると点袋を渡した。

部屋に戻って中を見ると、明後日の日曜日の午後一時に永観堂で逢いたいと記してあった。

五日振りに逢える。すぐ近くに彼女がいるのに逢えないことに正直もどかしさがあった。

――昼間に逢うのは初めてだ……。

夏の初め、八坂神社で催された〝みやび会〟で浴衣姿の彼女を見たことはあったが、二人して陽差しの下で逢うことはなかったから愉しみだった。


その日、僕は少し早目に祇園を出て、永観堂のある南禅寺《なんぜんじ》の周辺を散策しながらカメラを手に撮影して回った。

日曜日で紅葉もはじまったせいか、南禅寺界隈には大勢の人が出ていた。家族連れもいたし、若い男女のカップルもいた。仲睦まじそうにしているカップルを見ていると、一刻も早く彼女に逢いたかった。

少し早く永観堂に着いたので、寺の中を歩いた。

楓《かえで》の葉が色づいていた。あざやかな色彩を目にすると彼女のことが思われた。彼女の透き通るような肌にはあざやかな色味が映えた。薄闇の中で彼女の顔を見つめていると闇が青紫色に見えてくる。その時は不思議なことだと思うのだが、別れて一人になり、今しがたのことを思い返すと、彼女の美しさが周囲のものをあざやかにしていたのだとわかった。

楓の葉をカメラのファインダーで覗いた時、ふと気配を感じて、そのままカメラのレンズを山門にむけると、そこに彼女が立っていた。

秋の陽差しの中でそこだけに光が集まっているかのように真祇乃は美しい立ち姿で僕を見ていた。

僕はファインダーを覗いたまま彼女に手を振った。

僕がカメラを向けていることに気付くと、彼女は一瞬、頬を赤くした。

「何を撮影しておいでやしたのどすか？」

「いや、何となくです」

その時、木洩れ日が彼女の顔に当たり、光をかざすようにした真祇乃の表情がかすかに戸惑っているように見えた。

二人して歩き出すと、彼女がいつもと違うのに僕は気付いた。

「どうしました？　少し元気がありませんが」

「そうどすか……」

「何か心配事があるのなら話して下さい。僕にはたいした力はないけれど話は聞いてあげられますから」

「………」

真祇乃はしばらく黙っていたが、綾部の病院にいる母の具合いが思わしくないことを打ち明けた。

病いに伏している母のことが目に浮かぶのか、時折、大きな眸《ひとみ》に涙がうっすら浮かんでいた。

逢いに行きたいのだが、一日とて休みを取れないという。

その上、秋の〝温習会〟の稽古がはじまり、家元から出番をもらい、自分が好きな舞いの稽古を休むことができない。事情を真祇乃はせつなそうに話した。

「綾部なら一日で戻ってこられるんじゃないのですか」

僕が言うと、真祇乃は首を横に振った。

「そういきしません」

「事情を話せば家の人もわかってくれるんじゃないのですか」

「毎晩、お座敷に呼んでもろうてますし、朝はお稽古がおす。休んでしもうては、せっかくうちを選んで下さった家元に申し訳ありません」

「そうなんだ……」

「雅彦はん、かんにんどすえ。こんな話をあなたはんにしても心配をかけてしまうだけどすのに……。他に話を聞いてもらえるお人もいませんし……」

「いいんだよ。僕でよければ何でも話して下さい。そうだ、手紙を書いて差し上げればお母さんも喜ばれるんじゃないのかな」

「へぇ〜、何度か手紙を出しましたが、返事は来いしません。お母はんはうちが祇園に行くことが決まった時から一度も手紙をくれはったことはおへん。うちにきっと里ごころがついてはいけないと思わはったんやと思います」

「……」

話を聞いているうちに真祇乃の置かれた立場が、自分が想像していたより辛いのがわかった。

「舞いの発表会が終わったら綾部に行ってみるといいですね」

「へぇ〜、そうします」

真祇乃は自分に言い聞かせるようにうなずいて涙を指先で拭った。

「紅葉が綺麗おすねぇ……」

真祇乃は境内の楓の葉が紅葉しているさまを仰ぎ見た。

紅葉した楓に真祇乃の横顔は見とれてしまうほど映えていた。

僕はカメラのファインダーを覗いた。

憂いを秘めた真祇乃の表情は妖しいほど美しかった。

シャッター音に気付いた真祇乃がカメラの方を振りむいた。そのまなざしは思わず息を飲んでしまうほど優美であった。

「そんなんされると恥ずかしゅうおす」

「あっ、ごめん、ごめん、あんまり綺麗だったものだから」

「そんなん言わんといとくれやす」

「舞いの発表会はいつあるのですか」

「十月の一日から六日までどす」

「僕も見学に行きます」

「えっ、ほんまどすか。ほんまに雅彦はんが来とくれやすのどすか」

「はい。あなたの舞いを見るのを僕はとても楽しみにしているんです」

「そんなん……。うち、雅彦はんに見られていると思うたら緊張してしまいます」

「大丈夫ですよ。あなたの舞いの評判は久美からも聞いています。とても上手に舞われるんですってね」

「いいえ、上手なことおへん。ただうちは舞いを舞っている時だけ、辛いことや嫌なことをすべて忘れられるんどす。自分がどこか別の世界に行ってしもうとるような……。どう言うたらええのかわかりしませんけど」

「満ち足りた気持ちになれるのですね」

「……満ち足りた、どすか？」

「ええ、幸福感というか、しあわせな気持ちになれるのではないでしょうか」

「そうどす。あなたはんの言わはるとおりどす。うち、舞いを舞《も》うてる時だけがしあわせな気持ちになれるんどす」

真祇乃は自分の気持ちに気付いたように何度もうなずいた。

「舞いというのはそんなに素晴らしいものなんですね」

「そうどす。うちは初めてお家元の舞いを見させてもろうた時、自分の身体の中の芯のようなものが熱うなって、知らないうちに泣いてしもうてました」

「そうなんだ……」

「へぇ～、それはもうお家元の舞いはうちらとは別のもんどす」

舞いの話をはじめると真祇乃の表情は明るくなり、目がかがやき出すのを見て、

——この人は本当に舞いが好きなんだ……。

と僕は思った。

その舞い姿を早く見てみたいと発表会の日が待ちどおしかった。

〝温習会〟まで十日に迫った日の昼時、僕は祐一に誘われて、末吉町にあるレストランに出かけた。

「それにしても津田君も物好きやな。〝温習会〟を見物に行きたいやなんて言い出すさかい家のお母はんまでが、君のことを、今時珍しいええ人や、と言い出すんや。お蔭でこっちまでつき合わされる破目になってしもうたがな」

「ごめん。久家君に迷惑をかけてしまったかな」

「迷惑どころやないで。前も言ったとおり、あれは芸妓、舞妓の舞いのおさらい会やで。家元に教えられたことを間違わんようにただ舞うてるだけやで。そんなもん見て何が面白いんや。ほんまに津田君はかわってるわ」

「このとおり謝るよ」

僕が道に立ち止まって頭を上げると、それを見て祐一は苦笑しながら言った。

「ほんまに君にはかなんな……」

祐一の先輩のレストランに入ると、芸妓と舞妓が昼食を摂っていた。

お姐さん、こんにちは、祐一が年長の芸妓に挨拶した。

こんにちは、今、こっちに帰ってんの、お母はん、元気にしてはるか、よろしゅう言うといてやと年長の芸妓が言った。

二人がカウンターに座ると、背後の芸妓と舞妓が立ち上がった。

おおきに、マスターが声を上げ店を出て行く二人を目で追っていた。

「ひさしぶりに祇園の中も賑やかみたいやな……」

マスターが出て行った芸妓の姿をもう一度確認しながら言った。

「賑やかって、マスター何のこと？」

祐一が訊いた。

「なんや置屋のぼんがしらんのかいな。この目出度《めでた》い話を」

「目出度いって何の話ですか」

するとマスターが祐一の方に身を乗り出して小声でささやいた。

「一人の舞妓はんの店出しで二人の旦那がえらい張り合《お》うてると評判やないか」

「ほんまに？」

祐一はあまり興味がなさそうにメニューを見ていた。

「それはまあ祇園に限らずようある話やな。俺もそう思って聞いてたんやけど、今、出て行った姐さんは、その店出しの件で競い合うてる片割れの旦那の応援で、今朝早うに宇治まで出かけてきたらしい」

「そりゃご苦労やな。両手を引っ張られとんのはほな、あの姐さんの筋の舞妓なんや」

「それが違うらしい。姐さんが行かはったのは〝宇治御殿〟や」

メニューを見ていた祐一が顔を上げた。

「〝宇治御殿〟って、室井《むろい》産業の会長はんところやないか。あの会長が、まさか、たしかもう八十歳を越えてはるんと違うたか」

「そうや、その室井会長が、その舞妓はん見初《みそ》めはったんや」

「ほんまですか」

「姐さん、えらい気張ってはったわ。あれはかなりのもんを預かってきはったようや」

「ほな決まったも同然やないか。あの会長はんが本気で旦那になろう思いはったら引かれん舞妓はいてへんがな」

「ところがそれが違うらしい」

「違うて何が」

「張り合うてる相手が大阪、堂島《どうじま》の兼吉《かねよし》の社長や」

「えっ兼吉の社長。今や関西で一、二の大企業やないか。たしかあそこの社長は五年前に××姐さんを……、そうか××姐さんは去年、病気で亡くなりはったんやったな。けどマスター。そんな大旦那が張り合う舞妓って誰なんや」

「間弁《まきや》の家の真祇乃いう妓《こ》や」

僕はマスターの口から出た名前を聞いて目を大きく見開いた。

「間弁の家の真祇乃……、そんな舞妓おったかいな」

「それはえらいべっぴんいう評判や。俺もここ最近で二度ばかりちらっと見たんやが、そりやたいした美人や」

「マスターがそう言うんやから、えらい器量良しなんやろな。よし、いっぺん見てみたろう」

「ああ見てみるとええわ。祐一もちょっと惚れてしまうで。けどこれだけの張り合いは久しぶりやとあちこちで噂になってるわ。間卉の家はんもごっつい宝を持たはったな」

「あそこのお母はん、ごっつきつい人やもんな。どんどん値が上がりよるんと違うか」

僕は二人の会話を聞いていて耳たぶが熱くなった。

話の内容の大方は理解できた。

しかし聞いていると真祇乃がまるで人ではなく物扱いをされているようで腹が立った。

「それはそうと腹が空いたわ。マスター今日は何が美味しいんやろう。津田君、君何を食べる？」

この頃気付いたのだが、この町の人々は舞妓、芸妓たちを物扱いするような言葉を平気で口にする。いったい彼女たちを何だと思っているのだろうか……。真祇乃の顔が浮かぶとさらに腹立たしくなった。

「津田君、何を食べるんや？　津田君、どうしたんや、そんな怖い顔して。おい、津田君って」

祐一に肩を揺さぶられて、僕は我に返ったように二人を見た。

「君ももう長いこと祇園にいてるな。よほどこの町が気に入ったんやな」

マスターが言った。

「……はい」

「マスター、津田君はかわってんのやで。〝温習会〟を見物に行きたいんやて。それも初日から楽日《らくび》まで毎日行くいうんや」

「ほう、それは感心やな。もしかして誰ぞ見初めた芸妓はんか舞妓はんがいるんと違うか」

「そりゃいないいない。なあ、津田君。彼はそんなんと違うねん。津田君、君、大丈夫か。顔が青いで」

僕は立ち上がった。

「どうしたんや？」

「僕は用事を思い出しました。久家君、昼食は遠慮しておくよ。急ぐんで、失礼するよ」

マスターに頭を下げ、店を出た。

僕は末吉町のレストランを飛び出すと、そのまま縄手通りを右に折れ、三条にむかって歩き出した。

耳の奥から、今しがた聞いたレストランのマスターと祐一の会話が響いていた。

『ほな決まったも同然やないか。あの会長はんが本気で旦那になろう思いはったら引かれん舞妓はいてへんがな。……そんな大旦那が張り合う舞妓って誰なんや』

『間弁の家の真祇乃いう妓や』

『間弁の家の真祇乃……、そんな舞妓おったかいな』

『それはえらいべっぴんいう評判や。俺もここ最近で二度ばかりちらっと見たんやが、そりゃたいした美人や』

思いがけずに真祇乃の名前が出たので驚いた。

その驚きはすぐに僕を仰天させた。二人が話していた真祇乃の噂は、彼女を自分のものにしたいと望む男同士の争いの話だった。

——なんと卑劣な話なんだ。真祇乃さんをまるで物のように売り買いをしようとしてるなんて……。人のすることではないじゃないか。許せない。そんなことは断じて許せない。

僕は鴨川沿いをどんどん北にむかって歩いた。

考えれば考えるほど頭に血が昇ってきた。

——久家君も、久家君だ。あんな卑劣な話を笑って聞いているなんて……。

僕は祐一にまでも怒りが込み上げてきた。

僕は立ち止まって声を上げた。

「僕は断じて許さないぞ」

その声があまりにも大きかったので道を往来する人たちが立ち止まり、目を見開いて僕を見ていた。

「そんな卑劣な行為を僕は許さないぞ」

その声にまた周囲の人が立ち止まった。

僕はそんなことはおかまいなしにまた歩き出した。

――いったいあの町の人たちは何を考えているんだ。舞妓さんは人間だぞ。親もあれば兄弟、姉妹だっている歴《れっき》とした人間なんだぞ。それをあの町の人たちは何をしようとしているんだ。物を売り買いするかのように……。

今度は歩きながら声を上げた。

「僕は許さない」

すれ違った自転車の男があやうく転びそうになった。

な、なんや、いきなり。危ないやないけ、と自転車の男はよろよろしながら怒鳴った。

やがて前方に見覚えのある風景が見えてきた。

荒神橋だった。

真祇乃と最初に待ち合わせた場所だった。

橋を眺めていると、あの夜のことが思い出された。待ち合わせの時間に遅れて息を切らしながら駆けてきた僕の前に橋の袂の暗がりから真祇乃があらわれた。二人は橋の両端から駆け寄るように近づいた。

――あの夜から二人のこころはつながったのだ。

僕は胸が熱くなった。

二人して夜の街を歩いたことを思い返すと、自分にやさしく接してくれた真祇乃の顔が浮かび、また怒りが込み上げてきた。

橋の中央に佇むと、眼下を流れる川の水に目をやった。清らかな水の流れさえがどこか無情なものに思えた。

せせらぎを眺めているうちに、逆上している自分よりも真祇乃が可哀相に思えはじめた。

——真祇乃さんはこのことを知っているのだろうか……。

あのレストランのマスターが知っていたくらいだから、きっと彼女の耳にも届いているに違いない。

——辛い思いをしているに違いない。

そう思うと今すぐに真祇乃に逢いたかった。

「そんな話はこの町ではもう何度もおす。津田はん、そのことでうちを呼ばはったんどすか」

久美が建仁寺の境内の隅で呆れた顔で僕を見た。

「けど人をまるで物を売り買いするように扱うことが許されるはずがないだろう。そんなことが今の社会で平然とあっていいわけがないじゃないか。人間は法の下に皆、自由で平等なんだよ」

「何を言うておいでやすの。それはこの町以外の話ですわ。祇園町には祇園町のしきたりがおす」

「しきたりと法は違うものなんだ。君はまだ若いからわからないだろうが、これは断じて許されることじゃないんだ」

僕は声を荒らげた。

「………」

久美は僕の様子を見て急に黙り込んだ。

僕は自分が興奮したことに気付いて、あわてて謝った。

「あっ、済まない。つい大きな声を出して……」

「………」

久美は何も言わず、唇をへの字に閉じたまま何かを考えているような顔をしていた。そうして低い声で言った。

「そないに真祇乃姐さんが他のお人に引かれてしまうのが嫌やったら、あんたはんが姐さんをお引きやしたらええのどす」

「えっ？」

「だからあんたはんがお姐さんをお引きやしたらええんどす。津田はん、ここは廓町どっせ。

力のあるお人が綺麗なもんも上等なもんも、皆、手に入れはるんどす」

久美はそう言って屋方にむかって走り出した。

僕は呆然とした。

久美が今言い放った言葉は僕にとって驚きだった。

——だからあんたはんがお姐さんをお引きやしたらええんどす。津田はん、ここは廓町どっせ。力のあるお人が綺麗なもんも上等なもんも、皆、手に入れはるんどす。

僕は今しがたまで久美が立っていた境内の砂利を見ていた。美しい紅葉がそこに落ちていた。

少女の久美でさえがこの町のしきたりが何なのかをわかっていた。それをごく当たり前のことのように受けとめている……。

紅葉がまたはらはらと舞い降りてきた。

紅く染まった葉は砂利の上に揺れながらさらに色味をあざやかにさせている。

僕はこの町にやって来て、初めて疎外感を覚えた。

——ここには自分とまったく違う考えをした人たちが生きているのかもしれない……。

それでも僕はこの町のしきたりに自分も真祇乃も流されはしないと信じた。

落ち葉が一枚、手の中に絡みつくように触れてゆっくりと消えた。

あざやかな紅の色が真祇乃の唇の色と重なった。

〝温習会〟の当日は、朝から喜美屋の中もあわただしかった。

会に出演する舞妓は早朝から身支度に追われていた。

会がはじまる時間が近づくと花見小路通りを歌舞練場にむかう見物客がぞろぞろと歩いて行った。

「えらいもんやな。たかが芸妓の発表会にな」

祐一が喜美屋の木戸前に立って言った。

「さあ、津田君、ぼちぼち僕らも行こか」

「えっ、久家君も行くの」

「何や、その顔は。僕かて祇園町の芸妓たちの普段の鍛錬を見とかなあかん思うてな」

祐一はそう言ってから急に小声でささやいた。

「違うねん。本当は、ほれ、こないだうち末吉町のマスターが話してた例の舞妓、何という名前の妓やったかな……」

「真祇乃さんだろう」

「そうそう、真祇乃や。よう覚えとるな。その妓がどれほどの器量よしかをいっぺんこの目で見てみようと思うてな。ほな行こうか」

「あっ、ちょっと待っていて。僕、取ってくるものがある」

僕は二階の部屋に行きカメラを取った。

階段を降りて行くと下からキヌが顔を覗かせて言った。

「学士先生、歌舞練場の中は寒いよってこれ持っておいきやす」

差し出した手に膝掛けが握られていた。

「大丈夫だよ。僕は若いんだし……」

「風邪をお引きやしたら大変どす」

僕はキヌの顔を見返し、笑って膝掛けを受け取った。

「ありがとう」

「何もおへん」

キヌが笑った。

表に出ると祐一が膝掛けを見て言った。

「何でそんなもんを持ってきたんや。中は人いきれで暑いんと違うか。あっ、キヌやな。津田君は本当にやさしいな。ここの女たちに何もかもつきおうたらかなんぞ」

「いいんだよ。さあ行こう」

「君は本当にかわってるわ」

歩きはじめると祐一が思い出したように言った。

「ああ、そう言えば昨日、津田君に電話があったんや。それをお母はんに伝えてくれと言われてたのを忘れてたわ」

「僕に、電話？　誰からだい」

「東京の君のお母はんや。東京に電話が欲しいと言うてはったそうや。引き返して電話してくるか」

「いや戻ってきてからでいいよ。どうせ復学のことだと思うから」

「お互い学生の身は辛いな」

歌舞練場にむかう中には小走りに行く人もあって、二人ともいつの間にか歩調を早くしていた。

古い建物だった。

僕は歌舞練場の威風堂々とした姿に感心した。

「いい建物だね」

僕が言うと、祐一は首をかしげた。

「そうか、何や古臭《ふるくそ》うないか」

どこかの建物に似ていると思ったら銀座にある歌舞伎座に似ていた。

会場の中に入ると祐一が言ったとおり見物客で満杯だった。人の熱気で暑いほどだった。

「ほれ、こっちや」

二人は前から三列目の席に座った。

座るとすぐに祐一が耳打ちした。

「やっぱりそうや。噂は本当やったんや」

会場の後部席を覗きながら祐一が言った。

祐一が何を言っているのかわからなかった。

「こんなに早い時間から来てるがな」

「誰が来てるの」

「〝宇治御殿〟の殿様やがな。ほれ例の舞妓を大阪の旦那と取りおうとると評判の室井産業の会長やがな」

「ああ、あの時の話の人だね」

僕はわざと興味がないふうに言った。

「あの助平爺さん、あの歳でたいしたもんやで、ほれ津田君、見てみい」

「僕はそんなことには興味がないよ。第一、人間を売ったり買ったりするような話は卑劣だよ。僕は許せない」

僕が声を荒らげて言うと祐一は驚いたように見返した。

「何をそんなに怒ってんのや。おもろい話やないか。こういう話は祇園町では目出度い話なんやで……。どこぞにライバルがいてるんと違うか。堂島の兼吉の社長……」

僕は入口でもらった演目の印刷されたパンフレットを見ていた。

〝総踊り〟と書かれた演目に真祇乃の名前があった。その文字がまぶしかった。

ベルが鳴って場内が暗くなった。ざわついていた観客が静かになっていく。

三味線の音が聞こえ、鼓、笛の音が加わり幕がゆっくりと上がっていった。拍手が起こった。

三人の芸妓がそれぞれに立っている。

背後に波をかたどった海の風景が描いてある。

芸妓の舞いは僕が想像していたより落ち着いたものだった。

「なんやいつ見ても井家上流の舞いは地味やな……。津田君、井家上流言うのんは京舞の中でも一等なんやけど男舞から出とうさかい派手さがないんや」

僕は唇に人さし指を立てて祐一に静かにするようにうながした。

――綺麗な舞いだ……。

静かな舞いを美しいと思った。

――この舞いに真祇乃さんは憧れているのだ……。

真祇乃の気持ちがわかる気がした。

最初の演目が終わると、次は五人の芸妓が出てきた。背景も秋の稲田になっている。

舞いの振り付けの様子から見て、秋の稲の収穫を祝っているふうに見えた。

「綺麗にしてる芸妓たちに野良仕事をさせせんのかいな……」

祐一がまた愚痴を言った。

隣りの席に座った女性が二人、舞台の上で舞っている芸妓を指さして、××姐さんや、と芸妓の名前を口にした。綺麗どすな。よう舞《も》うてはるわ。ほんまや……。芸妓の知人なのだろう。彼女たちの会話からはどこか羨望の思いが伝わってきた。

みっつの演目が終わると場内が少しざわついた。

「津田君、いよいよ出よるで」

それまでの三味線、鼓、笛の音色がこれまでと違って賑やかになった。

拍手が一斉に起こった。幕のむこうから掛け声が聞こえた。若い女性の声だった。おそらく舞妓たちが発した声だろう。

幕が上がった背景に紅葉があふれていた。その前に二列になって十人の舞妓が立っていた。

真祇乃は前列の中央にいた。

「どの妓や、あっ、あの舞妓や、真ん中の妓やで、ほんまにべっぴんやな……」

祐一はひと目で真祇乃を見抜いた。

僕には他の舞妓は目に入らなかった。

——なんて綺麗なんだ。

舞いのあでやかさもあったが、真祇乃のこんな凛《りん》とした顔を見たのは初めてだった。古都の秋の中を楓の葉が舞っているようだ。僕が知っている真祇乃とは別の真祇乃が目の前で舞っている気がした。僕は真祇乃の舞姿を見ていて、彼女が自分に近寄っては遠ざかり、遠ざかっては近づいてくるような奇妙な感覚にとらわれた。それが舞いのせいなのか耳に響き渡る音曲のせいなのかわからなかった。幻想の世界を見ているようだった。荒神橋で逢った真祇乃とも、永観堂で見た真祇乃とも違っていた。舞いの世界に入っている真祇乃にはどこか近寄りがたいものさえ感じた。

真祇乃の目が僕の目を真っ直ぐ見たような気がした。僕は息を飲んだ。その瞬間、目眩《めまい》がした。

僕は一瞬目を閉じた。

闇がひろがった。そこにちいさな光が見えた。その光が蛍のようにふわりと流れた。光の尾を追った。音もなく光は消えて行った。

——真祇乃さん……。

僕は光にむかって名前を呼んだ。

「津田君、大丈夫か、津田君……」

祐一の声に僕は夢から覚めたように目を開いた。

心配そうに顔を覗き込む祐一の顔を見て、僕はすぐに舞台の上を見た。すでに幕は下りて舞いは終わっていた。

「休憩やで、売店でジュースでも飲もうか」

祐一に言われて立ち上がった。

観客の半分近くがロビーに出て行く。

ジュースを買いに行ってくれた祐一を待って僕はロビーの隅に立っていた。まだ頭がぼんやりとしていた。

——自分はどうしていたんだ。

せっかくの真祇乃の舞いを最後まで見届けることができなかったことが悔やまれた。

僕はカメラを出して指で撫でた。撮影することもできなかったのが残念でしかたなかった。

ジュースを手に祐一が戻ってきた。

「津田君、見てみい。ほれ、ロビーの中央のソファーに杖を持って座っとる男、ほれ和服姿の爺さんや。あれが先ほど教えた室井産業の会長や。その隣りにいてる派手な顔した女将、あれが間卉の家の女将さんや。いかにも欲深い顔しとるお母はんやろう」

僕はロビーの中央を見た。

ソファーに杖を両手でついた和服姿の老人が座っていた。白髪頭であったが、眼光の鋭そうな顔はいかにも精力的に映った。

——あんなに年老いた人なのか……。

僕は驚いた。

自分の父親よりもはるかに年上である。いや祖父と同じくらいの年齢に見える。

――あんな老人が真祇乃を望んでいるというのか。まさかそんなことが……。

にわかに信じ難いことだった。

老人の隣りに阿《おもね》るように女が一人寄り添っていた。

『あれが間弁の家の女将さんや……』

祐一の言葉を思い出し、僕は彼女が真祇乃が言っていたお家のお母さんなのだと思った。

僕はもう一度、老人に目をやった。

その顔を見ているうちに怒りが込み上げてきた。

できることなら今すぐあの老人のもとに行って、恥ずかしいことをやめるように言ってやりたかった。

表の方から数人の男たちが入ってきた。

「何だ、もう終わってしまったのか。そりゃ残念だったな」

迎えに出た女将たちにむかって男が苦笑いをして言った。

「まあいい。宴までには時間があるから少し見学をして行こう。真智悠の演目はまだ見ることができるんだろう」

「へぇ〜、真智悠姐さんも兼吉の社長さんがわざわざ見に来てくれはったと聞いたらさぞ喜びますわ」

その声を聞いて祐一がささやいた。

「あれが堂島の兼吉の社長かいな。えらい若い社長やな。なかなかの男っ振りやないか。待てよ。あれは大旦那と違うな。そうか若社長や。しかしまさかあの若社長が……」

祐一は合点がいったようにうなずいていた。

僕はロビーにあらわれた背の高い男をどこかで見た気がした。

男が部下たちと会場の中に入ろうとした時、先刻の間卉の家の女将が足早に近づいてきた。

「まあ兼吉さん、わざわざお忙しいところをおおきにありがとさんどす」

「やあ女将、残念ながら真祇乃の舞いは見ることができなかったよ」

「何をおっしゃいますやら。社長さんが見えただけで真祇乃もどんだけ喜んでますか。今夜のお座敷楽しみにしておりますよって……」

男は女将に頭を下げ入口にむかおうとした。

その時、男が僕を見た。

僕も男と顔が合い、思わず頭を下げた。

相手は一瞬、僕の顔を見てから、手元のカメラに気付いた。

「やあひさしぶりだね。ライカの調子はどうだい」

その一言で僕も相手のことを思い出した。

夏の初め、金沢からの帰りに京都にむかう列車の食堂車で逢った紳士だった。

「あの時はご馳走さまでした」

「撮影に来たのかい」

「いや友人の舞いを見に来ました」

「ほう、隅におけないな。丁度良かった。名刺を渡しておこう。いつかゆっくりカメラの話でもできると嬉しいな」

男の背後から部下が名刺を出した。

男はそれを受け取り、僕に渡した。

「じゃ失敬」

男たちが会場に入った。

「なんや津田君、あの人と知り合いかいな」

祐一が素っ頓狂な声を上げた。

僕は席に戻っても、今しがた〝温習会〟の会場で偶然に再会した男が、祐一が噂していた真祇乃を自分のものにしたくて他の客と競い合っている人物には思えなかった。

隣りに座る祐一が耳元で言った。

「津田君、さっき名刺を貰うてたやろ。それちょっと見せてくれるか」

僕はポケットの中から男に貰った名刺を出して渡した。

「やっぱり兼吉の息子や。肩書きが社長や。道理で若いと思うたわ。それにしても親子二代で祇園の舞妓に入れあげるとはたいしたもんや」

僕は久家君が返した名刺を見直した。

大阪、堂島、兼吉産業
取締役社長　南部健一郎

と記してあった。

この南部が真祇乃を我が物にしようとしているとは信じ難かった。

食堂車で話した時の、あの紳士然とした印象には、そんな酷《ひど》いことをする人にはとても思えないものがあった。南部の顔や話し方を思い返しているうちに、場内の灯りが落ちて舞いがはじまった。

僕はやがて舞いの世界に見とれた。

こんなにさまざまな舞いがひとつの流派にあるとは思わなかった。〝温習会〟の演目も終わりに近づくと、いつか久美が話をしていた真祇乃の直接の先輩になる真智悠という名前の芸妓が登場した。豆ちゑという芸妓と二人きりでの舞いだ。

久美の言葉が思い返された。

『豆ちゑ姐さんと真智悠姐さんが今祇園町で一、二を争う舞いの踊り手どす。どっちが上手いんですかって？　そなん人の見方によって違いますがな。豆ちゑ姐さんは年季がいってますよってそれは上手いと評判やし、まだ歳の若いのにここまで成長してはる真智悠姐さんの舞いを誉める人もぎょうさんいてはりますわ。けど二人の対抗心はそれはもうえげつないほどどすわ。見ているとくらいどす』

　二人の舞いは感心するほど動きは同じであったが、それでもよく見ていると微妙に違いがあった。どちらが真智悠で豆ちゑなのか僕にはわからなかったが、目の大きな小柄な方の芸妓の舞いにひかれた。どことなく真祇乃に風情が似ている気がした。

　演目の最後は井家上流の家元、井家上千代の登場だった。場内の拍手がそれまでと違い一段と大きくなった。井家上千代が舞台の袖からゆっくりとあらわれると場内はシーンと静まりかえった。

　想像していたよりも家元はずいぶんと身の丈のちいさな人だった。

　静かに舞いがはじまった。家元の舞いはそれまでの舞妓、芸妓の舞いとはまったく別のものに思えた。派手なものはなく、動きのひとつひとつが自然で、それでいて彼女の周囲だけにまぶしい光のようなものが漂っていた。その光に触れようとするとすべてのものが跳ね返されそうな強靭なものさえが感じられた。僕はこんな舞いを見たことがなかった。美しいというより、怖いほどだった。古都の奥の奥に、こういう世界が存在していたのかとあらためて京都という町の奥の深さに驚かされた。

　真祇乃の美しい眸と唇からこぼれた声が耳の奥に響いた。

『……ええ、舞いは好きどす。上手やおへんけど、お師匠はんやお姐はんの舞い姿を見ているとなんや胸の中が洗われるような気がします。うちも舞いの稽古をしている時だけ自分がここにいるんやなと思います』

舞いの話をする時の真祇乃は話し方も表情も力が籠《こ》もり、真剣に見えた。

——この人はよほど舞いが好きなのだ……。

と思った。

あの夜、永観堂で舞いの話をした真祇乃の表情が思い出された。

接吻を交わした時の感触が唇によみがえってきた。抱擁していた僕の耳元に聞こえてきた真祇乃の言葉もはっきりとよみがえった。

『好きどす。好きどす。うちをどうか離さんといておくれやす……』

第七章　見られ

七日の間、毎日欠かさず〝温習会〟を見学に出かけた。

舞いを見るだけでこころが高鳴った。

〝温習会〟の間に、真祇乃から何かの連絡が久美を通してあるのではないかとこころの隅で期待をしていたが、連絡はなかった。

——舞いのことで精一杯なのだ。

それでなくとも真祇乃は綾部の母のことが気がかりでしかたないはずだ。母への慕情を舞うことで耐えているように見えた。それがいっそう真祇乃の舞いに艶を出しているように思えた。

——自分も耐えなくては……。

それでも真祇乃に逢いたかった。

逢えなくともせめて一目だけでも顔が見たかった。

〝温習会〟が終わってから喜美屋の様子が少し変わっているのに気付いた。

女将のトミ江がいつもと違って妙に昂揚していたし、喜美屋の芸妓のマメミとヤスユウにやさしい言葉をかけていた。

その日、遅い朝食の時、マメミが言った。

「お母はん、うち大丸さんで欲しい洋服がおすんやけど……。買《こ》うてかましまへんやろか」

いつもなら贅沢なことを芸妓が言うと怒り出すトミ江だったが、そうしなかった。かわりにキヌが嫌味を含めて言った。

「洋服なんぞ買うてどこに行きますの。それでのうても高い着物《べべ》をぎょうさん買うてもろうてるのと違いますか」

キヌは口の中で沢庵の音をさせながら言った。

「どうして新しい洋服が欲しいんどす？　何かあんのかえ」

トミ江がやさしい声で訊いた。

一緒に食事をしていた祐一と久美が思わずトミ江の顔を見た。

「宇江田《うえだ》はんが嵐山の紅葉狩りに芸妓は皆綺麗な洋服で行くかと言わはりましたんどす。昨日の富美松はんのお座敷で富美松のマメキチはんが宇江田はんに頼みはったんどすわ。ねぇ、ヤスユウ姐はん」

マメミはそう言って、かたわらで黙って食事をしているヤスユウの顔を見た。

「そらけったいなことを言わはったな。富美松のお母はんは芸妓が洋服を着るのを嫌われるお母はんやで」

宇江田とは宇江田重吉《じゅうきち》のことで、ここ最近、祇園町に通い出した九州の炭鉱王のことだった。派手な大尽遊びをする客だ。

富美松は祇園町で格式、大きさとも一、二を争うお茶屋で、その大女将《おおおかみ》は戦後の祇園町復興に尽力をした女性だった。戦後ほどなく芸妓不足の折、屋方もやるようになっていた。僕が祇園町に来た初日に通りでばったり逢った、あの品の良い女性だ。大勢の舞妓、芸妓をかかえ、しかも喜美屋とは同じ筋の屋方で舞いの名手である豆ちゑがいる屋方だった。富美松の大女将と下の女将は舞妓、芸妓の躾《しつけ》が厳しいことで有名だった。

「マメキチ姐さんは洋服が好きですねん。普段でも祇園町を出た時のお客はんとのご飯食べでは洋服で行かはります。あの人は自分の顔は着物より洋服が似合うと言うてはりますし、いやらしい洋服を平気で着て出はります」

「いやらしいってどういうことや？」

トミ江が箸を持つ手を止めてマメミを見た。

「なんやこう胸元が開いてお乳が見えそうなんとか、おいどが丸見えになるような洋服ですわ」

キヌが思わず口の中の物を出しそうになった。祐一が吹き出した。

「おいどが？」

トミ江が素っ頓狂な声を上げた。

「何でそんなものを着はんのや」

「そりゃお客はんの気を引こうとしはるからですわ」

マメミの返答にトミ江は黙った。

「……」

皆トミ江が怒り出すだろうと緊張したままうつむいて食事をしていた。

トミ江の口から思わぬ言葉が出た。

「そうか、十時になったら大丸はんに行っといでやす。ヤスユウも好きな洋服を買うてきなはれ」

キヌも、久美も、祐一も目を丸くしてトミ江を見ていた。

デパートにはトミ江が一緒に出かけた。

「今朝のお母はん見て、うちびっくりしましたわ」

久美が縁側を雑巾掛けしながら言った。

「あそこまでかわりはるんどすねぇ、やっぱり今度のお大尽さんは本物どっせ」

「お大尽って何だい」

僕はカメラの手入れをしながら訊いた。

「お大尽さん言うのは祇園町でぎょうさんお金を使わはる方どすがな」

「そんな人が今祇園町に来ているんだ」

「へぇ〜、〝温習会〟の中日から祇園町に入らはって、今日で五日目にならはります」

「ずっと通っているんだ」

「通ってはるのと違いますがな。祇園町にずっと泊まってはるんどす」

「泊まるって、祇園の中に旅館やホテルなんてあるのかい」

「旅館違います。お茶屋はんにずっといはるのどす」

「へぇ〜、そうなんだ。僕のように屋方かどこかに世話になっているんだ」

「違いますって。お茶屋はんのいっとういいお部屋に何枚もお蒲団敷いて寝てはるのどすがな」

「一人で？」

「一人違います。雑魚寝《じゃこね》どす」

「じゃこね？」

「皆で寝るんどす。それをじゃこねと言うんどす」

僕は以前、祐一からその話を聞いたのをすっかり忘れていた。

「ああ、ざこねのことだね」

「だから、じゃこね言うてますがな」

「まあいい。ともかくざこねをするんだ。それは誰とだい？　客間でかい」

「何を言うてますの。ほんまに津田はんは何も知らはらへんのどすな。祇園でじゃこねと言うたら、舞妓はんや芸妓はんと一緒に寝ることどす」

「えっ、舞妓さんも客と一緒に寝るのかい」

僕の驚いた顔を見て久美が言った。

「皆と一緒にぎょうさんで寝るんどすがな。そんな変なことと違いますがな」

「十分に変なことだよ。この町の人はやはりおかしいよ」

「おかしいのは津田はんの方どすがな、〝温習会〟の間、真祇乃姐はんに言付けのひとつくらいはあげはったらよかったたん違いますか」

「そんなこと君は言わなかったじゃないか」

「あれ？　うち何も言いませんでした……」

「何もって何のことだ」

「そんなん怖い顔せんといて下さい。そうでしたかな……。〝温習会〟の二日目の日に真祇乃姐はんから津田はんによろしゅうと耳打ちされたんを伝えてませんでした？」

僕は首を横に振った。

「そうでしたん。そりゃ悪いことをしましたな。かんにんどすえ」

「謝って済むことじゃないよ」

「けど津田はんが毎日、見学に来てはることは伝えましたえ」

「そう、彼女何と言っていた」

「そりゃ嬉しそうにしてはりました。津田はんによろしゅう言うてはりましたもの」

「久美、どうして君はそれを僕に言わなかったんだ」

「そうどしたね。かんにんどす」

僕は久美を叱ったものの真祇乃が自分が毎日見学に行っていることを知って、喜んでいるのを聞いて嬉しかった。

「それにしても今朝のお母はんには驚きましたわ。マメミ姐はんも頭がよろしいな。今ならお母はんが何でも言うことを聞いてくれるとわかってはりますのやもの」

「どうして今なら祐一君のお母さんがマメミ君の言うことを聞くのかい」

「それはお大尽はんにマメミ姐はんとヤスユウ姐はんが好かれてはりますさかい」

「それがトミ江さんとどういう関わりがあるんだい？」

「………」

久美が黙って僕の顔を見ていた。

「何だい？」

僕が久美に訊いた。

「もうええどすわ。あと二日したら喜美屋と富美松の舞妓、芸妓が呼ばれてのお大尽はんの大きなお座敷があるんで、うちは忙しいのどす。それにしてもあんたはんはほんまに鈍い男はんどすな」

久美は言ってバケツをかかえて洗い場の方に消えた。

翌日の午後、僕は以前から約束していた四条通り、八坂神社のそばにある花簪《はなかんざし》の店にカメラを持って出かけた。

この店は志賀越みちを通って、初めて京都の町に入り、祇園町で道を教えてもらった店である。

以来、店の前を通る度に店の人に挨拶して顔見知りになっていた。

真祇乃の晴れ姿を見てから彼女の髪に挿されたあでやかな簪に感動していた。

簪が季節、特別な催しの度に違うものにかわることを僕は真祇乃から教えてもらっていた。

『その髪飾りはとても綺麗だね』

『これどすか。花簪言います』

『はなかんざし？』

『へぇ〜、一月から十二月まで季節によって違うもんを飾ります。今月は八月ですすきどす。松竹梅、菜の花、桜、藤、柳……といろいろおす。十二月は顔見世のまねきを飾ってもらいます』

真祇乃は花簪を髪から抜いて見せてくれた。まるで線香花火のようにすすきがまぶしく光っていた。

秋の初めにその花簪がこの店のショーウインドーの中にあるのを見つけた。

店の人に頼んで撮影させてもらう約束になっていた。

「こんにちは、お世話になります」

「ああ、いらっしゃい。勝手に撮ってかまへんさかい」

店の主人が愛想よく言った。

この店は花簪だけを売っているのではなく、本来は櫛、簪を江戸時代からこしらえて商いを続けてきた老舗《しにせ》だった。

商売の邪魔にならないように撮影をはじめた。

じっくり見てみると並べられた櫛の一品一品はその細工のこまかさから装飾のセンスといい実に見事なものだった。

四季折々の花をあしらったもの、御所車の行列や祭りの練り、源氏物語の絵巻を想像させる優雅なものから、月と兎や、蛙をあしらったユーモアのセンスにあふれたものもあった。

撮影している時にも何人かの客が出入りした。ほとんどが一見《いちげん》の観光客だった。

「こんにちは」

木戸が開く音がして背後で女のしわがれた声がした。

「これはよし本はんのお母はん、よう見えて下さいまして、ながいことどした」

客と店の主人の交わす言葉で女が廓町の女とわかった。

「頼んどいたもんできたかいな」

「へぇ〜、できてます」

「急がけで悪おしたな。おや、ようできてますがな、これなら屋方の妓《こ》も少しは目立ってお客はんに見初めてもらうかもしれへんな……」

「お母はん、お座敷は今夜どすか」

「明後日にかわったんや。富美松はん喜美屋はんの妓たちと同じ座敷に上がることになったんや」

「そうどすか。おふたつともお母はんのお家とは同じ筋どすもんな」

「そやけど、富美松はんは今はあないに大きな所帯や、どの妓も気張ってお座敷に上がらはるそうや。なかなか別嬪《べっぴん》はんも揃うてはるしな。私家《うち》の妓は器量が今ひとつやし、この簪でええふうになってくれると有難いわ」

「私どももそう願《ねご》うてます」

「せっかくの〝見られ〟やさかい。ええことがあるようにこれから八坂はんにお願いしてくるわ」

女はそう言って店を出て行った。

「へぇ〜、〝見られ〟があるんですか」

店の女が言った。

「そうらしいな。何でも九州の方からえらいお大尽が見えて祇園にいずっぱりいう話や。祇園中の妓を皆見てみようと豪語してはるそうや」

「たいしたもんどすね」

「そうやな。ひさしぶりやな、そんなお大尽は。お蔭で祇園町の中も活気付いてるそうや……」

「けど〝見られ〟でお大尽の目にかのうた舞妓はん、芸妓はんはどないどしゃろか」

女店員の口調が低くなった。

「どないって何がや」

「それはええ男の人やったら幸せでしょうが……」

「阿呆、何を言うとんねん。何年、この町で働いとんのや。めったなことを口にするもんやない」

主人は言葉を荒らげて言った。

それとはなしに主人と女の客、女店員との会話が耳に入った。

祇園町の屋方の女将と思われる客や女店員があらたまって話していた、たしか〝見られ〟と言っていたものが何なのだろうかと思った。

その日の夕刻、久家祐一に神戸からガールフレンドが来るので一緒に食事をしないかと言われた。

「せっかくだから二人っきりで逢えばいいじゃないか」

「津田君、君、この頃、男と女のことがわかってきたんと違うか。君がそんなふうに気を遣うのを聞いたのは初めてや。君、何かあったんと違うか。誰ぞええ人でもできたのか」

僕は祐一の言葉に顔色をかえた。

「えっ、そんなことはないよ。僕はただ君たちがひさしぶりに逢うんだろうから二人だけの方がいいんじゃないかと思っただけだよ」

「そうなんか……。それが二人きりと違うてもう一人女の子が来よんねん。ほれ、神戸のカオルや」

——ああ、あの子か……。

大文字の送り火の夜、真祇乃と約束していたことを正直に告げ、笑って自分を送り出してくれた子だった。

その礼を彼女に言ってないことを思い出して一緒に食事に行くことにした。

食事は西京極にある牛鍋屋だった。祐一のガールフレンドのミチコの実家がこの牛鍋屋を贔屓《ひいき》にしているので皆でご馳走になった。

「でも今日、中村錦之助を見たけどスターってやっぱり違うわね。なんかこう……そこだけ光が当たってるみたいなの」

「そうね。けどスターってなんや威張ってるみたいで私は嫌やわ」

カオルとミチコは今日の昼間、太秦《うずまさ》の撮影所に見学に行っていた。

「やっぱりアラン・ドロンの方がええわ。〝地下室のメロディー〟、最高やったやない」

「そうね。日本の俳優ってイカサナイわね」

「それはそうや。男の俳優なんて芸者と同じじゃ。映画の主役は女優やで。男優は彼女たちの引き立て役や。それに役者なんてあかんて。昔から言うやろう。色男金と力はなかりけりって。歌舞伎の役者もそうや。まともなんは数えるほどしかいてへん。皆が旦那衆にご馳走になってお座敷遊びのええとこだけとりよんねん」

「祐一君、役者さんに何か恨みでもあんの？」

ミチコが訊いた。

「ないこともないな……」

「それってもしかして彼女を役者さんにとられてしまったとか」

「さすがはミッチーや。鋭いな」

「ほらカオル。祐一君って私の前で平気で昔のガールフレンドの話をすんねんよ。いけすかんやろ」

「それはミチコも一緒でしょう」

「そうか」

ミチコが赤い舌先を出して肩をすくめた。

「そう言えば、この間、〝五番町夕霧楼〟を見たんやけど、祇園町でもあんな哀しい話が今でもあるの」

カオルが祐一に訊いた。

「何を言うてんの。あれは娼婦の話やろう。祇園町は客をとることはしいへんねん。祇園の芸妓は字のとおり芸を売るねん」

「あらそうなの。お茶屋の奥に、映画で見た行灯《あんどん》なんかがあってお蒲団が敷いてあるんじゃないの」

カオルの言葉を聞いて祐一が呆れたような顔をして首を横に振った。

「かなんな……」

「でも私のパパが言ってたけど。舞妓さんや芸妓さんをお金で自分のものにするんでしょう。何と言ったかな、水、水」

「水揚げのこと」

僕が言うと、

「そうその水揚げよ」

ミチコが手を打った。

「そういうことはたまにあることや。ともかくお座敷はそういうことを目的に宴をするところやないんや。ましてやお茶屋の奥にそんなもんはないし、お客とは寝えへん」

祐一が不機嫌そうに言った。

「でも雑魚寝は今でもあるんだろう」

祐一が、目を丸くして僕を見返した。

「なんでそないなこと訊くねん？」

「君が教えてくれたんじゃないか」

「何のこと？　そのじゃことかいうの」

ミチコが訊くと祐一はまた仕方なさそうに説明をはじめた。

「……だから雑魚寝はよほどの馴染み客でしかも客言うても好々爺《こうこうや》の年寄りばかりなんや。大部屋で十人以上の客と芸妓が一緒に寝るんや。男と女が二人っきりになるんと違う」

「でもちゃんと寝るようにしてあるんじゃない」

「違うて、映画とは違うねん」

「久家君、祇園町のことで訊きたいことがあったんだ」

僕があらたまって言うと、祐一は眉間に皺を寄せて見返した。

「何や、もう変なこと訊かんといてな。それでのうてもこの子たちから祇園町が誤解されそうなんやから。何が訊きたいんや」

「〝見られ〟って何のことなの？」

「ど、どうしてそないなこと知っててんねん。君、いったい誰から聞いたんや。そんなこと俺もよう知らんわ」

祐一が知らないと否定した。

「祇園町のことなら何でも知ってると言ってた祐一君が知らんって、それはおかしいわ。それとも、その〝見られ〟いうのはよほど変なことなの？　祐一君らしくもない、そういう人だったなら私、あなたとのつき合い考え直させてもらうわ」

ミチコが怒ったように言った。

「ちょ、ちょっと待ってえな。知らんことはないけど……。もうかなんな……」

祐一は仕方なさそうに〝見られ〟という祇園町に残る風習を話しはじめた。

「簡単に言えば芸妓はん、舞妓はんをひとつのお屋敷に皆呼んで品定めをするいうこっちゃな」

「品定めて、芸妓さんたちの器量を見比べるってこと。よく映画である廓町の格子窓のむこうに女の人が着飾っていて、それを遊びに来たお客が品定めをしてる、あれでしょう」

カオルが言った。

「だから、それは昔の廓町の話やろう。今の祇園はそれと違うねん。〝見られ〟いうのは客が自分が気に入る妓を探そう思うても、いろいろお茶屋や屋方の関係があってできへんねん。それに芸妓はん、舞妓はんもぎょうさんいてるさかい。ちいさいお座敷に来る妓を見てても限度があるやろ。それが面倒臭いいう客がいっぺんに芸妓はん、舞妓はんをひとつのお座敷に呼んでいい妓を探しはんねん」

「だから品定めじゃないの。女性を品物のように並べて見比べるんでしょう。そうしてその人を水揚げするんだわ」

「そんな深刻なもんと違うねん。まあ一種のジョークみたいなもんと聞いたで。俺も現場を見たわけとちゃうし、ほんとはよう知らんのや」

「当たり前でしょう。もし祐一君がそんなことを平気でできる人なら、私の方からおつき合いはお断りだわ。でもそんな話を聞くと、舞妓さんも芸妓さんも可哀相ね」

ミチコとカオルは顔を見合わせうなずきあった。

僕は祐一の話を聞いて言葉が出なかった。

――〝見られ〟というのはそんなことだったのか……。そんな風習がまだこの町には残っているのだ。なんてことだ。もしその席に真祇乃さんが呼ばれたらどうなるんだ……。

僕は知らず知らずのうちに祐一の顔を睨んでいた。

「おいおい、津田君までがそんな目で俺を見るのはやめてくれへんか。それに君たち、これは俺がしてることと違うで」

祐一は呆れたように言った。

「そう言えばそうね。その〝見られ〟は祐一君がしてることとは違うものね。ごめんなさい。さあ、お腹も一杯になったし、どこか気のきいた店で乾杯でもしましょう」

ミチコの声に皆が立ち上がった。

京阪の三条駅までミチコとカオルを送った後、二人は先斗町の路地を歩いた。

「津田君、今日の君はなんや少しおかしかったで。最後の店に行った時もずっと黙り込んでたし、何かあったんか」

「………」

僕は返答しなかった。

腹を立てていた。腹立たしい原因が祐一にあるはずはなかったのに、祇園の仕来り《しきた》を知って、それを当たり前のように受け入れている人たち皆が憎かった。軽蔑した。

「俺、何か君に悪いことをしたかな」

祐一がそう言った時、初めて自分が怒っている理由と彼は何の関係もないことに気付いた。

「あ、ごめん、ごめん。僕は久家君に何ひとつ嫌な気はしていないよ。いやそれどころか今もとても感謝してるよ。今夜は少し考え事をしていたんだ。それで皆の話が耳に入らなかったんだ。もし僕の態度が君に不愉快な思いをさせていたら謝るよ。このとおりだ。申し訳なかった」

僕は先斗町の路地に立ち止まり頭を下げた。

「そ、そんなせんといてくれ。俺の思い違いやった。そうやな。津田君は真っ直ぐな男やさかいな。そこらへんで飲み直そうか」

二人は祐一の幼馴染みの芸妓の母親がやっている先斗町のバーに入った。

祐一が思い出したように話しはじめた。

「いや、さっきはあわててしもうたで。けど津田君、どこで〝見られ〟の話を聞いたんや。よう知ってたな」

「今日、四条通りの花簪を売っている店で客と主人がその話をしていたんだ」

「そうか、今回の〝見られ〟はもうそこまで話がひろがってんのやな。喜美屋の連中もお母はんをはじめ皆えらい気負い方や」

「君の屋方の女の人たちは皆〝見られ〟のことを喜んでいるのかい？」

「そりゃそうや。今回の旦那は九州からやってきた炭鉱王や。金は唸るほどあると評判で、その上、祇園は初入りらしい。お母はんはえらい張り切りようや」

「初入りって？」

「初めて祇園町に遊びに来たお大尽や。祇園町は一見さんを断るが、お大尽は別や。それも初めて祇園で遊ぶ人なら町の仕切りでいろんなことがすすめられるよってにな」

祐一の話を聞いて僕は大きくタメ息を零した。

やはり聞いていて気持ちのいいものではなかった。それと同時に〝見られ〟を喜んでいる女たちがいることにも驚いた。

「ほらまた黙りこくった。津田君、君もしかして祇園町の誰かに恋をしてるんと違うか」

僕は祐一の顔を見なかった。

今、祐一の顔を見れば、真祇乃への想いを話してしまいそうだった。耳の奥で久美の声が響いた。

『もし祇園の舞妓はんがお客はん以外の男の人と恋をしてるとわかったら、その舞妓はんは祇園町を追い出されてしまいます』

「どうや図星違うか」

祐一の言葉が遠くで聞こえていた。

先刻、駅までの道を祐一とミチコ、僕とカオルで少し離れて歩いていた時、カオルが立ち止まって僕に言った。

「ねぇ、大文字の送り火の夜に逢いに行った人って、廓町の女の人でしょう」

じっと自分を見つめるカオルに僕は黙ったまままちいさくうなずいた。

カオルは笑って手を差し出し、

「私は応援してるわ。頑張るのよ」

と言って手を強く握った。


その日の朝、夢の最中に声を上げ、自分の叫び声で目を覚ました。

「真祇乃さん、待ってくれ……」

手で宙をもがくようにして上半身を起こし薄闇を見つめた。

今しがたまで見ていた真祇乃の残像が霧のように失せた。

「真祇乃さん……」

僕は名前をもう一度呼んで大きくため息をついた。

夢の中で得体の知れない不気味なものが真祇乃を捕らえ連れ去って行こうとした。二人を引き離そうとする力に抗《あらが》うことすらできなかった。

僕は部屋の中で目を見開いたままじっとしていた。夢の中の自分の不甲斐なさが、そのまま今の真祇乃と自分の立場をあらわしている気がした。

廓町の悪しき慣習の中に身を置かざるを得ない真祇乃に何もしてやることができなかった。

昨晩、久美と話した時、久美でさえ、それが非道なことだと理解できなかった。いや、むしろ久美はそれを善《よ》いことのように思っていた。

「久美、そんなことはおかしいよ。間違っている。君はおかしいと思わないのかい？」

「何がおかしおすの。どこもおかしいことおへんどっしゃろう。お座敷にお大尽さんが見えて、気に入った妓を探しはるんどすえ。その人のお目にかなったら芸妓、舞妓として嬉しいことどすがな」

「じゃ君はたとえお大尽でも、その人が好きでもない男であっても、その人のものになるのかい」

「そんなん言われても……」

久美は口ごもった。

「そうだろう。いくらお大尽でも人を自分のものにするというのは間違っているだろう」

「……そうかもしれませんが、もしその人がええ人やったらどうどす？　やさしいお方で、見初められた人を大事にしてくれて……。それにお大尽さんは家も買うてくれはるし、綺麗な着物《べべ》も毎日着られるんどすえ。一生何も心配しいへんかてええのどす。屋方のお母はん、お茶屋の女将さんだけと違うて、その妓の家族も親戚も皆面倒見てもらえるんどすえ」

「そうしてもらえるなら嫌な人でも一緒にいるのかい」

「嫌な人かどうか見てみいひんとわかりませんがな。そこで決めてもええん違いますか」

「……」

僕は思わず黙ってしまった。

「ともかく〝見られ〟なんて最低だよ」

「別にあんたはんが見られるん違いますがな……あっ、そうか。そういうことどすか」

久美は合点がいったようにうなずいた。

「真祇乃姐はんのことどすね。それは考え過ぎと……」

そこまで言って久美は言葉を止めて、わかったようにうなずき、僕の顔を見返した。

「ほんまどすな。明日のお座敷には真祇乃姐はんも当然、呼ばれてますものね。お大尽さんが真祇乃姐はんを見初めることはおおいにおすわ。たしかにそうどすな……」

そう言ってから久美はかすかに口元をゆるめた。

「どうしたんだ？　何がおかしいんだい」

「〝見られ〟で相手の方に見初められへんで済む、ええ方法がおすねん。きっと真祇乃姐はんはそうしはるんと違いますか」

「いい方法って何だい」

「お化粧をぶさいくにしてお座敷に上がるんどすわ」

「ぶさいく？」

「そうどす。おかめみたいな顔に化粧をするんどす」

「どういうことだい」

「せやし、お大尽さんが見て、こんなけったいな顔をしてる妓はかなんと思うように顔を作って目の前に出るんどす」

「わざわざそんなことをしていくのかい」

「そうどす。ほかに好きな人がいはる人はそうしはると聞きました」

──なるほど……。

僕は納得をしたものの、この悪しき風習は許せないと思い返した。

「そんなことをするくらいなら、最初からその場に行かないと言えばいいんだ」

「そんなんできるはずおへん」

「君ね、人間が法の下に平等と自由を持っているのは民主主義の基本理念なんだよ」

「何をごちゃごちゃ言うてはるんどす。呼ばれたお座敷に上がるのは芸妓、舞妓のつとめどっせ。そうするからおまんまが食べて行けるんどすがな。そんなこと口にしてたら、津田はんまでこの屋方から追い出されますえ」

「話せばわかることだよ。皆も少し考えればこれがひどいことだとわかるはずだよ」

「祇園中の人が皆ようわかってはるんどす。あんたはんが間違うてます。もうよろしい。これ以上話してもしかたおへん」

久美はそれっきり黙りこくった。

そうして立ち去る際に小首を少しひねりながら言った。

「たしかに真祇乃姐はんは評判の器量良しの舞妓はんでっさかい。どれだけぶさいくに作ってもべっぴんはんどっしゃろな。うん、たしかに心配ですわな……」

久美の言い残して行った言葉で僕はまた不安になった。

それでなくとも末吉町のレストランのマスターと久家君から聞かされた真祇乃をめぐって二人の旦那が競い合っているという噂があった。

〝温習会〟の会場で見かけた男は白髪の老人だったたし、歌舞練場のロビーで再会した南部という紳士も自分よりふた回りもみ回りも歳上だった。

彼等は真祇乃を自分のものにしようと競い合っているという。聞けば二人とも家庭があり、白髪の老人には孫までいるという。

僕は彼等のことを思い出してまた憤怒した。

――許されない。

僕はそのまま起き出し、カメラを手に早朝の建仁寺に出かけることにした。

何かをしていないと落ち着かなかった。

境内に入ると托鉢《たくはつ》に出かける僧たちが門を出て行くところだった。

妙な気がした。修行している僧たちが住む宿坊のすぐ隣りに廓町があり、非道なことが平然と行われている。

――ここはおかしな町だ……。

胸の中でそう呟きながらカメラのファインダーを覗いた。

朝靄《あさもや》の中に色づきはじめた楓があざやかに浮かび上がっていた。

つい昨日まで夏の気配の青緑を残していた一葉一葉が衣を着替えるように美しく紅葉している。

ファインダーの中の染まりつつある葉色を眺めているうちに〝温習会〟で見た真祇乃のあでやかな舞姿を思い出した。

僕には真祇乃への新しい発見があった。

それまで永観堂や哲学の径で真祇乃と過ごしていて彼女のかがやくような美貌に十分に魅了されていたが、舞台の上での彼女にはまるで違う魅力があった。

豪奢《ごうしゃ》な舞台衣装、賑やかな音曲、舞台背景……、彼女を包む雅美なものが普段の真祇乃と違うものを見せているのだろうが、それだけではない気がした。元々美しい真祇乃をよりいっそう美しく見せている何かがあった。それが何なのか僕にはよくわからなかった。

八坂神社の門前で浴衣で立っていた真祇乃、祇園祭の宵に路地からあらわれた真祇乃、永観堂で佇んでいた真祇乃……、どの真祇乃とも違う彼女が舞台の上にいた。誰か、何か、自分の知らないものに真祇乃はつつまれている気がした。

これまで真祇乃に対して、そんな感情を抱いたことはなかった――。

今朝方の夢も、この不安が見させたような気がした……。

僕はファインダーから目を離し、楓の木に近づいた。

紅葉した楓葉がやはり舞台の上の真祇乃に似ている気がした。

足元の紅葉を一枚拾い上げた。

ひんやりとした感触がした。

掌の中に置いて眺めた。

——この紅葉は、ここまで美しくなるためにどれほどの歳月を費やしたのだろうか……。

そう思うと、この古都に流れた長い歳月がどのようなものだったのだろうかと想像した。

「もしかして……」

その先の言葉を胸の中にとどめ撮影に没頭した。

陽が昇りはじめてからも夢中でシャッターを押した。西奥手にある竹垣も撮った。〝建仁寺垣〟と呼ばれる見事な竹垣だった。宋の時代の中国から伝わった禅宗の本山である寺の境内はあちこちに僕の撮影意欲をふるいたたせる美景があった。

法堂を撮影していると背後から声がした。

「やっぱりここにおいやした」

振りむくと久美が立っていた。

「朝ご飯も食べはらんでようお気張りやすな」

「やあ、おはよう」

「おはようちゃいますがな。もうお天道さんは上に昇ってますえ」

「何か用かい」

「たいした用とは違いますけど間弁の家のべっぴんの舞妓はんからお手紙どすえ」

「えっ」

僕は思わず久美の顔を見返した。

久美の手元にこよりが握られていた。

「真祇乃さんからかい」

僕がうわずった声で言うと久美はこくりとうなずいた。

「あんたはんが心配してはると思わはって手紙を書かはったん違いますか。ほんまにやさしいお方どすな」

久美の手からこよりを受け取ると中を開いた。

今夜、十一時、永観堂で
　　　　　　　　真祇乃

僕は目を見開いて文字を見つめた。

「あれ急に元気にならはって……」

久美がからかうように言った。

「そうかい？　久美、ありがとう。真祇乃さんは元気だったかい」

「へぇ〜、元気どした。ますます綺麗にならはりました」

「そう……」

「何て書いてあったんどすか」

「それは言えないな」

僕が笑うと、久美は頬をふくらませた。

「せっかく持て参じましたのに、ケチ」

僕は久美の言葉に笑い出した。

「祐さん兄さんが探してはりましたえ」

「久家君が？」

「へえ何や神戸に行かはるので一緒に行きたい言うてはりました」

「そう……今日はだめだ。そう伝えてくれるかい」

「そんなん自分で言うて下さい。うちあんたはんのために働いてんのと違いますから」

「うん、それはそうだ。じゃミルクセーキをご馳走しよう」

「ほんまどすか」

「うん、本当だ」

「ほな、祐さん兄さんにそう言うときますわ」

久美は石砂利を蹴って走り去った。

その日の朝から富永町にあるお茶屋よし本は上を下への大騒ぎだった。

なにしろ今宵だけでお座敷に八十人余りの舞妓、芸妓が上がってくる。それほどの数の芸妓衆を段取り良く取り仕切るには、女将の力量と経験がいる。舞いを披露する大座敷がいる上に、その舞いをこなせる音曲、三味線、鼓、笛の地方《じかた》衆の準備もある。当日、宴を催しているお茶屋はよし本だけではない。数日前から声を掛け、検番と確認していても不都合が出るのがお座敷である。

今宵の宴の趣向を言い出したのはよし本と富美松、喜美屋のふたつの屋方の女将である。

〝温習会〟最中の、或る宵のことだった。

「宇江田はん、そんなにええ妓をお探しやったら、いっぺん〝見られ〟でもしておみやしたらどうですか」

久しぶりに祇園に入ってきたお大尽、九州の炭鉱王という呼び声の高い宇江田重吉を囲んで三人の女将が切り出した。

「〝見られ〟？　そりゃ何ばい」

大きな目の玉をむくようにして訊いた宇江田に元芸妓のよし本の女将が耳打ちした。

「ほう、そんなものがあるとか。よし、そりゃ面白か。よかよか、そいをいっぺんやってみるばい」

「ほんまどすか。いや嬉しゅうおすわ。これで宇江田はんの名前も祇園中に響き渡りまっせ。さすがは九州男児言うて……」

「そうか、それはよか」

宇江田は嬉しそうに顔を撫でた。

その日からさっそく準備にかかった。

よし本、喜美屋の女将は彼女たちの屋方の舞妓、芸妓では数が不足なので同じ系列に当たるいくつかの屋方に声を掛けた。

「それは結構な席にありがとさんどす」

どの屋方もふたつ返事で承諾してくれた。

前日、検番から芸妓衆、地方衆の各屋方に確認が伝わり、出番が取り決められた。よし本の大座敷がいくら広いと言っても八十人余りの芸妓衆がいっぺんに座敷に上がることはできない。それでは同じ時刻に宴を催す他のお茶屋に芸妓がいなくなる。

出番の取り決めはよし本と喜美屋の女将が仕切った。出来るなら自分の屋方の妓を見初めてほしい。主客である宇江田がほろ酔い加減の頃合いが芸妓も美しく見えるし、うしろから芸妓をすすめる女将の話し具合いも良い。遅い時刻になって主客に酔いが回っていては具合いが悪い。

一代で財をなした宇江田は、昔、唐津で浜相撲の大関を張っていたという偉丈夫《いじょうぶ》である。

その剛健な宇江田とてお座敷に上がったすべての芸妓の酌を受け、品定めすることはおそらくできない。これまでの何度かの〝見られ〟で女将たちはそれを知っていた。

それに宇江田一人で百人近い女衆の中で宴をさせるのは疲れさせてしまう。女将は主客の宇江田のそばに、彼が馴染みになった嵐山にある料亭の主人と宇江田の顔見知りの河原町のデパートの重役を呼んだ。二人は話を聞き、喜んで参じてくれることになった。

よし本の門前の提灯に灯りが点った。夕刻、六時にお囃子の音色が聞こえはじめた。

二階の大広間で床間を背に座る宇江田の前に十人の舞妓と七人の芸妓があらわれ挨拶した。

今晩は、本日はお呼びいただきありがとさんどす。どうぞよろしゅうおたのもうします。

声をそろえて芸妓が声を上げる。

普段と違って、その場で芸妓衆がまず名前を名乗った。次に舞妓たちが順に名前を言う。

宇江田が笑ってうなずくと両脇に芸妓と舞妓が二人ずつついて宇江田にお酌をした。酌をしながら芸妓、舞妓がまた名前を名乗る。屏風の前では舞いがはじまっていた。宇江田の目の前に芸妓、舞妓が二人の招待客に酌をしながら主客に視線を送る。宇江田は一度に八人の芸妓衆を見ることになる。やがて舞いが終わると、舞っていた芸妓衆が席について、酌をして名前を名乗る。

その間中、女将が宇江田の背後に控えて、彼が声を掛けた芸妓の話をする。

「この妓は××屋さんの舞妓はんで、今年で三年目どすわ。舞いの勘がええ妓で……」

宇江田は女将の声を聞きながら小さくうなずいては相手を見る……。

階下には次の出番の芸妓衆が次々に入ってきて控えている……。


真祇乃がよし本の座敷に上がったのは夜の九時を過ぎた時刻だった。

芸妓衆の入り立ちも三回りしていた。

宇江田も二人の客も上機嫌で酔いが回りはじめていた。

「いやはや目が眩《くら》むとはこういうことを言うのどっしゃろな。どの芸妓はんも綺麗で、宇江田はんのお蔭でいい目の保養をさせてもろてますわ」

料亭の主人が赤い顔をして言った。

「ほんとうですわ。私のような者までこんな立派なお座敷に呼んでいただいて、生涯の思い出になります。宇江田社長さんのお蔭です……」

デパートの重役が恐縮しながら頭を下げた。

「うん、これはなかなかの宴会ばい。わしはおおいに気に入った」

宇江田が満足そうに笑った。

「宇江田はん、お気に入りやした妓はおりましたか」

背後でよし本の女将が訊いた。

「う～ん？　そいはあとのお楽しみじゃ。ばってんこれからかもしれん」

「ほう、そうですか……」

料亭の主人が興味ありげにうなずいた。

三味線の音色がして四回り目の宴がはじまった。

「今晩は。本日はお呼びいただきありがとうさんどす。真智悠と申します。どうぞよろしゅうおたの申します」

真智悠が挨拶すると、背後から女将が耳打ちした。

宇江田がうなずいた。

それぞれの芸妓、舞妓が挨拶した。

「真祇乃と申します。よろしゅうおたの申します」

真祇乃が挨拶して顔を上げると宇江田も二人の客も、その美貌に視線が揺れた。

真智悠の舞いはさすがにそれまでの芸妓の舞いと違っていた。

九州の座敷の芸しか知らない、祇園初見参の宇江田の目でさえ真智悠の舞いの見事さはわかる。彼は舞いに見惚れていた。

舞いが終わり、真智悠が、お粗末さまでしたと頭を下げると今宵の宴で宇江田が初めて大きな拍手をした。

「いや、よかよか、よか踊りでござった。ほれこっちば来て一杯受けてくれ」

真智悠が宇江田のそばに行き、盃を受けた。

「この間の舞台であんたの踊りば見させてもろうたばい。この田舎者でも思わず見惚れてしもうたばい」

「それはおおきにありがとうさんどす。誉めていただいて嬉しゅうおす」

真智悠が盃を洗って宇江田に返し、酌をした。そうして背後にいた舞妓を紹介した。

「ここにいますのがうちと同じ屋方の真祇乃どす。どうぞよろしゅうに」

真祇乃が挨拶した。

「ほう、あんたが真祇乃か……」

宇江田が真祇乃の名前を口にした。

「おや、お大尽はん、真祇乃はんをご存知どすか」

「ああ知っとるぞ。これが今、祇園で旦那衆に争奪戦ばさせとる舞妓じゃろう」

「ようご存知で……」

真祇乃はうつむいて目をしばたたかせた。

「それは噂だけどして何もそんなことはおへんのどす。これからもどうぞ贔屓にしといとくれやす」

真智悠が言った。

「この妓はあんたの妹分か」

「へぇ、そうどす」

「なら、この妓に願い事があればまずあんたを拝み倒さにゃならんの」

宇江田はそう言って大声で笑い出した。

真祇乃はうつむいたまま黙っていた。その態度をよし本の女将が不機嫌そうに見ていた。

富美松、喜美屋の芸妓の何人かがお座敷に呼び戻され、芸妓衆に囲まれて宇江田はうとうとしはじめた。

その夜の宴会がお開きになったのは夜の十二時過ぎだった。

宴がお開きになってしばらくしてよし本の帳場で三人の女将が話をはじめた。

三人の顔はどこか浮かない表情だった。

十二時を過ぎても真祇乃はやって来なかった。

こんなことはこれまでなかった。

それでも僕は退屈することはなかったが、一時を過ぎたあたりで真祇乃が今夜、あの〝見られ〟の場に出かけたことが待ち合わせに遅れている理由ではないかと思いはじめた。

――いや真祇乃さんに限って、そんなことがあるはずはない……。

そう自分に言い聞かせたものの時刻が二時を回るとさすがに心配になった。

――もしかしてその場所から帰ることができなくなったのでは……。

僕は〝見られ〟という場所がどんな所か本当のことはわかっていなかったから勝手に想像

をはじめると妄想が妄想を生んで、永観堂で彼女を待っていられず、祇園町にむかって走り出した。

間弁の家の前まで行くと、すでに家の灯りは消えており、二階の窓も雨戸が閉じられていた。

——もう休んでしまったのだろうか……。

そんなことを真祇乃がするはずはないと思った。だとすると彼女にあの場所から屋方に帰ることができない事情ができたに違いない。

——帰れない事情って何なんだ？

僕は頭が混乱した。

その時、下駄音がして辰巳橋《たつみばし》の方から末吉町にむかう路地を芸妓が一人小走りに抜けて行くのが見えた。

——こんな時刻までまだ働いている芸妓さんがいるんだ。

時計を見ると、三時を回っていた。僕はあわてて永観堂にむかって走り出した。

門前が見えると人影が立っているのが見えた。

「真祇乃さん、真祇乃さん」

僕は声を上げて近づいて行った。

人影がはっきり確認できると僕は立ち止まった。

相手は男だった。

男の方も僕をじっと見ていた。ゆっくりと相手に近づいて行った。

「あんた津田さんか？」

「は、はい」

「さっき京都駅でこれをあんたに渡して欲しいと女の人に頼まれた。ここに来てみると誰もいいひんから引き揚げようと思ってたとこや」

相手が封筒を渡した。

「ほなたしかに渡したで……」

そう言って男はそばに停めてあった自転車に乗って南の方へ走り去った。

封筒を開くと、真祇乃からの伝言が入っていた。

申し訳ありません。母の具合いが悪くなったので夜行の汽車で綾部に帰ります。かんにんしとくれやす。

真祇乃
——そうか、母さんの容態が悪くなったのか……。

僕は自分が勝手に真祇乃と〝見られ〟のことを妄想したのを恥じた。

僕は手紙を読み返しながら祇園町にむかって歩いた。

東山の尾根の上に秋の星座がきらめいていた。

夜汽車の座席に腰かけて窓の外を眺めている真祇乃の横顔を思い浮かべた。脳裡に浮かんできた横顔は母の容態を案じて暗く険しい表情をしていた。

裏木戸を開けて家の中に入った。

足音を忍ばせ二階に上がろうとして僕は厠《かわや》に寄った。

戸を開けようとすると中から人の気配がした。僕はあわてて戸から手を離した。戸が開き、
マメミがあらわれた。マメミは驚いてちいさな声を上げた。

「いや、びっくりした。お化けが出たかと思いましたがな」

「すみません、脅かして」

「今、お帰りやしたん。悪い学生はんどすな……」

マメミが欠伸して言った。

「あっそうだ。昨日のお座敷どうでした？」

するとマメミはくちゃくちゃになるほど顔を崩して笑った。

「それは良かったですね」

おおきに、とマメミは言ってから、どうしてあんたさんがお座敷のことを知っといやすのん、と訊き返した。

僕は黙って厠の戸を閉じた。

二階の部屋に上がると窓を開けた。

空が白みはじめていた。

——真祇乃さんは綾部に着いただろうか……。

できることなら綾部へ行き彼女のそばについていてあげたいと思った。

この次に真祇乃と逢う機会が来たら、もっと自分の気持ちを彼女にしっかりと伝えようと思った。


三日経っても真祇乃は間弁の家に帰って来なかった。

僕は久美に事情を話して真祇乃の様子を訊いてもらっていた。

——大事になっていなければいいのだが……。

「そうどすか。真祇乃姐はん、大変どすな。うちのお母さんがそんなんだったら、うちはすぐに土佐に帰りますわ。元気にならはったらよろしゅうおすな」

僕は久美の真祇乃の母を案じる顔を見ていて、この子はやさしい子なのだとあらためて思った。

「そのうち電話か何か連絡がおすって」

四日後の午後、久美が急ぎ足で階段を上がってきて電話が入っていると告げた。

「あの人から？」

僕はうわずった声で訊いた。

久美は首を横に振り、男の人だと言った。

――男？　誰だろう……。

僕は階下に下りて居間の電話を取った。

「はい、津田です」

「雅彦か、私だ」

父の声だった。

「あっ、どうも……」

「どうもじゃないだろう。九月になったら帰って来ると母さんに約束したんじゃないのか」

「はあ……」

「はあ、じゃない。私は今、蹴上《けあげ》のホテルにいる。夕刻六時になったら時間が空く。ロビーに来なさい」

「……」

「雅彦、聞こえているのか。夕刻六時、×××ホテルのロビーだ。わかったね」

「はい」

電話を切っても父の声が耳の奥に響いていた。

「どちらさんどしたん？」

久美が顔をしかめていた僕を見て心配そうに訊いた。

「うん、東京の家族からだよ」

「何かおしたん？」

「何でもないよ」

夕刻、蹴上にあるホテルにむかった。

三条通りを東にむかって歩きながら僕は不機嫌な時の父の顔を思い起こしていた。

ホテルのロビーの隅にある椅子に座って父を待った。

ロビーは大勢の人で混み合っていた。

何か催し物があるのか、和服姿の若い女性が賑やかに挨拶を交わしていた。和服姿の若い女性たちを見て、同じ和服を着ていても女の人はずいぶんと印象が違うのだと思った。屈託のない表情で彼女たちは笑っていた。真祇乃のことを思い浮かべた。いつか永観堂で彼女が母の病いを心配して哀しそうな表情をしていた横顔がよみがえった。

——同じ年頃なのにどうして……。

僕は真祇乃はあの町を出るべきだと思った。自分が彼女をあの町から連れ出すべきなのではとも思った。

——僕にそれができるのだろうか……。

宙を見ながらぼんやりとしていた。

「雅彦……」

自分の名前を呼ばれた気がして顔を上げると父が立っていた。

「あっ父さん、どうも……」

「どうもか……、相変わらず暢気だな」

父は呆れたように言って、腕時計をちらりと見てホテルのロビーの左奥にあるティールームを指さした。

「七時から会食だ。それまでお茶でも飲みながら少し話をしよう」

窓際のテーブルに案内され、父とむき合った。

「ご無沙汰しています。連絡をせずにすみませんでした」

僕は父に頭を下げた。

「本当に、すみませんでした、だな。元気そうだな」

「はい」

父と二人でゆっくり話したことはこれまでほとんどなかった。

叱責された記憶もなかったし、お互いが笑って話したこともなかった。

「この町で何をしてるんだ?」

「写真を撮っています」

「……」

父は何も言わず目の前のティーカップを持ち上げ静かに口に運んだ。僕も紅茶を飲んだ。

二人とも黙ったままだった。

「休学をするつもりか？」

「……」

今度は僕が黙った。

「事後報告になったのは申し訳ありませんが……実は僕……」

その時、父が急に立ち上がって僕の背後に向かって一礼した。声がした。

「いや津田社長さん、思わぬ所で。もうロンドンからお帰りになったんですか」

「ええ先週、戻りまして……」

「紅葉を見にきまして。そちらは」

「同じようなもんです」

相手が近づく気配がしたので僕は立ち上がった。

振りむくと初老の紳士が笑って立っていた。僕は会釈した。

「息子です」

「×××です。社長さんにはひとかたならんお世話になっていまして」

「こんにちは。津田雅彦です。初めまして」

「ほおっ、こんな立派な跡取りがいらっしゃるんですか。そりゃ頼もしい」

「いや遊んでばかりで困っています。しかし奇遇ですな……」

父は相手と話しはじめた。

その時、甲高い女性の声がした。

「いやあ、津田はんやおへんの。今日はまた何どすか」

その声に僕と父が振りむいた。

マメミと喜美屋の芸妓が立っていた。父が訝《いぶか》しそうな目をして二人の芸妓を見た。

「ち、ちょっと用があって……」

僕はあわてて言った。

「うちら今からフランス料理どっせ」

「そう、そりゃよかったね」

「ほな、また」

二人は雰囲気を察してか、父に会釈してロビーの奥に立ち去った。

相手との話を終えた父が椅子に腰を下ろした。父は僕の顔をあらためてじっと見つめた。

「今の子たちは知り合いなのか？」

「は、はい。ここで世話になっている大学の友人の知り合いです」

「……」

父は黙ったまま明らかに不快な顔にかわっていた。

「父さん、実は僕……」

父は腕時計をちらりと見て、僕の言葉をさえぎるようにして言った。

「留年になるかどうか、その理由は東京でゆっくり聞こう。君が写真を撮ることを私は反対はしない。ただ大学に入学する時に私は君に話したはずだ。卒業したら何年か海外に留学して欲しいことを。君はそれを承諾してくれた。私は君がそうしてくれるものと思っている。ともかく話し合いに帰ってきなさい。これは母さんからだ」

父は言って立ち上がると、上着の内ポケットから封筒を差し出した。

「はあ……」

「身体を大事にしなさい。それと妙な所に足を入れるんじゃないぞ」

父は不機嫌な顔で僕を見てからティールームを先に出た。

僕は立ち去る父の背中を見ながら大きく吐息を洩らした。

何の憂いもなく自信に満ちたような父のうしろ姿を見ているうちに、僕は自分の話を聞こうとしなかった父に腹が立ってきた。

ただ、今しがた父に何を言うつもりだったのか自分でもよくわかっていなかった。何かを父に言いたかったのだが、それが具体的には何なのかわからない。

――いや僕は父に何かを宣言したかったのだ。

「そうだ、宣言したかったんだ」

僕はホテルのロビーに立ったまま声に出して言った。

父の声が耳の奥によみがえった。

『妙な所に足を入れるんじゃないぞ』

——妙な所とは何なんだ？

首をかしげてから、先刻、マメミたちを驚いて見ていた父の顔が浮かんだ。

——そうだ。父さんはマメミたちを、芸妓さんを見てから不機嫌になった。父さんはあの人たちを蔑《さげす》んでいるのかもしれない。そうだ、そうに違いない。そうだとしたら許せない。

「許せない」

僕はまた声に出した。

すぐそばを通った女性が訝しい目で僕を見て通り過ぎた。

ホテルを出て玄関前に立った。

秋の夕暮れに染まる古都の町並みがひろがっていた。左方の三条通りのむこうに大橋が見え、あちこちの家灯りが点りはじめていた。市電が音を立てながら近づいてきた。右手に東山の峰々が連なり紅葉した沢の中から南禅寺の伽藍《がらん》が青い闇の中に沈もうとしていた。

——これからどこへ行こうか。

父と逢ったことで僕は少し憂鬱になっていた。鬱屈した気分を晴らしたかった。

祇園町に戻っても真祇乃はいない。南禅寺の北の方角を見た。そうしてゆっくりと永観堂にむかって歩き出した。


二日後、真祇乃が祇園町に戻ってきたことを久美から報《しら》された。

真祇乃がこの町にいると聞いただけでこころが浮き立った。昨日まで周囲の人々や風景がひどく退屈なものに見えていた理由が僕にはあらためてよくわかった。

僕はすぐにでも真祇乃に逢いたかった。

しかし真祇乃からの連絡は帰京した夜もなかったが、翌日も、翌々日もこなかった。

僕は連絡を待って、終日部屋の中に籠《こ》もったままだった。連絡はいっこうにこなかった。

食事もする気になれなかった。

その日も朝から部屋の壁に背中を凭《もた》せかけて真祇乃のことを考えていた。

――真祇乃さんに何かあったのだろうか。

綾部の病院にいる彼女の母の容態が悪くなって急に帰らなくてはならなくなった夜も、永観堂で待つ僕の下に見ず知らずの男にまで伝言を託してきた。その真祇乃が祇園町に戻ったというのに連絡もしてこない。

よほどの事情があるのだと思った。そうでなければとっくに連絡があるはずだ……。

すでに外は日が暮れていたが、僕はそんなことにも気付かず、頭の中を真祇乃のことがめぐっていた。

——もしかして、あのことと関係があるのだろうか。

僕は真祇乃が、あの夜に上がった九州の炭鉱王のお座敷のことを再び思い出した。

——あの忌まわしい〝見られ〟という座敷で何かあったのだろうか。

まだ顔を見たことのない男の卑《いや》しい目が浮かんできた。その目は薄闇がひろがろうとしている部屋の隅にあらわれたまま僕をじっと見つめていた。耳の奥に、ケッケケケといやらしい笑い声が聞こえた。

僕は手元にあった昼寝用の籐製の枕を幻にむかって投げつけた。

かわりに〝温習会〟で見た宇治のお大尽という白髪の老人の姿があらわれ見下すような目で僕を見ていた。僕は相手を睨み返した。すると白髪の老人の姿が失せ、いつか列車で逢った紳士然とした男の顔があらわれた……。

「キヌ、そこで何をしとんねん！」

喜美屋の女将が階段の下で上の方を覗き見ていたキヌに言った。

「へぇ～、それがお二階の学士先生が二日前から部屋に籠もったきりで、おりておいでやないんどすわ」

「二日もか？」

「へぇ〜」

「おまんまも食べてはらへんのか」

「そうどす。どっか身体の具合いでも悪いんと違いますやろか……」

「ほな声をかけてきよし。久美、久美」

女将が久美の名前を呼んだ。

足音がして久美が炊事場から駆けてきた。

「はい。お母はん、何どすか」

「久美、二階の津田はん、昨日から部屋に籠もったきりやて」

「は、はい。そうどすわ」

「どこぞ悪いんと違うのか」

「へぇ〜、それが声をかけても食事はいらへん、お腹は空いてないとおっしゃるんどすわ」

「かわった様子はないのんか」

「へぇ〜、元気そうどした。なんや壁に背中をつけたまま、ぼおーっとしとおいでやすわ」

「ぼおー？　何やそれ」

「わからしません」

キヌが低い声で心配そうに言った。

「先生、何か難しいことを考えておいやすのやろうか」

キヌの顔を見て女将がちいさくため息を洩らした。

「お腹が空いたらそのうち出てくるがな。何かあるんなら明日の昼、祐一が帰ってきたら行かせたらええ。それより今夜の宇江田はんのお座敷は皆早う行くように言わんとあかんえ。マメミ、マメミまだかいな」

女将は奥にむかって大声で芸妓の名前を呼んだ。

真祇乃からの連絡はその夜もなかった。


その日の午後、家に戻ってきた久家祐一が部屋の戸を開けて言った。

「津田君、どないしたんや。どこぞ身体の具合いでも悪いんと違うか？」

「やあ久家君。おひさしぶり」

「おひさしぶりとちゃうがな。その顔はどないしたんや。ごっつ痩《や》せてしもうてるがな。大丈夫か？」

「大丈夫って？」

祐一が近づき僕の額に手を当てた。

「少し熱があるんと違うか。えらい顔が赤《あこ》うなってるで」

「そうかな……」

「そうかなとちゃううて。下でキヌがごっつ心配しとるで」

「キヌさんが、何を？」

「だから津田君がご飯も食べへんで二日の間ずっと部屋から出てきいへんことをや」

「食事か……二日も……」

「君、ほんまにどないしたんや……。どうもないのか」

「ああ、このとおりだ」

僕は両手をあげて力こぶを作る仕草をした。

「けど頬も痩《こ》けてるし目も落ち凹《くぼ》んでるで……」

僕は首を横に振り、目をしばたたかせた。

「どうもないなら何か食べた方がええさかいに、その辺にうろんでも喰いに行こう」

「わかった。行こう」

僕は立ち上がろうとした。途端によろめいてよろよろと机の方に傾いた。

「あっ、危ないって……」

祐一が手を伸ばし右手を取ったが左半身が傾いて机の上方に左手を突いた。そこにあった木箱がひっくり返った。

「危ないな。何ともないか」

「ああ大丈夫だよ。ありがとう」

ひっくり返った木箱から何枚かの写真が飛び出して畳に散らばった。

それを見て僕はあわてて写真を掻き集めた。

祐一は足元の写真を数枚拾い上げ、素っ頓狂な声を上げた。

「へぇ〜、芸妓さん、舞妓さんも撮ってるんや。この舞妓は誰や。あれっ、皆同じ妓《こ》やないか」

僕が祐一の手から写真をもぎ取った。

祐一は驚いた顔で僕を見て言った。

「どうしたんや、そんな怖い顔して、君、やっぱりおかしいで」

「いや怒ってるわけじゃないんだ。自分が思っていたように撮れなかった写真なんで、見られるのが嫌だったんだ。君にそんな顔をしていたのなら許して欲しい」

僕は頭を下げた。

「そんなん謝らんといてな。けど綺麗に撮れてたがな。ごっつ可愛い妓やったな。なんという妓や」

「ぼっ、僕は、か、彼女の名前など知らないよ」

僕は戸惑ったように首を何度も横に振った。

「そ、そんなふうに言わんかて……。俺、津田君を責めてんのと違うし、気い悪うしたらかんにんしたって」

祐一が両手を合わせて謝った。

僕は知らず知らずのうちに涙ぐんでいた。
自分でもどうして涙があふれ出したのかわからなかった。
辛い、苦しい……そんな自分があわれで仕方なかった。
僕を見て、祐一が声をかけているのだが、その声さえ聞きとれなかった。

第八章　おきぶみ

久美が真祇乃からの文《ふみ》を持って帰ってきたのは、その日の夕暮れだった。

雅彦は部屋で眠っていた。あれから取り乱してしまった僕が落ち着くと、祐一は近所のうどん屋に出前を注文し、僕の部屋で二人して昼食を摂り、キヌにビールを運ばせて飲ませた。そのビールを一気に飲んだ僕はうどんの汁を飲んで息をつくと倒れるように眠ってしまった。

久美に食事を片付けさせ、風邪を引かぬように蒲団を掛けてやった。

鼾《いびき》を掻いている雅彦を見て祐一は首をかしげて言った。

「いったい何があったんやろうか？」

そばでどんぶりを片付けていた久美も雅彦の寝顔を覗いていた。

「久美、おまえ、なんぞ知ってるんとちゃうのか？」

「何がどす？」

「せやから津田君が急にこうなってしもうた理由をや」

「うちは何も知りしません。けど普段おとなしい人が急に何かあると暴れ出したりすると聞きました。虎みたいな酐どすな」

「阿呆、酒乱の虎とちゃうわ。けどほんまにどないしたんやろうか。最近、津田君に何かかわったことはなかったんか……」

久美も首をかしげて部屋を出て行った。


その久美が眠っている僕を部屋の中まで入ってきて起こした。

「津田はん、津田はん、起きて下さい」

僕はなかなか目を覚まそうとしなかった。

久美は僕の耳元に口を近づけ外に声が洩れないように低い声で言った。

「真祇乃姐さんからお手紙どっせ。津田はん、真祇乃……」

僕は大きく目を見開いた。

自分がなぜ眠っていたのかわからないような顔をしていたが久美が目の前に文を差し出し、

「真祇乃姐さんからどす」

と言うと、目をかがやかせてその文を奪い取るようにした。

久美はニヤリと笑って、

「ほら、やっぱり原因はこれどしたな」

と言って部屋を出て行った。

僕は自分がどうして昼間っから部屋で寝ていたのかもわからないまま真祇乃からの文を開いた。


今夜十二時、五条××町△△東入ル、かなやでお待ちしてます。

真祇乃

——永観堂ではないんだ……。

僕は文に書かれた五条××町がどこにあるのか知らなかった。

窓の外を見るとすでに日は暮れて、隣りのお茶屋からは三味線の音色が聞こえていた。

階下に下りた。

祐一が居間で新聞を読んでいた。

「目が覚めたか、津田君」

「ああさっき起きたよ。どうして昼間っから寝てしまってたんだろう」

僕が言うと祐一が目を丸くして見上げた。

「久家君、五条××町ってどのあたりになるのかな」

「××町言うたら、家を出て建仁寺を抜けて西に歩くやろう、それで五条通りを渡った所や。××町のどのあたりや」

「△△東入ルって場所だよ」

「△△東入ル言うたらえらいえげつない所やで、何しに行くねん」

「えげつないって？」

「青線の所やで」

「青線って？」

「かなんな……。女の人が道に立って男の人を呼び込んで商《あきな》いしてる所や。そんな所に行ったらあかんで。君はそっちに疎《うと》いんやから」

「僕は子供じゃないよ。たいがいのことはわかっているつもりだ」

「そうか、それは失礼しました。もし△△に遊びに行くんなら薬屋に行ってちゃんとした避妊具を買うてった方がええで」

「避妊具？　どういう意味だい」

「あそこは古い避妊具を使い回しするゆう話や。病気でも感染《うつ》されたらかなんで」

「久家君」

「何や？」

「僕はそんなことをしに行くんじゃないよ。僕が女を買うような男に見えるかい」

僕が強い口調で言うと、祐一は、それは失礼しました、かんにんしたって下さい、とおどけたように言って、

「津田君、君、どうして寝てたかほんまに覚えてへんのか」

と訊いた。

「何がだい？」

「かなんな……」

と言って祐一は新聞に目を戻した。

僕は久美に送られて喜美屋を出た。

「ほな、お気をつけやして……」

久美はキヌに気付かれないよう小声で言って手を振った。

僕は笑って応えた。

一張羅《いっちょうら》の上着を着て出てきた。

久美が学生服で行くのはよした方がいいと言った。祐一には町の名前だけを聞いたが、久美には待ち合わせた店の屋号を教えた。久美は帳場から古い地図を出し、住所を調べてくれた。

「△△東入ルどっしゃろう。地図には店の名前が書いておへんな……」

「久家君は××町はなんだか危ないところだと言っていたよ」

「そうどすわ。うちは夜は知りしませんが、昼間も何ややこしそうな感じどすわ。けどなんでこんな所で、真祇乃姐さんはあんたはんと待ち合わせをしはるんどっしゃろ……。これって津田はん、もしかして〝待合い〟と違いますやろか」

「〝待合い〟って何なの？」

僕が訊くと久美は僕の顔をまじまじと見た。

「……待合い言うと……男と女の人が二人でゆっくり逢うとこどすがな」

「へぇ〜、そんなところがあるんだ。小料理屋かい？」

「ほんまに知らはりませんの」

僕は笑ってうなずいた。

「あの辺りは学生服でうろうろしん方がよろしゅおすな。お姐はんが気を遣わはりますよって……それに少しぜぜをお持ちやした方がよろしいな」

「ぜぜ？　あっ、お金だね。そうだね、男が支払いをしなきゃね」

僕は建仁寺の脇を抜けながら、久美のやさしさに感謝していた。

鴨川から吹いてくる夜風が心地よかった。

真祇乃に逢えると思うと胸が高鳴った。

数日、食事ものどに通らなかったことが嘘のように足取りも軽かった。

団栗《どんぐり》通りから大和大路通りを南に折れた。

宮川町に入った。ここはまた祇園町と違った風情の廓町である。

まだ灯りの点ったお茶屋の二階から人の笑い声が聞こえた。

宮川町を過ぎると道は急に暗くなり五条通りを渡るとぽつぽつと店灯りが見えた。

店前に人影が揺れていた。

僕は久美の書いてくれた地図を手に通りを歩いた。

赤いスカートを穿《は》いた女が歩み寄ってきた。

「お兄さん、お一人？　少し遊んで行かへん」

女は近づいて科《しな》を作った。

香水の匂いがした。真っ赤な唇から甘い声が続いた。

「×××円でかまへんよって遊んでって」

白い手が僕の二の腕を撫でていた。

「いや僕は人と待ち合わせているんだ」

「そんなこと言うて、なあちょっとだけ」

女の手に力が込もった。

「やめて下さい。本当に待ち合わせているんです」

最初の女を振り切ると次の女が近づいてきた。その女も同じように誘ってきた。

三人の女をやり過ごしてようやく目当ての角を見つけ、そこを左に折れた。

ちいさな路地だった。そこに数軒の店灯りが点っていた。小料理店の様子と違っていた。

路地を進むと突き当たりになっている奥の左手に小さな看板でかなやとあった。

「今晩は、今晩は」

店の木戸前で声を上げた。

返答がなかった。大きな声で呼んでみた。

「今晩は、かなやさん、今晩は」

呼んでいる途中で木戸が開き、老婆が一人出てきた。

「何どすか。大声出してからに」

「すみません。十二時にここで待ち合わせた者ですが」

老婆は腕時計に目をやった。

「まだ十一時半どっせ。先の方がいてはりますがな」

「では待たせて貰っていいですか」

「すんません、お宅さん、お名前は？」

「津田と言います」

「津田はんと違うて女の方でアヤベの何とかはん言わはったけど」

「アヤベ？」

「たしかそう言わはりましたわ。名前は……、あっ、アヤベのマキノと……」

「そう、それなら僕と待ち合わせている人です」

「狭い部屋しかおへんけどかましませんか」

「は、はい」

玄関のすぐ脇にある三畳余りの部屋に通された。

低い天井で壁は所々剝《は》げ落ちていた。

いきなり障子戸が開いて、先刻の老婆が茶を運んできた。

「何か飲まはりますか？」

「何かって何ですか」

「………」

老婆は黙ったまま僕をもう一度見直した。

「お泊りでっしゃろか」

「お泊り？」

「二千円です」

「あっ、二千円を支払うんですね。わかりました」

僕は上着の内ポケットから封筒を出し、中から二千円を老婆に渡した。

老婆が天井を見上げた。足音がした。

「あっ丁度、お帰りどすわ。もうちょっと待っといておくれやす」

老婆が障子戸を開けると玄関に男と女が立っていた。

着物姿の女と男が黙って三和土《たたき》に下りようとしている。女は伏し目がちに男の履物を揃えていた。

ドタドタと二階に上がっては下りてくる足音がしていた。

しばらくすると老婆がやってきて、お二階にどうぞ、と言った。

階段を登ると洒落た障子戸があり、老婆は障子戸を開き、どうぞお待ちやして、と頭を下げて階下に消えた。

冷たい風が首筋を抜けた。どこから風が来るのかと部屋を見回すと、窓が少し開いていた。外を覗くと、家の背後に隣家の竹林が垣根越しに見えた。その向こうに東山の峰々が見渡せ、月が浮かんでいた。

「いい眺めだな」

僕は半月を仰いだ。

白い人の肌のように透きとおっていた。月の色合いが真祇乃の白い肌を思わせた。

時計を見た。十二時を三十分過ぎていた。真祇乃が遅れていることは気にならなかった。

少し寒くなったので窓を閉じた。卓袱台《ちゃぶだい》に座って部屋の中を見回した。

奥に続く襖戸《ふすまど》が背後にあった。襖戸を開いた。薄灯りの行灯が点って、そこに蒲団が敷いてあった。

——この部屋は何なんだ？　どうして蒲団が敷いてあるんだ……。

僕はぼんやりと赤い蒲団の布地を見つめていた。

「あっ」

僕はちいさな声を上げた。

胸が動悸を打った。

階下で物音がした。人の声が聞こえた。

僕はあわてて襖戸を閉じた。

足音がして障子戸が開くと、そこに真祇乃がいた。

「かんにんどす。お待たせして……」

「いや大丈夫だよ。よく来てくれたね」

「こんなところにお呼びしてかんにんどすえ」

真祇乃が申し訳なさそうに言った。

「そんなことはないよ。窓を開けると東山が綺麗だよ」

真祇乃はちらっと窓の方に視線をやったきりうつむいていた。

いつもと様子が違っていた。

「綾部のお母さんの様子はどうだったの？」

僕が訊くと、真祇乃は両手で顔を覆《おお》い、ワァーッと声を上げ、堰《せき》を切ったように泣き崩れた。

僕は真祇乃のそばに近寄り肩にやさしく手をやった。真祇乃はさらに声を上げて泣いた。しばらく泣き続けた後、真祇乃は顔を上げると、うちが病院に駆けつけてから二日後に亡くなりました、と伏し目がちに言った。

「そう、残念だったね」

「叔母さんと二人でお母さんを送り出してきました。ほんまに可哀相なお母さんどした。お父さんに裏切られ、お兄ちゃんに先立たれ、娘のうちを廓町に出さんとあかんかったって、それはかりを悔やんでました。そんな辛い所と違うと言っても、うちに謝らはるばっかりで……」

真祇乃は一点を見つめたまま話していた。

いつもとどこかが違っていた。母の死が彼女を動揺させているのだと思った。

真祇乃が嗚咽《おえつ》した。泣きながら僕を見た。大きな目に涙があふれ出していた。

「雅彦はん、うち、雅彦はんともう逢えしません」

そう言ったきりまた泣き伏した。

「えっ」

僕は驚いて真祇乃を見た。

「逢えないってどういうことなの？」

僕が訊いても真祇乃は首を横に振るばかりだった。真祇乃がしなだれかかってきた。

僕は真祇乃を抱き上げた。

真祇乃は顔を上げた。

「うちは、あなたと逢《お》うてた自分を捨ててしまいます」

「そ、それは、どういうこと？」

「かんにんしておくれやす」

真祇乃は僕の胸にしがみつき、頬ずりをし、何度も接吻した。

僕は真祇乃の言葉の意味がわからず、戸惑いながら真祇乃の背中に手を回した。

真祇乃は接吻しながら背中に回した僕の手を取ると、その手を彼女の乳房に押し当てた。

僕は指先に感じた真祇乃の乳房の弾力に息を飲み、思わず手をひっこめてしまいそうになったが、右手を握った真祇乃の手の力は強く、さらに乳房に強く押し当てた。

僕は右手の指に力を込めた。

耳元に真祇乃がもらした吐息とも声ともつかぬものが聞こえた。

真祇乃の息遣いが荒くなった。

真祇乃がさらに身体を預けてきた。

その勢いに二人とも畳の上に横たわった。

おおいかぶさるようにして真祇乃は僕の胸をまさぐり、接吻をくり返した。

真祇乃の涙が僕の頬に落ちた。

僕は次から次に大粒の涙があふれ出す真祇乃の眸を見て、無性に悲しくなってきた。僕は真祇乃を強く抱き寄せ、身体をかわすようにして真祇乃の顔を上から見つめ、涙を拭ってやった。

「どうしたのですか？　何があったのです……」

訳を訊こうとする言葉をさえぎるように真祇乃が唇に吸いついてきた。

何度も接吻をくり返し、僕の身体をまさぐる真祇乃に応えて僕も彼女の身体に触れた。

真祇乃の体が離れた。

彼女は立ち上がると、僕の手を引き、奥の部屋に続く襖戸を開けた。真祇乃は僕の手を引いたまま部屋に入り、襖戸を閉じた。

そうして部屋の灯りを消し、その場に立ったまま僕の首に手を巻きつけてきた。

背後の窓から差し込むかすかな月明かりに真祇乃の顔が仄白《ほのじろ》く浮かんだ。

大きな眸が僕をじっと見つめていた。

「抱いとくれやす」

真祇乃ははっきりとした声で言った。

真祇乃の指が僕のシャツのボタンを外した。ベルトの止め金に真祇乃の指が伸びた時、僕は自分で服を脱ぎはじめた。

薄闇の中で真祇乃が着物を脱ぐ音がした。やがて真祇乃の白い影が近づき、僕の胸板に真祇乃の指がすべった。

背中に手を回すと火照った真祇乃の肌があった。

僕たちは抱き合ったまま蒲団の上に横たわった。

つい今しがたまで、ひどく興奮して性急だった真祇乃の動きが緩慢になり、僕の身体に触れる指先がゆっくりとしたものにかわった。

僕の身体の下でじっと見つめている真祇乃の眸があった。涙は失せて、眸には強い力が感じられた。

その眸から鼻、唇、尖った顎から首筋、白く透きとおった胸元の下にはゆたかな乳房があった……。

僕は乳房にゆっくりと触れた。触れた指先をはね返すような弾力があった。それでいてやわらかな肌は指先がどこまでも沈みそうだった。指先に力を込めると、はっきりした声で真祇乃は反応した。

真祇乃の手が僕の下半身に伸びた。僕は目を閉じた。

目を閉じる瞬間、僕は、こうしてされるがままでよいのだろうか、との思いが横切ったが、抗う力も湧いてこなかった。出逢って以来、こうなることが二人の望んでいることなのだと思った。

僕は真祇乃の指に導かれるようにして、彼女の身体の中に入った。

真祇乃の艶《なま》めかしい声がした。

ほんの一瞬、僕は意識を失った。

歓喜したことさえも失せて、白い闇のようなものの中に自分が埋没していた気がした。

僕は今しがた自分に、いや二人に起きたことを思い出そうとしたが、はっきりとした情景は浮かんでこなかった。

僕は大きく息を吐き、隣りの真祇乃を見た。

真祇乃の姿がなかった。

僕は驚いて、上半身を起こした。

襖戸を開け、隣りの部屋を覗いた。真祇乃はいなかった。

卓袱台の上に置き手紙があった。

津田雅彦さま

逢いにきていただいてうれしゅうございました。

あなたさまのことは一生忘れません。

真祇乃

すぐに夜が明けはじめた。

僕は枕元にきちんとたたんである自分の肌着をぼんやりと見つめた。それをたたんでいた真祇乃の姿が思い浮かばなかった。

それが僕を戸惑わせた。

これまではどんなにささやかなことでさえ真祇乃の気配がするものから僕は彼女の姿を容易に思い浮かべることができた。

なのに、二人がようやく結ばれたというのに、つい先刻のことが喪失したようにあらわれてこない。

僕は自分が混乱しているのだと思った。

奥の部屋に行き服を着た。

窓の手摺りに腰をかけ、敷かれた蒲団をじっと見た。

背後で鳥のさえずりが聞こえた。

それ以外の音はしなかった。まるで自分一人が隠れ里にいるような気がした。

——まさか夢では……。

僕はポケットの中から真祇乃の置き手紙を取り出した。

たしかに真祇乃の字だった。

しかしこの部屋には真祇乃の気配が何ひとつ残っていなかった。それが僕を不安にさせた。

鳥の声が大きくなった。

祇園に帰らなくてはと思ったが、ここを去り難い気持ちがあった。このままここを出てしまうと真祇乃の幻と過ごしていたのではと思ってしまいそうだった。

遠くで車のクラクションの音がした。

僕は立ち上がった。部屋を出ようとして立ち止まり、蒲団を剝いだ。敷蒲団の上に赤いシミが数カ所散っていた。大きく息を吐き、その赤いシミにそっと手を当てた。

耳の奥から声が聞こえた。

『雅彦はん、うち、雅彦はんともう逢えしません』

泣きながら訴えた真祇乃の声がはっきりとよみがえった。

『うちは、あなたと逢《お》うてた自分を捨ててしまいます』

『そ、それは、どういうこと？』

『かんにんしておくれやす』

大きな眸から涙があふれ出す真祇乃の悲しそうな顔が浮かんだ。

僕は唇を噛んで部屋を出ると、階段を駆け下り急いで待合いを出た。

夕刻まで僕は部屋にいた。

昼過ぎに久美が食事をしないのかと訊きにきたが、食欲がなかった。

午後の三時を過ぎた頃、久美が剝いた柿を盆に載せて入ってきた。

「ひとつどうどす。大枝《おおえ》の柿どす。美味《おい》しゅうおすえ」

「美味しそうだね」

僕は皿の上の柿を覗いて、ひとつ手に取ると口に入れた。

「うん、これは美味《うま》い」

「それはよろしおしたわ。けどそんなんでお腹は大丈夫どすの？」

「何がだい？」

「せやし、今日も朝から何も食べてませんえ。やはり恋の病いどすか。昨晩はどないどしたん？」

久美が僕の顔を覗き込んだ。

僕は五条での出来事を思い出し、不安になった。久美は僕の気持ちを察したのか、ほな柿を置いていきますえ、晩御飯はどこかに食べに行かはったらよろしい、と言って階下に降りて行った。

久美が自分のことを気遣ってくれているのがよくわかった。しかし今の僕には久美に礼を言う余裕もなかった。

——どうしていきなり彼女はあんなことを言い出したのだろうか。

『うち、雅彦はんともう逢えしませんん』

逢えしません、とは逢えない事情ができたということなのだろうか。

『あなたと逢うてた自分を捨ててしまいます』

あの言葉は彼女の本心なのだろうか。

僕と逢っていた真祇乃を捨てるということは、今までのように逢うことができないだけではなく、僕への気持ちが前と違ってしまったというのか。

真祇乃が口にしたことが彼女の本心とは思えなかった。

何か事情があるのだ。あんなに悲しそうな目をしてすがりついてきた真祇乃を見たのも初めてならあんなに激しく自分をぶつけてきた彼女を見たのも初めてだった。

――きっと何かがあったに違いない……。

そう思うと、真祇乃が待合いを出て行くまで寝入ってしまった自分が情けなかった。

そのことがずっと悔やまれた。

逢えなくなるという事情も聞くことができなかった。

「そうだ……」

僕は声を上げた。

――綾部でお母さんの死以外の何かがあったのだ……。そうに違いない。

真祇乃があんなことを言い出したのは、綾部から戻ってきてからだ。

「綾部で何かあったに違いない」

僕は立ち上がった。

そのとき、障子戸の向こうから祐一の声がした。

「津田君、津田君入ってかまんか」

「ああ、どうぞ」

祐一は僕の様子を窺うような目をして部屋の中に入ってきた。

「津田君、どや？　少しは落ち着いたかいな」

「何がだい？」

僕の返答に祐一は少し驚いたように顔を見直した。

「何がって、君、昨日……」

僕はシャツを着はじめた。

「出かけるとこかいな」

「うん、そうなんだ」

「どこに行くんや？」

「えっ、ちょ、ちょっと……」

僕はぎこちなく返答した。

「夕方までには戻ってくるのんか」

「う、うん。夕方までには帰ってくるよ」

「そうか、ほな久しぶりに二人で美味いもんでも食べに行かへんか」

「二人でって？」

「僕と君に決まってるがな。他に誰がいてんのや」

祐一が苦笑した。

「そ、そうだね。いいよ」

「ほな六時に出ようか」

「六時だね。何日の？　あ、今日だね」

「大丈夫か？」

「うん、大丈夫だ」

階段を数段降りると僕は立ち止まり、引き返した。

「忘れもんか？」

「うん、靴下を履いてなかった……」

「靴下か……。そら寒いもんな」

祐一はそう言って階下に降りた。

喜美屋を出たものの真祇乃に事情を訊きに行く勇気はなかった。

それでも花見小路通りを歩き出した。

真っ直ぐ末吉町に行き、問卉の家を訪ね、真祇乃に面会したいと申し出ればいいのだが、それでは彼女に迷惑がかかる。

久美の声がよみがえった。

『そんなん、舞妓はんがお客はん以外の人とええ仲になってつき合ってることがわかったら真祇乃姐さんはこの祇園町から追い出されてしまいますがな』

——でも僕は真祇乃さんに逢わなくてはいけないいんだ。逢って謝らなくてはいけないことがあるし、あの人から訊かなくてはならないことがあるんだ。

僕は胸の中でそう呟きながら四条通りに出ると、そこにぼんやりと突っ立って末吉町のある北の方角をじっと見つめた。次に八坂神社の方角を見つめ、四条大橋に目をやった。ドーンといきなり身体に衝撃が走った。見ると大きな荷を担いだ男衆がよろけそうになっていた。

「何をそんなところでぼけっと立ちくさっとんのや。気い付けんかい」

「あ、すみません」

「すみませんやあらへんがな。この阿呆が」

相手は僕の顔も見ずに四条大橋の方に向かって歩き出していた。僕は男の担いだ荷物が人混みの中を進んでいくのを見ながら、その後を追うように歩き出した。縄手通りを北に進み、三条まで歩くと、今度は三条通りを東に向かって歩き出した。

——まるで夢遊病者やないか……。

喜美屋を出てからの雅彦のあとを付けていた祐一が、前方を歩く雅彦の姿を眺めて言った。

もうかれこれ二時間余り、祇園の周辺をぐるぐると歩き回っている。空を見上げたかと思うと急に肩を落としてうなだれ、大きな吐息を零したりする。かと思えば寺の山門の脇にある石にしゃがみ込んだままもの思いに耽っている。

雅彦は東大路通りを下って八坂神社の前を四条通りに入った。

「これで五周目やで、火の用心の見回りとちゃうで」

雅彦の様子が心配になって祐一は彼のあとを付けてきたものの、最初の内こそ何か考え事をしながら歩いている雅彦の姿を見て電車や車に轢かれてしまうのではないかと心配したが、二周、三周と道順こそ違え、祇園の周りを何度も歩くのに呆れはじめた。

それに雅彦はふらふらと歩いている割には体力があった。

祐一は両足が重くなった。

「かなんな……」

彼は口癖を連発した。

祐一は二年前の春、東京の大学のキャンパスで初めて雅彦に逢った日のことを思い出していた。

祐一が見ていて、同じ経済学部の中でも雅彦には妙な親しみが湧いていた。東京生まれで東京育ちの他の学生は地方出身の学生を小馬鹿にしているようなところがあった。雅彦にはそんな嫌味なところが少しもなかった。と言うよりそんなことに頓着しないおおらかさがあった。

「僕、京都から来た久家や」

「初めまして、僕は津田雅彦。出身は東京です。これからもよろしく」

差し出した手と笑顔が雅彦の第一印象だった。

お互いの話をしていた時、話題が何か得意なものを言い合うことになった。

「そやな。京都の遊び場やったらどこでも案内するで。それも祇園界隈なら庭みたいなもんや」

「祇園って何ですか？」

「何や祇園も知らへんのかいな」

「すみません」

「謝らんかてええがな。まあ追い追い教えたるわ。ところで津田君は何か得意なことはあんの？」

「僕は東京で生まれ育ったんだけど、この本郷付近でさえもよく知らないんだ。東京の田舎者だね。だから案内もできないな。そうだ、愛宕山《あたごやま》なら案内できるな。高尾山もそうだ」

「津田君は山岳部にいたんか」

「違うよ。僕は高い所に登るのが好きなんだ。山でも、屋根の上でもかまわないんだ。高い所から下を眺めていると何か気持ちが晴れ晴れとするんだよ。そうだね、得意なものがあるとすれば、この両足だ。どんな山だって顎を出してしまうことはないよ」

雅彦はそう言って両足の大腿部を音がするほど叩いて笑った。

「君、かわってるな」

「そうかい？」

祐一は雅彦は体力があるのだと、あの時に聞いたことを思い出していた。

——津田君、ぼちぼち休憩してくれへんか……。ほら、そこの喫茶店でも入ったらええがな。

喫茶店の前にさしかかろうとする雅彦の背中にむかって祐一が念じた時、喫茶店の扉が開いて中から数人の女性たちが表に出てきた。

祇園の芸妓と舞妓たちだった。

その時、雅彦が扉の蔭に隠れるようにした。

——何をしてんのや？　けったいなことしよんな。

雅彦は扉の蔭から女たちを覗き込んでいた。

ほな姐さん、おおきに、よろしゅうおたのもうします、と若い芸妓、舞妓が先輩の芸妓に挨拶して別れていった。

雅彦は目をきょろきょろさせながら芸妓たちを見ていた。彼女たちが路地に消えるまでじっと見つめていた。

そうしてまた雅彦は歩き出した。

四条通りから縄手通りを上り、白川南通りを西へ行った。それまでとは違う道だった。

祐一は橋を渡るとさすがに疲れた。

「もうあかん……」

橋の欄干に背をもたせかけて座り込んだ。

雅彦を見ると電車通りの手前で同じように石の上に座っていた。

――津田君も疲れたんや……。

祐一は祠《ほこら》の前の敷石にしゃがみ込んでいる雅彦と同じように橋の上で座っている自分の姿を想像して苦笑した。

「まったく昼の日中《ひなか》から街の真ん中で二人とも何をしてんねん。クックク」

祐一は苦笑しながら立ち上がり、雅彦に向かって歩き出した。

――津田君、いったいどないしたんや。

そう声をかけて雅彦に本当のことを打ち明けさせるつもりでいた。

――どうせたいしたこととちゃうと思うけどな……。

祐一は雅彦の名前を呼ぼうとして、そこで立ち止まった。声をかけられなかった。雅彦は祠の前の敷石にしゃがんで、顔を両手でおおって嗚咽していた。肩が小刻みに震えていた。十メートル近く離れた場所に立つ祐一にさえ、その慟哭《どうこく》ははっきりと聞こえてきた。それはまるで哀しみの淵にいるような切ない声だった。

あの春、大学のキャンパスで逢った頃のほがらかで屈託のない雅彦とは別人のような若者がそこにいた。

——どうしたんや、津田君、そんなしてると僕までがせんなくなるがな……。

祐一は呟きながら雅彦に近づいて行った。

いつのまにか周囲に闇がひろがり、川のせせらぎだけが聞こえた。

「けど正直言うて、僕、津田君が羨ましいわ。そりゃ今はたしかにせんないと思うけど、津田君みたいに、そこまで人のことを好きになったことは僕にはないような気がするわ」

祐一が足元の小石を拾って川面に向かって投げた。

僕は祐一の隣りに腰を下ろして黙って川面を見ていた。

「ついさっき話を聞いたばかりやし、僕にもどうするのんがええかよくわからへん。けどこのまま別れてしもうたらあかんわ。もういっぺん逢《お》うて二人で話をした方がええと思うわ」

僕はちいさくうなずいた。

「津田君、そんなんうつむいてたらあかん。別れたわけとちゃうやん。恋をしてんのやからもっと嬉しそうにしてな……」

祐一の言葉に僕は笑おうとしたが顔がぎこちなく歪んだだけだった。

祐一が僕の背中を叩いた。

「久家君、ありがとう」

「何を言うてんのや。僕等は友だちやないか。水臭い言い方せんとき。……けどびっくりしたな。津田君が祇園の舞妓さんと恋に落ちたとはな。それも今、当代一と言われてる舞妓さんとやで」

「久家君」

「何や？」

「こうなったこと、君に迷惑をかけているんだろうね」

「うん？　そりゃ、迷惑言うか……、間卉の家のお母《かあ》はんが知ったら動転しよるやろな。その相手が僕やったら、そりゃもうめちゃくちゃやろな。けど君は祇園の人間とちゃうからな。現代は自由恋愛の時代やしな。せやし……」

そこまで言って祐一は口ごもった。

「どうしたの？」

「うん。一晩考えてみるわ。ともかく僕にまかしてくれるか。勝手に間卉の家に押しかけたらまとまるもんもまとまらんようになるさかい。それよりお腹が空いたやろう。津田君が建仁寺のお坊さんみたいに歩くのを僕はふらふらになってついて行っとったんやから、もうお腹の皮がくっつきそうや」

祐一が言った途端、二人のお腹が音を立てた。

僕たちは顔を見合わせて笑い出した。

「マスターのとこに行って大盛りの定食でも食べようか」

僕は笑ってうなずいた。

十月下旬に古都の三大祭りのひとつである時代祭が行われた。

京都御所の建礼門から平安神宮までの一里、四キロの都大路を平安絵巻そのままの文官から明治時代の勤王山国隊まで時代風俗に身を装った人々が練り歩く。

この祭りは平安京が遷都千百年を迎えたのを記念して明治二十八年からはじまった。

行列の中には祇園町（祇園甲部）をはじめとする京都の五花街、上七軒、先斗町、宮川町、祇園東の芸舞妓も女人列にあでやかな衣装を身につけて参加する。

夏前からこの女人列の主役である十二単《ひとえ》の女官役に真祇乃が登場するともっぱらの評判だったが、女官役は他の芸妓がつとめた。

その上、この数日は、真祇乃がお座敷に上がらないことが祇園町の噂になっていた。

「どうやら旦那はんが決まらはったそうやで……」

「ほんまに？　宇治御殿の主さんかいな。それとも船場の兼吉の社長はんか？　もしかして九州の炭鉱のお大尽？」

「いや、そうやのうて、風邪《かぜ》を引いてもうて体調を崩して休んではるいう話や」

「あの間卉の家のお母はんが風邪くらいでお座敷を休ませますかいな」

「いや、金の小槌《こづち》を握ってる妓やで。大事をとってはるんと違うか」

「けんどそれだけ旦那衆が寄らはったら、こちらを立てればあちらが立たず、もうひとつ立てればあちらとこちらが立たず。気を揉んで伏してはるんやろう……」

その噂は久美の口から、僕の耳にも入ってきた。

「えっ、それで真祇乃さんの具合いはどうなの？」

「何もわからしません。屋方に閉じ籠《こ》もったまま外には出てこられしませんし……」

久美は言った。

祐一もわざわざ部屋まできて教えてくれた。

「何やあの妓、風邪を引いて寝てもうてるらしいな」

「うん……、大丈夫なんだろうか」

「心配いらへん。祇園の妓は仕込みさんの頃から身体を鍛えられとっさかい。風邪くらいではびくともしいへん。風邪ひいたいう時は何か事情があんのが祇園町や」

そこまで言って祐一が舌先をぺろりと出して肩をすくめた。

「それはどういうこと？」

「いや、そういう話が昔から祇園町にはあるいうだけのこっちゃ」

祐一があわてて言った。

「久家君、僕はもう半年以上この町にいるんだよ。そういうふうにあやふやな言い方はしないで欲しい」

「わ、わかった。この町のたとえ話で〝風邪を引いてはる〟いうのんがあるんや。〝少し長いこと風邪を引いてはって〟いうのはその間にどこかで稚児《ややこ》を産んだとか、あんねん」

「ややこって？」

「赤ん坊のことや」

「赤ちゃんを？」

「そないびっくりせんかてええがな。あの妓がそんなことするはずないがな。それに君たちそんな仲とちゃうやろう」

「う、うん。そうだけど……」

僕は祐一に待合いで二人が結ばれた話はしていなかった。

ただ逢いにきた真祇乃が別れ話をして帰っていったと話していた。

「けどどうしてこの町ではそんな大事なことを〝風邪を引いた〟なんて言うの」

「そんなもん、当たり前やないか。お客さんにむかって他の男の赤児を産むために休んでましたという馬鹿がいてるかいな」

「……」

僕は呆れていた。

――久家君までが平気でこんなことを口にする。やはりこの町には間違ってることがまだまだ多いんだ……。

僕は大きく吐息をついた。

真祇乃の具合いが悪いと聞いてから雅彦はまた部屋に閉じ籠もってしまった。

祐一は久美に雅彦が部屋から出てこないのは大学の論文を書いているからだと屋方の者に言うように言った。

「ええな。いらんこと言うたらあかんで。妙な噂にでもなったら、おまえが巻きこまれてしまうんやぞ」

「えっ、うちは何も知りしませんもん」

「そうや、それでええんや」

「祐さん兄さん、ほんまにうちは何も知りしません」

久美はムキになって言い張った。

「わかったわかった。適当に食べるものだけは持っててやり」

二人が話しているとキヌが心配そうに二階を見上げた。

「学士先生、どこか身体を悪うしはったんどすか」

「そんなことあらへん。津田君は今、東京の大学に出さなあかん論文を書いてんのや。勉強の邪魔したらあかんで」

「ああ、そうどすか、大変どすな」

同じことを祐一は母親のトミ江にも話した。

その日の夕暮れ、祐一は雅彦の様子を見に二階に上がった。

「津田君、調子はどうや」

「う、うん……」

雅彦はうつむいたきりだった。

「ロミオとジュリエットやあるまいし。二人が病いではどうしようもあらへんな」

祐一がため息を零した。

「久家君、真祇乃さんに見舞いの手紙を届けたいんだけど……」

祐一は訴えるような雅彦の目をじっと見ていた。

祐一は雅彦があわれに思えた。

「よしゃ、ほな津田君、あの妓に手紙を書き。僕がどうにか届けたるわ」

祐一が胸を叩くと、雅彦の表情が急に明るくなった。

雅彦はすぐに真祇乃宛の手紙を書きはじめた。

——お加減がよくないという話を聞きました。お座敷にも、大役が決まっていた〝時代祭〟にも出ないで屋方に閉じ籠もっていらっしゃるとか。お身体の具合いはどうなのでしょうか。心配しています。五条で逢って下さったことは望外の喜びでした。しかしあの折、あなたの言ったことを僕はとうてい理解できません。もう逢えないというのは信じられません。何か訳があるのならどうか僕に話して下さい。僕にできることは何でもするつもりです。ともかく逢いたいので返事をお待ちしています……。

書き上がった手紙を手渡すと、祐一はしかめっ面で言った。

「えらい長い手紙やな。〝付け文〟言うのんはもっと短うて、手の中に隠れるものやで。こんなんやと窓から放り投げるわけにもいかんがな」

「それでも要点だけを短く書いたんだ。久家君、迷惑をかけるけど、どうかこれを真祇乃さんに届けて下さい」

雅彦が深々と頭を下げると、祐一は、しゃあないな、男が一度口にしたことやさかいな……、と手紙をポケットに入れた。

「ほな行ってくるわ」

「返事をくれるように書いておいたので、それもお願いします」

「何やて、そんなことまで引き受けてへんで」

「久家君、後生のお願いだよ」

雅彦が手を合わせて拝むようにするのを見ながら祐一は大きなため息をついて部屋を出て行った。


晩秋の古都はすでに陽は西に落ちて、祇園町の店々には灯りが点っていた。

足元をさらう風は冬の気配を思わせる冷たさだった。

おう、さぶいな、上着を着てくればよかったな、しかし津田君もえらいことをしよるな、よりによって祇園の舞妓はんと恋に落ちるとは……。祐一はぶつぶつと独り言をつぶやきながら花見小路通りを北にむかった。

——いったいどこで二人は出逢いよったんや。津田君も隅におけへんな。

祐一が苦笑いをしながら四条通りに出ると、通りを修学旅行の生徒たちが通り過ぎようとした。

「こらこら通したってな。金魚の糞みたいにしてんと……」

祐一は列を無理矢理横切って四条通りを渡り、切り通しの路地に入った。

むかいからお座敷にむかう芸妓が二人、舞妓を一人連れて歩いてくるのが見えた。

——あのうしろの妓《こ》がそうならラッキーやで……。

祐一は三人を見た。

「いや、祐一兄さん、どこ行かはるの」

幼馴染の芸妓であった。

「何や、おまえかいな」

「何やとはずいぶんと違いますか」

「ええねん、そや、間卉の家はこの先やったな」

「そうどす。路地ふたつ行って西に入らはると、五軒目どすわ。間卉の家さんに行かはるんどすか」

「うん？　いや、そうやない。その近くや」

「祐一兄さん、今度、ご飯食べ連れてっとくれやす」

「何を言うてんのや。俺は学生やで、どこにそないな金があんのや」

「うちがご馳走したげまっさかい」

「遠慮しとくわ。あとが怖いさかい」

「何や、いけずやわ」

「わかった、わかった。いつかな。ほなお気張りやす」

「約束どっせ」

祐一は先を歩きながら、

——あんな楽な妓もいてんのに、よりによってあの真祇乃とはな……。

とまた愚痴を零した。

祐一は祇園町の女に恋したことはなかった。それはものごころついてからこの町の女たちの悲哀と女たちのしたたかさをよく知っていたからだ。女たちに誘われたこともあったが、決して彼がそれに乗らなかったのは、祐一の実父が母以外の祇園の女に手を出し、二人が諍《いさか》う姿を何度も見ていたからだった。

ふた筋目の路地を左に折れると、右手に小さな門構えの屋方が見えた。

軒の表札に間卉の家と墨文字があり、その脇にこの屋方に所属する芸妓、舞妓の名前を記した表札が七枚並んで掛けてある。

祇園で一、二を争う舞いの名手と評判の真智悠の名前があり、一番端に真祇乃の名前が見えた。

間卉の家は戦後ほどなく商いをはじめて屋方としては老舗ではなかった。しかし今の女将の代になって、売れっ妓の芸妓、舞妓を何人か出すようになり、遣り手と評判の女将は客受けのよい妓を育てる腕があった。祇園町の中の評判は決してよくはないが、女が主役で、芸妓、舞妓の女振りがお座敷の花代の数を決める世界である。客はおのずからお座敷が華やぎ、芸艶気のある芸妓、舞妓を呼ぶ。女の力が屋方の力なのである。

祐一は屋方の前をゆっくりと通り過ぎた。

門灯は点って、格子越しに家の中に人の気配はあったが、この一帯がお茶屋も出店も少なくて、祇園町でも静かなせいで、家の前に立って中を覗くのがはばかられた。

祐一は数軒先まで歩き、店を閉めようとしていた雑貨屋を覗いた。

「お客さん、申しわけありません。もう店仕舞いでんねん。かんにんどす……」

「買いもんちゃうねん。ちょっと聞きたいんやけど、このむかいの筋の家の裏手は白川になるんやろうか」

「へえ、そうどす。それが何か……」

「いや何でもない。おおきに」

「へえ、かんにんどす。またお越しやして」

祐一は来た路地を引き返し、先刻よりさらにゆっくりと間弁の家の前を通り過ぎた。人の声どころか物音ひとつしなかった。

祇園町の家のたたずまいは皆そういう風情で、外からは狭くてちいさな間口の小家にしか見えない。中からの物音も外にはほとんど聞こえてこない。ほとんどの家が鰻の寝床のように縦長で、住人たちが集まって、食事をしたり、談笑したりする部屋が家の奥まった場所にあるからだ。狭いどころか奥には中庭まである。

祐一は切り通しまで戻ると路地の角に立ち、間弁の家の二階の造りをたしかめ、北にむかって歩き出し、ちいさな辰巳橋を渡った。

白川のせせらぎの音が周囲に響いた。川幅は狭く、子供が立てるほどの深さしかない疎水であったが水に勢いがあった。

白川沿いを北にむかって歩き出すと川べりに佇む男女の姿が数組あった。

――そうや、ここは近頃、逢引きの場所になってんや……。

「かなんな。こんな所で他所《よそ》の家を覗き込んでたら出歯亀と間違えられるで」

カップルのそばを通り過ぎようとすると女の甘えたような声が聞こえた。

祐一は舌打ちして、川をへだてたむかいの家の軒数を数えた。

「ひい、ふう、みい、よ、いつ……」

態《わざ》と大声を出して家を数えた。

そうでもしなければ、薄暗い川べりで寄り添っているカップルの中を男一人で歩けなかった。

カップルたちは祐一を訝しそうな目で見た。

五軒目の間弁の家の真向いにもカップルがいた。二人は顔と顔を寄せ合っていた。

「すんません、ちょっとあそこの家に用があるんで……」

祐一がカップルに頭を下げ、むかいの家を指さした。

いきなり男が怒鳴り声を上げた。

「何や、われ、あの家に用があんのなら表から行きゃええやろ、何を言いくさっとんのじゃ。こりゃ、われ痴漢か……」

相手の男は見るからに素人ではなかった。

祐一は謝りながら辰巳橋の方に戻った。

――怖いあんちゃんやったな……。危ないとこや。

しかし相手の言うとおりである。祐一は橋の上から川べりに立つカップルを見つめた。どのカップルも引き揚げそうになかった。

祐一は橋の上で大きく吐息をついた。

いっそ間卉の家の木戸を叩いて真祇乃を呼び出そうかと思ったが、今、旦那衆の間で争奪戦になっている売れっ妓の舞妓に逢いたいと申し出ても、はい、そうですか、と逢わせる屋方があるものか。

「津田君、君、あきらめよし」

祐一は川面にむかって声を上げた。

音を立てて流れる川面に、両手で顔を覆って嗚咽を上げていた雅彦の姿が浮かんだ。

祐一は、白川の流れと、間卉の家の裏手と、川べりのカップルたちを交互に見つめた。そうしていったん辰巳橋を来た方に戻り、腹立たしげに言った。

「なんで僕がこんなんせなあかんの……」

その言葉が終わらぬうちに祐一は大声を上げながら足音を周囲に響かせて走り出した。

「強盗や、強盗やで。強盗がそっちに逃げたで、お巡りさん、こっちや、強盗がこっちに逃げたで、包丁持ってるで、危ないで、お巡りさん……」

その声に気付いて通りがかった自転車の男がとまり、辰巳橋の方からも人影があらわれた。

祐一はまた辰巳橋に引き返し、手招きするようにお巡りさん、と叫んだ。どこや、どこやと集まってきた男衆が声を上げた。

ぞろぞろと人が川べりに出てきた。むかいの家の木戸が開き窓灯りがもれた。

祐一は辰巳神社の祠の蔭に身を隠して川べりの様子を窺った。

身体中から汗がほとばしっていた。

ほどなく巡査があらわれた。

騒ぎが一段落するまで小三十分かかった。

祐一はその間も間卉の家の裏手を見ていた。女が一人、窓を開けて対岸の騒動を眺めていた。

——あの妓が真祇乃やったらええのんやけど……。

この時刻、芸妓、舞妓は皆お座敷に上がっているはずだった。体調を崩して休んでいるなら、あの窓辺の妓が真祇乃のはずだ。

巡査が引き揚げると思ったとおりカップルたちの姿は失せていた。

祐一は素早く間卉の家のむかいに立った。

先刻まで開けていた窓は見えずに木戸が閉ざされていた。祐一は足元の小石を拾って、木戸にむかって投げた。

ひとつ、ふたつと木戸に小石が当たっても木戸は閉じたままだった。祐一は少し大きめの石を拾った。祐一が石を投げようとした時、木戸が開いた。中から先刻の妓があらわれた。

浴衣姿から芸妓か舞妓だとわかった。

相手は訝しげな表情で外を窺っていた。

「おい、おい、こっちや」

祐一が声を潜ませて相手を呼んだ。

相手が祐一をたしかめるように覗いている。

「君、真祇乃はんか」

「………」

相手はじっと動かずにこちらを見ている。

「真祇乃はんやろう」

相手が窓を閉じようとした。

「怪しいもんとちゃう。俺は喜美屋の使いの者や。津田君に頼まれてきたんや」

閉じかけた窓が開いた。やはり真祇乃だった。

「津田君から手紙を預かって来たんや。ちょっと外に出てきてくれへんか」

真祇乃は首を横に振った。

「何でや、せっかく津田君が書いたのに、可哀相やないか。君、津田君とのこと遊びのつもりなんか」

真祇乃は先刻より大きく首を振った。

「ここから出られしませんのどす」

——そりゃ何のこっちゃ。

祐一は呆れた。

真祇乃が右手で辰巳橋の方を指さし、そこから塀沿いに家の下に来てくれるように手で示した。

——あそこから行けんのか？

祐一はうなずき、辰巳橋に戻った。橋の下に靴の幅ほどのわずかなスペースがあった。

祐一は塀に身体を寄せるようにして真祇乃のいる窓の下に着いた。

「真祇乃はんやな。喜美屋の祐一や」

真祇乃はこくりとうなずいて言った。

「おおきに、そこの楓の木の下に投げて下さい。あとで取りに行きますよって」

「あとでは困るねん。津田君があんたの返事を待っててんねん」

「津田はんが……、津田はんはおげんきどすか……」

「君に逢えへんのでごっつ痩せてしもうとるわ」

「ほんまどすか？」

「ほんまや、恋わずらいの重症や」

「……そうどすか」

「君、悪いけど早う手紙を取りに来てくれへんか。こっちはごっつきつい所に立ってんのや……」

祐一が声を殺して言った時、塀の内側から木戸が開く音がした。

祐一は息を潜めた。

「誰ぞ居てんのか」

しわがれた女の声がした。

「へぇー、おばはん、うちどす。真祇乃どす。屋根の上で猫がせわしのう鳴いてましたんで追い払うとったんどす」

「なんや猫かいな。どこぞの野良猫が来よったんやな。明日、毒饅頭でも置いとってやるわ。それより真祇乃はん。あんた外に顔を出したらあかんのやろう。宇江田はんのお大尽はんとの約束どっしゃろう。そんなとこをお母はんに見つかったら、きつう叱られますえ」

「はい」

塀の内から木戸が閉まる音を聞いて祐一は手紙を持った腕だけを伸ばし、小声で、返事は明日の今頃、取りに来るから、と告げて手紙を楓の木にむかって放り投げた。

僕は喜美屋の前に立って、祐一の帰りを待っていた。

祐一の姿が見えると僕は駆け出した。

「久家君、どうだった？　手紙は渡せましたか」

「ああ何とか受け取ったやろう」

「何とかって、真祇乃さんには逢わなかったの」

「逢うことは逢えたけど、むこうは二階の窓から顔を出しとっただけや」

「窓から……、でも逢えたんだね。それで真祇乃さんは元気だったかい」

「ああ元気そうやったで」

「そう、それはよかった。それで安心したよ。手紙を読んでくれたんだね」

「たぶんな」

「たぶんってどういうこと」

祐一は間卉の家の裏手での話をした。

「久家君、真祇乃さんはどうして外に出られないのだろうか。君はどう思う」

「なんでやろうな……」

祐一は首をかしげた。

「流行風邪《はやりかぜ》がまだ抜け切らんのと違うか。それにしては元気そうやったな」

「そうだね。元気そうならそれでいいものね」

僕は自分に言い聞かせるように言った。

祐一は僕をじっと見ていた。

間弁の家の塀のむこうからしわがれた女の声が言った言葉は黙っておいた。

『それより真祇乃はん。あんた外に顔を出したらあかんのやろう。宇江田はんのお大尽はんとの約束どっしゃろう……』

――たしか真祇乃の争奪戦には宇治の大旦那と大阪の兼吉の社長の他にもう一人、九州の炭鉱王のお大尽がいてると聞いてたな。その炭鉱王の名前が宇江田と言っていた。

「そうか……」

祐一が声を上げた。

「久家君、どうかしたの？」

「いや何でもないわ。それより君、お腹は空いてへんのか」

祐一が訊くと僕の腹が急に鳴り出した。

それに合わせるように祐一の腹も音を立てた。二人はお互いの顔を見合わせて笑い出した。

「けつねうろんでも食べに行こうか」

二人は東山の東大路通り沿いにある食堂に入った。

店に入ると、先客が一組いた。僕たちは老婆二人が座るむかいのテーブルについた。

けつね、ふたつおくれ、祐一が大声で言った。

「どや、ええ写真は撮れてるか」

「う、うん……」

僕は口ごもった。

祐一は僕の日々が写真どころではなかったのに気付いた。

「そうか、まあええがな。何でも本気になれるのはええこっちゃ。あの妓の写真、今度ゆっくり見せてえな。ええ感じやったで。いや別にあの妓だけがよう撮れとんのと違《ちご》うて、祇園町の雰囲気が出てたわ。津田君はそっちの道に進んだ方が、案外、正解かもしれへんで……」

「僕もそうしたいんだけど、父がね……」

「どんなことでも立ちはだかる壁があるもんや。それを乗り越えるんが青春やで」

僕はまぶしそうな目で祐一を見た。

――本当に君は僕の友だ。ありがとう、久家君、感謝してるよ……。

その時、お茶いれたって、と声がした。大きな声だった。祐一が思わず器を持った手を滑らせそうになった。

「びっくりした……」

祐一が二人の老婆を振りむいた。祐一が小声で言った。祇園町の大姐さんたちや、もう百歳超えとんのと違うか、と耳を指さして手を横に振った。

耳が遠くなっているのだろう。僕も祇園町に滞在するようになって、この町に年老いた女性が多いのにも気付いた。その女性たちが皆元気なのに驚いた。

「〝見られ〟があったらしいな……」

「はあ、今、何て言わはったんで」

「へぇ〜、〝見られ〟、〝見られ〟や」

「よし本や。百人近う上がったいう話や」

「そりゃまた豪勢な。どこのお大尽さんが」

「九州の炭鉱屋はんや」

「九州の男は気前がよろしいでな。そんでどうなりましたん。ええ話にまとまりましたんか」

二人の老婆の声は店中に響いていた。

祐一も僕も思わず沈黙した。

「ほれ末吉町の間卉の家はんおすやろう。あそこの舞妓はんを引きはるそうや」

「ああ、あの遣り手いう女将はんの屋方どすか。あんじょうやらはりましたな」

「ほんまや。ひと財産でけたやろう」

「そりゃ、お目出度い話どすな」

「ほんまや。そないなお大尽に引かれて、舞妓はんもしあわせなこっちゃ。ちょっとおねえさん、このお茶ぬるいがな。ほんまに何をしてんねん」

「ぬるおしたか、済んません。お姐はん、すぐに取り換えさせて貰いまっさかい」

店の女が頭を下げながら茶を取り換えに行った。

「そんで、その果報者の舞妓はんは何ちゅう妓え？」

「さあ知らんわ。舞妓はんはぎょうさん居てるさかいな。いちいち覚えられへん」

ウッフッフ、相手の老芸妓が笑いながら、ほんまや、ぎょうさん居てるさかい、と言った。

僕は音を立てて椅子を引き、立ち上がった。

そうして老芸妓二人のテーブルに歩み寄ると、仁王立ちになって声を張り上げた。

「話が耳に入ってしまったので言わせて貰います。今、あなたたちが話していらしたことは人身売買といって犯罪なのですよ。よくそんな話をあなたたちは笑ってできますね。何が〝見られ〟ですか。何が〝お大尽〟ですか。山椒大夫《さんしょうだゆう》の時代じゃあるまいし、今は二十世紀ですよ。民主主義の時代です。第一、その舞妓がどんな思いで身を引かれて行くかを考えたことがあるんですか」

「津田君、この姐さんたちに言ってもしょうがないがな、何を興奮してんのや」

祐一が僕の腕を取って引き戻そうとした。

二人の老芸妓は目を見開き、口を半開きにしたまま僕を見上げていた。

「す、すんません。ちょっと興奮してるもんやさかい、さあ津田君、行こう」

祐一がテーブルに金を置いて僕を連れ出した。

東大路通りに出ると僕は電信柱の下に立ちつくしたまま両手の拳を握りしめていた。

「津田君、あの姐さんたちが話してたんは噂話や。祇園町いうのんは噂話であふれとるんや。ありもしいへんことを口にすんのや。第一あんな耄碌《もうろく》した姐さんに何がわかるねん」

「この町はおかしいよ。住んでる人も、やって来てる男たちも……。間違ってるよ」

「……そんな言わんといてくれよ。一応、僕が生まれ育った町なんやさかい」

「………」

祐一の言葉を聞いて僕は何も言わなくなった。

それでも僕の身体は小刻みに震えていた。祐一は黙って僕を見ていた。

「ご、ごめん。そういう意味で言ったんじゃないんだ」

「わかってるよ。僕もたしかに問題はあると思うわ。許せないこともぎょうさんある」

祐一は腕組みして憤慨しているかのように口をへの字にして二度、三度うなずいた。

市電の灯りが二人の顔を一瞬照らし出し、音を立てて走り去った。

その日の朝早く、僕は嵐山に紅葉を撮影に出かけた。

「ええことどすわ。学士先生やから言うて、ずっと部屋で勉強ばっかりおしやったら、そりゃ身体にええことはおへん。紅葉どすか。嵐山へ？　今時分の嵐山は綺麗どっせ。はい、これが弁当で、こっちに甘いもんが入ってまっさかい。はい、どうぞ気いつけて行って下さい。陽が落ちるともうさぶいでっさかい早うお戻りやして」

キヌは上機嫌だった。

久美が表に見送りに出た。

「よろしゅおしたな。元気にならはって……」

久美が弁当を手に持ち静かに言った。

「津田はんは男前やさかい、またきっとええおひとに逢えますて」

僕は立ち止まった。

久美が振りむいた。

「久美、君は何か誤解をしてるようだね」

「ゴカイって何どすか」

「考え間違いのことだよ。僕はあの人と別れるなんて、これっぽっちも考えていないよ」

「えっ、そうなんどすか。けど真祇乃姐はんはお大尽さんに引かれはったんと違いますか」

「そんな無茶なことがまかりとおるわけはないだろう」

「……そうなんどすか」

久美は首をかしげながら歩いていた。

四条で電車を待ちながら、北の空を見た。いつの間にか山々の色彩もかわり、雲はすでに晩秋の濃さになっていた。

——もう半年も、この町にいるんだ……。

僕は頰を抜ける冷たい川風に当たりながら半年の間にずいぶんといろんなことがあった気がした。

「久美」

「何どすか？」

「君は誰か好きな人はいるの？」

質問に驚いたのか、久美は目を丸くしてから、ほんの一瞬、頰を赤らめた。

「もし好きな人ができたら、どんなことがあってもその人を信じることだよ」

「……へぇ〜、わかりました」

電車が来て、僕は弁当を受け取って乗り込んだ。

久美が複雑な表情をして手を振っていた。

その日の午後、祐一は遅い昼食を済ませた後、母のトミ江と話し込んでいた。

「お母はんがそうしたいんなら、それでええんとちゃうの」

「そういうことをあんたに聞いてるんと違うがな。二十年振りの普請なんやで、銀行かて、はい、そうでっかと金を出してくれまへんがな。あんたと母さんがきちんと腹くくらなあきしません。たった二人きりの家族やないの」

「姉さんがいてるがな」

「あれはもう他所の家に嫁いだ身や。事業のことはやっぱり男の力が必要なんどす」

「事業やて、少し大袈裟ちゃうのん」

「何を言うてんの。今回の普請はいくらお金がかかると思うてんの」

「わかった、わかった。それで書類を見せてみて……」

祐一は会計士の先生がこしらえた事業計画書に目を通した。

この数年、喜美屋の売上げは順調だった。

世間の好景気で祇園町に上がってくる客も増えていたが、トミ江の明るくて丁寧な客あしらいと堅実な経営がお茶屋を新しく普請する力となっていた。

祐一が書類に目を通している間もひっきりなしに電話が鳴った。

へぇ〜、十五日の十時、三名はんどすな。毎度、有難さんどす。おおきに。豆××と豆△

△どすな。社長が見える言うたら、そりゃ喜びますわ。毎度、おおきに、お待ち申し上げてます。

いや、先生、おひさしぶりどす。高島屋の展覧会、そりゃ評判どしたえ。明日の六時、何とかしまひょう……。トミ江の声がはずんでいた。

祐一は書類を見ていて何度も欠伸《あくび》が出た。

「祐一、どうえ?」

「ええんとちゃうかな。この返済期限、もう少し長うてもええんちゃう」

「あかんて、借りた金は早う返してしまわんと、利息が高うつくがな。あんた芸妓の花代が一本いくらかわかってんの」

「……」

――決めとんなら僕に相談すんのやめてくれるかな……。

「ほな、これで行くで」

目の前でトミ江が書類を片付けている。

「お母はん、そう言えば先月〝見られ〟があったんやて」

トミ江が書類を持つ手を止めた。

「どこで聞いたんや」

「祇園町では皆知ってるがな。それで九州の炭鉱王いうのんが、間卉の家のべっぴんの舞妓はんを引かはるんやて？」

「どこで聞いてきた話か知らんけど、それは違うてるな」

「えっ、そうなん。宇治の大旦那も大阪の何とかいう人も炭鉱王にはかなわんかったいう話とちゃうの」

「噂話いうのは、やっぱり甘いな。祇園は格式の町でっせ。金をなんぼ積んでも通るもんと通らんもんがあるのや。宇治の大旦那はんは昔からのお大尽や。大阪の兼吉はんかて祇園には三代通ってはるんやで。昨日、今日、出て来た九州のお客はんの言うようになりますかいな」

「ほんまに」

「へぇ〜、ほんまどす。今頃、富美松の女将さんが間卉の家に行ってきっちり話をつけてはんのと違うか。間卉の家はお大尽に肩持ってその妓を囲い込んでるらしいが、あの屋方はまだ新しい屋方やさかい女将も祇園の仕来りがわからんかったんやろうな」

「で、どないなるの？」

トミ江が祐一の顔をじっと見た。

「何で、あんたがそんな話に興味を持つねん？」

「い、いや、噂で聞いて、どないなっとるんやろうかと思うただけや」

「そやそや、津田はんのお家からまたチーズやらキャビアやら送ってきとったで。あのお家はきっちりしてはる。外国のものが多いのはなんでや」

「津田君の家は貿易会社をしてはんねん。それ、夏にも話したやないか」

「そうか。キヌに言うて何か美味しいもの送らしといてくれるか」

「そんなん、お母はんが言うてな」

祐一が手を差し出した。

「何やの、それ？」

「少し小遣いおくれ」

「ちょっと前にあげたばっかりやろう」

「あれは学費で東京に送ったがな」

「学費ってあんたぜんぜん学校に行ってへんのにか。リポートとか言うて何の勉強や」

「リポートちゃう、レポートやて」

「何でもええけど、博打《ばくち》やら、女に金使《つこ》うたらあかんえ」

トミ江が蝦蟇口《がまぐち》から金を出して祐一に渡した。

「そんな器量はないさかい心配せんとき。おおきに」

「お待っとおさん〜」

裏木戸から男の声がした。

トミ江が奥にいる芸妓たちに大声を出した。

「男衆さん、見えたで。支度してあんのんか〜」

「なんや、えらい遅かったな」

僕が家に帰ってくると、祐一が待ちわびていたように言った。

「嵐山の奥の方まで入って行ったら、道に迷ってしまって……」

僕は照れ笑いしながら言った。

「道に迷ったたって、どんくさいな」

「久家君、何か用事かい？」

祐一が家の奥の様子を見ながら僕ににじり寄ってきた。

「今夜、先斗町に上がろうか」

「上がるって？」

「お座敷や」

「えっ」

僕は祐一の顔を見返した。

「なんでそないびっくりした顔をしてんねん。少し小遣いが入ったんや。知ってるお茶屋やさかい大丈夫やて。君も今後のためにお座敷がどんなもんか知っといた方がええやろうと思うてな」

「けど……」

「心配せんかてええ……」

僕はこの頃、お茶屋のお座敷の存在に疑問を持つようになっていたから、祐一の誘いにも気乗りがしなかった。

「先斗町に行く前に、ほれ、手紙の返事をもろうてくるから」

「そ、そうなんだ。真紙乃さんの返事は今夜届くんだ」

「届くんとちゃうて、俺が取りに行くんや。そこのところ間違えんといてな」

「そうだね、ありがとう」

僕は深々と頭を下げた。

「そんなんせんといて。君に恩を着せようなんて俺はちっとも思うてへんさかい。ほな、あと三十分したら出るさかい」

「わ、わかった」

部屋に上がって着替えをしていると障子戸のむこうから久美の声がした。

「晩の御飯どないしはります。キヌさんから訊いてくるように言われました」

「これから出かけるんだ」

障子戸が開いた。

きちんとした身なりに着替えた僕を見て久美が言った。

「あれ、どこにおいきやすの」

「久家君と先……いや、ちょっと出かけてくるんだ」

僕は先斗《ぽん》町の名前を言いかけて口をつぐんだ。

久美がじっと僕の顔をのぞいている。

「神戸から久家君の友だちが来るんだ。その人たちと食事なんだ」

「どちらで」

「さあ、河原町のあたりだと思うよ」

「津田はん、嘘つかはったら頰っぺたが赤うならはりますね」

そう言って久美は障子戸を閉めた。

——勘のいい子だ……。

階下に下りると、祐一もいつになく洒落た恰好をしていた。

二人の様子を見てキヌが訊いた。

「めかしこんで、どこに行かはりますのん？」

「さあ、どこやろな」

祐一が笑って言った。

——そうか、こういうふうに言えばいいのか……。

僕は笑っている祐一を見て感心した。

「なんや、久美、その目は。おまえ、この頃、乳が大きゅうなったんとちゃうか」

久美があわてて胸元をおさえた。

「はようお帰りやして……」

キヌの声を背中で聞きながら二人は花見小路通りを歩き出した。

前方からお座敷を巡る芸妓と舞妓がやってきた。

僕は緊張した。舞妓の姿を目にすると、真祇乃ではないかと思ってしまう。これからお茶屋に上がることも余計に複雑な気持ちにさせた。

「今晩は。今晩は、お兄さん」

芸妓と舞妓が祐一を見て挨拶した。

「お気張りやして」

祐一がさらりと声をかける。

彼女たちの目が僕を見た。僕はあわてて顔をふせた。

「よう気張りよんな、あの妓《こ》等は……。まあ、もっともそれでこっちは飯が食べられとんやさかいな。フッフフフ」

祐一が自嘲するように笑った。

「それと昨晩《ゆうべ》気が付いたんやが、これ、君に言うてええもんかどうか迷っててんけど……」

祐一が言いにくそうに話していた。

「久家君、何を話されても僕は驚かないから話して下さい」

「そ、そんなたいそうなもんとちゃうよ。ただ昨晩思うたんやけど、あの妓、外に出られへんのは誰ぞに止められてるのと違うやろうかと思うたんや」

「誰にだい？」

「そ、それはわからへんけど……」

僕は祐一の態度を見て、通りに立ったまま何かを思うふうに、じっと足元を見つめていた。

そうして目を見開いて、

「あの九州の炭鉱の男だ。そうだよね、久家君」

と下唇を嚙んだまま大声で言った。

「ち、ちょっと、そいつかどうかは俺には皆目わからへんがな。そういう意味で言うたんと違うがな」

「いや、そうなんだ。そうに違いない。ということは……」

そこまで言って僕はやり切れないような表情で祐一を見た。

「ということは、あの人が、あの男のものになったということなのかい？」

「ちょ、ちょっと津田君、落ち着かな。誰もそんなこと言うてへんがな。君、少し性急やで、俺はそないなこと言うてへんがな」

祐一はひどく狼狽《ろうばい》していた。

今にも泣いてしまいそうな表情だった。

「あ、あの、津田君。それは君の誤解や。俺、今日の昼、それとのうお母はんにあの妓のことを訊いてみたんや」

僕は顔を上げた。

「そ、そんな怖い顔を通りの真ん中でせんときな。そ、それでお母はんが言うには、あの妓が、真祇乃いう舞妓が誰ぞに引かれたという話はないそうや」

「それは本当ですか」

「本当や。お母はんが言うてたさかい」

僕は胸元に手を当てて大きく吐息を零した。

「それにしてもえらい剣幕やな。俺、そんなつもりで言うたんと違うんや。今夜、今から手紙の返事をもらうやろう。その内容を見ればすぐにわかるんと違うか」

祐一の言葉に僕は大きくうなずいた。

今度は祐一が溜息をついた。

僕は鴨川の岸辺に腰を下ろして、祐一がやってくるのを待っていた。

大阪にむかう電車が何本も通り過ぎた。

乗客の様子が、時折、見えた。勤めを終えて家路についているのだろう。

その人たちを見ていて、どうして真祇乃は普通の暮らしができる仕事を選ばなかったのだろうかと考えた。

以前、祐一の言った言葉が耳の奥からよみがえった。

『祇園の芸妓、舞妓になる子は、まずはこの祇園で生まれ育った子やな。俺のお母はんがそうや。子供の頃からそうなるように躾られたさかいな。あとの子は皆それぞれの事情があって見習いに入ってくるんや』

『事情って？』

『やはりお金やろうな。家が何かの事情で苦しかったり、子供が多かったりな。祇園にくる口入れ屋の男衆がいて、そんな事情を察してスカウトしてくんのや。その口入れ屋の男衆も、屋方の女将はんもたいしたもんで、こんな顔の子、大丈夫かいな、と思うてても、それが年頃になると綺麗になりよんねん。なにせ祇園は日本で一番の町やさかいな』

自慢気に語った祐一の顔が思い出された。

――やはり金やろうか。

真祇乃の家に事情があったということなのだろうか。

そうだとしたら真祇乃は犠牲になったということになる。

――可哀相に……。

電車が汽笛を鳴らしてまた通り過ぎた。

乗客たちを見た。あの乗客のように家路にむかう先に家族がいる暮らしを、彼女はできないのだろうか。

「僕が、僕が彼女の待つ場所にむかって電車に乗ることはできないのだろうか」

僕は声を出していた。

「できないはずはない」

僕は足元の草を引き抜いて立ち上がった。

その時、背後で足音がした。

振りむくと、黒い影がよろよろしながら近づいてきた。

「久家君、どうしたの」

僕は思わず声を上げた。

祐一は全身びしょ濡れだった。せっかく着てきた洒落た服がよれよれになっている。

「久家君、その恰好は何があったの？」

「川に落ちたんや」

「川に？」

「そうや、塀の穴の間から棒かなんぞで思い切り突きよった。人を犬や猫みたいな扱いしよって、あの老女《あば》許さへんで」

そう言って祐一は草の上にへなへなと座り込んだ。

僕が肩をさすると、なるほど全身が濡れていた。ポケットの中からハンカチを出して祐一に渡した。

「どうしてこんなことに……」

「たぶん説明してもわからへんと思うわ」

祐一はハンカチで顔や首筋を拭いながら言った。

「身体は何ともないかい。どこか怪我をしていないの」

「大丈夫や、川言うても白川やさかい。子供が行水する所や、心配ない」

「僕のためにこんな目に遭わせて、本当に済まない」

僕は頭を下げた。

「そんなんせんといてって言うてるやろう」

「本当に済まない」

僕がまた頭を下げると、

「かなんな」

と言って祐一が苦笑した。

「そうや、肝心なもんを渡すのを忘れてたわ。そのために濡れ鼠《ねずみ》になったんやさかい。ほれ、津田君、手紙や。濡らさへんかったで、無事やったやろう」

祐一は手紙を渡しながら、手紙が濡れていないかをたしかめるようにのぞいた。

川辺は薄暗くて文字が判読できなかった。

「四条大橋に行こう。あそこなら明るいさかい」

「そうだね」

二人は川辺から上がって四条大橋の上に出た。

橋を渡って中華料理店のビルの下に立った。

手紙を開いた。

少し濡れていたが、真祇乃の文字を読むことはできた。

津田雅彦さま
先夜は失礼をしました。あんなことをあなたに申し上げて、わたし気がおかしくなっていたのです。またお逢いしたい。待っています。
真祇乃

手紙を読んでいるうちにこみあげてきた。

「どや、ええこと書いてあったか」

祐一の言葉に僕は二度、三度うなずいた。

「そうか、それはよかった。よかった。俺も甲斐があったいうもんや」

祐一が鼻水をすすりながら言った。

僕は手紙を何度も読み返した。

「津田君、悪いがこんな恰好で川風に当たってると風邪引きそうやから、先斗町に入るで」

「あっ、そうだね」

僕は手紙をポケットに仕舞うと祐一のあとをついて先斗町の路地に入った。

「あれまあ、喜美屋はんのボン、えらい派手な恰好でお見えやして……」

玄関にあらわれたお茶屋の女将が大声で言った。

「どないしはったんどすか。大阪から淀川を泳いできはったんどすか」

女将が笑いながら言った。

「おもろないな、その冗談」

祐一が鼻水をすすった。

「まあ早《はよ》うお上がりやして。着物《べべ》を着替えまひょ。誰か浴衣を持ってきて。そや、お風呂に入りやしたらよろしゅうおすわ。そないしはって」

女将は祐一の手を引いて廊下を歩き出した。

「大学の友人の津田君や。東京から見えたんや。よろしゅうな」

「へぇ〜、大学のお友だちどっか。男前の学生はんどすな。お宅さんもお風呂入りやしたらどうどすか」

「津田君は泳いでへんからええねん」

祐一の言葉に女将が声を上げて笑い出した。

僕は先に一人で二階の座敷に上がり、風呂から上がってくる祐一を待った。

座敷はお茶屋の玄関の狭い間口からは想像もできないほどゆったりとした広さがあった。二間を通してあり、部屋の淡い灯りが幽玄な雰囲気を漂わせていた。

僕は部屋の隅に腰を下ろし、奥に立てかけてある屏風を眺めていた。

屏風は緋色の錦繍《きんしゅう》の花嫁の打ち掛けのような絵柄が右上から描かれていた。それがまるで本物の金襴緞子《きんらんどんす》のように見えた。

これと似たものが祇園祭の山鉾に掛けられていたように思った。派手に見えるその絵柄も灯りのやわらかさのせいか落ち着いて映った。

床には掛け軸があり、紅葉狩りに出た女たちの行列が描いてあった。障子戸は川の流れに紅葉が散った模様で、かすかに山の匂いがするような気がした。

――そうか、こうして部屋の中に四季を作っているのか。

階下から三味線と笛、太鼓の音色がして、時折、客の笑い声がした。

トントンと階段を上がる足音がした。

障子戸のむこうから女の声がした。

「よろしゅおすか」

「どうぞ」

障子戸が開くと、久美と同じような年頃の子が着物姿でお茶を載せたお盆を手に入ってきた。そうして手をついてお辞儀した。

「ようお見えやして、おぶをお持ちしました。どうぞ」

久美とはえらい違いである。

「お連れはんはもう少しで上がらはりますよって、先にお飲み物をお持ちするように言われてます。おビールか何かよろしゅおすか」

「いや久家君を待つよ」

「そうどすか。そな隅やのうて正面にお座りやして」

「いや、ここでいいんだ。今、部屋を眺めていたところだ」

「ちょっと暗《くろ》うおすか」

「いや、ちょうどいいよ。いい部屋だね」

「おおきに……。その窓を開けたら鴨川が綺麗に見えますえ。開けまひょうか」

僕がうなずくと女の子が格子窓を開けた。

川風が勢い良く入り込み、せせらぎの音が聞こえた。

僕は窓辺に寄った。

「本当だね。これは綺麗だ」

秋の月明かりに川はきらめいていた。

対岸に、先刻の電車が通っていた。

そのむこうに祇園界隈の家灯りがほのじろく浮かんで、さらにむこうに東山の峰々が紫色に連なっていた。

——なるほどたしかに美しい……。

「これは絶景だね」

感心していると背後で女の子が言った。

「そうどっしゃろう。うち、このお部屋から見る鴨川が一番綺麗やと思います」

振りむくと女の子は少し自慢気な表情をしていた。

「毎日、こんな美しいものが眺められて君はしあわせだね」

「へぇ〜、おおきに。でもこのお部屋はお客はんのためのお部屋でっさかい。うちが見るのは昼間のお掃除の時どす。昼もきれいどすえ。いっぺんおみえやす」

「ありがとう」

女の子は帯の間からいきなり千社札のようなものを出した。

「うち、豆××と申します。よろしゅうおたのもうします」

「君はお座敷に出ているのかい」

「いいえ、あと三年したら出ますよって、その時はどうぞよろしゅうおたのもうします」

女の子の真剣な表情を見て僕はほほえんだ。

「わかった。その時に逢えるといいね」

階段を駆け上がる足音がした。

女の子はあわてて、今のことは内緒にしとくれやす、と口早に言って部屋の隅に戻って両手をついて頭を下げた。

先刻の女将が入ってきた。

「いや、お待たせして、もうすぐボンは上がってきはりますよってに。何してんねん。早う下がり」

女の子が部屋を出て行った。

「まあ窓を開けっ放して、かんにんどすえ。ボンの大事なお客はんに風邪を引かしてしもうたらえらいこっちゃ。熱いもんでも一本つけてきまひょか。それがよろしゅおす。すぐに持てさんじますよってに」

女将は階下にむかって、誰ぞいてるか、と甲高い声を上げた。

やがて芸妓が二人上がってきた。

彼女たちは部屋に入るなり、畳に両手をついて丁寧に挨拶した。

「ようおこしやして、お呼びいただいておおきにさんどす」

僕は会釈した。

すぐに階段の下から女将の声がした。

「お大尽はんが上がられますよって」

祐一は浴衣姿で頭を掻きながらあらわれた。

「かなんな、こんな恰好で」

芸妓二人が祐一と女将を目を丸くして見ていた。

「大阪から淀川をここまで泳いできはったんやで」

芸妓二人が笑い出した。

料理が運ばれてきた。

芸妓が一人ずつ僕と祐一のそばについて世話をしていた。

「うん、この刺身、美味《うま》いな」

祐一が言うと、女将が、うちとこの料理は××から入れてますねん、美味《おい》しゅうおすやろう、と胸を張った。

どうやら料理はどこからか運ばれてくるようだった。

二人ともお腹が空いていたせいか、芸妓に酌をされてもそちらに手がいかず料理を平らげた。

階段を上がる数人の足音がした。

「さあ、お待ちどおさんでした。舞妓はんどっせ」

女将が言うと、三人の舞妓と年配の芸妓が二人入ってきた。

舞妓が隣りにやってきて挨拶した。

僕は緊張した。

「どうも津田雅彦です」

名前を名乗ると、ご丁寧にありがとさんどす、と舞妓は言った。

「ほな、少し舞いでも見てもらいまひょ」

女将が言うと先刻から部屋の隅にいた芸妓がそれぞれ三味線と鼓を手にした。

隣りにいた芸妓が二人、屛風の前に立ってお辞儀した。

音曲が流れはじめると部屋の中の雰囲気は一変した。

今しがたまで隣りに座っていた芸妓が別の女性に映った。

芸妓の舞いと舞妓の真剣な表情を見ていて、祇園の〝温習会〟の舞台で見た真祇乃の姿を思い浮かべた。

舞妓三人が舞いはじめた。

こちらは舞いにたどたどしさもありどこか可愛らしさが残っていて、真祇乃に比べると幼いような印象がした。

——やはり真祇乃さんは他の舞妓とはちがっている……。

そう思えたことが嬉しかった。

舞いが終わり、舞妓たちが引き揚げた。

隣りに座った芸妓が少しうちとけたのか笑いながら話しかけてきた。

「お酒はあんまりいただかれませんの」

先刻から、もっぱら僕は芸妓に酌をしていた。

「いや、そうでもないのだけれど、今年の春、金沢に行ってお酒を飲み過ぎて失敗をしてしまったんです。それ以来、注意するようにしているんです」

「どんな失敗をしはったんどす？」

僕が金沢の夜の失敗談を話すと芸妓は愉快そうに笑い出した。

祐一を見ると少し酔っているふうだった。

そんな祐一を見るのは初めてだった。

祐一が立ち上がって厠に行った。芸妓が祐一について行った。

「津田はんはお座敷は今夜が初めてどすか」

「はい、そうなんです。何か君に失礼をしてしまいましたか」

僕は芸妓の顔を見た。

頬が赤く染まっていた。

「失礼なんかおへん。もっと気を楽にしておくれやす」

「楽にって？」

僕が訊くと、芸妓は右手を取って軽く握りしめた。

「おっきい手どすね。うち、おっきい手の人が大好きどすわ」

そう言って芸妓は僕の手を彼女の頬に持って行き、その手に頬ずりした。

僕は驚いて思わず手を引こうとした。

「いいえ、はなしません。今夜は飲み明かしまひょ」

芸妓は大きな眸で僕の顔をじっと見つめてから悪戯っぽい仕草でしなだれかかってきた。

「いや、そんな、僕は飲み明かしたりはできません」

「そんないけずなこと言わんと」

芸妓がにじり寄ってきた。

僕はあとじさった。

その時、障子戸が開いて服を着替えた祐一が入ってきた。

芸妓が身をただした。

「津田君、ぼちぼち行こうか」

僕は返答し、立ち上がった。

二人は先斗町の路地を歩いた。

祐一は少し足元がおぼつかなかった。

「久家君、僕の肩につかまってくれよ。今夜はいろいろ本当にありがとう」

「もう礼はええて。僕、君があらたまって礼を言うたびに、僕らの仲はまだ本物やないんやな、と思うてまうんや。だからもう礼は言わんといて」

「わかった。そうするよ」

僕は祐一の気持ちが嬉しかった。

「あのな、津田君、怒らんで聞いて欲しいんや。今夜、僕がお茶屋に君を連れてったんは、ちょっとだけ訳があったんや。それはな、あの舞妓からの返事にせんないことが書いてあったら、あの妓を忘れてもらおうと、ぱあっと飲んだらええかなと思うたんや。それと……」

そこまで言って祐一は四条通りを左に折れ、四条大橋を渡り出した。

そうして橋の中央に立つと、

「それと津田君な。君にわかって欲しかったんや。お茶屋で遊ぶいうのがどんなものかということをな。僕も君に祇園町のことを、最初に伝統とか格式とか話したことがあるやろう。けどどんなに綺麗事を言うたかて、所詮は男が遊ぶ世界なんや。男が力と、金を持って廓町に来よんねん。女は男を遊ばせんねん。君が好きになった舞妓はたしかにええ妓やと僕も思う。けど彼女たちが働いている世界はそういうところなんやということを見て欲しかったんや。なんや自分がこれまで君に言うてきたことを否定してるみたいで、酔うてしもうたわ」

祐一は少し哀しそうな目をして川面を見つめていた。

第九章　花脊

翌朝、階段を急ぐように駆け上がる足音で僕は目を覚ました。

すぐに戸を叩く音がした。

「津田君、津田君、えらいこっちゃで」

祐一の声がした。

「開けるで、まだ寝とんのんかいな。えらいこっちゃで……」

戸が開いて祐一が飛び込んできた。

「どうしたんだい……」

僕は目をこすりながら祐一を見上げた。

「どうしたんだいって、何を悠長なことを言うてんねん。これを見てみいな」

祐一が手にした新聞の一面を叩いた。

新聞を手に取り、その記事を見た。

大きな見出しで、〝汚職・贈収賄罪で逮捕〟〝政務次官と炭鉱王の癒着〟とあり、二人の男の写真が掲載してあった。一人は知らない男だったがもう一人には見覚えがあった。首の太い岩のような顔をした男、〝温習会〟の会場にいた男だった。

宇江田重吉、六十二歳、とあった。

——あの男が逮捕されたのか……。

「どおりでこの頃、炭鉱王の姿を見いひんと思うてたんや。門司《もじ》の駅で逮捕されてるやないか。逃げようとしてたん違うか」

僕は記事の内容を読んだ。

エネルギー資源は石炭にかわって石油の時代になろうとしていた。斜陽産業になった石炭会社が石炭供給のために通産省に一括買い上げの働きかけをし、政務次官に賄賂《わいろ》を渡していた。さらに宇江田は新しい産業開発のために広大な国有地を廉価で払い下げて貰い、それを転売していた。推定三十億とあるから戦後、稀に見る贈収賄事件と報じていた。事件はさらに関係者に広がる様相を見せて検察は何人かの大臣経験者の政治家を参考人として取り調べているともあった。

「これは、えらいこっちゃで、今頃、祇園のお茶屋、屋方の女将さんは青い顔をしてんのとちゃうか……」

僕はもう一度、宇江田の顔写真を見た。

——この男に真祇乃さんが身を委ねたとはとても思えない。やはり久家君が言うようにあれは噂話にすぎなかったんだ……。

　階下から女の声がした。

「祐一、祐一、あんた新聞を持っていってるか、トミ江の甲高い声がした。

「ああ、お母《かあ》はん、僕が持ってるわ」

「すぐ持ってきよし」

「わかった」

　祐一は大声で階下のトミ江に返事をしてから、僕に小声で言った。

「さあ、はじまりよるで……」

　祐一、祐一……。また甲高い声がした。

「どや見物しいへんか。祇園の女はおもろい反応しよるで」

　僕は喜美屋の女将や芸妓たちがなぜ炭鉱王の逮捕と関係があるのかわからなかった。

　祐一のあとについて階下に下りた。

　帳場に寝間着姿の祐一の母と芸妓が二人、これも浴衣姿で起き出してきていた。女将は祐一の手から新聞をひったくるように取ると、卓袱台の上にひろげた。芸妓たちが彼女の背後から新聞を心配そうに見ていた。

「まあ逮捕やて……」

　女将が絶句した。

「何どすの、おかあはん、宇江田のおとうはん、どないしはったんどすか」

マメミが切なそうな声で訊いた。

「宇江田のおとうはんに何かあったんどすか」

マメミは女将の寝間着の袖をつかんで訊いた。

「ちょっと静かにしとき」

キヌも心配そうに女将を見ていた。そのむこうで久美が三和土の横に立って眉間に皺を寄せていた。

「ちょっとマメミ、この人、この間、お座敷に上がらはった人とちゃうか。ほれ何とかいう通産省のお役人はん」

女将がマメミに新聞の顔写真を見せた。

「へぇー、そうですわ。××はんどす。偉いお役人て聞きましたけど。この人、ええ人どしたえ。あっ、宇江田のおとうはんの写真が出てますえ、どないしはったんどす」

マメミが目を見開いて新聞の写真を見ていた。

——マメミさんは新聞記事が読めないのだろうか……。

「見てみい、わかるやろう」

女将は少し苛立《いらだ》ったように言った。

「何どすの？　宇江田のおとうはんどないしはったんどすか」

マメミはベソを掻きそうになっている。

「せやし昨日、門司で警察に逮捕されはったんやて」

「逮捕？　何でどす、何でどす。宇江田のおとうはん、そんな人と違います。あんなええお人が悪いことなんかなさいません。何かの、何かの間違いどす……」

とうとうマメミは泣き出した。

「それはうちかてそう思う。あんなええお方はそういいへん。あんたを大事にしてくれはったしな。ようわかってるえ」

女将までが涙ぐんでいた。

「ほんまに今日《きょう》びの警察はえげつないわ。あんなええお方を逮捕するやなんて。なんさらしてけつかんねん。××先生が生きてはったらなんぼでも頼みに行けるのにな」

キヌが吐き捨てるように言った。

中庭の洗い場から様子を見ていた僕は女たちの事件に対する考えが世間とまるっきり違っているのに驚いた。宇江田がどんな犯罪の疑いで逮捕されたかということにはまったく興味がないように見えた。

祐一がそばに来て言った。

「ほれみい、ぜんぜんわかってへんやろう、お客が一番正しいんや」

女将さんがいっそう甲高い声を出した。

「祐一、これはどういうこっちゃ。説明しておくれ」

芸妓二人が涙ぐんでいた。

「もうええからあんたたちはむこうに行きなさい」

女将は芸妓たちに言って祐一に事件のあらましを説明させはじめた。

思わぬ逮捕劇は、真祇乃をめぐる旦那衆のライバル争いの様相を一変させた。

間弃の家の女将は宇江田の逮捕の一件を知ると、さっそくに大店《おおだな》のお茶屋、富美松に、真祇乃の風邪の養生《ようじょう》が終わり、お座敷に上がることができると報せた。

「それはよろしおしたな。で、お座敷はしっかりつとめられるんやな」

富美松の女将は、真祇乃を家に囲っていたのが間弃の家と宇江田の了解であったという事情をすべて承知の上で念を押した。そうして、今夜の六時から九時までべたで富美松の座敷に上げるように言った。

「へえ、女将さんおおきに。九時かて十二時かてかましませんえ」

ほんの半日で宇江田は切り捨てられたのである。

富美松の女将はすぐに宇治の室井と大阪の南部健一郎に連絡を入れた。生憎、宇治の大尽は東京に出かけていた。南部は大阪にいた。

「どうも社長、それであの真祇乃はんが今夜、社長を待ってます言うのんどすわ。お都合はどうどっしゃろう」

南部は八時なら京都に行けると言った。

「かましませんえ。おおきに」

女将は電話を切ると馴染みの客に八時までの座敷をひとつ持ってくれるように頼んだ。

宇江田逮捕の一件は、昼までには祇園中が知ることになった。その噂を証明するかのように真祇乃が表に姿をあらわした。雑貨屋で小物を買い、姐筋《あねすじ》にあたる真智悠の家に挨拶に出かけた。

その道すがら真祇乃はばったり久美と逢った。久美は幽霊でも見たような目で真祇乃に見とれていた。

真祇乃は久美に手招きし、路地の隅に連れて行くと、真智悠の家の前まで来るように言って、そこで素早く文をしたため久美に渡した。

久美は思わぬ駄賃を貰い、家の用を済ませると、喜美屋に戻って僕を探した。僕は祐一と出かけていた。

祐一は事件を知ると、間弁の家は真祇乃を自由にさせると推測し、僕を連れて間弁の家のある末吉町の喫茶店に行っていた。祐一は僕を喫茶店に置いて間弁の家の様子を見に行った。

そこへ久美が息急き切ってあらわれた。

「ずいぶんと探しましたえ。これ……」

久美は周囲を窺うようにして文を出した。

「真祇乃さんから？」

僕は思わず声を上げげた。

「声が大きゅうおす」

僕は文を開いた。

津田雅彦様
今夜、お逢いしとうございます。場所と時間はあとで知らせます。
真祇乃

僕の目がかがやいた。

その表情を見て久美が笑った。

ほどなく祐一が戻ってきた。祐一は久美が僕のむかいに座ってミルクセーキを飲んでいるのを見て、おまえ、そこで何しとんねんと目を丸くした。久美はあわてて立ち上がり残りを一気に飲んで出て行った。

「何や、あいつ」

祐一は僕が笑っているのを見て、どないしたんやと訊いた。

僕は真祇乃から文が届いたことを祐一に打ち明けた。

「ほんまにか、よかったな。で何やて？」

僕は小声で言った。

「今夜、逢えるかもしれない」

祐一は僕の手を取って、良かった、良かったと喜んだ。そうして眉毛をへの字に曲げて、そうかあいつが、久美が手紙を持ってきよったのか、と呆れた顔で言った。


夜の十一時を過ぎても連絡がなかった。

二人は久美に喫茶店で待っていると告げたのだが、久美も休む時間になっていた。喫茶店が閉店になり、二人は白川沿いを歩いた。

「津田君、君こんなふうにずっと彼女を待ってたんか」

僕がうなずくと祐一は首を横に振って、よほど惚れてんねんやな、と真顔で言った。

「どこか待ち合わせの場所を決めとけばよかったのにな。どこかないの」

「永観堂なら……」

「永観堂って、南禅寺の奥やろう。あんな遠い所で君ら逢《お》うてたん。鹿ケ谷《ししがたに》のそばで淋しいとこやないのか」

「遠くなんかないよ。最初は二人で散歩した時に寄ったんだ。そこにいると必ず来てくれたんだ」

「ほな、今夜もあそこへ行くのんか」

僕がうなずくと、狐かなんかが出よんで、と祐一が言った。

夜の二時が過ぎて二人は永観堂の門前にいた。祐一は身体を震わせていた。

「君、さぶうはないの」

「僕は平気だよ。それより久家君、もう帰っていいんだよ。これ以上君に迷惑はかけられないよ」

「ここまで来て君を放って帰れへんよ」

祐一は言いながら物音に気付いて南の方を見た。一台の車のヘッドライトが見えた。

二人は手をかざして明かりを避けながら車を見ていた。門前に車が停車し、窓が開いた。

真祇乃だった。

「津田はん、かんにんどした。どうぞお乗りやして」

「友だちも一緒なんだ」

「かましまへんよってどうぞ」

祐一は運転手の隣りに乗った。

「お母はんが八時までは時間あいてる言わはったんでつい。ところがお座敷に上がったらすぐに伏見に連れていかれましたねん。連絡の取りようがなくて。連絡が取れしませんでかんにんどす」

「いいんだよ。こうして逢えたんだから」

祐一は運転手の顔を見た。とぼけた顔をしていた。祐一は五百円札をそっと差し出した。

「運転手さん、祇園まではすぐに着くよって、悪いけどその辺りで停車して少しの間二人だけにしてやってくれへんか」

運転手と祐一は外に出て車から離れた。

運転手が祐一に煙草を差し出した。

「僕は喫《の》まへんし」

「そうでっか。伏見にも月が出てましてごっつ綺麗でしたで……。この時分の月は風情がおますな」

祐一は舌打ちをした。

——チェッ、お前と月を見てどないすんねん。

十一月の上旬から十二月に入るまで僕と真祇乃は幾度かの逢瀬《おうせ》を重ねた。

真祇乃には明るさが戻り、二人して京都のあちこちを散策していると時間が経つのを忘れるほど楽しかった。

それでも二人は人目を忍んで逢わなくてはならなかった。逢っているというだけで二人とも嬉しかった。嵐山に最後の紅葉を見学に行った折、紅葉した木々の中に立つ真祇乃を見て、僕には真祇乃の姿が幻のように映った。

——本当に美しい人だ……。

十二月に入ると、時折、真祇乃の表情が曇りがちになることがあった。

そんな時、何度催促しても東京に戻ってこない僕に業《ごう》を煮やした父が叔父を京都までさしむけた。

「いったいどうなってるんだよ、学生が本分である勉学を放棄して、雅彦君」

叔父は待ち合わせた駅前の喫茶店で怒ったように言った。

「すみません、叔父さん」

僕が頭を下げると、叔父は顔を近づけて小声で言った。

「と言って首に縄をかけても連れ戻してこいと父上《オヤジ》さんと母上《オフクロ》さんに厳しく言われたんだが、可愛い甥っ子を犬じゃあるまいしな」

僕が顔を上げると叔父は笑っていた。

「食事代もたっぷり貰ってきたから今夜は美味《うま》いもんを食べよう。もう馴染みの店もあるんだろう」

「いや、遊んでいたわけじゃないんで」

「そうだろう、そうじゃないかって思っていたんだ。どうしてそれをオヤジさんに説明しなかったんだ」

「……………」

僕は祐一を誘い、祇園の小料理店に叔父を連れて行った。

本当は叔父に真祇乃を逢わせたかったが、今夕南座で歌舞伎の顔見世興行があり、五花街の舞妓、芸妓が総見をする日だった。

「いやどうも雅彦の叔父です。雅彦が長いことお世話になっているそうで、本来ならお宅に挨拶に行かなくてはならないのですが、私は義兄《あに》と違って堅苦しいのが苦手でして」

「かましません。こっちも女ばかりの所帯やさかい挨拶ができる者がおりませんよって。雅彦君が居てくれて助かってるのはこっちの方です。それに昼間はずっと勉強で出かけてますし、夜中にまで勉強してはります」

僕はテーブルの下から祐一の足を蹴った。

「へぇー、そうなんだ。感心だね、雅彦君」

「はあ……」

僕は生返事をした。

「うーん、酒も料理も美味いな。さすがに京都だよ。毎日、美味しいものが食べられて結構だな。せっかく祇園に来たんだから舞妓さんの姿を見て帰りたいな。けど雅彦君が舞妓さんを知ってるわけはないしな」

「いや友だちはいます」

僕が言うと叔父は目を丸くした。

「本当に舞妓さんの知り合いがいるの？」

「はい」

僕が真剣な目で返答すると叔父は大声で笑い出した。

「これは隅におけないな。僕だって芸者遊びを知らないわけじゃないからね。いや、美味かったよ、ここの店は……」

「叔父さん、この人なんです」

僕はポケットの中から一枚の写真を出してテーブルの上に置いた。真祇乃の写真だ。

祐一が驚いて写真を見た。叔父も写真を見ていた。叔父が驚いて写真を取りまじまじと見直した。

「これはたいした美人だ。こんな美人と遊んでいるの」

「遊びじゃありません」

叔父と祐一が同時に僕の顔を見直した。

「遊びじゃないって、雅彦君」

「津田君、今、ここで話さんかて……」

「叔父さん、久家君、僕はこの人と、真祇乃さんと一緒になろうと思っています」

「津田君、一緒になるって、どういう……」

「ですから結婚しようと思っています」

叔父と祐一が僕の顔をもう一度見直した。

「ハッハハハ」

叔父が突然、大声で笑い出した。

「いや面白い話だよ、雅彦君」

祐一が叔父の耳元でささやいた。

「叔父さん、これ冗談違いまっせ。津田君は真面目に言ってますよ」

そのささやき声は僕にも聞こえた。

「久家君だったよね。私は雅彦がまだこんな子供の時から知っているんだ。私は姉が、雅彦の母親が義兄《あに》と学生時代に交際している時から知っていて、海外出張の多かった義兄のかわりをしていたんだよ。彼が本気で話しているかどうかは顔を見ればすぐにわかるよ。雅彦は私の前で一度だって嘘をついたことはないんだ。まして冗談も聞いたことはないさ。さあ今夜はここいらでおひらきにしよう。雅彦君、続きの話は私の宿泊している旅館で、明朝聞こうじゃないか」

「叔父さん、僕は今お話ししても……」

叔父が手を突き出して言った。

「雅彦君、今夜一晩、もう一度ゆっくり考えるんだ。君の置かれている今の立場。そして彼女の立場をね。私はいつだって君の味方だ。それはずっとかわらない。ただ君はもう子供じゃない」

叔父はそう言って帳場に行き会計をして店を出た。

花見小路通りを少し足元を揺らしながら歩く叔父のうしろ姿を僕は祐一と見ていた。

「ええ叔父さんやな……」

祐一が感心したように言った。


十二月十三日、井家上流家元宅に祇園中の芸妓、舞妓、そして一般の弟子たちがこぞって挨拶に訪れる〝事始め〟の日である。

この慣わしを、京の町では古くからこの日を区切りに正月のさまざまな準備にとりかかるので、事の始めとしてきた。商家ではこの日、分家が本家に鏡餅をもって挨拶に訪れ、一年を無事に商いできたお礼と本家のさらなる繁栄を願うのである。

井家上流の稽古場には「玉椿」の軸が掛けられ、弟子一同から届けられた大小の鏡餅が裏白《うらじろ》とゆずり葉の上にのせられ、段飾りの上に百以上並べられている。

朝の十時と同時に芸妓、舞妓が稽古場に列をなし、一人一人が家元の前に進み出る。

「おめでとうさんどす。今年もよろしくおたの申します」

そう口上を言うと、家元は、

「今年もおきばりやす」

と弟子たちに励ましの言葉を言い、稽古のための舞扇を一人ずつに手渡す。

三百を越える芸妓、舞妓、門弟すべてに自らが挨拶するのだから、家元宅の前は順番を待つ女たちで賑わう。

真祇乃も真智悠のあとに続いて家元の前に進み出た。

「おめでとうさんどす。ことしもよろしゅうおたのもうします」

真祇乃が挨拶すると家元は目を細めて彼女を見返し、

「おきばりやす」

と言って舞扇を渡した。

家元の目が真祇乃には特別に光って映るのは真祇乃の舞いに対する情熱と才能によるものであった。

〝事始め〟が終わって屋方に帰ろうとする真祇乃を真智悠が家に寄るように言った。

真智悠の家は新門前にある。

祇園の芸妓の家としてはたいした構えの借家であった。勿論、この家は真智悠が彼女の力で住んでいるわけではない。彼女の旦那の財力がすべてをなしてくれているのである。今の旦那は二人目の旦那であるが、最初の旦那も今の旦那も真智悠の器量と同じほど彼女の舞いに惚れていた。家の中には狭いながらも板張りの稽古場があった。

旦那のお蔭で彼女はお座敷に毎夜上がる必要はなかった。洛北、山崎に住む大地主の旦那が祇園を訪ねてくる折には何をさしおいても真智悠は旦那がくつろげるよう準備をする。彼女はすでに一生を贅沢さえしなければ暮らしていける財産を貰っていた。

真智悠は祇園の芸妓の中の憧れの芸妓の一人であった。大半の芸妓が年頃を過ぎると自分の将来に不安を抱く中で、真智悠は日々、舞いの研鑽に明け暮れていた。

真智悠は真祇乃を家に招き入れると通いのお手伝いに稽古場の木戸を開けさせ、真祇乃と稽古場に入った。

「×××を舞ってみよし」

真智悠はそう言ってテープレコーダーを掛ける準備をした。テープレコーダーを持つ芸妓など祇園にはいなかった。

真祇乃は稽古場の中央に座すと舞扇を手前に置き、真智悠に深々と頭を下げた。

厳しい稽古は一時間余り続いた。途中何度も真智悠が自ら舞ってみせた。

「このくらいにしとこうか」

真祇乃は真智悠に言われて汗にまみれた身体を湯屋で拭い、稽古場に戻った。真智悠は着替えを済ませて待っていた。

「どうえ、この頃は……」

「へぇー、きばらさせてもろうてます」

「話は少しおかあはんから聞いてるわ。綾部のおかあはんは残念なことやったな」

「その折はご丁寧なものを頂いてありがとうございました」

「おとうはんは元気やそうやな」

実父の話が出ると真祇乃は顔を曇らせた。

「世間にはいろんな親がいてるもんや。せやしあんたの大事な親にはかわりない。間卉の家のおかあはんが借金を肩代わりした話も聞いてる。屋方はようやってくれはったと思う」

「へぇー、うちも感謝してます」

「それとあんたを引きたいと言う旦那衆の話も聞いてる。うちが許っても悪い話とは違うと思う。どちらも昔から、この町を大切にしてきはった人や。こういう話はおかあはんが決めるように見えても実のところはあんたが決めるんやで。そこを間違わんようにしなはれ」

「うちがどすか」

真祇乃は真智悠の言葉の意味が解らず姐さんの顔を見返した。

「そうや、旦那はんとしあわせになるのも、我慢して世話になるのんもすべてあんたが決めたことになるんや。そこをよう考えんとあきしません」

「………」

真祇乃は何と返答してよいかわからずうつむいていた。

「芸妓は請《こ》われているうちが華や。真祇乃……」

真智悠があらためて名前を呼んだ。

「へぇ～」

真祇乃が顔を上げた。

「あんた、どこぞに好きな人がいてんのか？」

真祇乃は驚いて目を見開いた。

真智悠は真祇乃の反応を見逃さなかった。

「……そうか。どんな人かは聞かへんけど。綾部のおとうはんのことやら、あんたの舞いのことをよう考えて決めなあかんで」

「………」

真祇乃は返事ができなかった。

返事ができなかったのは祇園に来てから見習いの間もずっと自分のことを特別目をかけてくれていた真智悠への甘えがあった。

「真祇乃はん」

真智悠の声がかわった。

名前を呼び捨てにしない時は真智悠が感情的になっている証しだった。

「はい」

「あんたがこの町に入ってきた時、うちがあんたに言うたことを覚えてるか」

「へぇ〜、忘れしません」

「覚えておいでやすなら、それでええ。明日はうちの旦那はんのお座敷や。今日おさらいした舞いを見せておくれやす」

「へぇ〜、一生懸命舞わさせてもらいます」

真祇乃は真智悠の家を出ると、初めて吐息を洩らした。

真智悠の家には、屋方からの用事や検番の申し伝えなど何かある度に訪ねてはいるが、今日のようにあらたまって話をしたのはひさしぶりだった。ましてや人を入れることのない稽古場で舞いを見て貰った。しかしその後の話はこれまで真祇乃が知っている真智悠とは違っていた。

今回の旦那衆の申し出が起こった時、真祇乃は真智悠に相談に行こうかと思った。それができなかったのは真智悠と間卉の家のおかあさんの関係が見えなかったからだ。

真祇乃は帰り際に真智悠が言った言葉を思い出した。

『あんたがこの町に入ってきた時、うちがあんたに言うたことを覚えてるか』

六年前の冬、彼女は綾部から口入れ屋の男衆に連れてこられて祇園に入った。京都にはそれまで数度訪れていたが、祇園町に入ったのは初めてだった。なぜ十四歳の自分がこの町に来なくてはならなかったかはよく分かっていた。父の借財と母の入院費用を払ってくれる人がこの町にいたからである。それがいくらかかったのかは知らない。ただ母が自分に泣いて詫びた姿がすべてを語っていた。それでもこの町で生きることが何を意味しているかははっきりと分かっていなかった。

見習いの時に、いじめられたこともあったしひどい言われ方もした。しかし心底辛いとは思わなかった。そう思えたのは真智悠姐さんの一言だった。

「真祇乃いう名前を貰わはったんや。これからは綾部の名前は捨ててしまい。祇園の真祇乃として生きんのや。自分を捨てて女を磨くんや。磨き抜いた時、新しいあんたがでける。そこには必ずしあわせがある」

そう言われて今日まで励んできた。

しかしこれがしあわせと言えるのだろうか……。

『あんた、どこぞに好きな人がいてんのか？』

さすがに真智悠姐さんである。

真祇乃の足は先刻の出来事を思い返しながら鴨川沿いに辿り着いていた。

川風は冷たかったが、舞いの稽古をしたせいか身体の芯がまだ熱を持っていた。それ以上に真智悠が投げかけた言葉が真祇乃の身体を熱くさせていた。

今回の話を断るわけにはいかない、ということを真智悠は暗に自分に言ってきたのだ。

断れば祇園を出ていくことになる。できるならそうしたいがそんなことができるはずがない。父があらたに借りた金、これまでの借金がいくらあるのかもわからない。

先斗町の河原が黒く沈んでいる。

対岸の町並みがかすんでいく。

真祇乃はかすかに目眩を覚えた。

遠くから声がする。声の主はわかった。

津田雅彦である。

雅彦の声が少しずつ遠ざかる。

——雅彦さん、行かないで、行かないでください……。

真祇乃は胸の中で叫んだ。しかし雅彦の声は失せてしまった。

真祇乃は身体のバランスを失い、思わず倒れそうになった。

危うく倒れそうになった身体を支えてくれる人がいた。

「大丈夫かい。どうしたんだね、こんなところで」

大きな手で両肩をつかまえてくれていた人の顔を見上げた。

南部健一郎だった。

「あっ社長はん」

どうして南部がここにいるのかわからなかった。

「気分でも悪くなったのか」

「へぇー、ちょっと」

「いやよかった。四条大橋を渡っていて、堤道に立っている姿が君とよく似てると思ったんだ。袂《たもと》まで来たら君だとわかった。南座に顔見世興行を観にきたんだ」

南部は笑いながら言った。

「どうだい、時間があるならこれから一緒に芝居見物をしないか。間卉の家の女将にそのことを申し出たんだが、今日は忙しいと言われた」

「今日は〝事始め〟でしたさかい……」

真祇乃が屋方に戻ることを南部に告げようとした時、四条大橋から自分をじっと見ている人影に気づいた。

真祇乃は目を見開いた。

雅彦だった。真祇乃はあわてて南部から手を離した。

僕は四条大橋を通りかかった時、橋の袂で寄り添う男女の姿に目を止めた。よくある光景と思い、目を離そうとして、二人連れの男の肩越しに覗いた女性の姿をちらりと見て立ち止まった。

和服姿の若い女性だった。

女性が男から離れるようにした時、僕は声を上げた。

真祇乃であった。

——こんなところで何を……。

しかも男と二人である。

相手の男の横顔が見えた。

南部健一郎だった。

真祇乃は南部に頭を下げ、立ち去ろうとしている。その真祇乃の手を南部が取った。

僕は二人にむかって歩き出した。

真祇乃が僕を見た。近づいてくる僕を見て、驚愕の表情を浮かべている。

僕は真祇乃を引き止めようとしている南部の態度を見て、この際、彼にはっきりと真祇乃に対する自分の思いを伝えておこうと思った。

南部の声が聞こえた。

「どうしたんだ？　急に……」

すると真祇乃が僕を見て言った。

「あきしまへん、あきしまへん」

真祇乃の声に南部が振りむいた。

南部は僕と真祇乃を交互に見ていた。

「南部はん、かんにんしとくれやす。うち急ぎますよって、かんにんどす」

真祇乃は縄手《なわて》通りの方にむかって走り出した。

「真祇乃さん、真祇乃さん」

僕が名前を呼んだが、真祇乃は逃げるように角を曲がった。

南部は不機嫌な顔をして、真祇乃の姿を目で追ってから、近寄ってきた僕を見た。

「君は真祇乃の知り合いなのか……」

南部は言ってから、僕の顔をもう一度たしかめるようにした。

「ああ、君は、あの時の……」

「津田雅彦です。南部さん、〝温習会〟の会場でお逢いして以来ですね」

「そうだったね。ところで君は真祇乃と知り合いなのかね」

「はい」

雅彦ははっきりと答えた。

「友だちか……。いや、ちょっと訊くが、どういう知り合いなんだ」

南部は怒ったように言った。

「南部さん、あなたにお話があります」

雅彦は真剣な目で南部を見つめた。

南部も雅彦を睨み返した。

その時、南座の方から女の声がした。

「まあ社長さん、こんなところにおいでやしたんどすか。えらい、あちこち探し回りましたえ」

お茶屋の女将らしき女は雑踏の方を振りかえって大声で言った。

「ちょっと、ここにおいでやしたえ、南部はんはここやで」

女将の声に数人の芸妓が手を振ってあらわれた。

社長、どこにおいでやしたの。せんど探しましたえ。早う楽屋に行きまひょ……。と口々に南部に声をかけた。

「社長はん、楽屋で成田屋はんがお待ちどすえ……」

女将が言った。

「わかった。君、ええと……」

南部は雅彦を見た。

「津田です。津田雅彦です」

「そうだったね。ご覧のとおり、人を待たしてある。話はあらためて聞こう。一度食事でもしないか。私の名刺を……」

南部が胸のポケットから名刺を出そうとした。

「名刺なら〝温習会〟の時に貰ったのは持っていますから」

「そうか、じゃ会社に電話をくれないか」

「いつでしょう」

「明日でも、いや明日は東京だ。来週にでもくれたまえ」

「わかりました」

南部は芸妓たちに手を取られて南座の方にむかった。

南部の背中にむかって僕はつぶやいた。

——必ず連絡して、僕と真祇乃さんの気持ちを伝えて、あなたのしていることが間違っていることに気付かせてあげます……。


喜美屋に戻ると、久家祐一が僕を探していたと久美から言われた。

祐一は出かけたという。久美から渡された祐一の伝言に、話があるので末吉町の××まで来て欲しいと喫茶店の名前が記してあった。

僕が店に行くと、祐一は見かけない若者と談笑していた。

津田君、こっちや、と祐一が手招いた。

テーブルに行くと、祐一と話していた若い男が封筒を手に、ほな、たしかに、と言ってテーブルの上に鍵を置いた。祐一はそれを受け取り、じゃ契約成立や、と笑った。

学生らしき相手は、そのまま席を立った。そうして店を出かけてから、祐一に振りむき、火の始末だけは気いつけてな、と言った。

「どうしたの？」

祐一は相手が店を出たのを確認すると、

「金沢のボンボンや。親のすねかじりのな。けど上手いこと行ったわ」

と言って手の中の鍵をポンと宙に投げて受けとめた。

祐一は僕の方に身を乗り出して小声で言った。

「津田君、この間みたいに、あんなお化けが出そうな永観堂で夜中に逢うのはかなんやろう。だからデートの場所を用意したんや」

「デートの場所？」

「そうや。今のあいつD社大に通う金持ちのボンボンや。金沢におる親が息子にごっつええアパートを借りたったんや。あいつ冬休みの間、アパート空けよっさかい、安く借りたってわけや」

「そんなことしなくてもいいのに。僕たちは大丈夫だよ」

「津田君はようても相手が困っさかい。君のためだけに借りたんと違う。俺も骨休めに行くんや。あの家にずっといたら息が詰まってしまうさかい」

祐一が鍵を差し出した。僕は受け取らなかった。

「まあ、ええわ。俺が預かっとくわ。いり用になったらいつでも言うてくれるか」

祐一は鍵をポケットに仕舞った。

「久家君、本当にいろいろありがとう。迷惑をかけてすまない」

僕は頭を下げた。

「そんなんしんといて言うたやろう。友だちやないか、かなんな……」

祐一がうんざりした顔をしている時、店のドアが開いて久美が顔をのぞかせた。久美は僕を手招いた。僕は店の外に出た。久美が文を差し出した。

真祇乃からだった。

文には、南部健一郎と逢わないで欲しい、と懇願してあった。

——どうして僕が南部と逢うことを知っているのだろうか……。

あの後、南部は真祇乃に自分とのことを問いただしたのかもしれない。そうに違いない。

真祇乃の客と自分が逢うのはやはり問題があるのだろうか……。

「姐《ねえ》さん、返事を欲しい、言ってはりました。すぐに書かはりますか。そやったら帰りにもてさんじますけど……」

久美が僕を見て言った。

「すぐには書けないな」

「そうどすか、ほなうちは戻ります」

久美が踵《きびす》を返して駆け出した。

「久美、待ってくれ」

僕は久美を呼び止めた。

「あの人に、わかりました、約束します、と伝えておくれ」

「〝わかりました、約束します〟どすね」

久美はくり返し言って、立ち去った。

店に戻ると、僕の顔を見て祐一が訊いた。

「津田君、どないしたんや。心配事でもできたんか」

「うん、実は……」

僕が事情を話すと祐一があきれ顔で言った。

「そなん無茶したらあかん。むこうが言うてるのが正しいわ。そないなことしたらあの妓は祇園におられへんようになるで。そりゃ危ないとこやったな。津田君、君、もうちょっと考えな……。相手は贔屓《ひいき》の客やで。それも上得意や。その人の口から、あの妓には恋人がいるでと言われようもんなら、それはもうお座敷に上がれんようになってまうわ。屋方もお座敷に出入り禁止になってしまうで……」

僕は祐一の言葉を聞いて自分の思慮が浅かったと反省した。

「津田君……」

祐一が口調をかえて僕を見た。

「君な、俺は君とは友だちや。だから君のあの妓への一途な想いを知って応援してる。真祇乃いう妓もええ妓やと思う。君を好いてくれてる一途な気持ちもわかる。せやし俺もなんとかしてやりたい。けどこの町は何百年と続いてる男と女の町や。若い俺ら三人で踏ん張ってそれがどうなるか、俺にもわからへん。けど君らもせっかく出逢《でお》うて恋に落ちたんや。どうにかしたりたい。どうにかしたいがな。それはたぶん、あの妓も同じ気持ちや。君らはたぶん生まれて初めて人を好きになったんや。人生のことはようわからへんけど、男と女が出逢うて好きになることは大事なことやと思うよ……。だから応援してんのんや。でも現実は浄瑠璃とは違うさかいにな。駆け落ちして若い男と女が生きていけるほど世の中は甘《あも》うないで。君かて親のすねかじってる学生やで。ましてあの妓は事情があって祇園町に入ってきたんやからな。そこを考えな……」

祐一は一気に話し、ちいさく息を吐いた。

僕は祐一の話を聞いていて、彼も危険をおかして自分たちのことを応援してくれていることに気付いた。

——迷惑をかけているんだ……。

年の瀬の京都は毎日があわただしく過ぎる。

商家は一年の商いの最後の追い込みに血眼《ちまなこ》になって働くし、年を越すために躍起《やっき》の商家もある。家々では女たちが正月の準備で早朝から家の隅々までの掃除をくり返す。

北山しぐれが古都を濡らす中、人々は誰も足早に通りを歩く。

その年の暮れは、祇園のみならず京都の五花街はどこのお茶屋も大忙しであった。好景気が廓町にも及んでいた。東京オリンピックを翌年に控え、日本経済は高度成長にむかって邁《まい》進《しん》していた。戦後、最高の景気に花街は沸いていた。中でも祇園町は連夜、各お茶屋に客があふれて、芸妓、舞妓が足らないありさまだった。

休みなしで芸妓、舞妓は深夜まで働きどおしだった。

無類の好景気は、日本の産業構造を変え、新しい産業を生み、新興産業で富を得た新しい客が祇園の中に入ってきていた。

お座敷に新しい〝お大尽〟があらわれ、〝金を豪勢にばら撒いた。芸妓の水揚げの噂が、週ごとに出ていた。

僕と真祇乃もつかの間逢う時間さえ取れなかった。

真祇乃からの文が十日ばかり途絶えていた。

僕は真祇乃の忙しさをわかっていたから逢うのを我慢していた。

お互いの気持ちが通じ合っていると信じていたから不安はなかった。喫茶店で祐一の話を聞いて以来、軽率な行動をしないようにこころがけてもいた。

それでも本音は逢いたくて仕方なかった。

遠くからでもいいから一目顔を見たかった。

祐一の言葉が、時折、耳の奥からよみがえった。

——人生のことはようわからへんけど、男と女が出逢うて好きになることは大事なことやと思うよ……。

あと一週間で年が終わるという日の朝、僕は久美の戸を叩く音で起こされた。

津田はん、電話どすえ。東京のお母さんからどす。久美の声に僕は起き出し、階段を下りて帳場の脇の電話を取った。まだ朝の七時だった。階下はまだ皆寝静まっていた。炊事場で立ち働くキヌの気配しかしなかった。昨夜も女たちは働きづめだったのだろう。

受話器を取ると、母の声がした。

「おはようございます」

「雅彦さん、月はじめに出した手紙は届きましたか」

「ああ、届いたよ」

「ああ、じゃありませんでしょう」

母の口調がいつもと違っていた。

「お父さまに今月の中旬までにきちんと返事を出すように書いてあったでしょう。どうしたのですか」

「すみません、つい書きそびれてしまい……」

「あなたはそんな人ではなかった。私ではもう手に負えません。お父さまとかわりますから……」

「私だ。用件だけを話すから聞きなさい。おまえにまだ人生をやり直す気持ちがあるのなら、年内に家に戻ってきて、私にちゃんとおまえがどうしたいのかを説明してくれ。その気持ちがないのなら、勘当だ。大学も退《や》めてかまわない。好きなようにしなさい」

「待って下さい。いきなり、そんなふうに言われても……」

「いきなりではないだろう。雅彦、君は学生といっても成人している。それは社会人と同じだ。社会にはルールがある。おまえはそれを守らなかった。私は、そして叔父さんまでもおまえの許《もと》に行かせた。なのにおまえは約束を果たさなかった。社会人として失格だ。ただ、母さんのたっての頼みで年内まで猶予をやろう。勉強もせずにそこにいるならそれでいい、但し我が家の敷居は二度と……」

父の言葉をさえぎって僕は訴えた。

「お父さん、僕はこっちで勉強しています」

「芸者にうつつを抜かすことが勉強なのか」

電話のむこうで父が怒鳴り声を上げた。

「………」

――知っていたのか……。

「まったく、誰の血で、そんな馬鹿なことを。祖父《じい》さんの女好きの血を受け継いだのか……」

電話はそのまま切れた。

父は真祇乃のことを知っていた。おそらく叔父が仕方なく話をしたのだろう。あんなに感情的な口のきき方をする父の声を聞いたのは初めてだった。

「津田はん、どうかしましたえ？」

と久美が訊いた。

「いや何でもないよ」

「えらい顔色が悪うおっせ」

僕は久美に返答しないで中庭に出ると、井戸水を汲《く》み上げて顔を洗った。冷たい水で何度も顔を洗うと、ようやく気持ちが落ち着いた。

父の声がよみがえった。

『芸者にうつつを抜かすことが勉強なのか。まったく、誰の血で、そんな馬鹿なことを。祖父さんの女好きの血を受け継いだのか……』

僕はまた顔が熱くなった。

父の祖父に対する言葉を許せない、と思った。

僕が父親からの電話を受けた日の数日前から、祇園町に新しい噂話が流れていた。宇江田重吉の逮捕により、しばらくおさまっていた真祇乃の噂だった。前回ほど華々しい噂ではなかった。それゆえにその噂には、信憑性があるように聞こえた。

噂の出元が祇園でも一、二の大店であるお茶屋の富美松であったからだ。

富美松は江戸期より続く、祇園でも老舗の店である。女将は戦前から店をとりしきっており、戦後、祇園町の復興に尽力をした女性でお茶屋の格式にもうるさい人であった。

その女将のすすめる話であったから詳しいことは外にはなかなか洩れなかった。それでも廓町は噂の町である。まことしやかに話はひろがっていった。

「あの真祇乃はんがいよいよ〝襟替え〟をするらしいで……」

「ほう、旦那はんがつきはったんや。どこの人え？」

「堂島の兼吉の社長らしいで」

「そりゃまた大きな旦那はんがつかはりましたな。そいで〝襟替え〟はいつや」

「年が明けたら早々にいうことや」

「そりゃ目出度いな」

「ここだけの話やが、えらいぎょうさん、お金を積まはったらしいで」

「富美松はんの仕切りやものな。それは真祇乃はんもしあわせなこっちゃ……」

その噂が祐一と僕の耳に入るのにはさして時間がかからなかった。

祐一はその話を耳にした時、すぐに僕に打ち明けなかった。

先日の四条大橋での一件を聞いていたこともあったが、祐一はこの噂話は、単純な噂ではないような気がしていた。と言うのは、祐一は子供の時から富美松の女将をよく知っていた。

悪戯好きだった祐一はよく富美松の庭に入って自慢の松の木や紅葉の木枝をチャンバラまがいに折ったことがあった。店の男衆や女衆が顔色を変えて怒っても、女将は彼を叱ることがなかった。母と二人で謝りに行くと、身を小さくしている母を女将は笑って迎えた。

「かたちのあるもんはこわれてしまいますがな。人の方が草木より大事どす。男の子が元気やいうことはええことどす。大きゅうなったら祇園町をちゃんと守ってくれまっさかい」

さらに祐一が悪戯を重ねても、手招きして菓子を懐紙で包んでくれた。

或る午後、富美松の広間で女将が一人舞いの稽古をしている姿を庭先から見たことがあった。地方《じかた》の三味線の音色がする中で舞いを稽古する女将を見た時、祐一は子供ごころに胸が昂まったのを覚えている。舞扇を手に懸命に踊る女性の姿は凜として、妖艶でさえあった。

——舞いいうのはこんなに綺麗なもんなんや……。

祐一はあとから、あの時、自分は祇園町のもうひとつの顔を見たと思った。

富美松の女将は祇園町の中で別格だった。

その女将が舞妓の〝水揚げ〟にかかわったのだったら、この噂はすでに噂ではなく、本当の話ではないかと思えたし、あの真祇乃も承知したということのような気がした。

だとしたら祐一の小智恵で事をこわせるはずがないと思ったたし、雅彦と真祇乃が抗っても無駄に思えた。

——どないしたらええんやろか……。

祐一は雅彦の顔と真祇乃の顔を思い出し、永観堂のタクシーの中で話している二人の活き活きした表情を思い浮かべた。

——あんなに好きおうとんのにな……。

祐一は大きな吐息をついた。

——いずれにしても、津田君にはあのはしっこいのが教えよるやろう。

祐一の想像通り、久美が僕に、この話を伝えた。

その日、僕の方から話があると祐一に言った。

僕はうかぬ顔をしていた。

「津田君、ちょっと出かけようか」

「へぇ〜、こんな眺めのいい所があったんだ……」

僕は京都市中を見下ろす東福寺の別院の庭先に立った。

「あの町で嫌なことがあると、よう一人でここに来て、大声出してたことがあったわ」

祐一が言うと、僕はうなずいていた。

「久家君、わかるよ、その気持ち。僕も子供の頃から山登りが好きだったんだ。山登りと言うより、とにかく高い所に登るのが好きだったんだ。高い場所から下を眺めると何だかえらくなったようで気分がいいんだ……」

そこまで楽しそうに言ってから、僕は真祇乃の噂話を思い出したので、また肩を落として市中を見ていた。

「どうして、あの南部という男は真祇乃さんにこだわるんだろうか」

僕は独り言のように言った。

——そりゃ、惚れてるからや。

祐一はその言葉を口にしなかった。

祐一が僕の隣りに立った。

「ほれ見てみい。あんなちいさな町やで祇園町は……。何が伝統や、何が格式や……、そう思わへんか」

「……」

僕は何も答えなかった。

北山の方角から黒い雲がひろがりはじめていた。時雨か、雪の気配を思わせる雲だった。

「もうこの町に来て八ヶ月になるんだね……」

僕はぽつりと言った。

「そうやな。早いもんやな。春の終わりやったものな。それがもう春を迎えるとこまで来てんのやからな。津田君、君を京都に呼んだことは僕の間違いやったやろか」

「そんなことはないよ。僕はこの町で今まで自分が知らなかったことを知ることができたし、この町は素晴らしいよ。それに……」

僕はそこで言葉を止めて、祐一の顔を見て白い歯を見せた。

「それに、あの人に出逢えたし……。僕はあの人を、あの男になんか決して渡しはしないから……」

僕の真剣な目を見て、祐一は僕の肩を叩いて言った。

「そうやな。俺もできる限り協力するわ」

僕はうなずいた。

二人はそれから岡崎にある、祐一がD社大の学生から冬休みの間、借りたアパートに行った。

岡崎の交差点から少し奥まった場所にあるアパートは大きな料亭の隣りにあって東山からの木々と竹林の中のモダンな建物だった。

「どうや、ごっつモダンな部屋やろう。学生の身分では贅沢過ぎる部屋やで」

「ほんとうだね」

コンクリートの二階建てのアパートの中は備え付けの家具も特別にあつらえたもののよう

だった。カーテンを開けると東山の峰が目の前に見えた。

白いものが舞いはじめていた。

「あっ、雪だ」

僕は京都に来て初めて見る雪に、真祇乃の白い頬を思い浮かべていた。

その日、祐一から無理矢理、部屋の鍵を渡された。

翌日も真祇乃からの連絡はなかった。

僕は久美を呼んで、真祇乃への手紙を書くので届けて欲しい、と頼んだ。

手紙が書き上がったところで、僕は久美を呼んだが、久美の姿はなかった。

「学士先生、何かご用どすか？」

キヌが奥からあらわれた。

「久美を探してるんだが、また下りてくるよ。久美が戻ったら部屋にくるように言ってくれますか」

「私では足りん用どすか」

「いや、そうじゃないが、キヌさんに頼むほどのことじゃないんだ」

「学士先生……」

キヌが呼んだ。

「何だい？」

「少し顔色が悪うおすえ。キヌでできることなら何でも言うとくれやす。先生は、昔、うちがお世話になった方によう似ておいでどす。せやし、その人にキヌは何のお礼もできしませんかったんで、先生にお返しできたらと思ってます」

キヌは真顔で言った。

そんな話をキヌから聞くのは初めてだった。

「キヌさん、その気持ちだけで僕は嬉しいよ。顔色が悪く見えるのは気を付けるよ。キヌさん……」

僕はあらためてキヌの名前を呼んだ。

「何どすか？」

「いや何でもないよ。いつもいろいろありがとう」

「何をおっしゃいますやら、もったいないお言葉どす」

キヌは少し顔を赤らめて言った。

僕は階段を上がりながら、先刻、キヌに訊こうとしたことを胸の中でつぶやいた。

——キヌさんにはこの町で好きな人がいたの？

どうしてそんなことをキヌに訊いてみようと思ったのか僕にもわからなかった。

ほどなく久美が部屋にきた。

うかぬ顔をしていた。

「どうしたんだ、何かあったの」

「何でもおへん」

久美は低い声で言い、僕から手紙を受け取ると、駄賃だと出した小銭も受け取らずに階段を駆け降りて行った。

手紙には、真祇乃に一目逢いたいことと、岡崎に二人で逢える場所があるので、そこに来て欲しい、という旨を書いた。

僕は久美が返事を持って来るまで部屋の中で、真祇乃の写真を出して眺めた。

夏の〝みやび会〟の浴衣姿、紅色の帯がまぶしい。永観堂の紅葉の下に佇む姿、〝温習会〟での華麗な舞い姿……どれも皆、写真の中の真祇乃は美しかった。

僕はいつしかうとうとしはじめた。

夢の中に真祇乃があらわれる気がした……。

僕がうたた寝している頃、祐一は祇園町で真祇乃の〝襟替え〟の情報を集めていた。

二軒目を回ったところで、祐一は噂話が本当の話だったことを確信した。彼が想像していたよりもずいぶんと早くに、この祝い事が決まっていたようだった。

三軒目に訪ねた傘屋で祐一は彼の中学校の後輩にあたる息子から話を聞き、驚いた。

「今回の仕事に親父はえらい熱の入れようや。何しろ富美松の女将さんがじきじきに頼みにきはったらしいわ」

店に富美松の女将が挨拶にきたのは、この店の主人が〝襟替え〟の日に屋方やお茶屋の玄関口に飾る〝目録〟をこしらえるからだ。

畳一枚の四分の一の大きさの奉賀紙《ほうがし》の周囲を赤く縁取りし、右肩に熨斗《のし》を描き、中央には目出度い言葉〝日々に輝く〟〝日々に昇る〟〝日々に賑わう〟〝大人気〟〝沢山〟などの言葉を描き、その文字の下に〝宝船〟〝福笹〟〝宝袋〟〝当たり的矢〟〝千両箱〟〝七福神〟などをカラフルな色彩で描く。一枚、一枚が手描きである。

この〝目録〟が贔屓の客、役者、世話になった姐さん、妹筋にあたる後輩の芸妓たち、各お茶屋、屋方から贈られる。

「今回の〝襟替え〟は、その注文の数が半端やないらしいんですわ。親父は暮れも正月もないと言うてましたわ」

「なあ、その〝目録〟ちょっと見せてくれへんか」

「あきませんわ。今回のことは他言無用と、重々釘をさされてるようで、仕事場に籠もったきり外にはいっさい出してませんのや」

「ほな悪いが……」

祐一はポケットから金を出して後輩に渡し、〝襟替え〟の舞妓の名前だけでもたしかめてくれるように頼んだ。後輩に夕刻、立ち寄るからと話して、祐一は次に間卉の家に出入りするデパートの外商に逢った。

祐一はいらぬ詮索をされぬよう相手に喜美屋の芸妓の〝水揚げ〟があるかもしれないからと、お披露目の引き出物の見積もりを取って欲しい、と連絡しておいた。

「どうや。この頃は景気がよろしいさかい忙しいやろうな」

「へぇ〜、お蔭さんで、この暮れにきてえらい立て込んできまして」

「そうか、そりゃよろしいな。間卉の家さんやな」

祐一が言うと相手は顔色をかえて小声で言った。

「ご存知でっか。それがえらい注文で紋染めの風呂敷と長襦袢《ながじゅばん》だけでも数がもう……、それに祝いの和紙を……」

「和紙を、何や、それ」

「私も知りませんでしたが、〝生漉《きす》き〟言うて、昔は献上物で出した不純物のいっさい入っとらん和紙ですわ。その業者を探すのにえらい苦労しまして、おまけに年明けすぐの納入でっさかい。それで喜美屋さんの方は？」

祐一は相手の話を聞いて、今回の祝い事が、最近になく大がかりなものになることがわかった。

これだけ準備が進んでいるなら、この話はかなり以前に決定していたことになる。当人の舞妓の承諾なしで、これだけの注文をするはずがなかった。

祐一は逆算してみて、あの夜、永観堂の前で逢った時、すでに本人は承知していたのではないかと思った。

――まさか、それを承知で津田君と……。

祐一は眉間に皺を寄せた。

――いや、そんなん段取りと、これはちゃうで……。

祐一が間弁の家に手紙を届けに行った頃にはすでに話は決まりかけていたのかもしれない。母のトミ江の声がよみがえった。

「噂話いうのは、やっぱり甘いな。祇園は格式の町でっせ。昨日、今日、出てきた田舎のお客はんの言うようになりますかいな……」

トミ江がこう話したのは喜美屋の普請をやるのに銀行から金を借り入れるために事業計画書を見るように言われた午後だった。

「今頃、富美松の女将さんが間弁の家に行ってきっちり話をつけてはんのと違うか」

――あれはたしか〝温習会〟が終わったばかりやったんと違うかな……。ひょっとして宇江田重吉が逮捕される前から祇園町の女将たちは筋書きを描きはじめていたのかもしれない……。

そうだとしたら〝見られ〟で真祇乃が宇江田に見染められ間弁の家に軟禁されていたのもすべて違っていたことになる。間弁の家も踊らされてたいうことか。

水浸しになって手紙を届けた自分はとんだ茶番をしていたのかもしれない。

「津田はんはお元気ですか」

あの時、切ない声を出して雅彦のことを訊いた真祇乃はそれを承知で手紙を渡してきたのか。

――まさか、あの妓……。

祐一は背筋に冷たいものが通り抜けた気がした。

祐一は雅彦のことが気になり、外商の男に礼を言って別れると、約束していた後輩の傘屋の店にも寄らずに家にむかった。

四条通りを歩いていると、切り通しから見慣れた娘が小走りにあらわれた。

久美だった。祐一は雅彦がどうしているかを訊こうと久美の名前を呼んだ。久美を呼ぼうとして、祐一は今回のことを久美が何も知らないということがあり得るだろうかと思った。

元々、ませてはしこい娘である。

――あいつもしかして……。

「久美、久美……」

祐一は周囲が驚いて祐一を振りむくほど大声で久美を呼んだ。

久美は声に振りむき祐一の姿に気づくとあわてて駆け出した。

――あっ、逃げ出しよった。やっぱり……。

「久美、こらっ待たんかい」

祐一は全速力で久美を追いかけた。

久美も祐一を振りむきながら懸命に走っていた。

久美はあわてたのか、喜美屋のある花見小路通りを右に折れずに、八坂神社方向にむかっていた。

——あいつ本気で逃げよる気や。

東大路通りの手前で祐一は久美に追いついた。

「久美、何を逃げてんのや。おまえやっぱりわかってたんやな。このガキ……」

祐一が久美のうしろ襟をつかんで怒鳴った。

「か、かんにんどす。せやし、お母はんにほんまのことを言わへんと、屋方から追い出してしまうと言われましたねん。それでつい津田はんと真祇乃姐はんの件を……、そいで岡崎のアパートのことかて、うちは何も知りませんって言いましたんや。それをお母はんがきつうに訊かはるさかい……」

久美は必死に言い訳をしていた。

「ちょっと待ち、おまえ何の話をしてんねん？」

祐一が怪訝な顔をすると、久美はびっくりした目で祐一を見返した。

「岡崎のアパートを何でおまえが知ってんねん？　白状しいへんとどつきあげるぞ」

久美は初めて見る祐一の鬼のような形相《ぎょうそう》に肝をつぶして洗い浚《ざら》いを話した。

久美の話を聞いていた祐一の顔は見る見るうちに蒼白になった。

「えらいこっちゃ。そんで津田君は岡崎のアパートにむかってもうたんか」

久美がうなずいた。

「何時《いつ》のことや」

「かれこれ二時間くらい前どす」

「間卉の家のあの妓は何時出よったんや」

「それはうちにはようわかりません。ただすぐ姐さんもむかうと言わはったんで津田はんに伝えました」

「そ、そんでお母はんは」

「男衆を呼ばはって……」

「男衆を、そいでどないしたんや」

「それからは知りしません。うちは富美松はんにお母はんの手紙を届けに行きましたさかい……」

「何？　富美松へ。どんな手紙や？」

「手紙の内容は知りしません」

「なんで知らんのや」

祐一が久美の襟首を締め上げた。

久美が泣き出した。

祐一は手を離し、自分が行きすぎたと思い、早う戻れ、と言ってから、俺と逢うたことをお母はんには内緒にしとくんやど、わかったな、と念を押した。

久美は泣きじゃくりながらうなずき駆けて行った。

祐一は時計を見て、岡崎に向かって走り出した。

——津田君、待っててや。俺が行って何とかしたるよって待っててや。

祐一は東大路通りを走りながら雅彦の、あの少年のような表情を思い出していた。

三条通りを越え、二条通りを右に折れ、平安神宮の境内を東に突っ切った。

嫌な予感がした。一刻も早くそこに着かなければ大切なものを失う気がした。

祐一は自分が他の同年齢の若者とは違う環境で育ち、ものの見方が他人と違うことを知っていた。他の商家の子やサラリーマンの子のように社会を見ることができなかった。廓町という特別な環境が自分をそうさせたのかもしれない。東京の大学に進学したのは祐一自身に自分を変えたいという願望があったからである。ところがいざ入学して周囲を見てみると皆エリート意識が強く自分のことしか考えていない連中ばかりだった。

そんな中で津田雅彦だけが違っていた。

東京生まれの、東京育ちのボンボンと見ればそれだけであったが、雅彦には祐一や他の連中にはない何かがあった。

自分を必要以上に主張したり、他人を疑ったり、ましてや、否定したりすることを決してしなかった。

雅彦は祐一を信じてくれた。それが祐一には嬉しかった。雅彦が京都に来ると約束してくれた時、祐一は恋人が訪ねてくるかのように喜んだ。

雅彦も、この町を気に入ってくれて、祐一は勿論のこと家族も雅彦を受け入れてくれた。

祐一は雅彦が、この町のどこを気に入ってくれたのかを一度ゆっくり話してみたかった。

雅彦が好きなカメラで町の何を撮っているのかを見るのも楽しみにしていた。

初めて目にした写真が美しい舞妓のスナップだった。こんな美しい舞妓が祇園にいたのかと思った。雅彦が、その舞妓に恋をしていると聞いて驚いた。誇りに思っていた祇園町の象徴を親友が恋してくれたことが嬉しかった。

実らぬ恋と言われてきたものを何とかしてやりたいと思った。

雅彦の恋を成就させてやることは祐一の祇園町に対する抵抗でもあった。

アパートに着いてみると、真祇乃が一人で窓辺にいた。

真祇乃は祐一が部屋に入ってきたのを見て驚いていた。

「僕や、ほれ永観堂で逢った……」

「喜美屋の祐一はんどすね。あの時はおおきに……」

真祇乃は安堵したような顔を一瞬してから、

「何か用でお見えやしたの？」

と訊いた。

祐一は相手の言い方に腹を立てたが、雅彦のことを思い我慢した。

「津田君はどこぞに行ったのか？」

「うちが喉が渇いた言いましたら、そこの雑貨屋までサイダーを買うてくると言わはって
……」

「そんなもん、なんであんたが買うてきいへんのんや」

怒ったように言った祐一に真祇乃は顔色を変えた。その顔色に一瞬、反抗の表情が浮かん
だが、すぐにうつむき、やや間《ま》があってから、

「……すんませんどした。うち、すぐに迎えにいてきますわ」

と窓辺を離れた。

足音がしてドアが開くと、雅彦が勢いよく入ってきた。

「雅彦さん、お帰りやす。すんませんどした。雅彦さんをお遣いだてしてしてもうて……」

真祇乃が僕にすがるようにした。

「やあ、久家君、来てたのか。君に言わないで勝手に、この部屋を使わせてもらって悪かっ

たね」

僕はそう言ってから真祇乃が泣いているのに気づいて、

「真祇乃さん、どうしたの？」

と真祇乃を見てから、祐一を見返した。

「いや、かんにんしたってくれ。僕が彼女になんでサイダーくらい買いに行ってやらへんのやと叱ってもうたんや」

「どうして？　僕が行くべきだろう」

「いや、それは芸妓の、いや……。そうやな。僕が間違うてたかもしれへん。君、かんべんしたってや」

「………」

真祇乃はただうつむいて返答しなかった。

「津田君、二人だけのところを邪魔して悪いけど、今はともかくここを一刻も早く出なあかんねん」

祐一が言うと二人は怪訝そうな顔をした。

「事情を説明してる暇はないねん。真祇乃さん、君かてもうお座敷に上がる時間やろう」

「うちは今夜九時まで、贔屓《ひいき》のお客はんとの御飯食べにさせてもろうてます」

「それかてもうぼちぼちの時刻やで」

祐一の言葉に逆らうように真祇乃が僕に寄り添った。その手を僕が包むようにした。

「久家君、どうしてすぐに出なくてはいけないの？」

「理由を話してる時間はないねん。僕が先に表で待ってるさかい、すぐに出てきてくれ。せやないとえらいことになんねん」

祐一の言葉に二人は顔を見合わせていた。

祐一は靴を履いて表に行こうとドアを開けた。

そこに二人の男衆が立っていた。

二人の肩越しに、母のトミ江の顔が見えた。

その顔が紅潮して祐一を睨みつけていた。

「この恥晒《はじさら》しが、よりにもよってなんちゅうことをしてくれたんや」

「お母はん、何のことや。そないな言い方される覚えはあらへんで」

祐一はもしかすると母と遭遇することがあるかもしれないと思い、その対処を考えていた。

「真祇乃をかどわかしたんは、僕やで。お父ちゃんがしたことをしてもうたわけや。それも血やろな」

祐一の背後で物音がしていた。

「何を言うてんや。津田はんの部屋を調べさせてもろうたんや。ぎょうさん真祇乃の写真と手紙が出てきたわ。ほれ、ごちゃごちゃ言うてんでそこをどきい。真祇乃はん、表に出てきなさい。男衆が迎えに来てまっさかい。黙って屋方に戻りなはれ」

部屋に押し入ろうとする男衆に祐一がむかっていった。祐一はなんなく壁際に押しやられ、男衆が土足のまま中に入った。

「何をするんだ。真祇乃さんに乱暴なことをすると許さないぞ……」

「津田君、やめとき」

祐一が大声で言った。

奥の騒ぎが一瞬に止まった。


僕は川沿いにあるその家の二階から寒風の中を流れる川を眺めていた。

雪まじりの北風が川のむこうに連なる雑木林を白く染めていた。

寒々とした冬景色だった。

古都を少し離れただけの山里なのに周囲には家もまばらであった。

亀岡の山の麓にある里の家に僕は祐一と二人で籠もっていた。

風音を聞きながら僕は数日前の出来事を思い出していた。

岡崎のアパートにトミ江と男衆が踏み込んできた直後、真祇乃を連れ出そうとする男衆を見て、僕は頭に血がのぼり、彼等に抵抗した。

しかし彼等はこの手の仕事の玄人《プロ》だった。僕が抗ってもかなうはずがなかった。それでも僕は必死で立ちむかった。

　真祇乃は声ひとつ出さずに男衆に手を引かれて部屋を出ようとした。

　真祇乃を追って男衆の肩をつかもうとした僕を祐一が背後から引き止めた。

「津田君、やめとき」

「いやだ」

　抗う僕の耳元で祐一がささやいた。

「これで逢えへんのと違う……。彼女のことも考えてやらな。困るのはあの妓やで」

　その一言で僕は振り上げた手を下ろした。

　トミ江が玄関口に腕組みしたまま立って言った。

「あんたたち、家に戻ったら話があるさかい覚悟しときや。津田はん、この不始末をどないしはんの。納得行く話を聞かせてもらいまっさかい。祐一、あんたもやで」

　トミ江の形相はおそろしいほどだった。

「………」

　僕は返答のしようがなかった。

　祐一が僕の前に立ちはだかって言った。

「お母はん、これは津田君だけのせいやない。僕も承知ではじまったことや」

「祐一、あんた自分が何を言うてるのか、わかってんのか」

「ああ、わかってる。自分が何をしてるのかは百も承知や。首は洗《あろ》うてるわ」

「そうか……。自分が言うてる意味がわかってんのやな」

二人のやりとりを聞いていて僕はすぐにトミ江に言った。

「久家君は何も知らなかったんです。すべて僕が一人でしたことなんです。迷惑をかけたことは謝りますが、僕は自分のしたことを悪いこととは思って……」

僕の言葉をさえぎるように祐一が言った。

「阿呆なこと言わんとき。祇園町のことを何も知らへん君がどうやって舞妓と知り合うねん。そんなこと誰でもわかるがな。あの妓を君に引き合わせたのは僕やないか。お母はん、僕は自分がしたことがどういうことかようわかってる。これ以上話をしてもしゃあないから、ここを出て行ってくれるか」

祐一の言葉を聞いて、トミ江は下唇から血が噴き出しそうに思えるほど唇を噛んでアパートから出て行った。

それから二日間、二人はアパートにいた。

三日目の朝、ドアを叩く音がして祐一がドアを開けると、キヌが立っていた。

「どないしたんやキヌ？　お母はんに何か言われてきたんやろう。聞く気はないよって帰ってくれ」

祐一がキヌに出て行けというように手を押し出した。

「違います。女将はんは知らはらしません……」

キヌは祐一と僕にほとぼりが冷めるまでキヌの妹の家にいるようにすすめた。

二人はキヌの言葉に甘えて亀岡にやってきた。

僕は祐一に今回のことを詫びた。

「僕のせいで、久家君が家にいられなくなって申し訳ない。僕がちゃんとお母さんに話すから……」

「あかん、そんなことしても無駄や。お母はんは一度言い出したらきかへん。今、のこのこ帰ったら、大喧嘩になってまう。僕も引かへんしな。エッヘヘヘ」

祐一は笑って言った。

「それにキヌがわざわざ岡崎のアパートにきて、ここに行くように言うたんや。お母はんがまだ頭に血がのぼったままやいうこっちゃ」

「けどこのままじゃ、久家君が……」

「大丈夫やて。あっ、そうか。祇園に戻って、あの妓に逢いたいんやな。今日でもまた連絡をしてみるわ」

亀岡に来てから数度、祐一が間卉の家に連絡を入れてみたが、いっさい取り合ってくれなかった。

僕は真祇乃に逢いたかった。

逢って岡崎のアパートでのことを謝りたかった。

その日の午後、祐一が一度祇園に戻ってくると言い出した。

「一度、様子を見てくるわ。こっちで年を越さなあかんならいろいろ準備もいるしな。あの妓にも何とか逢うてくるわ」

「じゃ真祇乃さんに手紙を届けてくれないか」

「ああ、かまへんよ。ゆっくり書いてええよ。明日、出かけるよって……」

僕はすぐに手紙を書きはじめた。

そのかたわらで祐一が言った。

「けど惜しいことをしたな。正月の数日が、あの妓たちにとって唯一の休みがもらえる日やのにな……」

僕は手を止めて祐一を振りむいた。

「どうして休めるの?」

「正月の三ケ日は客かて家にいななららんやろう。元旦そうそうお座敷には来いへん。家庭サービスいうやっちゃ。芸妓、舞妓の中には里帰りしよるのもおるわ」

「そうなんだ」

「祇園の正月言うのんは静かなもんや」

——正月か……。

僕は父のことを思い出した。

父の声が耳の奥に響いた。

『年内に家に戻ってきて、私にちゃんとおまえがどうしたいのかを説明してくれ。その気持ちがないのなら、勘当だ』

その夜、僕は祐一に父親との話を打ち明けた。

「そんなことになってたんか……。知らへんかったわ。けど、そら一度帰らなあかんわ。俺等学生で親のスネをかじって生きてんのやし、勘当されたら大変やがな。こんなふうになってもうたから、丁度ええんと違うか。すぐに帰ったらええよ」

「……実は、迷ってるんだ」

「迷ってるって、何をや？」

「家に帰ることだよ」

「何を言うてんの、津田君」

「僕、親の世話になるのをやめようと思ってるんだ。大学を続けることができないなら、それでもいいと。僕、彼女と一緒になろうと思っている。君がさっき言ったように彼女に休みがあるのなら、いい機会だから僕の気持ちを伝えようかと思う」

「津田君、君、そこまで……」

祐一はそれ以上何も言えなかった。

京都までの電車の中で、祐一は、この事態をどうしたらいいのかと考えていた。

――それにしても大学を退《や》めて、あの妓と一緒になるなんて……。本気で考えてるとは思わへんかったな。

大学を一年留年することはお互い話し合った上でのことだったが、大学を退めてまで、あの舞妓と一緒になろうとするのは、やはり尋常ではないように思えた。

祐一は雅彦から東京の父親との確執を聞き、さらに真祇乃への思いを耳にした時、年明けに〝襟替え〟をとり行うためにさまざまな準備がはじまっていることを話さなくてよかったと思った。それと同時に雅彦の純粋無垢な気持ちを聞いて半ば呆れた。

祐一は真祇乃に対して疑念を抱いていた。

最初に真祇乃を見た時、美しさにも驚いたが、これまで見てきた他の舞妓と何かが違っている気がした。

祐一はものごころついてから女といえば周囲には芸妓、舞妓しかいなかった。

舞妓にはどんなにあでやかな衣装を着ていても、彼女たちの地が出る。まだ大人になりきらぬ幼さと、世間、社会を知らないことからくる素朴なものが漂っている。

真祇乃にはそれが見えなかった。

――この妓、何歳《いくつ》や？

それが祐一の真祇乃への第一印象だった。

聞けば、祇園町に入ってきたのも遅く、他の舞妓よりも見習い、仕込みの期間が短かったという。真祇乃から見え隠れする芸妓に似た艶気は、それだけの理由で漂うものではないように思えた。

その疑念が〝襟替え〟の段取りの予測以上の早い進み具合いで深まった。

――僕の考え過ぎかな……。

祐一は車窓を流れる風景を見ながらつぶやいた。

祐一には雅彦と真祇乃の純粋な気持ちを大事にしてやりたい気持ちと、自分にとって初めて親友と呼べる友に不幸になって欲しくないという気持ちがあった。

祐一はポケットの中から雅彦の手紙を出した。

雅彦らしい丁寧な文字で〝真祇乃さま〟と書いてある。

祐一はその文字をしばし見つめてから、封筒を開封した。

手紙の文面を目で追った。

想像したとおり、逢いたい旨が綴《つづ》ってあった。真祇乃が休みとなる正月の元旦も、二日も永観堂で待っているとあった。

――ほんまに東京の家を出るつもりなんや。もしかして二人で駆け落ちをしようなぞと考えてんのと違うやろうな……。

祐一は雅彦が真祇乃を見つめていた横顔と視線を思い出した。

「いや、津田君ならやりよるかも……」

祐一が声を出して言った時、車内にアナウンスが流れ、京都駅に電車が着くことを告げた。

祐一は手紙を慎重に元に戻し、ポケットに仕舞うと、

「何とかせなあかんわ。よーし」

と膝頭《ひざがしら》を叩いて立ち上がった。


祐一は帳場《ちょうば》のそばに正座して、黙ってトミ江の話を聞いていた。

「……あんな、うちが富美松の大女将にどんだけ頭を下げたかわかってんのか。よりにもよって屋方《うち》に居候さしてた学生はんが大事な商品に手をつけようとしたんやで。それがどういうことかわかってんのか」

トミ江は先刻から同じ話を何度もくり返していた。

その間にキヌが二度もお茶を運んできた。

「久美の阿呆んだらが白状せんかったら、えらいことになってもうところやった。うちの見習い使うてこざかしいことをしてからに。東京のぼんぼんやと思うてたら、とんだ喰わせもんや」

「お母はん、津田君のことをそない言い方すんのはやめてくれるか。僕が悪かったんや。こ

のことに気づいた時、止めれば済んだことやった」

「そうや、あんたも悪い。祇園町がどういう町かを知ってるあんたが、こんなみっともないことをさせて……」

トミ江の小言が続いていた時、玄関で人の声がした。

こんにちは、富美松です。大女将からですわ……と男の声がした。

トミ江は玄関に出た。

まあ、これはご丁寧に、大女将さんによろしゅうお伝え下さい。おおきに……。トミ江の丁寧すぎる声が聞こえた。

トミ江は包みを手に戻ってきて、まあ感心なこっちゃ、迷惑かけたんはこっちやのに、さすがに大女将や……と包みを神棚の下に置いた。そうして祐一の前に座った。

「あの妓も果報者や、こんなにしてもろうてな」

「〝襟替え〟は年明けやて」

「そうや。ここまで日が迫るとさすがに人の口はおさえられへん」

「けど九州の炭鉱王からあっさり切り替えよったな。間弁の家の女将もたいしたもんや」

祐一が苦々しい顔で言った。

「それは違うで。今回の話は間弁の家の女将は関係がない。それにあの三人の旦那衆から〝兼吉〟さんを選んだのは、あの妓やで。富美松の大女将は宇治の会長はんをすすめてたんやから」

「あの舞妓から言い出したんかいな」

「そうや、たいした妓や。それもそやろな。あの妓は祇園町に入る前に宮地の遊郭でやとなをやってたいう話や……」

「やとなを？　客をとってたんかいな」

「そりゃ、うちは知らん。噂や……。あっ、この話、他言したらあかんで。けどそれにしても、富美松の大女将はなんであんなにおまえのことを可愛がりはるんやろな。あんなに子供の頃に悪戯ばっかりしてたのにな……。今回のことも祐一がしたことやったらしょうがないな、とやんわり許してくれはったわ」

「………」

祐一は大女将の顔を思い出していた。

トミ江がマメミたちと屋方を出た。

祐一は大きく吐息を零した。

キヌが茶を運んできた。

「亀岡のことありがとうな。お蔭でゆっくりできたわ。妹さん、目が悪いんやな」

「あれも農家に嫁いで苦労しましたよって」

「お母はんにも良うしてもろうたこと話しとくわ」

「女将はまだ知らはりません」

「えっ、どうしてや」

「うちが自分の裁量でしたことでっさかい」

「そうか……。あっ、久美はどないしたんや」

「あれは土佐に帰しました」

「やめてもうたんか。今回のことでか」

「やめさせたんとちゃいます。けど粗相は、粗相でっさかい。いったん出さんと。まあ年明けには戻ってくるでしょう」

「そうか……。あっ、それと悪いが富美松に行って大女将に僕が逢いたいんやけど逢うてもらえるか訊いてきてくれるか」

「へぇー、大女将はんどすな……」

キヌはそう言ってからじっと祐一を見ていた。

「何や？　早う行ってきてくれよ」

「あの、学士先生はお元気にしてはりますやろうか？」

「ああ、元気や。いや、ちょっと元気はないけどな。でも大丈夫や。キヌに感謝してたで」

「いいえ、うちは何もしてません。それでこっちにいつ帰ってきはるんどすか」

「そうやな明日か、明後日には一度戻ってくるやろう。そして東京に帰るやろな」

「東京へ、お家にでっか」

「当たり前や。早う行ってきてくれな」

「へぇー」

――何をたるいことを言うてんのや……。

祐一は湯飲みを手に中庭に出た。

宵の風に乗って三味線の音が聞こえた。

笑い声もする。お座敷の宴会の声だ。

子供の頃から耳慣れていた音が、祐一にはひどく忌々《いまいま》しいものに聞こえた。

三十分してキヌが戻ってきた。

「お待ちしてます、いうことどした。お座敷の方と違うて離れに来て欲しいと……」

「わかった」

祐一は洗面所に行き、身なりを整えて家を出た。歩きながらポケットの中の手紙をたしかめるようにした。

翌日の朝、京都の祐一から、夕刻には亀岡に戻ると連絡が入った。

そのことを告げにきたキヌの妹は僕の顔を遠くを見るように見ていた。

「いろいろありがとう。祇園ではとてもキヌさんにお世話になっています」

僕が礼を言うと、妹はめっそうもないと言って、何かあったら言いつけて欲しいと頭を下げた。

「この里でキヌさんも生まれ育ったの」

「いいえ、ここは私の嫁ぎ先です。私は主人に早う先立たれてしまって。その後、姉がすべて助けてくれたんです。姉は私の一家の、いや両親も皆面倒を見てくれました」

「そうなんだ。ご両親はお元気なのですか」

「いいえ、とおに亡くなりました。この身体ですしお墓参りにもいけなくて親不孝をしています。けど姉が毎年、花脊《はなせ》に行ってくれていますので」

「ハナセ？　そこがお二人のふるさとですか」

「はい。ここからずっと保津川の上流にのぼって、山の、また山の中です」

「山か……、しばらく山登りもしていないな。そうだ、夕刻まで時間があるから、あの山に登ってくるよ」

「えっ、牛込山《うしごめやま》にどすか、さむいですよ」

「大丈夫だよ。山登りは得意なんだ」

僕は笑って言った。

僕は祐一が戻ってくるまで雑木林のむこうにそびえる牛込山に登ることにした。

山径を登りながら、僕はキヌの妹さんの話を思い出していた。

――キヌはやはり皆にやさしいのだ。

両親も妹さんも面倒を見たと聞いたが、さすがだと思った。

キヌのことを誉められると自分までが嬉しくなった。

少しずつ山の高みにむかっていくと気分が良くなった。このところの鬱々としていた気持ちが雲が割れるように晴れていった。

中腹まで登り、岩の上に立って周囲を見回した。山また山である。関西の山は登るのは初めてだった。関東の勇壮な山々に比べて、この辺りの山はやわらかく、おだやかに見える。それでも連なる山並みからは十分な威厳が伝わってきた。北西に山の木々がそこだけなく、きちんと整備してある一角があった。妹さんが言ってた清和天皇の御陵かもしれない。

僕は京都の町がある東の山並みを見た。尾根沿いを行けば、真祇乃のいる場所に辿り着ける。真祇乃に逢いたかった。

山並みに五山の送り火の炎明りが重なり、その炎に真祇乃の大きな眸がよみがえった。

僕は胸のポケットから小紙を出した。そこに写し止めておいた歌が一首書いてあった。

ふと見れば　大文字の火ははかなげに　映りてありき　君が瞳に

――再会した時にこの歌をあの人に詠んであげよう……。

元気が出てきた。

キヌに感謝しなくてはと思った。耳の奥からキヌの声がした。

『先生は、昔、うちがお世話になった方によう似ておいでどす。せやし、その人にキヌは何のお礼もできしませんかったんで……』

キヌはきっと昔の恋の話をしたに違いない。

僕は声を出した。

「キヌ、僕は大丈夫だよ。僕はあの人とのことをきっと成就してみせるから……」

そうして僕は中腹から山々にむかって真祇乃の名前を大声で叫んだ。

僕はすっかり気分が晴れて山を下りた。

家に戻ってキヌの妹さんに報告すると、彼女は僕の声を聞いて、元気になられましたね、と笑って言った。

夕刻前、僕は亀岡の駅まで祐一を迎えに行くことにした。

山麓からバスに揺られながら、僕は真祇乃から届くかもしれない手紙のことを思った。

〝永観堂でお待ちしてます　真祇乃〟という文字が浮かんだ。

改札口から出てきた祐一に笑って手を振った。

「何や元気そうやな。どないしたん？」

「今日、山に登ってきたんだ。そうしたら気分が晴れたよ。僕は自分で勝手に悩んでいたように思うよ」

「……そうか」

「真祇乃さんには逢えたかい」

「僕は直接は逢えへんかったけど、富美松の、いや人を介して返事はもらってきたわ」

「本当に、それは嬉しいな」

僕は子供のように手を差し出した。

祐一はキヌから渡された僕の着替えを入れた鞄の奥から封筒を出した。

僕はすぐに開封しようとした。

「こんなところで読まんかてええがな。家に着いて一人でゆっくり読めばいいがな」

「そ、それもそうだね」

僕は鼻先に皺《しわ》を寄せるようにして笑った。

山麓にむかうバスが来て二人は乗り込んだ。

日焼けした女の車掌が二人の切符を見て行き先を確認した。

男より勇ましそうな車掌やな、祐一がささやくように言うと、僕は笑って、それは失礼だよ、けど本当だね、と声を抑えて笑い出した。二人を車掌が睨みつけていた。聞こえたんだぞと同時に言ってまた連笑した。

乗客は僕たちと老婆の三人だった。

「皆元気だったかい」

「ああ」

祐一は久美の話はしなかった。

「久家君、やはり読んでいいかな」

僕は子供のように頼んだ。

「なんやガキみたいに。読むんならむこうで読んでな。あてられるのもかなんし」

祐一の言葉に僕はうなずき後部席に移動した。

祐一はそれを確認すると、切なそうな顔をして舌打ちした。

祐一は口を真一文字にして前方を見ていた。

車掌が口をへの字にした祐一と背後をちらちら見ていた。

やがて後方からむせび泣く声がした。

祐一は目を閉じた。耳をふさぎたかった。彼は大きく息を吸い込んで目を開けた。車掌が目をまんまるにして口を半開きで見ていた。

「おい、悪いが友人《ひと》の顔をじろじろ見んといてくれるか。前を見てんかい」

祐一は怒ったように言った。

僕は、その夜、一晩中打ちひしがれたようにしていた。

夕食を摂らない僕をキヌの妹は心配していた。祐一は彼女に、明日の午後ここを出て行くことを告げ、世話になった礼を渡した。姉に叱られるからと固辞する相手に祐一はそれを無理矢理渡した。

祐一は長い時間、まんじりともせず一点を見つめたかと思うと、急に立ち上がって部屋の中を頭をかかえてうろうろする僕をかたわらでじっと見ていた。

訊かれることにはすべて祐一は答えた。

真祇乃からの手紙を読んでくれと祐一は言われた。大方の内容は知っていたが、読んでみると、やはり雅彦には辛い文面だった。別離の文面と言うより、宣告と思えるような言い回しだった。

祐一は読み終えて大きくため息をついた。

――別離《わかれ》るためにはこの方がええやろな……。

「どうして真祇乃さんはこんなことを急に書いてきたんだい?」

「これか、〝襟替え〟が本当のことやさかい、君に早う報せたいと思うたんと違うか。この妓がそれを受け入れたんやから、他に何もあらへんやろう」

「いや、彼女は無理にこれを書かされたに違いない。皆してそうさせたんだ」

「あの妓は子供とちゃうで」

祐一が言うと僕は頭をかかえて壁によりかかり、また一点を見つめた。

「津田君、ともかく明日になったら祇園町に二人で戻って、君は荷物を持って東京に帰った方がええ。明日は大晦日や。明日の電車に乗れば、お父さんとの約束も守れる」

「東京のことなど僕にはどうでもいいんだ」

僕は声を荒らげた。

「津田君、僕に怒ったかってしょうがないよ。君のことを心配して言うてるだけやから」

「あっ、そうだね。すまなかった」

「ともかく明日、ここを出よう」

僕はまた頭をかかえた。

「久家君、明日、何とか彼女に逢えないだろうか」

「それは無理やと思うよ。手紙にも逢いたくないと書いてあるやないか」

祐一が言うと、僕は手紙を開いて読み返した。

「これは彼女の本心なのだろうか」

「嘘をつく妓なんか？」

「そんな人じゃない。彼女は嘘などつける人じゃない……」

僕は手紙に目を落としたままだった。

夜が明けるまで二人はそんな会話をくり返した。

キヌの妹に礼を言い、心配そうにしている彼女に別れを告げ、二人は家を出た。

バスの中で僕は黙りこくっていた。

電車の中も重い沈黙が続いた。

電車が京都に近づくと、除夜の鐘を聞きに行く晦日参りの人や、初詣にむかう人たちで混んできた。

どの顔も皆楽しげだった。

二人だけが押し黙っていた。

京都駅に着いた。

「津田君、市電に乗っていくか。それとも歩こうか。歩こうか、その方がええやろう」

僕はちいさくうなずいた。

鴨川沿いの堤道を二人して北にむかった。

冬の日は落ちかけて、ぽつぽつと川沿いの家の灯りが点っていた。

建仁寺の裏手から二人は家に着いた。

皆出かけていた。奥から人影が現れた。

キヌだった。

「まあ学士先生、ようお帰りやして……」

「ただいま。キヌさん、いろいろありがとう。妹さんにとてもよくしてもらって、それに着替えも……」

僕はそこまで言ってキヌの顔を見ると、その先は言葉にならず嗚咽《おえつ》した。

キヌは僕に近寄ると、そのまま抱擁するように手を広げた。

僕は泣き崩れそうになるのをこらえてキヌの手を握りしめた。

「先生がそないお泣きやしてはいけません。お風呂が沸いてまっさかいにまずお入りやして」

うなずいている僕のそばで祐一が言った。

「今夜、東京に帰るんや」

「ほんまどすか？」

「ほんとや。帰らなあかんねん」

祐一の言葉と違って僕はちいさく首を横に振るのをキヌは見ていた。

「ともかくお風呂に入りやして」

「まあ最終の夜行列車までは時間もあるしな。津田君、ひと風呂浴びたらええわ」

僕は久しぶりに部屋に上がった。

綺麗に掃除がしてあった。

階下に降りて風呂に入った。小窓のむこうの焚口《たきぐち》からキヌの声がした。

「お湯加減どうどすか」

「いいよ。ありがとう」

小窓をキヌが叩いた。

小窓を開けるとキヌが小声で言った。

「お風呂上がりはったら、八坂さんまでお詣りに行きまひょ。八坂さんの神さんにお願いしたらきっとええことがおますさかい。一度キヌとデートをして下さい」

「うん、わかった」

僕が風呂を上がると、祐一は近くまで出かけて一時間したら戻ってくると言った。

キヌと二人で八坂神社にむかった。

キヌは手に風呂敷包みをかかえていた。

四条通りはたくさんの人で混み合っていた。参詣を済ませて引き揚げてくる人は手に火のついた縄を持って回していた。

「あれは何？」

「をけら火どす。あの神火を消さんように家まで持って帰って竈《かまど》にくべると病気もせんで一年の間、家内安全なんどすわ」

子供たちも火が消えないように縄を回している。その灯りが境内のあちこちでまたたいていた。

境内は人であふれて歩けないほどだった。僕ははぐれないようにキヌの手を握って歩いた。

神殿の前まで来ると僕は手を合わせた。

――せめてもう一度、ひと目だけでも真祇乃さんに逢わせて下さい……。

僕はそう祈った。

除夜の鐘が知恩院の山の方から聞こえた。

をけら火をキヌと二人で点けた。キヌが笑っている。

お詣りを済ませて二人して祇園に戻ろうとした時、キヌが言った。

「そっちではおへん」

キヌの声に振り向くと、キヌは祇園と逆方向を指さしていた。

「学士先生、うちの言うとおりにしとくれやす。これから行く所に男衆さんが一人待ってます。その人について出町柳《でまちやなぎ》まで行って電車にお乗りやす。それから先のことはその男衆さんが教えてくれます」

「どこに行くの？」

「花脊どす。明日の昼には真祇乃はんが逢いにきます」

「えっ」

「何も言わんと、うちの言うとおりにしとくれやす。さぞ辛《つろ》うおしたやろう。先生、あの妓に逢う前に約束して下さい。無理なことは言わんといてください。あの妓も必死で逢いに来てくれるんやと思いますから、どうかあの妓を信じてやって下さい。それだけです。さあ早《はよ》う」

そう言ってキヌは僕に風呂敷包みと切符を渡した。キヌについて僕は知恩院の方にむかって急ぎ足で歩いた。キヌは立ち止まり、誰かを捜していた。

暗がりに着物姿の男が一人立っていた。

キヌは男に、スギはん、よろしゅうおたのもうします、と深々と頭を下げた。

身の丈の大きな男だった。顔に見覚えがあった。いつか真祇乃の便りを持って喜美屋に僕を訪ねてきた男衆だった。たしか杉本という名前だった。

男はキヌにちいさくうなずいて、僕にむかって低い声で、ほな行こうか、と言って先に歩き出した。

振りむくとキヌが手を振っていた。

男は人通りの少ない路地を巧みに抜けて三条の先の堤道に出ると、そのまままっすぐ北にむかった。

『真祇乃はんが逢いにきます』

僕はキヌの言葉が信じられなかった。

――どうしてキヌが……。

ともかく男について行った。

出町柳から男と二人で電車に乗った。電車は勾配のある線路を登って行った。雪がちらつき出していた。

男は腕を組んだままだじっと前方を見ていた。電車が終点の鞍馬《くらま》に着くと、男は立ち上がった。改札口を出ると一人の老人が待っていた。

「この人や、頼んだで。わしは明日の九時に来るさかい」

そういって男は懐から包みを出して老人に渡した。

「この天気やさかい少し待ってもらうかもしれません」

男は空を見上げた。雪の粒が大きくなっていた。

男は僕の方を見て言った。

「明日の昼過ぎには、そっちに人を連れて行く。キヌさんから聞いているとは思うが、おかしなことはせんといてくれ。こっちも身体をはってやっとることやから」

「……………」

僕は黙ってうなずいた。

男は僕の顔を睨んでから踵《きびす》を返すように改札口に取って返した。

僕は老人にうながされ駅舎を少し離れた場所に停車してあった三輪トラックに乗った。

車はエンジン音を立てながら暗い山径を登って行った。老人は雪道の運転に懸命だった。

風呂敷包みをたしかめると中に男物のコートとマフラーが入っていた。僕はマフラーを首に巻いた。

それを見て老人が白い歯を見せた。僕も笑い返した。

いくつかの峠を越えて車は走り続けた。

雪道に揺られながら、僕は今からむかう場所で自分と真祇乃に何が待っているのだろうかと思った……。


目を覚ました時、僕は自分がどこにいるのかすぐにはわからなかった。

天窓から差し込む淡い陽差しに部屋の中がおぼろに浮かび上がると、壁に掛けられたコートと部屋の隅に置かれた膳で、ここが昨晩、老人の運転する車で着いた宿の離れの部屋であるのを思い出した。

天窓から陽が差し込んでいるのだから夜明けはとうに過ぎている。一昨夜の亀岡から睡眠をとっていなかったから寝入ってしまったのだろう。

水音が聞こえた。近くに川が流れているのかもしれない。僕は起き上がって水音のする方の雨戸を開けた。まぶしい光が一斉に入ってきた。そこは一面雪野原だった。そこの先は山になっており、雪をかぶった木々が朝の陽差しに輝いていた。

右手に雪原のとぎれた場所が続いていた。そこが川なのだろう。京都からどのくらい離れた里なのかわからなかった。

——花脊……。

昨夜、食事を運んできた宿の老婆がハナセが花の脊と書くのだと教えてくれた。

川のある辺りに紫色に光るものが見えた。

——何だろう……。

紫の色彩はわずかに揺れていた。

人の声がした。女性の声だった。返事をすると、昨夜の老婆が入ってきた。

「よく眠れましたか。寒くはありませんでしたか」

「はい。よく寝たようです。今しがたまで休んでいましたから」

「朝食の準備をしましょう。お連れさんが見えるのは昼過ぎでしたね」

「は、はい」

老婆に言われて僕は急に緊張した。

昨夜、寝入る直前まで、僕は真祇乃が逢いにくることに半信半疑だった。

老婆が支度をするために部屋を出て行くと、僕は衣服をたたんだ場所に行き、一通の封書を取って開いた。

キヌの手紙だった。僕は手紙を読み返した。

津田先生へ
私、字が書けませんので代筆を頼みました。このたびの貴方さまのお話、私は以前から気付いておりました。真祇乃さんは長い間、祇園町にいる私が見ても、久しぶりに見る綺麗な舞妓さんです。貴方さまが好きになられるのは当然だと思います。真祇乃さんも貴方さまの気持ちに応えて差し上げたと聞き、嬉しく思っておりました……。

手紙には二人の仲を祝福していたことと、雅彦はんはこれから将来のある身だから、今、真祇乃と縁談を結ぶのは賛成しかねること、真祇乃の〝襟替え〟が必ずしも相手に囲われの身になることではないこと、今は二人が一緒になれなくともいずれ機会はあるし、そうすることが雅彦はんにとってよいことだとあった。

最後に、人の縁は、その先が見えないから逢える瞬間を大切にして欲しいとして結んであった。

僕は、手紙を読み返して、自分はどうしたらいいのだろうかと思った。真祇乃と別れたくはなかった。

昼が過ぎて、老婆が連れが見えたと報せにきた。

部屋で待っていると入ってきたのは、昨夜の男だった。

「夕刻に迎えにくるよってな。くれぐれもおかしなことしいんようにな。さもないとキヌさんが困るよってにな」

男は脅《おど》すような目で僕を見た。僕も男を睨み返した。

男が出て行くと入れ替わるように真祇乃があらわれた。

真祇乃は洋服を着て、髪をうしろで束ねていた。別人のように見えた。

しかしすぐに僕の名前を呼びながら胸に飛び込んできた相手はまぎれもなく真祇乃だった。

僕の胸にすがりつくようにしている真祇乃からこれまでかいだことのない甘い香りがした。

真祇乃はひどく興奮していた。それは僕も同じだったが、まず彼女に訊いておきたいことがあった。

「真祇乃さん、訊きたいことが……」

僕の口を真祇乃の唇がふさいだ。

これまでの真祇乃と違って、僕の身体を執拗に求めてきた。僕は戸惑いながら、それに応えた。

時間はまたたくうちに過ぎて行った。

天窓から差す光が弱くなっていた。山間《やまあい》の里だから日照時間も短かった。

「いいものを見せてあげよう」

僕が笑って言うと真祇乃が、何どすか、と嬉しそうに僕の顔を見返した。

僕は裏手の木戸を開けた。真祇乃も濡れ縁に寄った。

二人は裸身のまま外を見た。

「ほら、あそこ、雪原がとぎれたところがあるだろう。そこにせせらぎがあるんだ。その手前に紫色に光っているものが見えるだろう」

「どこどすか……、へえ、見えました。何どすか」

「杜若《かきつばた》だよ」

「えっ、花のかきつばたどすか。こんな季節に咲いてるんどすか」

「うん、〝四季咲きの杜若〟と呼ぶらしいんだ。何でも昔に、この近くで皇子が悲しい死を迎えて、以来、そこに花が咲くようになったというんだ」

「では可哀相な花なんどすね」

「でもとても綺麗だったよ」

「ほな、このまま見に行ってみまひょか」

「ハッハハ、風邪を引いてしまうよ」

「平気どす」

真祇乃はそう言うとシーツで裸身を覆《おお》って裏に飛び出した。僕もあわてて後を追った。雪が舞いはじめていた。

二人は水辺にしゃがみ込んで雪中に咲いている杜若を見つめた。

鮮やかな紫の花が揺れていた。

「綺麗やわ……」

そう言って真祇乃は僕の顔を見上げた。僕は真祇乃の大きな眸を見返した。黒蜜のような眸に雪片が映っていた。

「真祇乃さん、このまま、ここから二人でどこかに逃げませんか」

「今、ここからどすか」

「ええ」

「どこに行くのどすか」

「どこでもかまいません」

「………」

真祇乃は黙ったまま僕を見つめていた。

「それはできしません。うちは……」

真祇乃は言葉を止めて、杜若を見た。

「……うちは今日ここに、お別れを言いに来ました」

真祇乃は立ち上がると目の前の杜若の花弁をむしり取り、それを小川の中に投げつけた。

「あっ、何を……」

僕が声を上げる間もなく、周囲の杜若の花弁をむしりはじめた。

「やめなさい。そんなことをして何になるんですか」

僕が真祇乃の腕を取った。真祇乃はその手を払いのけた。僕が真祇乃の身体を抱きとめようとした。真祇乃は僕の頬を叩いた。乾いた音がした。真祇乃は憎々しげに僕を睨みつけ、そのまま部屋にむかって走り出した。

僕は雪原に置かれたシーツを拾って部屋に引き返した。

真祇乃の姿がなかった。僕は服を着て母屋に行った。老婆が出てきて、お連れさんは湯屋に行かれました、と言った。

僕は離れに戻り、真祇乃を待った。

真祇乃はいつまで経っても戻ってこなかった。

再び母屋に行くと、真祇乃はすぐに戻るからと言って出て行ったと老婆が伝えた。

真祇乃も男衆も二度と戻ってこなかった。

僕が取り残された部屋に雪原からの風が音を立てて吹き込んでいるだけだった。

第十章　都をどり

久家祐一の元に津田雅彦から一枚の葉書が届いたのは二月の初めのことだった。何も告げずに京都を去った詫びと京都に滞在した折の礼が簡単に箋《つづ》ってあった。追伸に今はすべてを打ち明けられる心境にないので、いずれ話をしたいと結んであった。葉書が差し出された場所は金沢だった。

三月中旬、祐一の下に再び、雅彦からの手紙が届いた。封書であった。文面はあらためて京都での日々への礼が丁寧に箋ってあった。そうして今春から大学に復帰する旨も書いてあり、最後に喜美屋に置いたままの荷物を三月の終わりに取りに寄りたいとあった。

その封書と合わせて、母のトミ江、キヌ、久美に宛てた絵葉書も届いていた。

「元気になったみたいやな……」

祐一は嬉しそうに三枚の絵葉書を帳場に持って行った。

皆懐かしそうに雅彦の葉書を読んでいた。

特にキヌは葉書を拝むようにして見つめていた。

四月になったばかりの真昼時、〝都をどり〟の桜飾りと家々に吊されたつなぎ団子を染め抜いた提灯が揺れる花見小路通りを肩から大きな登山用のリュックサックを担いだ日に灼けた若者が歩いてきた。

通りは〝都をどり〟の見物客と観光客であふれていた。

若者は喜美屋の前に立つと、懐かしそうな目をして屋方の軒に張り出された芸妓、舞妓の名前を記した札を見ていた。

札の最後尾に〝豆久美〟と真新しい札があった。

――舞妓になったんだ……。

若者は嬉しそうに札を見つめてうなずいた。

若者が木戸を開けると中からは人の気配がしなかった。

「ごめんください、ごめんください」

奥から女の気難しそうな声が聞こえてきた。

「せやし、今日は〝都をどり〟の出番やよって皆歌舞練場に行っておいでやすって……」

前掛けで濡れた手を拭きながら老婆があらわれた。

老婆は木戸をふさぐように立っていた若者を目を細めて、どなたはんどすか、と見つめていた。

そうして、いきなり目を大きく見開いた。

「いや学士先生……」

「元気だったかい、キヌさん」

僕は笑って言った。

「いやあ。ようおこしやして……」

「その節はいろいろありがとう」

「何をおっしゃいますやら。さあ、どうぞお上がりやして。生憎、今日は皆が〝都をどり〟の出番どして、それに祐一はんも」

「知っているよ。上京したんだろう。葉書をもらった」

「そうどすか。今、お茶をいれまっさかい」

「いや、ゆっくりもできないんだ。今日、東京に向かうんでね。祐一君も待ってるし」

「そんなん、せっかくお見えやしたのに、今冷たいもんでも……」

「本当にいいんだ。実はここに預けておいた僕の荷物を取りに寄ったんだ」

「先生のお荷物？　はあ、わかりました。ちゃんと仕舞っておすえ。ちょっと待っとくれやす」

僕は帳場の脇の縁に腰を下ろして家の奥に目をやった。

中庭が見え、洗い場の井戸のポンプが差し込んだ春の陽差しに光っていた。その手前に二階へ続く階段が黒く光っている。

この階段を駆け上がっていた久美の素足の軽やかな足音が耳の奥によみがえった。

かすかに風の気配がした。その風に、木と土と女たちの香りが混ざったこの家独特の匂いがした。

——ああたしかにこの匂いだ。この匂いの中にいたんだ……。

僕は感傷的になってしまいそうな感情を掻き消すように、荷物を手にあらわれたキヌを見て立ち上がった。

「これで全部やと思いますが……」

「そうでしょう」

「中を見とくれやすか」

「わかった」

僕は木箱から衣服やカメラを出し、リュックサックの中に詰めはじめた。

小さな箱があった。中を開けると写真が何枚も出てきた。僕は素早く写真をふり分け、数枚の写真を取り出した。

キヌが茶を持ってきた。

「キヌさん、これ」

僕は写真を差し出した。

何どすか、と言いながらキヌは自分の写っている写真を見つけて、いややわあ、こんな皺だらけで、と言い、次の写真に僕と二人で写っているのを見て、これ嬉しゅうおすわ、先生と一緒どすね、と言った。

「久美がシャッターを押したんで少しピントがずれてるけどね」

「そんなことおへん。先生はそのまんまの美男子はんに撮れてますがな、こんなお婆ちゃんと。これ頂いてかましませんの。いや、嬉しゅうおす」

と写真を胸元に抱いた。

「他の写真はそれぞれの人に差し上げて下さい。そう言えば久美が舞妓さんになったのかい」

「へぇー、先月、〝店出し〟をさしてもらいました。まだまだしょうもないところだらけどすが……」

「そう、見たかったな。久美の舞妓さんの姿を」

「今、歌舞練場に行かはったら見れますえ。それに今年は真祇乃はんが踊りの主役をつとめはって、それはもう大評判どすわ。見て行かはったらええのに」

「……」

僕は何も言わずにリュックサックを担ぎ上げた。

そうしてキヌに手を差し出した。

キヌが恥ずかしそうに手を握った。少し汗ばんだ手を僕は両手で握りしめた。

「キヌさん、大晦日の夜のこと、一生忘れないよ。ありがとう」

キヌは、何をおっしゃいますやら、とうつむいた。

「じゃ、皆によろしく」

顔を上げたキヌの目がうるんでいた。

僕はそれ以上、キヌの顔を見ることができなかった。

木戸を開けて花見小路通りに出た。右手に満開の桜の花が建仁寺の塀越しに見えた。

僕はキヌにむかって笑った。

「ほな学士先生、おきばりやして。早う戻ってきて下さい」

キヌの声が涙声になっていた。

僕は無理に笑って歩き出した。

四条通りに出ると、僕は喜美屋を振り返った。キヌはまだ外に立っていた。僕は手を振って、四条通りを八坂神社にむかって歩いた。

簪《かんざし》屋の前を通り過ぎようとして、ガラス越しに店の中を覗いた。

主人が新しい簪を並べていた。主人は気配に気付いて外を見た。僕は笑って会釈した。主人も笑ってお辞儀を返した。

東大路通りを右折し、しばらく歩いて僕は一軒の食堂に入った。

奥から見覚えのある主人が顔を覗かせ注文を訊いた。

「きざみけつねと木の葉丼」

「へぇー、わかりました。お茶はそこの薬罐《やかん》にありますよって」

「わかりました」

やがて主人が盆に品物を載せてやってきた。

「皆、出前に行ってしもうてからにてんやわんやどすわ。お客さん、前にお見えやしたですかね」

主人が僕の顔を見て言った。

「ああ、以前、少し迷惑をかけたことがあるんだ。そのおりはすみませんでした」

「そうどしたか、そんなことおへんどっしゃろう。登山どすか」

「うん、そんな大袈裟なもんじゃないよ。比叡山に登って、志賀越みちで近江に出るつもりだ」

「志賀越えどすか。結構きつい山径やから気いつけて」

「ありがとう」

たっぷりと腹ごしらえをした。

店を出ると僕は東大路通りを北にむかって歩き出した。

八坂神社の前を通り過ぎようとすると、修学旅行の学生たちが記念撮影をしていた。笑い声がする。

僕は歩調をゆるめずに黙々と歩いた。

市電の音、自動車のクラクション、売り子の掛け声……、百万遍を右に折れ、今出川通りを進み、銀閣寺が見えてくると白川通りを左にまがった。

——たしか郵便局があったはずだ……。

白川通りをゆっくりと歩き、路地を覗きながら進んだ。郵便局が見えた。その路地に入ると前方に山並みが見えた。

山径に入った。白川のせせらぎを聞きながら右に左にカーブする径を登って行った。木蔭はひんやりとして気持ちがよかった。

やがて山中町に入り、村落の中を通り抜けた。子供たちが石蹴りをしていた。家々の庭には春の花が開花していい香りが漂っていた。

村落を抜けると径は急勾配になった。汗が出てきた。足腰は何ともなかった。二月、三月と立山《たてやま》連峰、白山を連日のように登り続けていたから、体力には自信があった。北陸より、京都の方が暑かった。ひと足早く春が訪れているのだろう。

志賀にむかう径と比叡山の山頂にむかう径の分岐点で休憩を取った。

水筒を出し、喉を鳴らして水を飲んだ。

美味い。先刻、白川で汲《く》んだ水だった。

見上げると陽は少し傾きかけていた。時計を見るとまだ三時前である。頂上までは一気に登らないと遅くなる。

僕は立ち上がって比叡山に向かう山径を歩き出した。

山径を歩きながら僕は真昼時に逢ったキヌの顔を思い浮かべた。

キヌの泣き顔をあれ以上見ていることはできなかった。もっと礼を言いたかったが……、古都での出来事はすべて忘れようと冬の間中ひたすら山を登り続けた自分の意志がくじけてしまう気がした。

『……踊りの主役をつとめはって、それはもう大評判どすわ……』

僕は唇を嚙んだ。

歩調が遅くなっているのに気づいた。

「何をやってるんだ。さあ一気に登るぞ」

むかいから下山する連中がやってきた。

声をかけ合い、すれ違った。

頂上に着くと、汗だけを拭って下山をはじめた。それでも春の陽は僕を追うかのように暮れはじめた。

僕は歩調をゆるめた。

——まあいい。急いでもしょうがない。どうせ今夜は大津か彦根で一泊する予定なのだから……。

左方に朱色に染まる近江の海、琵琶湖の湖水が見えた。

湖岸のあちこちにぽつぽつと灯りが点り出していた。

山径はやや右に折れ、琵琶湖は山蔭に隠れた。

すると右手の木蔭からきらきらとかがやく町灯りが目に入った。

僕は立ち止まり、山径のすぐ真下にある突き出た岩の上に下りた。

そこに立って、僕は思わず息を止めた。

眼下に京都の町の夕景がひろがっていた。

すでに家並みは灯りにまぎれていたが、御所や東寺《とうじ》の塔は淡い影となって浮かんでいる。

東から西へ、北から南へ、それぞれの通りに点った灯りがまばゆいばかりにかがやいていた。それは今しがた見た近江の湖畔の灯りとあまりにも違っていた。

——これが都のきらめきなのか……。

僕はなかば茫然として宝石をちりばめたような町灯りを見つめていた。

今まで目にしたことのない優雅な灯りは、そのひとつひとつが生き物のように得体の知れない力を持って僕に迫ってきた。いつしか灯りは妖しい光を放ちはじめていた。

――僕はこのきらめきの中に身を置いていたのか……。

耳の奥に誰かの声が響いた。

『この町には奥がありますよってに……。その奥にはまた奥がおすのや。気いつけへんとのみこまれてしまいますから……』

甲高い男のものとも女のものともつかない声は、そう言い放ってから高笑いをはじめた。

僕はその高笑いが消えるのをじっと待った。

笑い声は去り、静寂がひろがった。

僕はなおも町灯りを見続けた。

この町で何かに出逢い、何かを失った気がするのだが、それが何なのか、今はわからなかった。

耳の底からつややかな音曲の音色がかすかに聞こえはじめた。

僕は大きく頭を振り、その音を掻き消した。そうして腹に力を込め、エイッと声を上げ、古都の灯りから目を離し、一気に岩を駆け上がった。

若者の頬に湖水の風が吹き寄せた。

山径を下りはじめた。

解説

池上《いけがみ》 冬樹《ふゆき》
（文芸評論家）

伊集院静ファンが待ちに待った文庫化である。二〇一〇年三月に刊行されて以来、ずっと文庫化されなかった作品で、そのためか古本には高い値段がついていて、手が届きにくくなっていた。しかも、『白い声』以来、久々の恋愛小説だから、ファンの関心が高まっていたのだが、ようやくその期待にこたえられるだろうし、本書を読めば、恋愛小説以外にも青春小説や京都を舞台にした風俗小説としての味わいも豊かであることに気づくだろう。

まず、題名の『志賀越みち』であるが、これは大津《おおつ》から比叡《ひえい》を越えて京に入る古道のことで、物語の時代は、日本が高度経済成長期に入り、東京オリンピック開催を翌年に控えた一九六三年（昭和三十八年）の五月である。物語は、その志賀越みちを越えて、青年が京都を目指す場面からはじまる。

東大の学生である津田雅彦は、京都出身の大学の友人、久家祐一から京都に遊びに来ないかと誘われていた。行き先は祇園《ぎおん》。そこに祐一の実家があると教えられていたが、雅彦は、祇園がどんな「町」なのかまったく知らなかった。訪ねてみると、祐一の実家は、祇園花見小路でお茶屋「喜美屋」を経営していて、雅彦は、そこに逗留することになる。お茶屋を営む友人の家で見聞きすることはすべてはじめてのことが多く、とまどうばかりだった。すこしずつ芸妓・舞妓のことを知るようになるが、それは表面的なことで本質などに目が向かわなかった。知る必要もなかったからである。

そんな雅彦がある日、建仁寺で一心不乱に祈る美しい少女を見かける。雅彦はまだ知らなかったが、祇園でも屈指の美しさを誇る舞妓・真祇乃だった。偶然が重なり、ふたりは再び出会い、雅彦は心にきざむようになる。それは真祇乃も同じだった。二人はやがて恋におちるものの、しかし永い歴史をもつ祇園では、それが許されぬ恋であることを雅彦は知らなかった。思いはいちだんと募るのだが、祇園の町の掟が二人の前に立ちふさがることになる。

約六百頁もあるけれど、さほど長く感じないのは、主人公の雅彦のみならず真祇乃、祐一、久美、キヌなどのキャラクターが生き生きとしているからだろう。〝大きな雲母のような眸〟をもつ真祇乃の美しさ、京都を知り尽くした祐一の颯爽とした行動力もいいけれど、特に出番の多い久美とキヌがとても印象深い。久美は置屋で下働きをしながら舞妓、芸妓をめざす〝仕込みさん〟で、キヌは細々とした仕事をこなすお手伝いの老婆だが、この二人が何かと雅彦の面倒をみる。ひょっとしたら雅彦に恋心を抱いているのかもしれない久美の愛嬌のある姿や、はるかに年上にもかかわらず雅彦に対して親近感をもち、何かと世話をやこうとするキヌが何とも微笑ましく映る。なかでも周囲に気をつかい、自らの危険を顧みずに、雅彦の思いを遂げさせようとするキヌの肖像が愛おしく、忘れがたい。

忘れがたいのは人物だけでなく、やはり舞台となる京都であり、鮮やかに描かれる四季折々の風景だろう。「こと伊集院静さんの小説にかぎっては、『季節』は決してスタンプのように平板に押印されているのではない」といったのは重松清である(引用は講談社文庫『駅までの道をおしえて』の解説より)。「もっと深く、物語の核に触れるほど深く、しっかりと刻み込まれている。他のものには取り替えようのない強度で、春があり、夏があり、秋があり、冬がある。/そうなると、「季節」は修辞を超える。また、たとえば物語の舞台がたまたま夏だったから夏が描かれたのではなく、むしろ逆に、最初に夏ありき——夏という『季節』それじたいを描くために、その物語が紡がれたのではないか、とすら思えてくる」というのだが、それは本書を読んでも実感できる。京都の美しい風景が捉えられているけれど、季節の風景が人物たちの内面になだれこみ、切々たる心情をうつすことになる(たとえば二人の愛がもえあがる夏の五山の送り火、雪中に杜若《かきつばた》が咲く冬の情景を見よ)。風景=内面という日本文学の伝統的美学をさりげなく昇華させているのである。

ただ、恋愛小説といっても、テンポは実にゆったりとしていて、二人の関係も、季節の変化とともにゆるやかに深まっていく。むしろときには恋愛小説というよりも、雅彦や祐一たちの行動に重きをおいた青春小説、彼らが探索する京都の歴史と伝統と生活を伝える風俗小説としての輝きのほうが勝る部分があるかもしれない。それがまた本書の奥深い魅力のひとつでもあるだろう。

そこで目をひくのが、視点の移動である。中盤までは雅彦の一視点の語りだったのに（なお、文庫化に際して単行本では「雅彦」となっていたところが「僕」に変えられているところがいくつかある）、中盤すぎから、場面によっては祐一に移ったりして、雅彦の行動を客観的に捉えてみせようとする。京都で生まれ育った祐一の視点をとることで、京都を知らない雅彦の見方や行動がいちだんときわだち、対比されて、彼らの肖像と、京都の姿と形が次第にはっきりと生き生きと見えてくるのである。雅彦と真祇乃の、揺れ動く切々たる愛もまたそうで、古色豊かな世界での精神の触れ合いが艶やかに捉えられていて、胸に迫る。単行本が出たときに「圧倒的に忘れられない作品」（角田光代／「週刊文春」二〇一〇年四月一日号）、「京の内懐に入り、京の女を見事に描いている」（川西政明／「日本経済新聞」二〇一〇年四月十一日）という書評が出たのも当然だろう。

個人的なことを述べるなら、本書を読み始める前は、学生と踊り子の恋ということで、川端康成の『伊豆の踊り子』を想像していたのだが、生き生きと賑やかな若者たちの競演ということで、僕はすぐに石坂洋次郎の青春小説を思い出した。かつてある仕事で『陽のあたる坂道』（一九五七年）を読み返したのだが、明るく健全な若者たちを衒《てら》いもなく正面からまっすぐ捉えていて驚いたことがある。出てくる人物たちがみな好き勝手なことをぽんぽんといいあい、歯切れの良い応酬が続くのだけれど、その何でも言葉にして問題を見つめる姿がとても気持ちがいいのである。ひねくれた、ひじょうに屈折の多い、現代の青春群像に慣れ親しんでいると、石坂の人物たちがもつひたむきな姿が、逆に新鮮に見えてくる。

それは本書にもいえるのではないか。つまり、石坂と比べると徹底的ではないにしろ、ストレートに心の内を語らせ、思いをぶつけ、何とか良き方向へと持っていこうとする。そのどこまでも真摯な人物たちの姿勢、すなわち誠実に問題に向き合う作者の姿勢が、読者に信頼を与えるのである。

また、『陽のあたる坂道』には、「私は絶交しませんから……。なぜって、貴方が口先でどんなひどいことをおっしゃっても、貴方の身体から私に伝わってくるものは、やはり明るいすこやかな気分のものだからです」という言葉がでてくるのだけど、これは石坂洋次郎の小説にも、そして伊集院静の小説にもいえるのではないか。物語から伝わってくる「明るいすこやかな気分」にみちた小説など、いまどのくらいあるだろう。石坂洋次郎はなかなか読まれなくなったけれど、伊集院静の小説に多くの読者がつくのは、そのような得難い魅力があるからではないか。

もうひとつ、本書には、伊集院静ならではの箴言《しんげん》が至るところにでてくる。

「人生にはその時だけにしか、今しかできないことはやはりあるのだ」（121頁）

「学生の間はいろんなものを見ることだよ。いろんなものを見て、人と逢って、青春を謳歌《おうか》することだよ。社会に出てからのことなんか考える必要はないよ。今だけが本当に自由なんだからね」（138頁）

「若い内にいろいろ行ってみる方がええ。人間は目で見たもの、耳で聞いたもの、口に入れたもの、この手でさわったものしかあの世に持って行けへんさかいな。せいぜいいろいろ行ってみるこっちゃ」（96頁）

とくに「人間は目で見たもの、耳で聞いたもの、口に入れたもの、この手でさわったものしかあの世に持って行けへんさかいな」というのがいい。物おじしないで何事にも挑戦すること、あらゆるものを味わって生き尽くせということだろう。

もちろん恋愛小説なので、恋愛に関する話も出てくる。〝恋愛はサプライズ〟で〝恋愛はすべてエゴイズムからはじまるんだから〟好きになったら打ち明けるのが〝恋愛の神さま〟（118〜119頁）に対する礼儀というくだりが面白いし、「人生のことはようわからへんけど、男と女が出逢うて好きになることは大事なことやと思うよ……」（532頁）という台詞も、あらためて身に染みるのではないか。

なお余談になるが、この恋愛に関して、「週刊文春」で好評連載中の人生相談「悩むが花」シリーズ第三弾『女と男の品格。悩むが花』（文春文庫）に、次のような質問と回答がある。「先生の『志賀越みち』が大好きで、くり返し読み、祇園を散策しました。主人公（※池上註。正しくは祐一）が『恋愛って阿呆《あほう》みたいやな……』と言うくだりが妙に心に残っています。先生は、恋愛の本質って阿呆みたいなものだと思いますか？」という質問に対して、伊集院静は次のようにこたえている。「あなたね、最初に言っとくけど、小説読んで、その内容に影響されたり、主人公の生き方を真似たりするのは、大人として変だから。ましてや私の小説でしょう。それはかなりおかしいよ。／少し何かを考えるきっかけになったとしてこたえるが……」といって、恋愛は阿呆なのかについて、恋愛と親戚関係にある貧乏問題をからめて、実にユーモラスに語っているので、興味のある人はぜひご覧になるといいだろう。

初出　「小説宝石」二〇〇七年六月号～七月号、同年十一月号～二〇〇九年十月号
二〇一〇年三月　光文社刊
吉井勇『京都歳時記』（修道社）より引用しています。

光文社文庫

志《し》賀《が》越《ごえ》みち

著　者　伊《い》集《じゆう》院《いん》静《しずか》

2022年12月20日　初版1刷発行

発行者　三　宅　貴　久
印　刷　萩　原　印　刷
製　本　ナショナル製本

発行所　株式会社　光　文　社
〒112-8011　東京都文京区音羽1-16-6
電話（03）5395-8149　編　集　部
8116　書籍販売部
8125　業　務　部

ISBN978-4-334-79453-8　Printed in Japan

組版　萩原印刷

光文社文庫　好評既刊

浅見家四重想　須美ちゃんは名探偵!?　内田康夫 財団事務局
銀行告発　新装版　江上剛
蕎麦、食べていけ!　江上剛
思いわずらうことなく愉しく生きよ　江國香織
花火　江坂遊
屋根裏の散歩者　江戸川乱歩
パノラマ島綺譚　江戸川乱歩
陰獣　江戸川乱歩
孤島の鬼　江戸川乱歩
押絵と旅する男　江戸川乱歩
魔術師　江戸川乱歩
黄金仮面　江戸川乱歩
目羅博士の不思議な犯罪　江戸川乱歩
黒蜥蜴　江戸川乱歩
大暗室　江戸川乱歩
緑衣の鬼　江戸川乱歩
悪魔の紋章　江戸川乱歩

地獄の道化師　江戸川乱歩
新宝島　江戸川乱歩
三角館の恐怖　江戸川乱歩
化人幻戯　江戸川乱歩
月と手袋　江戸川乱歩
十字路　江戸川乱歩
堀越捜査一課長殿　江戸川乱歩
ふしぎな人　江戸川乱歩
ぺてん師と空気男　江戸川乱歩
怪人と少年探偵　江戸川乱歩
悪人志願　江戸川乱歩
鬼の言葉　江戸川乱歩
幻影城　江戸川乱歩
続・幻影城　江戸川乱歩
探偵小説四十年(上・下)　江戸川乱歩
わが夢と真実　江戸川乱歩
推理小説作法　江戸川乱歩 松本清張 共編